TÖDLICHES SPIEL

THE KILLING GAME

TONI ANDERSON

TÖDLICHES SPIEL

THE KILLING GAME

TONI ANDERSON

ÜBERSETZT VON
MARTIN WICK

ÜBER DAS BUCH

Eine Biologin, die Schneeleoparden erforscht, gerät ins Fadenkreuz, als Geheimnisse aus dem Kalten Krieg drohen, einen Spionagering auffliegen zu lassen, und ein britischer Elitesoldat muss sich zwischen seinem Land und seinem Herzen entscheiden.

Die Wildtierbiologin Axelle Dehn will nicht zulassen, dass jemand ihren vom Aussterben bedrohten Schneeleoparden schadet – weder der Wilderer, der die Tiere töten will, noch der Soldat, der sie als Köder benutzt. Doch Axelle wird unwissentlich in einen Konflikt verwickelt, der drei Jahrzehnte zurückliegt, und der einen Krieg zwischen zwei großen Nationen auslösen könnte.

Der britische SAS-Soldat Ty Dempsey soll einen berüchtigten russischen Terroristen in einer abgelegenen Region Afghanistans zur Strecke bringen. Dempsey hat bisher noch nie bei einer Mission versagt, doch als Axelle von dem Russen entführt wird, muss er sich zwischen seiner Pflicht und seinem Herzen entscheiden. Er setzt alles aufs Spiel, um die entschlossene, eigensinnige Frau zu retten, in die er sich verliebt hat. Dabei setzt er jedoch eine Reihe tödlicher Ereignisse in Gang, die den erfolgreichsten Spion der Geschichte auffliegen lassen könnten. Einen Spion, der jeden vernichten wird, der sich ihm in den Weg stellt.

Für meinen Vater.

We are the Pilgrims, master; we shall go
Always a little further: it may be
Beyond that last blue mountain barred with snow
Across that angry or that glimmering sea…

The Golden Journey to Samarkand
James Elroy Flecker

PROLOG
HEUTE

Dmitri kaute auf einem Stück getrocknetem Fleisch herum und schluckte einen Brocken Knorpel hinunter. Das Lager befand sich in einer Höhle am Berghang, dreihundert Meter über dem Tal. Der Regen tröpfelte am Höhleneingang vorbei, und die Kälte kroch durch die Stoffschichten und biss sich in sein Fleisch wie die Metallzähne eines Fangeisens. Er hievte sich in sein schweres Schafsfellwams, und seine Schultern brannten vor Anstrengung und Erschöpfung. Die Haut juckte dort, wo die grobe Wolle seinen Hals berührte. Die Sonne war aufgegangen, aber die Welt da draußen war so leer und karg wie sein ausgehöhltes Herz.

Kohlebrocken und schroffe Abhänge gingen ineinander über und bildeten eine undurchdringliche Wand aus kahlem Granit. Er leerte seinen Kaffee und spülte seine Tasse mit einem kleinen Spritzer Flusswasser aus, das er gestern den schmalen Pfad hinaufgetragen hatte. Dann überprüfte er den selbstgebauten Empfänger und das GPS-Gerät und nahm sein Jagdgewehr in die Hand. Vorsichtig spähte er aus seiner Höhle und hob sein bärtiges Kinn in den Himmel, um die Wolken auf eine Andeutung von Mitleid mit den Knochen eines alten Mannes zu überprüfen.

Doch er fand keine.

Dmitri schnappte sich seine Wasserflasche und füllte seine Tasche mit Munition. Er zog seinen Pakol tief in die Stirn und trat in den düsteren Tag hinaus. Er trug die Kleidung der einheimischen Hirten, doch aus der Nähe betrachtet verrieten sein blondes Haar, seine stattliche Größe und seine blauen Augen, dass er nicht von hier stammte. Vorsichtig ging er einen Pfad entlang, den Ziegenhirten und Yaks geschaffen hatten. Der Schnee war aus den unteren Schluchten verschwunden, das Gras begann zu wachsen und zu grünen. Vielleicht würde das Wetter ihn bei seinem Vorhaben unterstützen. Vielleicht aber auch nicht.

Erneut prüfte er den Empfänger und erstarrte. Das Ziel war nah. Sehr nahe. Er stützte sich auf einen großen Felsen, sank auf die Knie und suchte die Umgebung ab. Dann entsicherte er das Gewehr und wartete. Weniger als eine Minute später kam eine der schönsten Kreaturen der Welt in Sicht.

Die Bewegungen des Schneeleoparden waren völlig lautlos. Die blaugrauen Augen und die rauchige Färbung seines Fells fügten sich perfekt in die Landschaft ein. Obwohl Dmitri wusste, dass das Tier direkt vor ihm stand, war es schwer zu erkennen. Gebannt hielt er den Atem an. Dann kam ihm das Bild des fahlen Gesichts seines Enkels in den Sinn, und sein Finger strich über den Abzug. Für den Bruchteil einer Sekunde begegnete der Leopard seinem Blick, und sein Schwanz zuckte. Dmitri atmete aus und drückte ab.

Der Schuss hallte von den Felsen wider, und ein Stück Schiefer fiel klappernd hinter ihm den Hang hinunter. Dmitri warf einen Blick über die Schulter, aber es war nur ein kleiner Steinschlag, kein Grund zur Sorge.

Vorsichtig bahnte er sich seinen Weg ins Tal. Er hatte genau gezielt. Das Tier war tot. Ihm zog sich der Magen zusammen. Vor dreißig Jahren hatte er seine Männer davon abgehalten, diese schönen Tiere zu erschießen, hatte ungebildete Schweine daran gehindert, das Land zu verwüsten. Doch damals war er nur ein Mann in der riesigen sowjetischen Maschinerie gewesen. Jetzt tat er es hingegen selbst – nicht als Sport oder aus Wut, sondern aus Geldgier und Verzweiflung, die aus der Not geboren waren.

Er sank neben dem Kadaver auf die Knie, grub seine Finger in das dichte Fell am Hals des Leoparden und öffnete dessen Funkhalsband. Dann begann er seine Wanderung, um den Köder auszulegen. Zwei Kilometer oder mehr, hinauf und über den Kamm, auf den Gipfel einer hohen, steilen Klippe, von der aus er die Ebene unter sich überblicken konnte. Schwer atmend stand er am Rande des felsigen Steilhangs und schleuderte das Halsband mit aller Kraft durch die dünne Bergluft.

Der ewige Winter hüllte den Pamir im Norden ein. Sein Heimatland. Die Heimat seines Herzens.

Die Zeit glitt ihm durch die nackten Finger. So viele Jahre vergeudet, so wenig Zeit übrig. Sein Enkelsohn lag im Sterben. Sergejs Sohn lag im Sterben. Und die einzige Person, die ihn retten konnte, war Dmitri Volkov. Ein Überläufer. Ein Verräter. Ein Kindsmörder.

E s fühlte sich nicht nur an wie eine göttliche Fügung, sondern sah auch so aus.

Der Soldat des Special Air Service Ty Dempsey war von einem ländlichen englischen Marktstädtchen in das Herz eines kolossalen Gebirgszuges voller unberührter schneebedeckter Gipfel katapultiert worden, die sich leuchtend vor einem glasklaren blauen Himmel abhoben. Viele der Gipfel des Hindukusch waren über siebentausend Meter hoch. Der völlige Frieden und die Ruhe dieser Region waren jedoch eine Illusion, da hinter jedem Felsen Tod, Gefahr und Ungewissheit lauerten. Kein Ort auf der Welt war tückischer oder schöner als das Hochgebirge.

Er war hier eine Anomalie.

Leben war hier eine Anomalie.

Dünne, scharfe Nadeln durchbohrten seine Lunge bei jedem Atemzug. Aber die Landschaft behinderte seine Beute genauso wie ihn selbst, und Ty Dempsey würde nicht zulassen, dass ein ehemaliger Agent einer russischen Sondereinheit, der zum Terroristen geworden war, die Oberhand über eine moderne militärische Elitetruppe gewann. Vor allem nicht, weil dieser Mann nicht nur sein Land, sondern die gesamte Menschheit auf schockierende Weise verraten hatte.

Sie mussten ihn finden. Sie mussten den Bastard daran hindern, erneut zu töten.

Das einzige Geräusch in seinem Umfeld war das Knirschen seiner Stiefel auf der gefrorenen Schneedecke und das raue Geräusch der schwachen menschlichen Lungen, die sich abmühten, Sauerstoff aus der dünnen Atmosphäre zu ziehen. Der Schrei eines Steinadlers durchdrang die Weite des Himmels und warnte die Welt, dass Fremde hier waren. Dempsey hob seine Sonnenbrille, um über seine Schulter auf die verschlungene Spur zu blicken, die er und sein Trupp gelegt hatten. Jeder Narr könnte dieser Spur folgen, aber nur ein echter Narr würde ihnen über das Dach der Welt zu einem Ort nachstellen, der so abgelegen war, dass dort nicht einmal Krieg herrschte.

Aber die Welt war voll von Narren.

Als Mitglied der Gebirgsjägerstaffel A des britischen SAS war Dempsey mit dem Terrain bestens vertraut. Er kannte die Gefahren der Berge und der Höhe und wusste um die erbarmungslose, allmächtige Kraft der Natur. Dafür war er ausgebildet worden. Das war sein Job. Das war sein Leben. Er hatte bereits den Everest und den K2 bestiegen. Letzterer hätte ihn fast umgebracht. Er wusste, dass es auf der Erde Orte gab, die gnadenlos gefährlich waren und einen im Bruchteil einer Sekunde auslöschen konnten. Doch sie waren nicht bösartig. Im Gegensatz zu den Menschen …

Er lockerte den Griff um sein Karabinergewehr und richtete das Gewicht seines Rucksacks aus. Keiner der Männer sagte ein Wort, als sie immer höher kletterten und einer nach dem anderen über den Kamm des Bergrückens in die verschneite Wildnis hinabstiegen. Nach einem eisigen Atemzug folgte Dempsey seinen Männern in die nächste unmögliche Mission. Die Jagd nach einem Phantom.

———

Das kleine Flugzeug rollte über die Landebahn von Kurut im Wakhan-Korridor, einem winzigen Landzipfel im äußersten Nordosten Afghanistans. Glücklicherweise war die Landebahn schneefrei – was an sich schon ein Wunder war.

Dr. Axelle Dehn starrte aus dem Flugzeugfenster und versuchte, ihren Griff um den Sitz vor ihr zu lockern. Sie war seit dreißig Stunden unterwegs und hatte alle ihre Kontakte spielen lassen, um Flüge und temporäre Visa für sich und ihren Doktoranden zu bekommen. Irgendetwas war mit ihren Leoparden los, und sie war fest entschlossen, herauszufinden, was es war.

Im letzten Herbst hatten sie hier im Wakhan-Gebiet zehn stark bedrohte Schneeleoparden mit Satellitenfunkhalsbändern ausgestattet. In der vergangenen Woche hatten sie innerhalb weniger Tage ein Signal vollständig verloren, und ein weiteres Signal kam nun von einem schuttbedeckten Hang, an dem es keinen Unterschlupf gab. Das letzte Signal stammte von einem Halsband, das einer Leopardin namens Sheba angelegt worden war, einer von nur zwei weiblichen Schneeleoparden, die sie erwischt hatten. Erst vor zehn Tagen hatten sie mit einer ihrer ferngesteuerten Kamerafallen zum ersten Mal Fotos von dieser Leopardin eingefangen, wie sie zwei neugeborene Jungtiere transportierte. Wenn Sheba tot war, waren die Jungtiere allein da draußen, hungrig und schutzlos. Starke Emotionen versuchten, Axelles Gedanken zu verdrängen, aber sie schob sie beiseite.

Vielleicht geht es den Tieren gut.

Vielleicht hatte das Halsband eine Fehlfunktion und war vorzeitig abgefallen. Oder vielleicht hatte sie es nicht fest genug angelegt, als sie Sheba gefangen hatten, und die Leopardin hatte sich daraus befreit.

Aber gleich zwei Halsbänder in zwei Tagen …?

Das Flugzeug kam zum Stehen, und der Pilot schaltete das Getriebe ab. Der vom Gletscher gespeiste Fluss schlängelte sich ruhig durch das weite, flache Tal. Ziegen weideten neben ein paar einfachen Lehmhäusern, aus deren Löchern im Dach Rauch aufstieg. In der Nähe waren Trampeltiere und kleine, robuste Pferde zu sehen. Einige mit Vorräten beladene Yaks warteten geduldig in einer Reihe. Yaks waren für das Überleben in diesem abgelegenen Tal unerlässlich, vor allem östlich der sogenannten *Straße*. Die Menschen nutzten die Tiere für alles Mögliche, für Milch, das Fleisch, als Transportmittel und den Dung sogar als Brennmittel in dieser kalten, baumlosen Mondlandschaft.

Es war Frühlingsbeginn – die Felder wurden gepflügt, damit in der kurzen, aber wichtigen Vegetationsperiode Gerste gepflanzt werden konnte. Eine Kinderschar lief auf das Flugzeug zu, die Mädchen in roten Kleidern mit rosa Kopftüchern, die Jungen in leuchtend grünen und blauen Pullovern über staubigen Hosen. Gastfreundschaft wurde in dieser bitterarmen Region großgeschrieben. Da es jedoch in der afghanischen Wildnis wahrscheinlich nur noch ein paar hundert Schneeleoparden gab, hatte Axelle keine Zeit zu verlieren.

Ihr Assistent, ein Däne namens Josef Vidler, packte gerade seine Sachen neben ihr zusammen. Sie rückte ihre Mütze und ihren Schal zurecht, um ihr Haar zu bedecken. Der Islam, der hier praktiziert wurde, war gemäßigt und respektvoll.

„Hallo, Dr. Dehn", riefen die Kinder, als der Pilot die Tür öffnete. Eine Mischung aus verschiedenfarbigen Iriden und unterschiedlichen Gesichtszügen spiegelte die vielfältige genetische Zusammensetzung dieser alten Landzunge wider.

„*As-Salaam Alaikum.*" Sie schenkte ihnen ein müdes Lächeln. Die Gesichter der Kinder waren abgemagert, aber glücklich. Unterernährung war im Wakhan-Korridor weit verbreitet, und nach einem harten Winter waren die meisten Familien nur noch eine Ziege vom Hungertod entfernt.

Trotz der Sorge um ihre Raubkatzen war sie voller Demut. Diese Menschen, die jeden Tag ums Überleben kämpften, taten ihr Bestes, um in Harmonie mit dem Schneeleoparden zu leben. Und ein großer Teil dieses Wandels in der Einstellung gegenüber einem der wichtigsten Raubtiere der Region war der Arbeit des Conservation Trusts zu verdanken. Es war ein Privileg, für diese Organisation zu arbeiten, und sie wollte es nicht aufs Spiel setzen. Sie kramte in ihrem Tagesrucksack und holte zwei Röhrchen mit Multivitaminpräparaten für Kinder heraus, die sie am Frankfurter Flughafen gefunden hatte. Sie klapperte mit einem der Röhrchen, und alle zuckten überrascht zusammen. Dann zeigte sie auf Keeta, ein Mädchen im Teenageralter, dessen Augen so blau waren wie die von Josef, und das dank der Tatsache, dass sie seit kurzem zur Schule ging, hervorragend Englisch sprach. „Das sind *keine* Süßigkeiten, also esst nur eine pro Tag." Sie hielt einen einzelnen Finger hoch. Dann übergab sie die Röhrchen, und die Kinder bedankten sich im Chor, bevor sie wieder nach Hause liefen.

Anji Waheed, ihr örtlicher Führer und Wildlife Ranger in Ausbildung, ratterte in seinem robusten russischen Lieferwagen auf sie zu.

„*As-Salaam Alaikum*, Mr. Josef, Doktor Axelle", rief Anji, als er neben ihnen anhielt. Die Erleichterung in den tiefbraunen Augen des Wakhi-Mannes verdeutlichte den Ernst der Lage.

„*Wa alaikum salaam*." Ein wenig Frieden konnten sie alle gebrauchen. Die Männer klopften sich gegenseitig auf die Schulter und begannen, ihre Habseligkeiten aus dem Flugzeug auszuladen und in den Van zu verfrachten.

Axelle holte tief Luft. „Hast du eine Spur von den Jungtieren gefunden?"

Anji schüttelte den Kopf. „Nein, aber als ich höre, dass du auf Weg bist, ich ein paar Männer ins Basislager schicken, um die Jurten aufzubauen, und dann bin zurückgekommen, um dich abzuholen." Obwohl es nur ein paar Kilometer das Seitental hinauf waren, dauerte die Fahrt zum Lager zwei mühsame Stunden auf einer unwegsamen Schotterstraße. Im Winter führten sie ihre Nachforschungen online von der Montana State University aus durch. Im Sommer bevorzugten sie ein eher praktisches Vorgehen.

„Danke." Axelle verdrängte ihren Frust und lächelte freundlich. Anhand der Ortungsdaten hatte sie eine ziemlich genaue Vorstellung, wo Sheba sich aufhalten könnte. Wenn es keine Unfälle oder Pannen gab, würden sie noch vor Einbruch der Dunkelheit dort ankommen.

Sie betete, dass es sich um einen Defekt des Halsbands handelte, auch wenn ihr Millionenprojekt dadurch in Verzug geraten würde. Die Alternative bedeutete, dass die Jungtiere und ihre Mutter wahrscheinlich tot waren. Ihr Instinkt sagte ihr, dass der Verlust von zwei Raubkatzen innerhalb von wenigen Tagen kein Zufall war, und dass sie es auch nicht mit einem örtlichen Hirten zu tun hatten, der nur sein Vieh beschützte. Ein professioneller Wilderer hatte es auf ihre Tiere abgesehen. Vermutlich, um mit ihrem Fell und den Knochen Chinas Heißhunger auf traditionelle Medizin zu stillen. Sie mussten unbedingt herausfinden, was genau vor sich ging, und angesichts des anhaltenden Konflikts in Afghanistan würde das nicht einfach werden.

„Wissen die Ältesten etwas darüber, was hier vor sich gehen könnte?", fragte sie. Der Wakhan-Korridor, der an manchen Stellen nur zwanzig Kilometer breit war, war ein schmaler Streifen flachen, fruchtbaren Bodens, der einige der höchsten Berge der Welt trennte – den prächtigen und tückischen Hindukusch im Süden und die undurchdringliche Pamir-Kette im Norden. Strenge Winter hielten die Bewohner sieben Monate im Jahr in ihren Häusern gefangen. Wildtiere waren rar und die Region praktisch unzugänglich, aber diese Menschen kannten das Land besser, als es ein Besucher jemals könnte.

„Nein." Seine Augen huschten zwischen Josef und ihr hin und her. „Sie haben auch Angst, dass du ihnen die Schuld geben, wenn Schneeleoparden tot sind, und sie ihre Klinik verlieren."

Der Trust betrieb nicht nur ein Programm zur Bekämpfung von Wilderei, sondern sorgte auch dafür, dass der lokale Viehbestand einmal im Jahr kostenlos gegen gängige Krankheiten geimpft wurde. Das Programm trug dazu bei, dass die Tiere gesünder waren und die Hirten weniger krankheitsbedingte

Verluste erlitten, was gleichzeitig einen Ausgleich für den gelegentlichen Tod eines Nutztiers durch Schneeleoparden darstellte. Bislang hatte das Programm gut funktioniert, doch nun wurden zwei Leoparden und zwei Jungtiere vermisst und waren möglicherweise tot.

Das Gewicht der Verantwortung lastete wie ein Stein auf ihrer Brust.

„Josef, lauf rüber und beruhige sie, bis Anji und ich mit dem Verladen fertig sind." Sie hielt seinen Blick, als er zu widersprechen drohte. Die Dorfältesten taten sich manchmal schwer damit, mit einer Frau zu verhandeln. Ihr machte das nichts aus, denn sie verabscheute Politik. „Beeil dich. Wir haben auch keine Zeit für Tee, das werden sie verstehen müssen."

So etwas war hier nicht üblich, und sie wollte diese Leute nicht beleidigen, doch das Überleben einer Spezies hatte heute Vorrang vor gesellschaftlichen Gepflogenheiten. Nach weiteren zehn Minuten waren sie mit dem Einladen fertig. Anji befestigte die Ersatzbenzinkanister auf dem Dach und vergewisserte sich, dass die beiden großen Benzintanks voll waren. Sie hupten, und Josef joggte herbei und sprang in den Lieferwagen.

„Alles wird gut." Falten durchzogen Anjis ledrige Haut. „*Inshallah.*"

So Gott will, in der Tat.

Sie und Josef tauschten einen Blick aus, als Anji den Wagen über die holprige Straße lenkte, die nur durch eine Linie aus hellen Steinen gekennzeichnet war. Die Reifen wirbelten Schmutz auf, denn der Boden war noch weich vom Tauwetter. Sie holperten über Wasserrinnen, Spurrillen und Geröllfächer. Axelle reckte den Hals und betrachtete die imposanten Berge.

„Wenn die Halsbänder funktionieren", brach Josef von der Rückbank aus das Schweigen, „könnte es sein, dass irgendein Verrückter in den Bergen vom Aussterben bedrohte Tiere für Geld abknallt. Jemand, der so verzweifelt ist, wird sich nicht darum scheren, wenn ein paar Ausländer als Kollateralschaden getötet werden."

Sie hatten im letzten Herbst einige Waffen bei ihren anderen Habseligkeiten zurückgelassen. Axelles Vater hatte auf einen gewissen Schutz bestanden, als er gehört hatte, dass sie ihre Forschungen in Afghanistan durchführen würde. Jetzt war sie dankbar dafür.

Sie warf Josef einen scharfen Blick zu. „Willst du nach Hause?"

„Ich meine nur, dass das gefährlich sein könnte." Er hielt sich an der Rückenlehne des Vordersitzes fest, als sie über eine baufällige Brücke holperten.

„Wenn du zurückwillst, solltest du es jetzt sagen. Der Pilot kann dich morgen früh ausfliegen." Ihre Stimme war sanft. Sie waren fast gleich alt, aber sie trug die Verantwortung für ihn, und sie hatte kein Recht, ihn in Gefahr zu bringen. „Ich will nicht, dass du denkst, du hättest keine Wahl. Ich komme schon klar." Er hatte ein eigenes Leben. Er hatte eine Zukunft. Sie hatte nur ihre Leidenschaft, Leben zu retten, die gerettet werden mussten.

„Ja klar, ich hau einfach ab und lasse dich allein in der Wildnis zurück." Josef lehnte sich zurück und verschränkte die Arme.

Sie verkniff sich eine aufbrausende Antwort. Es war ihr egal, dass sie allein in der Wildnis war, aber bei diesem weitläufigen Gebiet brauchte sie jede Hilfe, die sie bekommen konnte. „Ich habe Anji", entgegnete sie stattdessen. „Und wir können weitere Männer aus dem Dorf holen."

Der Wakhi-Mann schenkte ihr ein zahnloses Grinsen, und seine Augen funkelten. Nach Generationen von Kriegen und Jahrzehnten, in denen sie von der Regierung in Kabul ignoriert worden waren, waren ein paar fehlende Zähne das geringste Problem. Ein paar tote Leoparden waren dem Staat wahrscheinlich auch nicht so wichtig, nicht angesichts des Wiederaufstiegs der Taliban und der ständigen Bedrohung durch Attentate, Aufständische und den Tod.

„Wenn wir Hinweise auf Wilderer finden, wir holen Männer aus dem Dorf und bringen ihn zur Strecke", bekräftigte der kleinere Mann.

Axelle nickte, aber sie war besorgt. Das würde Anjis Aufgabe sein, wenn er seine Ausbildung beendet hatte und zum Wildlife Officer für diese Region ernannt wurde. Er musste selbstbewusst genug sein, um gefährliche Situationen wie diese zu meistern. Sie biss sich auf die Lippe. Er war so ein netter kleiner Kerl, dass sie nicht wusste, wie er imstande sein würde, bewaffneten Wilderern gegenüberzutreten. Die Vorstellung, dass ihm etwas zustoßen könnte, gefiel ihr gar nicht. Er hatte eine Familie. Menschen, die sich um ihn sorgten.

Die Isolation drückte auf ihre Schultern. Alles, was sie hatte, war ein entfremdeter Vater und ein Großvater, den sie seit zwei langen Jahren nicht mehr besucht hatte.

Über den Gipfeln der Berge zogen dichte Wolken auf. Ein Frühlingssturm braute sich zusammen, doch das war nichts im Vergleich zu dem wachsenden Unbehagen, das sie erfüllte, wenn sie daran dachte, dass jemand ihre Raubkatzen ins Fadenkreuz eines Jagdgewehrs genommen hatte.

———

Zwei Stunden später versank die Sonne im Westen. Verzweiflung und das Bedürfnis, sich zu beeilen, rauschten durch ihr Blut und ließen ihren Kopf vor Frustration pochen. Der Wagen war zweimal steckengeblieben, doch sie hatten es geschafft, sich aus dem auftauenden Boden zu befreien. Die Stoßdämpfer waren hinüber. Vor ihr konnte sie die schwachen Umrisse der Jurten erkennen, die tief im Schatten der Berge aufgestellt worden waren.

Lautes Schnarchen ertönte vom Rücksitz, wo Anji schlief. Josefs Wangen waren von der Anstrengung des Fahrens unter solch anspruchsvollen Bedingungen gerötet. Die drei hatten sich hinter dem Steuer abgewechselt.

„Fahr weiter", drängte sie, als sie die Jurten erreicht hatten. Um Zeit zu sparen, mussten sie so weit wie möglich in die Richtung fahren, in der sich Sheba vermutlich aufgehalten hatte. Achthundert Meter weiter fuhren sie über einen fußballgroßen Stein, und ihr Kopf stieß gegen die Seitenscheibe. *Verdammt nochmal.*

„Ich kann nicht mehr weiterfahren, ohne eine Achse zu brechen", warnte Josef.

„Halt hier an." Sie kramte in ihrer Tasche nach einer Stirnlampe und einer Taschenlampe. „Wir gehen den Rest des Weges zu Fuß."

„Jetzt?", fragte Anji schläfrig und warf seine Decke von seinem Schoß.

„Du fährst den Van zurück zum Camp und übernimmst das Funkgerät, Anji." Sie brauchten jemanden im Basislager, falls sie in Schwierigkeiten gerieten. „Auf diesem Kamm ist eine Höhle, die Sheba als Bau benutzt hat. Wenn die Jungen nicht da sind …" Ihre Stimme stockte. Sie wollte nicht daran denken, was passieren würde, wenn sie nicht da waren. Der Hindukusch war kein Ort, an dem Jungtiere allein in der Dunkelheit umherwandeln sollten.

Auch wenn sie sich so schnell wie möglich auf den Weg gemacht hatten, war es wahrscheinlich schon zu spät. Sie schluckte ihre Sorge hinunter und sprang aus dem Wagen. Josef trat mit einer Taschenlampe und einem Funkgerät zu ihr.

„Los geht's." Sie begab sich im Laufschritt auf den Weg, weil es bereits dämmerte und das kostbare Licht nicht lange reichen würde.

Sie stolperte über einen Stein, und Josef hielt sie am Arm fest. „Vorsicht."

Aber sie wollte nicht langsamer werden. Trotz der eisigen Bergluft strömte Wärme aus ihrem Körper, und ihr Herz pochte, als wären ihre Adern leer und lechzten nach Blut. So viele Raubtiere durchstreiften dieses Land – Bären, Wölfe, Luchse, Leoparden, Menschen – wie sollten da zwei Jungtiere ohne den Schutz ihrer Mutter überleben?

Sie kletterten über die großen Felsen auf dem Kamm und stiegen vorsichtig den steilen Abhang auf der anderen Seite hinunter. Der Himmel färbte sich samtschwarz, und nur die eisbedeckten Gipfel warfen einen schwachen silbrigen Schein auf die unteren Hänge. Axelle bahnte sich ihren Weg über einen winzigen, alten, in Stein gehauenen Ziegenpfad. Rutschig und gefährlich. Die dünnen Strahlen ihrer Taschenlampen waren der einzige Anhaltspunkt dafür, wohin sie ihre Füße setzen sollte, während sie hoch über einer Felswand hing. Sie rutschte aus und schlug mit dem Knie gegen einen Felsen. Steine rieselten den Berghang hinunter und untermalten Axelles verzweifelte Suche mit dem Klang von Granitregen.

Ihr Herz schlug schneller. Sie hielt sich an Josefs Hand fest, als er sie auf die Füße zog. „Danke."

„Wir sollten umkehren." Die Falten in seinem Gesicht verrieten ihr, dass er nicht hier sein wollte.

„Wir sind fast da." Sie ließ ihn los. „Noch zwei Minuten, dann wissen wir mit Sicherheit, ob die Jungen in der Höhle sind."

Axelle schritt den Pfad entlang, hinter ihr war das Knirschen von Josefs Schritten zu hören. Da. Ein paar Meter weiter sah sie die schmale Öffnung der Höhle. Ein Kribbeln zwischen ihren Schulterblättern ließ sie zögern.

Sie waren hergekommen, weil sie befürchteten, die Leopardin sei tot, aber wenn sie sich irrten, näherten sie sich der Höhle einer Großkatze mit Jungen. Schneeleoparden waren nicht annähernd so groß wie Löwen oder Tiger, aber Josef und sie standen am Rande einer Felswand. Leoparden konnten diese Felsen hinunterspringen, während Josef und sie daran zerschellen und den Tod finden würden.

Als Josef weitergehen wollte, hob sie ihre Hand, um ihn aufzuhalten. „Warte."

„Warum?"

„Weil ich deine Chefin bin und es dir sage."

Er grunzte, wenig beeindruckt. Sie wusste, wie er sich fühlte.

Es gab keine klügere Vorgehensweise. Auf allen vieren kroch sie vorwärts, die scharfen Felsen gruben sich in ihre Knie. Sie hielt den Atem an, lauschte und leuchtete dann mit ihrem Lichtstrahl direkt in die Öffnung der Höhle. Doch außer nacktem Gestein war nichts zu sehen.

Nichts.

Als sie den Lichtstrahl über den Boden des Eingangs wandern ließ, sah sie Tierknochen – Standardkost für Schneeleoparden. Dies war definitiv eine Raubtierhöhle. Sie bewegte sich vorwärts, Josef war so dicht hinter ihr, dass sie sich nicht umdrehen konnte, ohne auf ihn zu prallen. Ein Teil von ihr fand seine Körperwärme in der zunehmenden Kälte angenehm. Der andere Teil mochte es nicht, daran erinnert zu werden, wie es sich anfühlte, einen Mann zu berühren. Erinnerungen konnten kälter sein als der afghanische Winter.

Schweigend spähten sie in das niedrige Loch im Felsen. Auf dem nackten Felsboden lagen noch mehr Knochen verstreut, und auf einer Seite der Höhle war etwas, das wie ein Bett aus Fell aussah. Da waren weder grün reflektierende Netzhäute noch wütendes Knurren. Ein Felsvorsprung versperrte ihr die Sicht auf den hinteren Teil der Höhle, wohin die Jungen auf der Suche nach Nahrung oder Wärme gelaufen sein könnten.

Sie musste hineingehen und sich das Ganze genauer ansehen.

Ihre Muskeln spannten sich an, und der Schweiß lief ihr plötzlich in Strömen die Wirbelsäule hinunter. Ihr Mund wurde trocken, und sie musste mehrmals schlucken, um ihn zu befeuchten. Ihre Hände zitterten. Gott, das Letzte, was sie wollte, war, in dieses dunkle Loch zu kriechen und einen Blick hinter den Felsen zu werfen. Josef griff nach dem Gürtel ihrer Hose, bevor sie hineingehen konnte.

Sie wippte wie eine Stoffpuppe. „Lass mich runter, verdammt." Sie schaffte es, sich aus seinem Griff zu befreien. „Ich muss nachsehen, ob die Jungen hinter diesem Felsen sind."

„Lass mich gehen", bot er an.

„Du passt da nicht rein." Ohne ein weiteres Wort zu verschwenden, zwängte sie sich durch die schmale Öffnung. Dumme Kindheitsängste würden sie nicht davon abhalten, ihren Job zu machen.

Sofort verspürte sie ein Pochen, und jede Pore ihres Körpers schwoll an. Erinnerungen überkamen sie, Erinnerungen an eine Zeit, die so lange zurücklag, dass die Bilder eher wie Visionen aus einem anderen Leben wirkten. Die Stille. Das immense Gewicht über ihr, das sich jeden Moment verschieben und sie erdrücken könnte.

Konzentrier dich. Sie schwang die Taschenlampe herum, konnte jedoch nichts außer nacktem Fels erkennen. Ihr Herzschlag beschleunigte sich. Die Wände drohten sie zu erdrücken. Abgenagte Knochen bohrten sich in ihre Handflächen, während sie über den Boden kroch. Staub und Schmutz wirbelten durch die Luft, und sie keuchte. Der Gedanke daran, dass die Höhle einstürzen und das mächtige Gestein sie erdrücken könnte, ließ ihren Mund erneut trocken werden und ihr Herz rasen.

Sie atmete ein, ein, ein. Kurze, gierige Atemzüge, die ihre Lungen beinahe zum Platzen brachten. Schließlich stieß sie den Atem aus und konnte sich wieder bewegen. Sie griff mit der Hand in das Nest aus Fell. Kalt. Keine Restwärme von weichen, grazilen Körpern. Josef hielt sich an ihrem Knöchel fest, und trotz des unangenehmen Drucks war sie froh über diese Verbindung.

Sie kroch weiter und konzentrierte sich auf den Lichtkegel ihrer Taschenlampe, als sie sich durch den schmalen Spalt zwängte und endlich einen Blick hinter den Felsvorsprung werfen konnte.

Dreck, Felsen und weiße, verblichene Knochen.

Enttäuschung machte sich in ihrer Brust breit, und sie schluckte das schreckliche Gefühl des Versagens hinunter, während sie rückwärts kroch. „Nichts."

Josefs Augen waren im Schein ihrer Lampe weit aufgerissen. Sie wischte den Staub und das Fell von ihrer Kleidung und senkte den Kopf, um den Strudel ihrer Gefühle zu verbergen.

„Was sollen wir jetzt tun?"

„Zurück ins Lager laufen." In der Dunkelheit gab es nichts anderes zu tun. Wut und Angst schnürten ihr die Kehle zu.

Josef drehte sich müde um und machte sich auf den Weg.

Axelle wollte das Halsband suchen, aber das Risiko war zu groß. Ein rauer Wind wehte von den Bergen herab und fraß sich durch die zahlreichen Kleidungsschichten. Sie fror bis auf die Knochen. Sie schlang die Arme um ihren Körper und stapfte weiter. Das Funkgerät knirschte, und beide schreckten auf.

„Ich die Jungen finden! Ich die Jungen finden!"

Anji.

Axelle nahm das Funkgerät in die Hand. „Was soll das heißen, du hast die Jungen gefunden? Wo sind sie?"

„Sind in Box in Jurte." Es klang, als würde er vor Aufregung auf und ab springen.

Das ergab keinen Sinn. Der Wind wehte ihr ins Gesicht, als sie zu den Sternen hinaufblickte.

„Was zum Teufel geht hier vor?", murmelte Josef.

Sie hatte keine Ahnung. „Das werden wir herausfinden."

———

Dempsey und seine Soldaten verharrten in ihrer Position, als die Fremden über den Bergrücken verschwanden. Im Osten heulten Wölfe, und ihre Rufe hallten von den gewaltigen Felszacken wider, die den Durchgang wie eine Reihe von Haifischzähnen säumten. Die Erkenntnis kroch wie ein Nesselausschlag über Dempseys Haut.

„Was war das denn?", flüsterte Baxter in sein privates Funkgerät, das die vier über kurze Distanzen miteinander verband. Dempsey antwortete nicht. Er sprintete die zerklüftete Felswand hinauf, um herauszufinden, was sich die beiden angesehen hatten. Er brauchte weniger als eine Minute, um hinauf- und wieder zurückzuklettern.

„Leere Tierhöhle. Irgendein Raubtier", teilte er seiner Einheit mit.

„Zwei Ausländer? Hier in den Bergen? Mitten in der Nacht,

verdammt?" Baxter hob skeptisch eine Augenbraue. „Entweder führen sie nichts Gutes im Schilde oder sie sind völlig durchgeknallt."

„Wir sind auch hier in diesen Bergen, mitten in der Nacht", bemerkte Taz trocken.

„Ja, aber wir führen tatsächlich nichts Gutes im Schilde", gab Baxter zu bedenken.

„Und du bist durchgeknallt", fügte Cullen hinzu. Die gute Laune des Schotten verblasste, als sich eine bedrückende Stille um sie herum bemerkbar machte.

„Glaubt ihr wirklich, dass wir diesen Kerl hier draußen finden werden?", fragte Baxter zweifelnd.

Sie hatten zwar Satellitenüberwachung, aber in dieser weiten Wildnis?

„Das ist unsere Mission", versetzte Dempsey und ging los.

Der Terrorist, dem sie auf der Spur waren, hatte Verbindungen, die Politikern einen Ständer in der Größe der Londoner Nadel von Kleopatra verschaffen würden. Die hohen Tiere behaupteten, sie würden sich auf Geheimdienstberichte berufen, wonach dieser Kerl über den Boroghill-Pass zum Wakhan-Korridor unterwegs sei. Dempseys Erfahrung nach waren „Geheimdienstinformationen" ungefähr genauso zuverlässig wie ein Dreijähriger mit einer Kalaschnikow.

Bis jetzt hatten sie rein gar nichts gefunden.

„Sagst du uns noch einmal, was wir hier tun?", grummelte Baxter.

„Anweisungen befolgen." Dempsey hatte noch keine Mission vermasselt – ein Soldat mit seinem Werdegang konnte es sich nicht leisten, zu versagen, nicht, wenn er im Regiment bleiben wollte. Und obwohl dieser Teil Afghanistans kein heißes Pflaster für terroristische Aktivitäten war, war es vermutlich das beste Versteck für böse Jungs, die das Rampenlicht zu meiden suchten. Männer wie ihre Zielperson, die angeblich seit einem Jahrzehnt tot sein sollte.

„Und jetzt?", fragte Taz. Tariq Moheek war ein irakischer

Christ, der unter Saddam Husseins Regime ins Exil verbannt worden war. Seine Großmutter war im Irak geblieben und hatte Saddams eiserne Faust ertragen, bis sie während der Befreiung bei einem amerikanischen Bombenangriff ums Leben gekommen war. Der Kerl sprach acht Sprachen und sah aus wie ein Einheimischer – Taz war der beste Trumpf, den das Regiment hatte, wenn es um Krisen im Nahen Osten ging. Es war nur schade, dass sie ihn nicht klonen konnten.

Dempsey schulterte seinen Rucksack und musterte seine Gruppe. Sie trugen eine Ausrüstung, die für den Einsatz in großen Höhen geeignet war, ohne erkennbare Abzeichen. Sie waren schwer bewaffnet und trugen Westen, um lebenswichtige Vorräte griffbereit zu haben. Sie könnten wochenlang ohne Nachschub überleben, selbst in diesem öden, unfruchtbaren Land.

So lange wollte er allerdings nicht in dieser lebensfeindlichen Umgebung bleiben. „Folgen wir diesen Clowns und richten Beobachtungsposten ein." Beobachtungsposten wurden vorzugsweise im Dunkeln aufgestellt. „Ich will wissen, wer sie sind und was sie vorhaben." Egal, ob sie zu den Guten oder zu den Bösen gehörten, er konnte die Information gebrauchen.

„Wie stehen die Chancen, einen alten Sack hier draußen zu finden, wenn wir nicht einmal wissen, in welche Richtung er abgehauen ist, oder ob er überhaupt noch am Leben ist?", murrte Baxter.

An jedem der drei Bergpässe, die Pakistan mit dem Wakhan-Korridor verbanden, waren vier Mann Teams abgesetzt worden. Zwölf Soldaten, die ein Gebiet der Länge von Wales überwachten. Das Gute daran war, dass die meisten Gipfel zu steil waren, um sie ohne Ausrüstung zu überwinden, und dass die meisten Täler permanent eingeschneit waren.

Es bestand die Möglichkeit, dass sie einen Mann verfolgten, der nur eine unglückliche Ähnlichkeit mit einem toten russischen Terroristen hatte, der ein Jahrzehnt zuvor nur einen Finger an der Stelle des Bombenanschlags auf die britische Botschaft im Jemen hinterlassen hatte. Falls dem so war, würde der arme Kerl einen Riesenschock bekommen, wenn sie ihn fanden.

„Wenn er noch lebt, werden wir ihn finden." Denn so lautete sein Befehl. Auf sein Zeichen hin verschwanden sie lautlos wie Gespenster in der Nacht.

KAPITEL
ZWEI

Axelle schlüpfte in die Jurte, in der Anji sich einen kleinen wimmernden Schneeleoparden an die Brust drückte. Jeder Muskel schmerzte vor Müdigkeit, die Erschöpfung kratzte an ihren Augäpfeln, aber sie konnte sich ein Lächeln nicht verkneifen, als sie das unfassbar schöne und vollkommen unerwartete Fellbündel sah. Dann fiel es ihr ein. Wenn die Jungen in einer Box in ihrer Jurte waren, dann war Sheba zweifellos tot.

Alle ihre Befürchtungen hatten sich bewahrheitet. Nur dass die Jungen noch am Leben waren… zumindest vorerst. „Habt ihr Yak-Milch, mit der wir sie füttern können?", fragte sie.

Er nickte. Die Jungen waren dünn und verfroren und würden ohne Nahrung nicht lange überleben.

„Ich finden genau hier, in diese Kiste." Der Wakhi-Mann tippte mit seinem Stiefel auf die Pappschachtel auf dem Boden, und seine braunen Augen strahlten, während er das Jungtier wie ein Baby in seinen Armen wiegte.

Als ein Miauen aus dem Inneren des Kartons ertönte, bückte sie sich und zog ein weiches, gelbbraunes Fellbündel heraus, das mit tiefschwarzen Flecken bedeckt war. Das Kätzchen kuschelte sich an ihre Brust. Axelle blickte zu Josef auf, als er hinter ihr eintrat. „Ich verstehe das nicht. Wer hat sie hierhergebracht?"

Er hielt ihr die Hand hin, und sie reichte ihm das Jungtier. „Ich mache Feuer, während du sie fütterst."

Die Kleinen sahen sie mit ihren hellblauen Augen an, und Axelles Herz machte einen Sprung, als sie eine Hand ausstreckte, um ein winziges, flauschiges Ohr zu streicheln. Sie erinnerten sie daran, warum ihre Arbeit so wichtig war. Es gab nur noch so wenige dieser Tiere auf der Erde, und sie wurden innerhalb engster Grenzen gnadenlos zusammengedrängt.

„Was für ein Mensch tötet die Mutter, aber rettet die Jungen?", fragte Josef.

Es war unlogisch, mit der einen Hand zu zerstören und mit der anderen zu retten, und doch taten die Menschen ständig solche Sachen. Sie hockte sich hin und öffnete die Klappe des kleinen gusseisernen Ofens, den sie vor zwei Jahren aus Kabul mitgebracht hatten, als sie das Projekt ins Leben gerufen hatten. Dann zündete sie den Yak-Dung mit einem Streichholz an. Die orangefarbenen Flammen züngelten und tanzten, während sie an dem stechenden Brennstoff leckten.

Als sie aufblickte, bemerkte sie, dass beide Männer sie erwartungsvoll anstarrten und auf Anweisungen warteten. Sie war einer der weltweit führenden Experten für den Schutz bedrohter Wildkatzen. Wilderer waren nichts Neues für sie. Auch der Tod war nicht neu. Aber das hier war etwas anderes. Der Fundort gestaltete die Suche nach dem Täter äußerst problematisch. Die Abgeschiedenheit des Gebiets sowie die geografischen und politischen Faktoren verringerten ihre Chancen, diesen Mistkerl zu stoppen.

Ihr Blick fiel auf die kahlen Wände des Zeltes. Normalerweise hingen dort Revierkarten der einzelnen Leoparden mit Halsband. „Wenigstens hingen die Karten nicht hier, als er die Jungtiere hier zurückgelassen hat."

„Die braucht er nicht", entgegnete Josef, steckte das Jungtier in seine Jacke und sah sie unter seinen dichten Brauen hervor an. „Ich glaube, jemand benutzt unsere Halsbänder, um die Katzen aufzuspüren."

Axelle öffnete den Mund, um zu widersprechen, aber Josef gab ihr keine Gelegenheit dazu.

„Überleg doch mal – so schnell wie er Aslan und Sheba gefunden hat? Zwei unserer Wildkatzen innerhalb von ein paar Tagen zu finden, während wir fast zwei Monate lang Fallen aufstellen mussten, um überhaupt welche zu *sehen*?" Er holte tief Luft. „Jemand fängt unsere Funkfrequenzen oder die Satellitenübertragung ab und pickt sich unsere Leoparden wie Jahrmarktsenten heraus."

„Unmöglich." Sie dachte über Josefs Worte nach. *Undenkbar, aber nicht unmöglich.* „Vielleicht ist Aslan gar nicht tot", gab sie zu bedenken.

Zögerlich meldete sich Anji zu Wort. „Ich heute sein Halsband gefunden. Es war Blut daran."

Ihr wurde flau im Magen.

Josef ließ sich neben dem Metallofen nieder, als die Flammen endlich Wärme abgaben. „Du weißt, wie schwer es ist, einen Schneeleoparden zu fangen, geschweige denn zwei, und das innerhalb von achtundvierzig Stunden."

Sie war mit den Schwierigkeiten bestens vertraut.

Ein Großteil der Menschen, die seit Jahren in der Wildnis lebten, hatte noch nie einen zu Gesicht bekommen. Ein großes Team von Großkatzenexperten hatte Wochen sorgfältiger Beobachtung und Planung gebraucht, bevor sie mit ihren hochmodernen Fangtechniken Erfolg gehabt hatten. Doch dieser Wilderer war vielleicht schon seit Monaten hier, oder er war ein Einheimischer, oder er hatte einfach sehr viel Glück.

Sie schlang die Arme um ihren fröstelnden Körper. So sehr sie Josefs Idee auch von sich weisen wollte, er könnte recht haben. Ein mulmiges Gefühl breitete sich in ihrer Brust aus. „Das bedeutet, dass wir für jede Katze, die wir gefangen haben, ein Todesurteil unterschrieben haben."

Das Grauen verdichtete sich zu einer schweren Masse in ihrer Lunge, und es fiel ihr schwer, überhaupt einzuatmen. Mit dem Projekt des International Conservation Trust hatten sie im letzten

Herbst einen beispiellosen Erfolg erzielt und zehn Tiere markiert. Wenn dieser Wilderer alle Leoparden ins Visier nehmen würde, könnte er innerhalb weniger Wochen einen großen Teil der afghanischen Schneeleopardenpopulation auslöschen. Und das wäre dann ihre Schuld. Der Trust würde nie wieder eine Genehmigung für ihre Arbeit in Afghanistan erhalten – und sie würden vielleicht nie wieder ein Tier in freier Wildbahn mit einem Funkhalsband versehen können. Das würde die Bemühungen zur Erhaltung des Raubtierbestands um dreißig Jahre zurückwerfen. Und was noch wichtiger war: Ihre geliebten Leoparden standen in der Schusslinie.

Die Laternen flackerten, und der Wind begann zu heulen.

„Warum sollte dieser Bastard die Mutter erschießen, sich aber die Zeit nehmen, die Jungen in Sicherheit zu bringen?" Axelle schüttelte den Kopf. Das ergab keinen Sinn. Ihr Kopf tat weh, während sie versuchte, es zu begreifen.

Josef hielt das Jungtier hoch, sein weicher Bauch wölbte sich in seiner Handfläche. Es fing an zu quieken, als Anji Josef eine kleine Schale mit Yak-Milch und einen winzigen Medizinbecher reichte, den er irgendwo ausgegraben hatte.

„Diese Kerlchen würden auf dem Schwarzmarkt gutes Geld einbringen", bemerkte Josef.

„Allerdings hätte er sie sofort füttern und wegtransportieren müssen", fügte Axelle hinzu, während ihr die Erkenntnis dämmerte.

„Und dazu hatte er keine Zeit …" Josef begegnete ihrem Blick.

„Weil er noch nicht fertig ist. Oh, Gott."

„Vielleicht ein anderer hat die Kleinen gefunden?", schlug Anji hoffnungsvoll vor. „Jemand, der Projekt kennt und das Lager gesehen hat? Vielleicht er sie gefunden und hierhergebracht?" Er warf ihr und Josef einen unsicheren Blick zu. Es gab hier nicht gerade viele Passanten, und die Leute, die in dieser Gegend unterwegs waren, waren vermutlich Drogenhändler, die ihr Opium transportierten, oder Waffenhändler, die die Aufständischen im Süden belieferten.

„Vielleicht", gab sie zweifelnd zu. Sie versuchte, ihn mit einem Lächeln zu beruhigen, aber ihr Gesicht fühlte sich kraftlos und empfindungslos an. Vielleicht lächelte sie. Vielleicht auch nicht. Sie wusste es nicht.

Er sah weg. Das Jungtier versuchte, an seiner Brust hochzukrabbeln, und Anji löste die nadelscharfen Krallen von dem Stoff, in den sie kleine Löcher rissen.

Der Wilderer hatte genau hier gestanden und sich in diesem Zelt umgesehen. Bei dem Gedanken, dass ein Mörder – das Gegenteil von dem, was sie ihr Leben lang getan hatte – in ihrem Unterschlupf gewesen war, bekam sie eine Gänsehaut. Es war ihre Aufgabe, diese Tiere zu schützen, und es war ihr ein Gräuel, sich in jemanden hineinzuversetzen, der ihnen das Leben nahm – wegen etwas, das so unbedeutend und wertlos war wie Geld.

Langsam rappelte sie sich auf, ihr Kopf pochte aufgrund der Mischung von Höhenlage, Erschöpfung und Wut.

„Was hast du vor?", fragte Josef.

Sie fuhr ihren Laptop und ihr Satlink-Gerät hoch. „Ich muss die Trust-Zentrale informieren." Das flaue Gefühl in ihrem Magen wollte nicht verschwinden. All die monatelange harte Arbeit musste geopfert werden. Wissenschaftliche Erkenntnisse hatten keinen Vorrang vor dem Überleben einer Spezies. Es stand zu viel auf dem Spiel, um zu zögern.

Anji warf ein weiteres Stück getrockneten Dung ins Feuer. Sie fühlte sich, als würde ihr nie wieder warm werden.

„Ich werde eine E-Mail an den Trust schicken und fragen, ob sie einen Experten herschicken können, der sich um die Jungen kümmert, damit sie später wieder freigelassen werden können." Eine Schneeleopardenmutter kümmerte sich achtzehn Monate lang um ihre Jungen. Der Gedanke, dass diese wilden Kreaturen wegen ihres Forschungsprojekts in einen Zoo gesteckt werden könnten, war ihr unerträglich.

„Was noch?" Josef legte das satte, zufriedene Jungtier behutsam zurück in die Kiste neben sein Geschwisterchen. Seine Stimme zitterte vor Rührung.

Sie kniff die Augen zusammen. „Ich werde die Zentrale über unsere Vermutungen informieren –"

„Wenn wir auf ihre Erlaubnis warten, werden wir noch mehr Tiere verlieren."

Sie begegnete seinem Zorn mit entschlossener Ruhe. „Wir werden auf gar nichts warten. Wir müssen alle Leoparden einfangen und ihnen die Halsbänder abnehmen." Es könnte sie das Einzige auf der Welt kosten, was ihr wichtig war: Ihren Job. Aber sie hatte keine andere Wahl.

Die Halsbänder waren so programmiert, dass sie nach zwei Jahren abfielen. Sie rieb sich die müden Augen. Warum hatte sie sich nicht für ein Modell entschieden, bei dem man die Halsbänder per Fernsteuerung hätte entfernen können? Diese Geräte waren weniger zuverlässig, aber … *verdammt*. Sie hätte nie gedacht, dass ein raffinierter Wilderer ihre Technologie gegen sie einsetzen würde.

„In Zukunft muss die Halsbandfirma einen Weg finden, die Daten zu verschlüsseln, damit so etwas nicht mehr passieren kann." In der Zwischenzeit führten sie einen Wettlauf gegen die Zeit. Der Frust wollte sich in Form eines Schreis den Weg aus ihrer Kehle bahnen. Stattdessen begann sie zu tippen. „Geh schlafen Josef. Wir fangen im Morgengrauen an."

Schwerfällig vor Erschöpfung krochen Josef und Anji in ihre Schlafsäcke und rollten sich neben der Kiste mit den Jungtieren zusammen. Das Feuer strahlte eine gleichmäßige Wärme aus, die den heftigen Wind abschwächte, der von den Bergen herabheulte und den schweren Filz der Jurte zum Rascheln brachte.

Sie hoffte, dass der Mistkerl, der Jagd auf ihre Leoparden machte, von diesem Wetter überrascht wurde. Sie hoffte, dass der Bastard sich am Berghang den Arsch abfrieren würde. Sie zog sich ihren Schlafsack über die Schultern, während sie die Nachricht tippte, die ihren Ruf als Naturschutzbiologin ruinieren könnte.

Wenn der futsch war, was zum Teufel blieb ihr dann noch?

———

Wakhan-Korridor, Afghanistan, Juli 1979

Durch das Visier seines Dragunov-Scharfschützengewehrs verfolgte Dmitri zwei Westeuropäer auf Pferden, hinter denen drei einheimische Männer liefen, die schwer beladene Trampeltiere führten.

„*Kapitán*?", flüsterte ihm sein Leutnant ins Ohr. „Wenn das die Männer sind, hinter denen wir her sind, sollen wir sie töten?"

„*Njet*. Ich muss sie verhören." Dmitri blickte in ihre jungen, runden Gesichter. Es würde nicht lange dauern. Seine Vorgesetzten in Moskau würden sich freuen, dass seine Einheit den endgültigen Beweis gefunden hatte, dass Agenten in dieser Region westliche Propaganda verbreiteten. „Schnappt sie euch."

Seine Truppen stürmten los und umzingelten die zusammengewürfelte Karawane. Die Abendländer tasteten nach ihren Waffen, als sie von ihren Pferden gezerrt und zu Boden geworfen wurden. Schnell fanden sie sich am falschen Ende eines Gewehrs wieder. Einer der Führer rannte los. Dmitri hätte fast gerufen, dass sie den Mann laufen lassen sollten, doch es war zu spät. Er sackte auf dem Boden zusammen, als eine Kugel sein Herz durchbohrte. Dmitri hätte kein Problem damit gehabt, wenn der Mann Gerüchte über Soldaten verbreitet hätte, die wie Geister aus der Erde auftauchten, aber es sollte nicht sein. Mit langen Schritten ging er den Abhang hinunter. Die Einheimischen und die Abendländer wurden getrennt, ihrer Waffen entledigt, die Taschen wurden geleert und der Inhalt vor ihnen ausgebreitet.

Die Handgelenke der Männer waren hinter dem Rücken gefesselt.

„Comrade." Er legte den Kopf schief und lächelte in ein Paar wütender blauer Augen. Aus der Ferne hatte Dmitri den Mann für jünger und schwächer gehalten, aber die blonden Locken verliehen ihm ein trügerisch engelhaftes Aussehen. Aus der Nähe betrachtet lag eine gewisse Härte in dem Gesicht. Etwas unerwartet Gefährliches.

Das Fehlen von Angst? Oder dieses Aufflackern von Verachtung in seinem vermeintlich jugendlichen Gesicht?

Er traute diesen blauen Augen nicht. Aus dem Mund dieses Mannes würden nur Lügen kommen.

„Was wollt ihr? Warum habt ihr uns gefangen genommen? Die Sowjetunion hat hier keine Hoheitsgewalt." Der Mann sprach zuerst auf Englisch, bevor er seine Worte in perfektem Russisch wiederholte. Vollkommen akzentfrei.

„Deine Sprachkenntnisse sind lobenswert, Genosse." Er studierte eines der Flugblätter, die in der Tasche des Mannes steckten. „Arabisch sprichst du auch, wie ich sehe?" Er schüttelte den Kopf angesichts der albernen antisowjetischen Propaganda. „Schade, dass die meisten Menschen in dieser Region nicht lesen können."

Der andere Ausländer war jünger, sein Gesicht war weicher – zu weich, um an solch weltpolitischen Machenschaften beteiligt zu sein. Er war der Schwächere der beiden. Er war derjenige, den es zu brechen galt.

„Woher kommst du? Was hast du hier zu suchen?" Dmitri wandte sich an den dunkelhaarigen Mann mit den ängstlichen braunen Augen.

„Wir sind Forscher. Wir wollten den Berg Noshaq besteigen, aber ihr habt gerade unseren Führer erschossen." In seiner Stimme lag genügend aufrichtige Empörung, um überzeugend zu wirken, aber Dmitri ließ sich nicht täuschen. Amateure. Die Welt war voll von Amateuren.

„Das war seine eigene Schuld." Dmitri spreizte seine Finger und zuckte mit den Schultern. „Er hätte nicht wöglaufen sollen." Die Warnung war eindeutig.

Der dunkelhaarige Mann stieß verärgert die Luft aus und begann zu schimpfen.

„Sag nichts, Sebastian", befahl der blonde Engel.

Dmitri rammte ihm den Kolben seines Gewehrs ins Gesicht.

Der Mann schrie auf und krümmte sich auf dem Boden, Blut tropfte aus seiner Nase in den Staub.

Dmitri ignorierte ihn und konzentrierte sich stattdessen auf den dunkelhaarigen Mann, Sebastian. „Arbeitest du für die Amerikaner?" Keine Reaktion. „Die Briten?" Ein Aufblitzen in den Augen des Mannes beantwortete seine Frage. Er ging auf und ab. „Also ist der Wakhan-Korridor wieder einmal Schauplatz des Großen Spiels." Er seufzte und warf dem Mann, dessen Augen nun vor Angst und Unsicherheit groß waren, das zerknitterte Flugblatt vor die Füße. Der andere Mann lag auf dem Boden, seine Oberlippe war blutverschmiert.

Dmitri kniff die Augen zusammen. Er war ein gefährlicher Mann, kein Zweifel. Aber Dmitri war auch gefährlich, weil er die Macht der UdSSR hinter sich hatte. „Fotografiert alles und verbrennt die Flugblätter", befahl er seinen Soldaten, die sofort begannen, die Säcke von den Lasttieren abzuladen.

Einer seiner Soldaten fotografierte sie, und der blonde Mann kochte vor Wut, die selbst in der bitteren Stille spürbar war.

„Was sollen wir mit den Führern machen?", fragte der *Starshiná*.

Dmitri sah den Blutrausch in den Augen seiner Männer, doch er war sich über die Einsatzregeln im Klaren. „Lasst sie gehen, und erlaubt ihnen, ihre Tiere mitzunehmen."

„Nein!", rief der blonde Mann, als wäre er der Verantwortliche dieser Operation. *Mudak.*

Dmitri wollte den Wurm erneut niederschlagen, aber die erbärmliche Körperhaltung des Mannes bewog ihn dazu, ihn angewidert anzuspucken. Das Geräusch eines gespannten Gewehrs durchbrach die Stille.

„Soll ich ihn erledigen, *Kapitán*?"

Für Spione galten andere Regeln als für Zivilisten und Soldaten.

„Wir brauchen nur einen lebend", erinnerte ihn der Leutnant.

Einen, den sie brechen mussten, damit Dmitri in Erfahrung bringen konnte, was die britischen Imperialisten noch vorhatten.

Er sah, wie sich Unbehagen in das Gesicht des blonden Mannes schlich, und freute sich einen Moment lang darüber, dass er ihn verunsichert hatte.

Der dunkelhaarige Mann stotterte: „Ihr könnt uns nicht einfach erschießen. Ihr würdet einen regelrechten Krieg auslösen."

„Ihr und eure Verbündeten in den USA seid diejenigen, die den Krieg anzetteln." Und die UdSSR wurde trotz allem mit hineingezogen. Seiner Meinung nach war das ein Fehler, aber niemand wollte auf ihn hören. Dmitri ging neben dem schwächeren Mann in die Hocke. „Eure Machthaber werden niemals zugeben, dass sie wissen, wer ihr seid, geschweige denn, euch zurückfordern. Es wird niemanden interessieren, wenn ihr sterbt."

„Wir sind Bergsteiger –"

„Eure Familie wird nie erfahren, wo eure Leichen liegen." Dmitri zog seine Stechkin APB aus dem Holster und überprüfte die Kammer. Dann zielte er auf den blonden Mann. Er lächelte. „Sag mir, dass du ein britischer Spion bist."

„Du erschießt mich doch sowieso." Der blonde Mann grinste, aber seine Augen blitzten, als Dmitri den Finger auf den Abzug legte. „Halt! Ich muss unter vier Augen mit dir reden."

Dmitri lachte. „Die Zeit für private Gespräche ist abgelaufen."

„Ya russki agent!"

Dmitri erstarrte, und der braunhaarige Mann stotterte: „Warum zum Teufel erzählst du ihnen das. Jetzt werden sie mich einfach erschießen."

„Halt dein blödes Maul, Sebastian."

Dmitri erhob sich und kniff die Augen zusammen. „Nenne mir deinen Codenamen und deinen Führungsoffizier." Sein Patriotismus verlangte, dass er die Geschichte des Mannes überprüfte, und Dmitri freute sich schon darauf, sich persönlich um den arroganten kleinen Scheißer zu kümmern, wenn der GRU ihm mitteilte, dass er noch nie von ihm gehört hatte.

———

Axelle schälte sich aus ihrem Schlafsack in der Hauptjurte und zündete den Brenner an, um Tee zu kochen. Sie trug dieselben Kleider wie gestern und war sich sicher, dass sie schlimmer stank als der einheimische Yak. Die Körperpflege würde warten müssen. Normalerweise schlief sie in einem der kleineren Zelte, aber da sie gestern erst spät angekommen waren und die Jungen mit der Flasche füttern mussten, hatte sie sich nicht die Mühe gemacht, sich ein eigenes Bett zu suchen. Sie hatte einfach ihren Schlafsack auf den Boden gelegt und die Augen geschlossen. Josef lag mit offenem Mund da und schnarchte. Anji hatte sich auf einer Palette in der Ecke zusammengekauert, schützend an die Jung-tiere gekuschelt, die zum Glück noch schliefen. Sie hatten sie in der Nacht noch einmal gefüttert, da sie durch die eindringlichen Schreie der hilflosen Kreaturen geweckt worden waren. Wenn das bei Babys auch so war, war es kein Wunder, dass ihre Mutter nur ein Kind gehabt hatte.

Die Gedanken an ihre Mutter kamen wie aus dem Nichts, und sie verdrängte sie schnell.

Sie kochte Tee für alle und überlegte, ob sie ihre E-Mails abrufen sollte, aber sie wollte keine Befehle erhalten, die sie nicht befolgen konnte, wie zum Beispiel die Halsbänder nicht zu entfer-nen, bis sie die Situation besser einschätzen konnten. Denn wenn sie noch einen weiteren Leoparden verloren, könnte sie das nicht ertragen.

Sie lud die neuesten Positionsdaten von den Satelliten herunter und machte sich Notizen zu den GPS-Koordinaten. Sie mussten versuchen, die acht verbliebenen Tiere einzufangen. Acht der am schwersten zu fassenden Wildkatzen der Welt, die alle schon einmal gefangen geworden waren und die allesamt darauf bedacht waren, nicht wieder in eine Falle zu tappen. Sie ging zum Waffenschrank und begann, so leise wie möglich die Betäubungs-mittel zu mischen, die Betäubungspfeile und das Gegenmittel einzupacken und die Ausrüstung zusammenzustellen, die sie brauchen würden, einschließlich der Tagesrucksäcke mit Wasserflaschen und Proviant.

Sie bereitete zwei Milchflaschen für die Jungtiere zu und stellte sie auf die Futtertheke. Dann rüttelte sie Josef wach und bedeutete ihm mit einem Finger an den Lippen und einem Blick auf das noch schlafende Trio, leise zu sein. Er nickte und zog seine Stiefel an, bevor er sich seinen Rucksack und das Betäubungsgewehr schnappte und ihr in die Stille des Morgens folgte. Es war kalt, und sie zogen ihre Mäntel enger um den Oberkörper, um den Wind abzuwehren, während sie warmen Tee aus Thermoskannen tranken. Anschließend ging Axelle zum Ausrüstungszelt und holte die schweren Kabelfallen und Federmechanismen heraus. Sie hievte vier davon über ihre Schulter und wäre unter dem Gewicht fast eingeknickt. Außerdem nahm sie einen Hammer mit. Josef nahm die anderen sechs Fallen und die Schaufel, bevor sie alles dorthin brachten, wo die Lasttiere zusammengepfercht waren. Sie hatten ein Geländemotorrad, aber darauf konnten sie auf keinen Fall alles transportieren. Josef war zwar kein Fan vom Reiten, aber es stand zu viel auf dem Spiel, als dass er sich dagegen hätte wehren können.

Sie sattelte zwei Pferde, während Josef die Ausrüstung auf dem Rücken eines Yaks befestigte.

„Bereit?", fragte sie.

Josef nickte, und sie saßen auf.

Eine Stunde später führte Axelle ihr widerspenstiges Pferd zu einem ihrer erfolgreichsten Fallenstandorte. In diesem Gebiet überschnitten sich die Reviere zweier Leopardenmännchen mit Halsband. Die Ausläufer des Gebirges waren in braun- und grauschwarze Farbtöne getaucht, während der Hindukusch in einem Schleier aus finsteren Wolken verschwand, der zu den düsteren Felsen passte.

Normalerweise dauerte es Stunden, um eine Falle auszulegen, aber so viel Zeit hatten sie nicht. Ihr Herz schlug wie ein Countdown für eine Katastrophe, jeder Atemzug schmerzte, und die dünne Luft in knapp dreitausend Metern Höhe machte die Sache auch nicht besser.

„Wir werden frühere Fallenstandorte benutzen." Das sparte Zeit, da sie keine neuen Löcher in die halbgefrorene Erde graben und keine neuen Standorte suchen mussten. Der Nachteil war, dass die Wildkatzen möglicherweise nicht dumm genug waren, zweimal auf denselben Trick hereinzufallen.

Sie näherten sich der ersten Stelle, als die Sonne den zerklüfteten Rand des Gebirges berührte. Gold und Rosa hüllten die schneebedeckten Gipfel ein und begannen, die Wolken zu vertreiben, doch weder sie noch Josef hatten Zeit, dem Spektakel mehr als einen flüchtigen Blick zu widmen. Als sie den Boden untersuchte, entdeckte sie frische Kratzspuren.

„Sieht so aus, als wären sie immer noch in diesem Gebiet unterwegs." Das bestätigte die Daten der Halsbänder. Nachdem sie die Pferde und den Yak angebunden hatten, sank sie auf die Knie und begann, losen Kies aus der Grube zu schaufeln, in die sie die Schlinge legen würde. Mit einem kleinen Spaten zerschlug sie die Steine, während Josef die Feder an der Schlinge befestigte, die den Leoparden festhalten sollte. Nachdem sie sich vergewissert hatte, dass das Loch groß genug war, legte sie die Schlinge über ein Stück Plastikfolie und bedeckte das Metall mit einer dünnen Schicht Erde. Sie überprüften den Mechanismus der Schlinge – er funktionierte. Zum Schluss baute sie den Funksender auf, der ein Signal aussenden würde, wenn die Falle ausgelöst wurde.

Ihr Herz pochte vor Anstrengung, und ihr Atem ging schwer. Es hatte nicht einmal eine Stunde gedauert, trotzdem mussten sie schneller arbeiten.

„Wir werden eine weitere Schlinge in Svens Gebiet legen." Das Gebiet des benachbarten Männchens grenzte an dieses an.

Sie folgten dem Steilhang etwas über einen Kilometer nach Norden und aßen ihr Mittagessen im Sattel, schweigend und ohne Rast zu machen. Axelles Kehle war rau von der Anstrengung, die in ihr tobenden Emotionen zu unterdrücken. Die unsichtbare Bedrohung, eine Kugel in den Rücken zu bekommen, machte sie paranoid. Sie richtete ihr Rückgrat auf und ritt weiter. Es gab keine Alternative, und die Leoparden waren alles, was zählte.

Am Nachmittag stand die Sonne hoch am Himmel, und der Wind brannte auf ihren Wangen.

An den Ausläufern des Gebirges herrschte eine Atmosphäre von Verlorenheit und Einöde. Die einzigen Lebewesen, denen sie bis jetzt begegnet waren, waren Salbeisträucher und Vögel. Bis 18.00 Uhr waren sie dreißig Kilometer in einem großzügigen Kreis um das Basislager geritten und hatten acht Fallen aufgestellt. Das war zwar eine rekordverdächtige Leistung, aber kein Grund zum Feiern. Sie mussten noch zwei weitere Fallen aufstellen, und sowohl sie als auch Josef waren erschöpft. Sie ritten durch eine kurze, enge Passschlucht entlang eines schmalen Baches, der in der Nachmittagssonne durch die Gletscherschmelze munter vor sich hinplätscherte. Das Gefühl, beobachtet zu werden, verstärkte sich, und die Haare auf Axelles Armen stellten sich auf. Sie blickte auf und erstarrte.

Auf einem Felsvorsprung über ihnen saß ein Schneeleopard wie eine Sphinx, mit grimmigen grauen Augen. Axelle erkannte ihn an den gelben Markierungen an beiden Ohren. Es war das Männchen, dem sie den Namen Samson gegeben hatten – ein großer Schneeleopard mit blutverschmiertem Kiefer, der den toten Markhor an seiner Seite bewachte. Er war der dominante Kater in diesem Gebiet und wog 55 kg. Obwohl Schneeleoparden keine Menschen angriffen, wurden sie aggressiv, wenn sie in die Enge getrieben wurden.

Axelles Pferd schnaubte und tänzelte zur Seite.

„Weiter", drängte sie Josef, während sie ihr Pferd an den wachsamen Augen der Wildkatze vorbeitrieb.

„Er wird niemals in eine Falle tappen, wenn er sieht, wie wir sie aufstellen", protestierte Josef.

Nachdem sie um eine Biegung geritten waren, zog sie den Yak neben ihr Pferd und holte das Betäubungsgewehr aus dem Rucksack. Sie lud einen Pfeil, schwang ihr Bein über den Hals der Stute und sprang ab.

„Du kannst ihm keinen Pfeil verpassen, solange er nicht in der Falle ist." Josef packte sie am Arm. „Axelle, der Trust wird dich auf der Stelle entlassen, wenn sie das herausfinden."

Sie riss sich von ihm los. „Er ist hier. Und zwar jetzt. Bis wir ihn wiedersehen – *falls* wir ihn wiedersehen –, könnte der Wilderer ihm schon die Haut abgezogen haben." Ihre Stimme zitterte und sie versuchte, ihre Fassung zu bewahren. Übermäßig emotional zu werden brachte nichts. Das hatte sie gelernt, als sie als dürre kleine Göre unter einem Haufen Schutt begraben gewesen war. „Ich werde dafür sorgen, dass deine Doktoranden-stelle nicht gefährdet wird. Du wirst für nichts, was ich tue, verantwortlich gemacht werden." Sie schluckte Staub und etwas, das sich verdächtig nach Tränen anfühlte. „Und wenn sie mich feuern? Na und? Ich werde einen neuen Betreuer für dich finden. Einen besseren." Auch wenn dieser Job das Einzige war, was in ihrem Leben zählte.

„Es gibt keinen besseren Vorgesetzten." Josefs Kiefer verkrampfte sich. „Ich mache mir keine Sorgen wegen meines Doktortitels."

„Das solltest du aber." Ihre Augen suchten den westlichen Horizont ab. „Die Sonne geht unter. Wir müssen uns beeilen." Sie begann mit dem Aufstieg, um an einen Ort über der Wildkatze zu gelangen. „Bind die Tiere an und bereite die Decken und das Gegenmittel vor." Leoparden suchten in der Regel höhergelegene Stellen auf, wenn sie Angst hatten, aber sie wollte, dass Samson nach unten ging, weg von den steilen Abgründen und halsbreche-rischen Felsstürzen.

Geschickt kletterte sie auf eine erhöhte Position. Der Leopard hatte sich nicht bewegt. Er beäugte Josef, den er als die größere Bedrohung ansah, und schützte seine Beute. Sie zielte und zögerte, denn sie wusste, dass sie damit gegen das Protokoll verstieß, an dessen Ausarbeitung sie beteiligt gewesen war, aber ihr fiel keine Alternative ein.

Was, wenn sie die Halsbänder abnahm und sich herausstellte, dass es sich nur um eine kurzfristige Fehlfunktion handelte? Dann wäre sie erledigt.

Anji hatte sich heute auf die Suche nach Shebas Halsband gemacht, aber sie hatte nichts von ihm gehört, und sie hatte keine Zeit, ihn jetzt anzufunken. Was, wenn sie sich mit dem Wilderer geirrt hatten?

Aber was, wenn sie recht hatten? War es das Leben dieses Leoparden wert, ein Risiko einzugehen?

Verdammt nochmal.

Sie schüttelte die lähmende Unentschlossenheit ab, zielte und atmete aus. Dann drückte sie ab. Der Pfeil traf Samson direkt in die Flanke, und der Leopard drehte sich mit einem Knurren zu ihr um. Sie stand auf und schwenkte das Gewehr über ihrem Kopf, um groß und furchterregend zu wirken. Verdammt, furchterregend beschrieb kein bisschen, wie sie sich gerade fühlte. Der Leopard fletschte die Zähne und trat einen Schritt vor. Als sie ihn böse anknurrte, wirbelte er herum und sprang direkt über den Rand der Klippe.

Axelle kletterte die Felsen hinunter. Dabei rutschte sie aus und versuchte, das Gewehr hochzuhalten, damit es nicht beschädigt wurde. Sie sprang auf den Boden, rannte um die Ecke und sah, dass der Leopard und Josef einander gegenüberstanden. Dort wo Axelle stand, versperrte sie der Wildkatze den Fluchtweg. Die Pferde zerrten an den Zügeln, verdrehten in panischer Angst die Augen und stampften mit den Hufen, als sie das Raubtier witterten. Schnell lud sie einen weiteren Pfeil nach.

„Mach. Schnell!", stieß Josef zwischen zusammengebissenen Zähnen hervor, als der Leopard einen Schritt auf ihn zumachte.

Sie zielte, als der Leopard zum Sprung ansetzte. Der Schuss hallte in der Schlucht wider, und Samson begann zu taumeln.

Es dauerte nur einen Moment, bis das Betäubungsmittel seine Wirkung voll entfaltete. Sie schnappte sich einen Schlafsack, um ihn zuzudecken, da die Medikamente die Herzfrequenz verringerten und zu Unterkühlung führen konnten, besonders jetzt, da die Sonne niedriger am Himmel stand. Sie deckte ihn vorsichtig zu, während Josef das Halsband löste. Es dauerte nur wenige Sekunden. Sie streichelte das dichte, prachtvolle Fell des Tieres und nahm seine Wärme in sich auf, während sie seinen Puls fühlte. Sie sollten Proben nehmen, das Gewicht überprüfen und weitere Messungen vornehmen, doch sie wagte es nicht, bevor sie nicht wusste, dass alle ihre Raubkatzen in Sicherheit waren.

„Bringen wir die Pferde aus dem Canyon, dann geben wir ihm das Gegenmittel." Es war fast dunkel, und sie mussten zurück zum Lager.

Josef setzte sich auf seine Fersen. Sorgenfalten durchzogen seine zerfurchte Stirn. „Ich hasse das."

Er meinte nicht den Verlust von Daten.

Starke Empfindungen kochten in ihrer Brust hoch und wollten sich nicht beruhigen, egal wie tief sie einatmete. „Ich auch." Der Kloß in ihrer Kehle wuchs, bis sie nicht mehr sprechen konnte.

Seit dem Tod ihres Mannes vor über zehn Jahren hatte sie nicht mehr geweint, und sie hatte nicht vor, jetzt damit anzufangen. Sie ignorierte den unerwarteten Schwall negativer Gefühle und half Josef, die Pferde wegzubringen. Dann sah sie zu, wie eines der schönsten Geschöpfe der Welt nun mit einer besseren Überlebenschance wieder aufwachte.

―――

Jonathon Boyle ignorierte den Schweiß, der sich unter seinen Achseln sammelte, als er vor dem Büro des Premierministers saß. Die Luft im Vorzimmer von Downing Street Nr. 10 war extrem stickig. Obwohl draußen für Mai Rekordtemperaturen herrschten, war kein einziges Fenster offen. Das neue Oberhaupt des britischen Volkes schien eine ungesunde Abneigung gegen frische Luft zu haben.

Die Tür öffnete sich, und seine Augen weiteten sich ein

wenig, als sein Blick dem von Franklin Dehn, dem US-Botschafter am Court von St. James, begegnete. Obwohl sie durch die Heirat von Familienangehörigen miteinander verwandt waren, ging der Mann wortlos an ihm vorbei, und Jonathon erlaubte sich einen Moment stillen Abscheus. Selbst in der größten Hitze war der andere Mann eiskalt. Der Amerikaner ließ sich durch nichts aus der Ruhe bringen. Jonathon hatte es, weiß Gott, versucht.

Die Sekretärin des Premierministers stand in der Tür und bedeutete ihm mit einem gekrümmten Finger und einem ungeduldigen Schnalzen ihrer Zunge, einzutreten. Dürre alte Krähe. Er nahm sein Jackett und seine Aktentasche von dem burgunderroten Polstersessel und machte sich daran, den neuen britischen Premierminister zu begrüßen.

„Danke, dass Sie mich so kurzfristig empfangen, Herr Premierminister." Er streckte seine Hand aus.

„Ich denke, wir können auf die Formalitäten verzichten, wenn man bedenkt, wie lange wir uns schon kennen, Jonathon." David Allworth schüttelte seine Hand mit eisernem Griff und deutete auf einen Stuhl. „Ich habe nicht viel Zeit", er schaute auf seine Uhr, „aber ich nehme an, du bist wegen des Gerüchts hier, dass Dmitri Volkov nach all den Jahren wieder aufgetaucht ist?"

Jonathon faltete die Hände auf dem Schoß. Eine eher weibliche Geste, die er vor Jahren kultiviert hatte und die ihm gute Dienste leistete. Obwohl er Frau und Kind hatte, glaubten die meisten, er wäre homosexuell, und er nutzte diesen Irrglauben zu seinem Vorteil. Den Frauen schien es jedenfalls zu gefallen. Vielleicht fühlten sie sich dadurch sicherer.

„Ich weiß, dass es mich nichts angeht. Aber der Mann hat versucht, die britische Botschaft in Sanaa zu bombardieren, in der ich mich damals gerade aufhielt. Das macht die Sache für mich ziemlich persönlich."

Die Uhr auf dem Kaminsims tickte. Für wie viele Premierminister hatte diese Uhr wohl schon die Zeit angezeigt? Mindestens drei, von denen er wusste.

„Ich bezweifle, dass *du* das angestrebte Ziel im Jemen warst."
Ein Schmunzeln begleitete das leise Lachen.

Was deutlich bewies, wie wenig der Mann über die Welt der
Spionage und Gegenspionage wusste. Und genau darum ging es
ja beim erfolgreichen Bewahren von Geheimnissen, dachte Jonathon mit einem gedanklichen Achselzucken.

„Natürlich nicht." Er wischte den Gedanken weg. „Ich bin
wohl kaum wichtig genug, um eine eigene Bombe zu verdienen."
Dieser Anschlag hatte ihn wütend gemacht. Er hatte nicht damit
gerechnet, und es war das zweite Mal, dass der Russe ihn über-
listet hatte. „Aber ich verstehe nicht, warum gemunkelt wird, dass
der Mann jetzt, nach all den Jahren, wieder aufgetaucht ist. Er
sollte doch tot sein ..." Es war ein Risiko, hierherzukommen, um
nach Informationen zu forschen, Interesse zu zeigen, aber bei der
Spionage ging es darum, jede Chance zu nutzen.

„Wahrscheinlich ist er das auch", entgegnete Allworth mit
einem herablassenden Lächeln. „Es gab nur ein Gerücht, dass er
in Pakistan gesehen wurde. Ich habe trotzdem jemanden hinge-
schickt, um der Sache nachzugehen."

„Jemanden?" Jonathons Ton wurde schärfer.

„Soldaten", gab der Premierminister zu.

War das eine gute oder eine schlechte Nachricht? Jonathon
kaute auf seiner Unterlippe und ließ einen kleinen Zweifel zu.
Schließlich war er ein alter Mann, der im Dienst für sein Land fast
in die Luft gesprengt worden wäre. „Glaubst du, dass sie eine
Spur von diesem Phantom finden werden? Wir haben ihn fast ein
Jahrzehnt lang für tot gehalten. Außerdem ist er mit den Bergen
ebenso vertraut wie du mit Politik ..."

Er war wirklich ein unterwürfiger kleiner Mistkerl, aber das
ließ sich nicht ändern.

„Ich habe den SAS geschickt." Davids stoische Miene konnte
seinen nationalistischen Stolz nicht verbergen. Jonathon verdrehte
im Geiste die Augen – als ob Großbritannien das einzige Land auf
der Welt wäre, das Spezialeinheiten besaß. „Wenn er noch lebt,
werden sie ihn finden."

„Natürlich." Jonathon neigte noch einmal den Kopf, bevor er seine Sachen nahm und Anstalten machte, sich zu verabschieden. „Dein Vater wäre stolz auf dich gewesen, wenn er miterlebt hätte, was du alles erreicht hast, David. Wirklich sehr stolz."

„Meinst du?" Ein nachdenklicher Glanz trat in die Augen des jüngeren Mannes.

„Oh, ich bin überzeugt davon." Waisenkinder sehnten sich nach der Erwähnung ihrer Eltern. Das wusste er aus eigener Erfahrung. „Dein Vater und ich haben oft über dich und deine Mutter gesprochen, wenn wir in irgendeiner Hütte am Ende der Welt saßen. Du hast jeden Traum erfüllt, den er sich für seinen Sohn ausgemalt hat."

„Ich erinnere mich überhaupt nicht an ihn." Sein Tonfall war wehmütig.

„Glaub mir", lächelte Jonathon, „er wäre stolz auf dich." Er streckte seine Hand aus. „Du hast sicher viel zu tun. Da willst du bestimmt nicht, dass ein nutzloser alter Sack wie ich hier herumlungert."

David Allworth beugte sich vor. „Ich habe gehört, dass du dich endlich aus dem Außenministerium zurückziehen wirst."

„Ob es mir gefällt oder nicht, fürchte ich." Jonathons Lächeln wankte. Er war über siebzig Jahre alt, aber sein Verstand war schärfer als Toledo-Stahl. Er war noch nicht bereit, in den verdammten Ruhestand zu treten. Er glaubte nicht, dass er jemals bereit sein würde.

„Du hast nicht vor, mit Golf und Sudoku anzufangen, nehme ich an?"

Er schauderte. „Ich würde mich lieber mit billigem französischem Wein zu Tode saufen."

Der Premierminister musterte ihn mit der Art von Mitleid in seinen Augen, die Jonathon verabscheute - als ob er das Recht hätte, ihn zu bemitleiden. Aber Jonathons Zeit war fast abgelaufen, also konnte er sich genauso gut an den Gedanken gewöhnen. Sein knochiger alter Hintern wurde von ungeduldigen jungen

Leuten, die er mit seinem kleinen Finger umhauen könnte, vor die Tür gesetzt.

Er seufzte und rang sich ein Lächeln ab. Es blieb ihm nichts anderes übrig, als gute Miene zum bösen Spiel zu machen und seine Kontakte zu pflegen. Vielleicht würde er Davids Mutter einen Besuch abstatten. Er hatte der Witwe nach dem Tod ihres Mannes gelegentlich Trost gespendet. Aber sie war zu bedürftig gewesen, und er war ihrer schnell überdrüssig geworden. Vielleicht war es jetzt an der Zeit, diese Bekanntschaft wieder aufzufrischen.

„Eigentlich ..."

Jonathon erstarrte mitten im Gehen.

David Allworth erhob sich und schritt zum Fenster mit Blick auf den Garten. „Ich habe etwas, das du vielleicht in Betracht ziehen möchtest. Einen Sitz in einem Beratungsausschuss."

Jonathon hob die Augenbrauen, hielt aber den Mund. Er wollte seinen Lebensabend nicht damit verbringen, Reformen des staatlichen Gesundheitsdienstes oder Rentenpläne zu überwachen – nicht einmal für Mütterchen Russland. „Um was zu tun?"

Der Premierminister runzelte die Stirn. „Die Waffenentwicklung in Aldermaston zu beaufsichtigen. Das erfordert eine Sicherheitsüberprüfung auf höchster Ebene." Die dunkelbraunen Augen begannen zu funkeln. „Wärst du daran interessiert?"

Jonathons Mund verzog sich vor ehrlicher Überraschung. *Endlich.*

„Ich, Premierminister?" Innerlich ballte er aufgeregt die Fäuste. Er war wieder im Spiel. Sie schüttelten sich die Hände, und trotz seiner Euphorie und der großen Hitze war seine Haut kalt. „Ich würde alles tun, um meinem Land zu helfen."

KAPITEL
DREI

Dempsey und Baxter waren vor etwa sechsunddreißig Stunden in ein Loch am Berghang gekrochen, der dieses baumlose, felsige Tal überragte. Gefühlte hundert Stunden später waren sie immer noch hier, Dempsey lag bäuchlings auf seinem Schlafsack, während er Wache hielt. Der Eingang zu ihrem Versteck war gut hinter dürren Büschen versteckt, und Baxter und er hatten die Gegend von Spinnen und Skorpionen gesäubert und nach Schlangen abgesucht, bevor sie sich eingerichtet hatten. Sie mussten auf unerwünschte Wildtiere achten, denn keiner von ihnen wollte mit einem Rettungshubschrauber von hier weggebracht werden. Außerdem konnten sie das Protein gebrauchen.

Taz und Cullen befanden sich auf demselben Berg, allerdings auf der Südseite, und genossen die aufgehende Sonne, während Dempsey und Baxter sich im Schatten den Arsch abfroren. Die zwei Leute, die sie in der ersten Nacht gesehen hatten, waren gestern den ganzen Tag unterwegs gewesen und erst nach Einbruch der Dunkelheit zurückgekehrt. Dempsey wusste nicht, was sie vorhatten.

Der Mann, den sie im Lager zurückgelassen hatten, sah einheimisch aus. Er trug eine AK-47 mit gewohnter Lässigkeit auf dem

Rücken, wie die meisten Männer in diesem gottverlassenen Land. Gestern war er mit einem Geländemotorrad ein paar der angrenzenden Hügel abgefahren. Dempsey war ihm ein kurzes Stück gefolgt, doch nach einer Stunde war der Kerl ins Lager zurückgekehrt.

Dempsey blickte auf die drei Jurten hinunter, die wie Zirkuszelte am Fuße des Berges standen. Ein paar Pferde und ein Yak waren in der Nähe untergebracht, und daneben parkten das Motorrad und ein alter russischer Lieferwagen.

Wer seid ihr? Was macht ihr hier? Kann ich euch gebrauchen?

Er hatte sich mit der Zentrale in Verbindung gesetzt, um mehr über sie zu erfahren, aber bis jetzt waren ihre Identitäten nicht bestätigt worden. Die Informationen in dieser Region waren bestenfalls lückenhaft. Im Winter operierte hier niemand, denn dieses Gebiet war durch den Schnee in den Bergen und Temperaturen, bei denen man sich die Gliedmaßen abfror, völlig abgeschnitten. Dieser Teil Afghanistans war erstaunlich friedlich, wenn man bedachte, dass er von drei feindlichen Grenzen umgeben war: Tadschikistan, China und Pakistan. Der Großteil der Nordprovinz Badakhshan lag im Westen, der Heimat der Nordallianz der Mudschaheddin, die jahrzehntelang gegen die Sowjets und die Taliban gekämpft hatten. Menschen aus dem Westen waren in diesem Teil der Welt zwar selten anzutreffen, aber es kam vor: Nichtregierungs- und Wohltätigkeitsorganisationen waren hier aktiv. Im Sommer kamen sogar Touristen. Aber das Tal wurde auch von Waffenschmugglern und Drogenhändlern genutzt.

Also, wer zum Teufel seid ihr? Freund oder Feind?

Der steinige Boden des Berges war unerbittlich unter seinem Körper. Seine Beine schmerzten, er fühlte sich, als hätten Sumo-Ringer auf seine Rückenmuskeln eingedroschen. Alle, die wegen des Adrenalinkicks zu den Special Forces gingen, sollten mal versuchen, diese Position über längere Zeit zu halten. Es war verdammt langweilig hier und stellte seine Ausdauer stärker auf die Probe als jede Eiskletterei. Vielleicht wurde er langsam zu alt für diesen Mist. Mit neununddreißig gehörte er zu den älteren Soldaten im Regiment und mit zweiundzwanzig Dienstjahren zu den Dienstältesten. Doch es hatte ihn nie wirklich körperlich angestrengt. Er hatte außerdem keine Ahnung, was er tun sollte, wenn er beim SAS aufhörte, und er wollte lieber nicht darüber nachdenken.

Alt werden war brutal, aber das galt auch für das Aufwachsen in Ulster während der Unruhen.

Die Unruhen.

Ha. Als ob es sich bei dem Konflikt um ein paar Jungs gehandelt hätte, die sich gegenseitig mit Steinen beworfen hatten. Das war ein Krieg gewesen. Eine blutige, grausame Schlacht, ausgetragen von rücksichtslosen Killern, die vor nationalistischem Eifer und einem völligen Mangel an menschlichem Mitgefühl nur so strotzten, und auf Straßen voller unschuldiger Zivilisten. Den Terroristen war es ebenso egal, wer im Kreuzfeuer starb, wie der britischen Regierung. Ihm war die Verlogenheit nicht entgangen. Er hatte sich den Briten angeschlossen, um seiner Familie zu schaden. Um sie zu zerstören, wenn er konnte. Er war dem meistgehassten Regiment der britischen Armee beigetreten – den Paras – und hatte es sich zum Ziel gesetzt, einer der meistgefürchteten Soldaten der Welt zu werden, jedenfalls in Nordirland. Nachdem er das zermürbende Auswahlverfahren bestanden hatte und in die Reihen der SAS aufgenommen worden war, hatte kein Zweifel mehr bestanden, dass er die Werte seiner Familie völlig ablehnte.

Er hatte seine Wahl getroffen. Er hatte sein Leben der Integrität und Ehre verschworen, und das war mehr, als er sich als jüngster Sohn eines berüchtigten Bombenbauers in Nordirland hätte erhoffen können.

Er verdrängte die Erinnerungen aus seinem Gedächtnis. Zu viele Jahre. Zu viel alter Kummer. Was geschehen war, war geschehen. Das Regiment war jetzt seine Familie, und es war seine Aufgabe, Unschuldige zu schützen, indem er die Bösewichte ausschaltete.

Er warf einen Blick auf Baxter, der sich nach dem Jagdeinsatz vorhin ausruhte. Dann wandte er sich mit seinem Hochleistungszielfernrohr mit Tag- und Nachtfunktion wieder dem Lager zu und suchte nach Hinweisen auf diese Leute. Außer dem einfachen Gewehr, mit dem sie gestern losgezogen waren, und der alten AK-47, die in diesem Teil der Welt allgegenwärtig war, konnte er nichts entdecken. Neben der größten Jurte war ein Solarmodul angebracht, und er vermutete, dass sie ein Satellitentelefon hatten – zu dumm, dass er so etwas nicht bemerkt hatte. Er hatte Walkie-Talkies und eine Art Handempfänger gesehen, den er nicht identifizieren konnte.

Eine Zeltklappe wurde zurückgeschlagen, und der große, schlanke Mann, der gestern Morgen losgeritten war, kam heraus. Er trug zwei Eimer mit dampfendem, heißem Wasser und schritt zu einem abgetrennten Bereich, bei dem es sich um einen notdürftig eingerichteten Waschbereich handeln musste. Kurz flammte Neid in Dempsey auf, denn es juckte ihn von der Kopfhaut bis zu den Zehen vor Dreck. Es wäre zwar kalt, aber es würde sich lohnen, sich auch nur für kurze Zeit sauber zu fühlen.

Von dieser Höhe aus hatte er einen guten Blick auf die Kabine. Er blickte zurück zu den Jurten, doch aus dem Augenwinkel erhaschte er einen Blick auf den Mann, der sich Mütze und Hemd auszog. Dempseys Blick wanderte zurück. Plötzlich fühlte sich seine Haut zu eng an, und Hitze schoss durch seine Adern.

Es war genug Haut zu sehen, um zu erkennen, dass es sich da nicht um einen *Mann* handelte. Langes dunkelbraunes Haar fiel der Gestalt glatt über den Rücken. Sie griff nach der Seife und drehte sich zu ihm um, kleine Brüste mit steifen rosafarbenen Brustwarzen, die von der Kälte hart waren, wandten sich ihm zu.

Es war ein toller Anblick.

Und er sollte nicht hinsehen.

Sie tauchte einen Waschlappen in einen Eimer und begann sich zu waschen. Das Wasser glitt über ihre Haut, und ihr Körper glänzte in den ersten Sonnenstrahlen. Ihm lief das Wasser im Mund zusammen, als sie sich durch die Haare fuhr. Er konnte deutlich sehen, dass sie keine Waffen bei sich trug. Sie war schlank und muskulös – es war unmöglich für einen geübten Beobachter, das nicht zu bemerken.

Hitze durchflutete seinen Körper. Schließlich wandte er den Blick ab und ertrug die nächsten Minuten der Folter, während sie ihre improvisierte Dusche beendete.

Die er jetzt mehr denn je brauchte.

Sie sah nicht wie eine Einheimische aus. Ihr Körper war blass wie Sahne, und sie sah gesund und wohlgenährt aus, was hier nicht alltäglich war. Aus dem Augenwinkel sah er, wie sie nach einem Handtuch griff. Sein Ohrhörer knisterte.

Heilige Maria, Mutter Gottes. Er fühlte sich, als hätte ihn sein Vorgesetzter beim Masturbieren erwischt.

„Nichts zu berichten, außer ein paar Bergziegen. Over", meldete sich Cullen über das PRR.

Dempsey drückte den Knopf an seinem Handgelenk und war erleichtert, dass Baxter noch nicht aufgewacht war und an dem morgendlichen Unterhaltungsprogramm nicht teilgenommen hatte. „Eine Person bewegt sich im Lager, weiblich. Over and out."

Sie zog sich schnell eine Jeans, ein schlabberiges T-Shirt, eine grüne Fleecejacke und eine Weste an, wobei ihr Körper unter dem unförmigen Stoff verschwand – was eine Schande war. Ihre Gesichtszüge waren ebenmäßig und ihr Kopf schmal, besonders ihr Kiefer. Wunderschön – wenn man merkte, dass man ein Mädchen und keinen Mann vor sich hatte. Sie trocknete ihr Haar mit dem Handtuch, bevor sie ihren Kopf herumschwang und ihn direkt ansah. *Das gibt's doch nicht.* Er hielt vollkommen still, als sie ihn durch die wuchernden Salbeibüsche hindurch anstarrte. Doch dann fuhr sie mit der Prozedur fort. Nachdem sie sie ausgeschüttelt hatte, schlüpfte sie in ihre Stiefel – schlaues Mädchen –, nahm das Handgerät, das er nicht identifiziert hatte, und sprang auf das Geländemotorrad.

Als sie das Gaspedal durchtrat, durchbrach das Geräusch des Motors die morgendliche Stille.

Sie fuhr geradewegs auf den Pfad hinter dem Lager zu und nahm Kurs auf seine Position.

„Verdammte Scheiße."

Er verhielt sich vollkommen ruhig, blickte sich um, ohne den Kopf zu bewegen, und suchte nach etwas, das sie hätte verraten können. Aber da war nichts. Er stupste Baxter sanft mit seinem Stiefel an, denn das Letzte, was er gebrauchen konnte, war, dass der Schotte zu schnarchen begann, wenn sie sich ihnen näherte.

Hatte sie ihn gesehen?

Sein Verstand versicherte: Auf keinen Fall, auf gar keinen Fall. Er blieb ruhig, selbst als sie sich der Stelle näherte, an der sie bäuchlings im Dreck lagen, verdeckt von Felsen und Büschen. Er hielt den Atem an und spürte, wie sich Baxter neben ihm anspannte. Dann bog sie nach rechts ab und steuerte auf die Spitze des Bergrückens zu.

Was hatte sie vor? Wo wollte sie hin? Er drückte den Knopf an seinem Handgelenk. „Zielperson auf dem Grat zwischen uns. Vielleicht könnt ihr sehen, was sie vorhat. Over", murmelte er.

„Nichts in Sicht. Over and out."

Der rothaarige Mann trat aus der mittleren Jurte, drehte sich zu ihnen um und schirmte seine Augen mit seiner Hand ab. Dempsey blickte auf das Zielfernrohr hinunter. Der Mann war groß und stämmig, vermutlich skandinavischer Abstammung mit einem kräftigen Kiefer und kalten blauen Augen. Allerdings war er zu jung, um ihre Zielperson zu sein.

Ein Liebhaber? Der Ehemann der Frau? Diener? Lakai? Sklave?

Er machte ein paar Fotos – was er eigentlich von der Frau hätte machen sollen, es aber vergessen hatte, weil sein Kleinhirn kurzzeitig das Kommando über die Mission übernommen hatte.

„Sie überprüft eine Art Funkempfänger. Ich kann das Gerät nicht richtig erkennen, aber es sieht nicht militärisch aus. Sieht aus, als würde sie wieder in eure Richtung fahren", berichtete Cullen. Dempseys Nerven kribbelten. „Sie ist hübsch, wenn man erstmal erkennt, dass sie ein Mädchen ist und kein Kerl."

Er verdrehte die Augen. Craig Cullen war ein Frauenheld und

ließ keine Gelegenheit aus, einen Treffer zu landen. Selbst im Wakhan-Korridor konnte Dempsey förmlich spüren, wie er seine Chancen abwog, diese Frau zu verführen. Das Geräusch des Motorradmotors, das von den Felsen widerhallte, wurde lauter, als sie den Kamm erklomm, und Staub wirbelte auf, während sie den Pfad hinunter in Richtung Camp raste. Er hatte da so eine Ahnung, wer diese Leute sein könnten, aber bis er es sicher wusste, musste er annehmen, dass sie ihnen feindlich gesinnt waren. Was eine verdammte Schande war, denn er hoffte nicht nur, sich diese behelfsmäßige Dusche ausleihen zu können, sondern sein Körper bestätigte ihm außerdem unmissverständlich, mit wem er sie gerne teilen würde.

Sie stellte das Motorrad ab, und Dempsey beobachtete ihr Gesicht durch das Fernrohr. Ihr Mund war zu einer entschlossenen Linie gepresst, ihre Augen verengt. Sie war nicht glücklich. Der Einheimische kam nach draußen und rang seine Hände in einer aufgeregten Geste der Verzweiflung. Sie stürmte an den beiden Männern vorbei ins Zelt, und der rothaarige Hüne folgte ihr mit hängenden Schultern. Die Körpersprache war eindeutig. Sie war die Anführerin dieser kleinen zusammengewürfelten Gruppe, und was immer sie ihren Kumpanen erzählte, ging ihr so einfach über die Lippen wie eine Selbstmordpille auf einer Geburtstagsparty.

———

„Eine der Fallen wurde ausgelöst." Axelle betrat das Zelt, um den Satelliten-Download zu überprüfen. Sie musste wissen, wo sich die einzelnen Leoparden mit den Halsbändern befanden. „Was sagen die Daten?"

Wenn sie sich in Reichweite des Satelliten befanden, übermittelten die Geräte stündlich ihre Positionsdaten. Die restlichen GPS-Koordinaten wurden gespeichert und konnten heruntergeladen werden, wenn sie das Gerät holten, nachdem das Halsband abgefallen war – was theoretisch zwei Jahre nach dem Anbringen der Bänder passieren sollte. Anji hatte Shebas Halsband gestern gefunden – ohne die Schneeleopardin –, was für sie zweifellos darauf hindeutete, dass sie es mit einem Wilderer zu tun hatten. Ein erfahrener, mordender Wilderer, der die Tiere mit Hilfe der von ihr angebrachten Ortungsgeräte ins Visier nahm.

Sie mussten höllisch aufpassen, wie sich die Sache weiterentwickelte. Das war ein politischer und ökologischer Albtraum.

Sie hämmerte auf ihre Tastatur ein. Am liebsten hätte sie dem Mistkerl mit bloßen Händen das Herz herausgerissen und wäre auf seinen Fingern herumgetrampelt, damit er nie wieder ein Gewehr halten konnte.

Josef schnappte sich den Rucksack mit den Vorräten und schlang sich das Betäubungsgewehr um die Brust. „Welche Schlinge?", fragte er und sah sie fragend an, während sie rasch einige Anweisungen in den Computer eintippte.

„Sektor drei. Die erste, die wir gestern ausgelegt haben." Sie hatte sich in die erhabene Schönheit von Wildkatzen verliebt und damit etwas entdeckt, für das es sich zu leben lohnte. Jetzt versuchte jemand, ihr das zu nehmen, so wie eine Bombe ihr vor Jahren ihren Mann entrissen hatte. Wäre sie nicht so unbedeutend, würde sie dies für eine göttliche Rache für ihre Fehler halten, aber es war der Mensch, der nach Rache gierte, nicht Gott.

Sie wischte sich den Staub von den Wangen. Trotz ihrer morgendlichen Dusche fühlte sie sich schon wieder schmutzig, und ihr war heiß. Ihre Brust zog sich zusammen. Sie mussten sich beeilen, denn theoretisch konnten die Schlingen genauso missbraucht werden wie die Halsbänder. Wenn der Jäger einen Leoparden aus einer ihrer Fallen holte, würde sie ihn bis ans Ende der Welt verfolgen und ihn kreuzigen. Recht und Gesetz wären bedeutungslos. Ein Schneeleopard ließ sich nicht mit einer hohen Geld- oder Gefängnisstrafe zurückholen. Eine Tierart konnte nicht mit einem teuren Pelzmantel wiederbelebt werden.

Sie stieß sich vom Computer ab und griff nach ihrer Wasserflasche. „Svens Signal ist der Schlinge am nächsten. Wir sollten hinfahren, bevor dieser Bastard uns zuvorkommt."

„Passen wir beide auf das Motorrad?"

„Auf jeden Fall." Axelle ging nach draußen, schwang sich auf das Dirtbike und startete es. Die Federung sackte unter der zusätzlichen Belastung durch Josefs Gewicht deutlich ab. Sie brauchte einen Moment, um ihr Gleichgewicht wiederzufinden. „Festhalten", rief sie und gab Vollgas.

Sie konnte nicht so schnell fahren, wie sie wollte, da das Gelände zu steinig war. Sie erinnerte sich daran, dass derjenige, der diese Tiere jagte, entweder zu Pferd oder zu Fuß unterwegs war und das Motorrad schneller war. „Komm schon, Baby", drängte sie die Yamaha.

Sie rasten an Gestrüpp vorbei und über seichte Bachbetten, die vor Schmelzwasser fast überliefen. Als sie seitwärts im Schotter abrutschten, stellte Josef seine Stiefel ab, um die Maschine zu stabilisieren. Ihr Herz schlug schneller, als sie den letzten Bergrücken vor der Schlucht erklommen, in der sie die Schlinge ausgelegt hatten. Die Halsbänder hatten eine Genauigkeit von etwa fünf Metern. Das Signal zeigte zwar an, dass Sven in der Nähe war, doch das bedeutete nicht, dass er tatsächlich in der Schlinge gefangen war. Es könnte auch ein Markhor oder ein Wolf sein, und Sven könnte sich in der Nähe befinden und auf eine leichte Mahlzeit hoffen. Wenn dem so war, wollte sie den Leoparden nicht verscheuchen. Josef murmelte leise etwas auf Dänisch.

Am Eingang der Schlucht stellte sie den Motor ab und wartete, bis Josef vom Motorrad abgestiegen war, bevor sie den Ständer herunterklappte und von der Maschine sprang. Gespannt liefen sie los und blickten sich unruhig um, während sie dem ausgetretenen Trampelpfad folgten. Ein wütendes Fauchen ermahnte sie, sich zurückzuziehen, sobald sie in Sichtweite gekommen waren.

Erleichterung traf ihren Solarplexus wie eine explosive Faust.

„Sven", flüsterte sie. Der Leopard, den sie nach Josefs verstorbenem Vater benannt hatten, war der Erste, den sie gefangen und mit einem Halsband versehen hatten. Er war zwar nicht so kräftig oder angriffslustig wie Samson, aber ein wunderschönes, gesundes Exemplar mit den entsprechenden Krallen und Zähnen.

Josef legte einen Pfeil ein, trat vor und zielte auf die Wildkatze. Abgesehen von einem wütenden Schlag mit seinem langen Schwanz schien Sven mit dem, was als Nächstes geschah, einverstanden zu sein. Josef verpasste ihm einen Pfeil in sein Hinterteil, und innerhalb weniger Minuten war der Leopard völlig weggetreten.

Axelle deckte Sven mit einem Schlafsack zu, um ihn warm zu halten, während Josef sich um das Halsband kümmerte. Dann löste sie die Vorderpfote des Leoparden aus der Schlinge und untersuchte sie auf Verletzungen, aber es gab keine. Sie hob seine andere riesige Vordertatze an und stellte fest, dass er eine Zehe verloren hatte – wahrscheinlich durch eine Wolfsfalle. Leider hatte eine der am stärksten gefährdeten Tierarten der Welt mehr zu befürchten als den Verlust eines Zehs. Josef löste das Halsband, und Axelle bereitete das Gegenmittel vor, um die Katze wieder auf die Beine zu bringen. Gerade als sie es ihm in die Flanke rammen wollte, ertönten kurz hintereinander zwei Gewehrschüsse.

Der Schock raubte ihr den Atem. Wie eine Druckwelle schoss die Angst durch alle Nervenenden und über ihre Haut. Es dauerte einen Moment, bis sie wieder zu Atem gekommen war und ihre Wut heruntergeschluckt hatte, um dann die Nadel in Svens schlaffe Flanke zu stecken. Sie wichen zurück, damit sich das Tier rasch erholen konnte.

„Vielleicht hat er danebengeschossen." Josefs Stimme war heiser.

Sie starrte in den blauen Himmel und fluchte.

Sven rappelte sich langsam auf und taumelte im Kreis.

„Lauf!", schrie sie. „Los, los!" *Lauf weg von diesem schrecklichen Ort.* Der Leopard drehte sich um und knurrte sie an, bevor er davonsprang. Sie pirschte sich vorsichtig heran und stellte die Falle wieder auf, da auch Goran in dieser Schlucht seine Runden drehte. Sven sollte besser schlau genug sein, um das Gebiet in den nächsten Tagen zu meiden.

Verdammt nochmal. Sie legte die Stirn in ihre Handfläche. Josef rückte näher und legte seine Hand zwischen ihre Schulterblätter. Sie hätte diesen einfachen Trost vielleicht angenommen, wenn sie nicht geglaubt hätte, dass sie bei dem Wissen, dass eines ihrer geliebten Tiere wahrscheinlich tot war, zusammenbrechen würde.

Sie riss sich los und blickte über das Tal mit den zerklüfteten Wänden des Hindukusch, die südlich abfielen. Afghanistan war von Gewalt eingeschlossen. Selbst wenn sie eine Nachricht an die richtige Person in Kabul übermitteln konnten, würden die Beamten dort die Notlage des Schneeleoparden den Problemen ihres Volkes gegenüber vielleicht als zweitrangig einstufen.

Plötzlich wurde ihr das Ausmaß ihrer Aufgabe bewusst. Warum waren die Menschen so gefühllos? Warum glaubten sie, sie hätten das Recht, etwas so Seltenes und Wertvolles wie einen Schneeleoparden aus unstillbarer Gier zu töten? Sie verstand es nicht und wusste, dass sie es nie verstehen würde.

Sie musste jetzt handeln, sonst könnten die Leoparden bis zum Ende der Woche ausgerottet sein. Es war ein Wettlauf gegen die Zeit, und sie wusste nicht, gegen wen sie antrat oder wie sie ihn aufhalten konnte. Wut vibrierte durch ihre Knochen.

Sie stellte den Empfänger auf den Boden und überprüfte die Frequenzen der anderen Schlingen. Das Basislager lag zu tief, um die Signale zu empfangen, aber hier waren sie weiter oben. Es hätte keinen Sinn, ins Lager zurückzukehren, wenn eine weitere Falle ausgelöst worden war. Alle Signale piepten langsam und konstant, was darauf hinwies, dass die Fallen leer waren.

„Lass uns zum Lager zurückfahren."

Josef nickte.

„Dann werde ich mal sehen, ob ich die Tiere südlich des Lagers ausfindig machen kann." In der Richtung, aus der die Schüsse gekommen waren.

Seine Haut erblasste unter der Bräune. „Wir werden zusammen gehen –"

„Nein." Sie betrachtete das herrliche Bergpanorama und wollte die Fäuste zum Kampf erheben. „Einer von uns muss im Basislager bleiben, falls eine Falle ausgelöst wird. Und Anji muss sich um die Jungtiere kümmern."

Josefs blaue Augen protestierten. „Es ist zu gefährlich."

„Ich werde vorsichtig sein." Verdammt, sie hatte keine Lust, herumzusitzen, während irgendein Arschloch auf ihre Tiere schoss.

Josef fasste sie am Arm, seine Finger gruben sich in ihr Fleisch, als er sie schüttelte. Sie blinzelte ihn erschrocken an.

„Es ist zu gefährlich", wiederholte er fest.

Sie löste sich aus seinem Griff und starrte ihn an. „Wir haben keine andere Wahl."

„Wir können die Schlingen überwachen und warten, bis der Trust Verstärkung schickt."

„Die Grenzen sind dicht, Josef. Es wird Wochen dauern, Leute hierherzubekommen." Sie ballte ihre Hände zu Fäusten und wollte auf etwas einschlagen. „Ich werde auf keinen Fall warten. Du bist doch in der Lage, ein Tier allein aus einer Falle zu befreien und ihm das Halsband abzunehmen, und genau das verlange ich von dir." Die Wut auf den Wilderer brannte in ihrer Kehle, versengte ihren Körper.

Josef richtete sich auf, bereit zu widersprechen.

„Was, wenn er noch einen erwischt hat?" Ihre Stimme stockte in der morgendlichen Stille. Sie schnappte sich einen Stein und schleuderte ihn gegen die Felswand.

„Was ist, wenn er immer noch da ist und seine Beute häutet?" Entsetzen blitzte in seinen blauen Augen auf, die sich vor Zorn verdunkelten. „Was glaubst du, was ein Mann wie er mit einer Frau wie dir machen würde?"

Die aufgestauten Gefühle tobten in ihr und konnten nirgendwo hin entweichen. „Das ist mir egal!" Der Gedanke, dass diese unschuldigen Kreaturen verletzt werden könnten, zerriss sie innerlich. „Ich werde mich nicht nähern, wenn ich jemanden sehe." *Lügnerin!* „Ich werde die Halsbänder aufspüren. Und wir werden Anji ins Dorf schicken, um Männer anzuheuern, die uns bei der Suche helfen."

Er murmelte eine Gotteslästerung.

Sie stieg wieder auf das Motorrad.

Seine Finger berührten ihren Arm. „Axelle, du darfst dich nicht in Gefahr bringen." Die Sanftheit seiner Stimme erschreckte sie.

„Ich werde vor Einbruch der Dunkelheit zurück sein."

„Und wenn du es nicht bist?" Er ließ seine Hand sinken.

„Dann werde ich mein Versprechen einhalten." Sie drehte sich um und sah ihm in die Augen. „Ich werde dabei helfen, eine bedrohte Tierart zu retten."

———

Dmitri Volkov kniete sich auf den nackten Boden, schob sein Messer in den Sicherungsmechanismus des Ortungshalsbandes und sprengte die Vorrichtung. Anschließend rollte er den Schneeleoparden auf den Rücken und zog das flauschige Fell von den klebrigen Sehnen, wobei er mit der Spitze seiner gebogenen Klinge ein Loch in das Fell bohrte und die scharfe Klinge vorsichtig über den noch warmen Bauch des Tieres zog. Er vermied es, den Darm einzuschneiden, und nahm sich einen Moment Zeit, um die Eingeweide und den Magen zu entfernen und sie auf einen dampfenden Haufen zu werfen, damit sie das kostbare Fell nicht beschmutzten.

Mit seinen Fingern und der Klinge löste er in kurzen, kreisenden Bewegungen die Haut von den Muskeln, was ein Geflecht aus tiefrosa Fasern zum Vorschein brachte. Beim Schwanz brauchte er etwas mehr Zeit, ebenso wie bei den Beinen und dem Kopf. Die großen Tatzen waren schwer, samtweich und erinnerten ihn an die Vorhänge im Haus seiner Großmutter, als er noch ein kleines Kind war. Er drückte sie bedauernd zusammen und versuchte, nicht an das Tier zu denken, das es einmal gewesen war.

Fünfzehn Minuten, nachdem er die Bestie erschossen hatte, hatte er ihr das Fell abgezogen. Er stand auf und ignorierte den Schmerz in seinem Knie, während er die Schneereste wegfegte. Er wischte eine einzelne Blutspur weg, die irgendwie an die Innenseite seines Handgelenks gelangt war. Dann wickelte er den Pelz mit quälender Sorgfalt in eine Decke und band die Rolle auf den Rücken seines Yaks.

Es gab Männer in Xinjiang, die Zehntausende von Dollar pro Tier bezahlten. Je seltener sie wurden, desto mehr waren die Felle wert. Mit dem Geld könnte er die Transplantation bezahlen, die sein Enkel benötigte, nachdem er seine Familie aus Russland herausgebracht hatte. Plötzlich misstrauisch, suchte er den Hügel ab – er hörte niemanden, sah niemanden. Schweißperlen schimmerten auf seiner Oberlippe, als er auf den glänzenden Kadaver hinunterstarrte. Ein Gefühl der Gefahr und Dringlichkeit trieb ihn an, obwohl er müde war und Ruhe brauchte. Er entdeckte das weggeworfene Halsband und fluchte, bevor er das Ding aufhob, zum Rand der nächstgelegenen Klippe schritt und es über den Abgrund schleuderte. Narr. Wenn er nicht aufpasste, würde er seiner eigenen Gerissenheit zum Opfer fallen.

Seine Nackenhaare sträubten sich.

Er berührte das Gewehr, das wie ein alter Freund an seiner Schulter hing. Nach all den Jahren fühlte sich das Gewicht wieder richtig an. Sein Atem stieg in kleinen Wölkchen in die Luft, als er den schmalen Korridor betrachtete, der sich zwischen den gewaltigen Gebirgsketten hindurchschlängelte. Die alte Seidenstraße war eine karge Einöde, seit Mao Zedong die östliche Passage nach China blockiert hatte.

Er hätte schon vor dreißig Jahren in diesen Bergen sterben sollen, doch das Schicksal hatte andere Pläne für ihn gehabt. Er war sich bewusst, dass die unerbittliche Verflechtung der Fäden der Zeit ihn zum richtigen Zeitpunkt in dieses Tal zurückgeführt hatte. Er betete nur, dass er klug genug war und das Glück hatte, das Einzige zu retten, was wirklich wichtig war. Er eilte zurück zum Leoparden. Er hatte keine Zeit zu verlieren. Das Häuten war eine leichte Aufgabe. An die Knochen zu kommen, war schon schwieriger.

———

Dempsey gefiel nicht, was er da sah. Sie hatten an diesem Morgen ihren Beobachtungsposten verlegt, nachdem der Mann und die Frau wie *Mad Max* und *Xena* auf dem Motorrad davongerast waren. Jetzt waren Baxter und er in einer kleinen Höhle in südwestlicher Richtung, die ihnen bessere Deckung bot, da sie weiter entfernt von dem ausgetretenen Pfad an der Seite des Berges lag, auf dem die Lagerbewohner stündlich unterwegs zu sein schienen.

Unten sattelte die Frau gerade den grauen Wallach und packte ihre Satteltaschen, wobei sie sich mit dem rothaarigen Riesen und dem kleinen Einheimischen zu streiten schien. Der Haltung ihres Kiefers nach zu urteilen, gab sie nicht nach, und irgendetwas sagte ihm, dass er auf der Seite der anderen beiden gestanden hätte, wenn er das Gespräch hätte hören können.

Sie trug ihre androgyne Kleidung und verbarg ihr langes braunes Haar unter einer Wollmütze. Aufgrund ihrer Körpergröße konnte man sie aus der Ferne für einen Mann halten – es sei denn, sie war nackt. Dann konnten auch das schwere Schafsfell und die Leinenhosen die feinen Kurven und den zarten Knochenbau nicht verbergen. Sie bestieg das Pferd, das in einem engen Kreis herumwirbelte, und trieb das Tier nach Süden, in die Richtung, aus der heute Morgen der Schuss gekommen war.

Er hatte sich wie ein leistungsstarkes Jagdgewehr angehört, die Art von Waffe, die ihre Zielperson angeblich in Pakistan gekauft hatte. Alles, was sie brauchten, war ein Ausgangspunkt, um diesen Bastard aufzuspüren und ihn auszuschalten.

Aber jetzt bewegte sich die Frau auf den Schützen zu. *Verflucht.*

Taz und Cullen suchten nach dem Ursprung des Schusses, doch wegen des steilen Geländes, ganz zu schweigen von den vierzig Quadratkilometern, aus denen die Kugeln hätten abgefeuert werden können, bezweifelte er, dass sie eine Spur finden würden. Und selbst wenn, bedeutete das nicht, dass der Schütze der Gesuchte war, auch wenn sein Instinkt ihm sagte, dass er es war. Leider war sein Instinkt für die britische Armee nicht ausreichend. Sie wollten einen Terroristen aus Fleisch und Blut.

Nachdem er die Ausrüstung an seinem Gürtel und in seinen Taschen überprüft hatte, griff er nach seinem Bergen-Rucksack.

„Wohin gehen wir?", fragte Baxter und schnappte sich seine Sachen.

„*Ich* folge der Frau. Du beobachtest das Lager."

„Scheiße, Mann." Baxter stieß ein frustriertes Lachen aus. „Die Aufregung könnte mich umbringen." Er lehnte sich in seinem Schützengraben zurück. „Sie hat eine Waffe dabei."

Dempsey klopfte auf sein Gewehr. „Meine ist größer." Langsam glaubte er, zu wissen, wer diese Leute sein könnten, oder zumindest, was sie hier taten. Er kroch aus dem Schützengraben und hinter die Hügelkuppe des Berges. Er konnte die Staubspur sehen, die ihr Pferd hinterließ, und setzte sich parallel zu ihrem Pfad in Bewegung.

„Wartet nicht auf mich. Ich sollte in ein paar Stunden zurück sein", sprach er in sein Mikrofon. Die Headsets hatten eine begrenzte Reichweite, und er war überrascht, als Taz antwortete.

„*Inshallah.*"

Ganz genau. „Habt ihr etwas gesehen?", fragte er den Soldaten.

„Nicht einmal eine Maus."

„Augen auf, Jungs und Mädels. Etwas sagt mir, dass unsere Zielperson in der Nähe ist. Lasst uns diese Mission zu Ende bringen und zu den Jungs zurückkehren."

„Amen", meinte Cullen.

Dempsey bewegte sich leise aber schnell über das felsige Land.

Die ersten Grashalme begannen bereits zu sprießen, und die Knospen an den Sträuchern schossen in die Höhe und fieberten dem Bergsommer entgegen. Der Himmel war wolkenlos blau, die Spitzen der Berge so hoch, dass sie das Gewebe der Atmosphäre zu durchbohren schienen. Nichts bewegte sich. Es herrschte eine unheimliche Stille in der Welt, die sich anfühlte, als wären Augen oder Ohren fest an den Stein gepresst.

Kilometer um Kilometer folgte er der Spur der Frau zur gegenüberliegenden Seite des Bergrückens. Sie wirbelte genug Staub auf, dass er sie nicht sehen musste, um zu wissen, wohin sie ritt.

Traf sie sich mit ihrer Zielperson? Kannte sie den Russen? Arbeitete sie mit ihm zusammen? Oder war sie auf einer Erkundungstour? Der Gedanke, dass sie ihn direkt zu seinem Ziel führen könnte, ließ ihn sein Tempo erhöhen und seine Vorsicht verdoppeln. Sie erklomm einen kahlen Hang, und Dempsey wartete, bis sie außer Sichtweite war, dann kroch er zum Gipfel hinauf. Dort fand er einen Bereich, über den er robben konnte, ohne dass sich seine Silhouette vom Horizont abhob. Er glitt hinter einen Felsen und holte tief Luft. Es war kalt auf dieser Höhe, aber in der hellen Sonne und der schweren Kleidung begann er zu schwitzen – das war nicht gut. Er musste darauf achten, hydriert zu bleiben.

Sie tat nichts, um ihre Anwesenheit zu verbergen, was ihn misstrauisch machte. Der Gedanke, dass der Schütze sie sehen könnte, schien sie nicht zu beunruhigen. Sie schaute auf etwas in ihren Händen. Er hob das Zielfernrohr an sein Auge und erkannte ein GPS-Gerät und einen Funkempfänger.

Hier war der Boden schneebedeckt. Große Eisflächen waren im ständigen Frost-Tau-Zyklus von Tag und Nacht eingeschlossen. Sie stieg von ihrem Pferd und band es an einem trostlos wirkenden Salbeibusch fest. Dempsey kam näher. Sie holte den Handempfänger heraus, und er hörte einen schwachen Piepton. Dann schloss sie eine Antenne an und hielt sie so wie jemand, der versuchte, das Bild eines alten Fernsehers zu empfangen.

Sie verfolgte ein Signal.

Ihr Kopf schoss nach oben und nach links, bevor sie im Unterholz entlang eines trockenen Bachlaufs verschwand. Dempsey schlich sich näher an das Pferd heran, das den Kopf hob und dann seine Mähne schüttelte. Rasch durchsuchte er die Satteltaschen. Verpflegung, Wasser, Notizbücher, Schlafsack, Betäubungspfeile. Letztere zog er heraus und untersuchte sie sorgfältig. Tierbetäubungspfeile. Das passte zu seiner Theorie, wer die Frau war und was sie hier machte.

Das Klappern eines Steins hinter ihm ließ ihn erstarren. *Verdammt.*

KAPITEL
VIER

Er hob die Hände und drehte sich um. Er war erleichtert, die Frau zu sehen und keinen durchgeknallten Taliban oder einen alten russischen Terroristen, der sich mit ihm anlegen wollte.

Zu seinem Leidwesen hielt die Frau eine Glock-17 in der Hand, und zwar so, als ob sie wüsste, wie man sie benutzte.

„Guten Tag", grüßte er ruhig.

„Nennen Sie mir einen guten Grund, warum ich Ihnen nicht sofort eine Kugel verpassen sollte." Ihr Akzent verriet ihm, dass sie Amerikanerin war.

Ein Witz über das zweite Gebot würde wahrscheinlich nicht funktionieren, wenn man bedachte, dass seine Diemaco und seine SIG Sauer geladen und entsichert waren.

„Gibt es überhaupt jemanden, der sich um den Tod eines Mannes wie Sie scheren würde?" Sie biss die Zähne aufeinander, und Hass zeichnete sich um ihren Mund herum ab.

Die Frage ließ ihn aufschrecken. Er hatte zwar gute Kameraden im Regiment, aber sonst interessierte es niemanden wirklich, ob er lebte oder tot war. Doch das wusste *sie* nicht.

Er betrachtete ihre weißen Fingerknöchel und den Puls, der an ihrem Hals wie wild schlug. Irgendetwas ging hier vor sich, das er nicht verstand.

Sie stand nahe bei ihm. Nicht nah genug.

„Sie müssen die Waffe runternehmen", befahl er ruhig.

„Es ist dir einfach egal du Bastard, oder?" Ihre Augen verengten sich zu wütenden Schlitzen. *Das war nicht gut.* „Du findest es in Ordnung, zu morden und zu töten, aber sobald jemand den Spieß umdreht –"

„Das stimmt nicht." Er ging einen Schritt auf sie zu. „Es ist mir ganz und gar nicht egal."

Ihr Akzent war eindeutig amerikanisch, aber mit einem europäischen Einschlag. Vielleicht Französisch. Er bewegte sich noch einen Zentimeter und sah, wie sich ihr Brustkorb schnell hob und senkte. Er versuchte, sie zu beruhigen und sprach so leise, dass sie sich vorbeugen musste, um ihn zu hören. „Ich weiß nicht, wer Sie sind oder wovon Sie reden, aber ich will nicht, dass jemand wegen einer Verwechslung zu Schaden kommt." Ob sie einer anti-westlichen Gruppe angehörte? War sie eine Kriegsgegnerin?

„Das ist kein Irrtum." Ihre Lippen bebten. „Wie viel Geld hat man Ihnen geboten? Ich hätte Ihnen das Doppelte dafür gezahlt, sie in Ruhe zu lassen."

Er runzelte die Stirn. Er hatte keine Ahnung, wovon sie sprach, aber sie war jetzt in Reichweite. Sie blinzelte gegen die Sonne an, also stürzte er sich auf sie, schnappte sich die Pistole, drückte sie von ihren Körpern weg und riss sie ihr schließlich aus den Händen, bevor er sie weit wegschleuderte. Sie wehrte sich, trat und schlug nach ihm und landete einen kräftigen Schlag auf seine Nase, der weißglühende Schmerzen durch sein Gehirn jagte.

Sie kämpfte wie ein tollwütiger Wolf, und er konnte die brodelnde, unbändige Wut kaum zurückhalten, ohne sie zu verletzen. Schließlich packte er sie mit beiden Händen und zwang sie auf die Knie und mit dem Gesicht voran auf den Boden. Er nutzte sein Gewicht, um sie festzuhalten, während er nach den Plastikhandschellen tastete, die er in seinen Taschen aufbewahrte.

Es dauerte einen Moment, bis er sie gefunden hatte, da er durch ihr Gezappel abgelenkt war.

Sie erstarrte, vielleicht weil ihr klar wurde, dass das, was er in seiner Tasche suchte, keine weitere Waffe war. Sie drehte sich um und starrte ihn mit hasserfüllten Augen an. Er presste die Lippen aufeinander und legte die Handschellen um ihre Handgelenke, die so schmal waren, dass er sie mit einer Hand umfassen konnte. Dann fuhr er mit den Händen über ihren Körper, auf der Suche nach versteckten Waffen, schnell, unpersönlich, aber gründlich. Sie zuckte zusammen, als er ihr zwischen die Beine griff.

„Ich werde Ihnen nicht wehtun."

„Ja klar." Bei dem Sarkasmus, der jedes ihrer Worte unterstrich, biss er die Zähne zusammen. Er war nicht der Bösewicht. Er war nicht derjenige, der eine Waffe auf jemanden gerichtet hatte. Nachdem er die Suche beendet hatte, lehnte er sich auf seinen Fersen zurück. *Oh Gott.* Diese Frau hatte etwas getan, was seit Jahren niemand mehr getan hatte. Sie hatte ihn überrascht. Er war dankbar, dass keiner der Jungs hier gewesen war und seine Demütigung miterlebt hatte.

Er hatte den Gegner unterschätzt. Wie dumm von ihm.

Er sah sie stirnrunzelnd an, während sie fluchend gegen ihre Fesseln ankämpfte. Sie versuchte, sich wegzurollen, aber er packte sie und zog sie zurück. Er hatte Fragen, viele Fragen. Doch ihre rotglühenden Wangen warnten ihn, dass er sich zuerst fassen musste. Die Richtung ändern.

Im Moment war er ein Feind. Die Chance, Herz und Verstand für sich zu gewinnen, war noch nie so gering gewesen wie in diesem Moment.

Er nahm seinen Rucksack ab, holte ihre Pistole und packte sie ein, bevor er sich ihre beiden Wasserkanister schnappte. Das Pferd döste in der Nachmittagssonne vor sich hin, trotz der ganzen Aufregung.

Dempsey ragte über ihr. Sie blickte zu ihm auf, und er musste ein Grinsen unterdrücken, denn sie ließ sich weder durch den Größenunterschied noch durch Waffen einschüchtern. Sie hatte

Mut, aber – trotz der Glock – wenig Übung in der Kunst des Nahkampfes. Er ging in die Hocke und bot ihr etwas zu trinken an. Zu seiner Überraschung rollte sie sich auf die Seite und öffnete ihre Lippen. Er umfasste ihren Kopf und flößte ihr ein wenig Wasser ein. Ihr Haar fühlte sich in seinen schwieligen Handflächen weich an.

Sie schluckte, bevor sie sich ruckartig aus seiner Berührung löste.

Er setzte sich auf die kalte, harte Erde, trank ebenfalls etwas Wasser und wischte sich mit dem Handrücken den Mund ab.

„Was?" Sie starrte ihn an.

Er sagte nichts. Stattdessen betrachtete er nur die Sonne, die am Himmel langsam ihren Abstieg begann.

„Wollen Sie mich einfach gefesselt hier zurücklassen?" Sie begann wieder gegen ihre Fesseln anzukämpfen.

Er grunzte. *Schön wär's.* „Sie tun sich noch weh, wenn Sie nicht damit aufhören." Er wandte seinen Blick nicht vom Horizont ab. Warum sollte ihn das interessieren?

Eine flüchtige Bewegung in der Ferne erregte seine Aufmerksamkeit. Eine fast unmerkliche Verschiebung der Schatten hoch über ihm am Hang. Er hielt sich das Zielfernrohr ans Auge. Es dauerte eine Ewigkeit, bis er die unverkennbare Tarnfarbe eines Schneeleoparden vor dem braunen und moosgrünen Hintergrund des Hangs erkennen konnte. Ein Lächeln umspielte seine Lippen. Diese Tiere waren selten, und er hatte noch nie eins in freier Wildbahn gesehen. Der hier trug ein Halsband, was wahrscheinlich der Grund dafür war, warum diese Leute ihr kleines Lager am Rande von Nirgendwo aufgeschlagen hatten. Allerdings hatte er nicht damit gerechnet, von einer Frau mit einer Waffe bedroht zu werden, bei der es sich vermutlich um eine Wildbiologin handelte.

Der Leopard lief anmutig über die Felsen, schön ausbalanciert mit seinen kräftigen Hinterbeinen und dem gewaltigen Schwanz, aber irgendetwas stimmte nicht mit seinem Gang.

Die Frau prallte gegen seinen Oberschenkel und stieß ihn um. Ihr Gesicht war wutverzerrt, und ihr Blick war wild und grimmig.

Er rieb sich mit einer Hand über das staubbedeckte Gesicht. „Sie müssen die verrückteste Frau sein, die ich je getroffen habe."

„Sagt der Mann, der drei Exemplare der am stärksten bedrohten Tierart der Welt erlegt hat –"

Er öffnete den Mund, um sie zu korrigieren, aber sie ließ ihm keine Gelegenheit.

„Bitte töten Sie nicht noch mehr, ich habe Geld. Ich zahle, was immer Sie wollen, wenn sie ihn *nicht* töten." Sie schluchzte, und es klang furchtbar in der Stille der Berge. „Ich tue *alles*, was Sie wollen." Sie erstarrte, als ihr klar wurde, was sie da angeboten hatte.

Wow. Was zum Teufel…? Einen Moment lang herrschte eine angespannte Stille.

„Wirklich? Sie tun alles, was ich will?" Er ließ seinen Blick über ihren Körper gleiten. „Vorausgesetzt, ich erschieße den Leoparden nicht?"

Sie nickte, obwohl sie aussah, als würde sie sich am liebsten übergeben. Er war hin- und hergerissen zwischen Demütigung, Verärgerung und Belustigung. Was zum Teufel *dachte* sie sich? Er drückte sie auf den Bauch und spreizte ihre Schenkel von hinten. Weil er wütend war, verharrte er einen Moment lang in dieser Position und drückte sein Gewicht gegen sie. Sie fühlte sich so steif und sexy wie ein Panzer an, aber er *hatte* sie schon nackt gesehen.

„Verlockend." Er zog sein Messer heraus und schnitt die Fesseln durch. „Zum Glück muss ich Frauen nicht fesseln, um Sex zu haben. Na ja", fügte er hinzu, „außer sie wollen es." Er ließ von ihr ab und bürstete den Staub von seiner Hose. Dann blickte er dem Leoparden nach, der sich kurz zu ihnen umdrehte, bevor er über den Kamm des Hügels verschwand. Seine Wut hatte sich auf ein leises Köcheln reduziert, und er genoss einen Moment lang den Frieden und die Ruhe, bevor er sprach. „Zu Ihrer Information, ich hatte nie vor, diesen Leoparden zu erschießen, also war

Ihr großzügiges … Angebot … unnötig. Aber wenn Sie mal wieder den Drang verspüren, lassen Sie es mich wissen." Er ließ seinen Blick über sie schweifen. „Ich werde darüber nachdenken."

Sie setzte sich auf und sah benommen aus. Sie hatte einen Schmutzfleck auf der Wange und eine Schramme an ihrem sturen Kinn. Er weigerte sich, sich deswegen schlecht zu fühlen. Sie hatte ihn mit einer Waffe bedroht. Sie hatte Glück, dass sie nicht tot war.

Sie rieb sich die Handgelenke, die von den Versuchen, sich aus den Handschellen zu befreien, rot waren, und schüttelte ihre Hände, damit ihre Finger wieder durchblutet wurden. „Ich verstehe das nicht."

„Ich bin nicht verzweifelt auf der Suche nach weiblicher Gesellschaft."

Ihre Lippen verzogen sich. „Den Teil habe ich verstanden."

Er hielt ihr die Hand hin. Wenn sie nicht klug genug war, sein Friedensangebot anzunehmen, war das ihr Problem. „Sergeant Dempsey, Britische Armee."

„Britische Armee?" Sie musterte ihn misstrauisch. „Sie sehen nicht wie ein Soldat aus, und Sie klingen nicht britisch. Sie klingen irisch."

„Einige Teile Irlands sind britisch, und es wurden Kriege geführt, um das zu beweisen." Wer glaubte, dass das Nordirland, in dem er aufgewachsen war, kein Kriegsgebiet war, hatte in den siebziger und achtziger Jahren nichts von der Provinz Ulster gehört.

Zögernd legte sie ihre kühlen Finger in seine und ließ sich von ihm auf die Beine ziehen. Ihre Haut war weich und glatt. „Dr. Axelle Dehn."

Sie zog ihre Finger sofort zurück, was ihm recht war, auch wenn es ihn ein wenig ärgerte, dass sie ihre Hände an ihrem Schenkel abwischte.

Er holte seine Ausrüstung und schulterte das Gewehr.

„Was machen Sie hier?"

„Ich bin Ihnen gefolgt", erklärte er. „Um herauszufinden, was

Sie vorhaben."

Sie versuchte, das Blut in ihren Fingern zum Fließen zu bringen. „Ich mache nur meine Arbeit."

„Und ich mache meine."

„Britische Armee." Sie zog die Brauen zusammen und presste die Lippen aufeinander. „Sie werden G-Man also nicht erschießen?"

„G-Man?" Er hob eine Braue. „Wie der FBI-Agent?"

„Der Schneeleopard", erklärte sie, als wäre er schwer von Begriff.

„Schneeleoparden stehen auf der CITES-Liste der vom Aussterben bedrohten Tierarten." Er warf ihr einen strengen Blick zu. „Es verstößt gegen internationales Recht, sie zu töten."

Sie packte ihn am Ellbogen. „Dann sind Sie also nicht derjenige, der meine Wildkatzen erschießt?"

Das erregte seine Aufmerksamkeit. „Hier treibt ein Wilderer sein Unwesen?"

Ihre Finger wanderten an seinem Arm hinunter zu seinem Handgelenk und ihr Blick wurde weicher. Aus der Nähe betrachtet waren ihre Augen tiefbraun wie Ebenholz, so dunkel, dass ihre Reaktionen schwer zu erkennen waren. Sie wäre eine hervorragende Agentin – vorausgesetzt, sie war noch keine.

Ihr Hals zog sich zusammen, als sie schluckte. „Jemand schießt auf sie."

„Erzählen Sie mir, was hier los ist." Er ließ ihre Hand los, obwohl er sie gerne noch etwas länger festgehalten hätte, und bedeutete ihr, sich auf den nackten Felsen zu setzen.

„Ich habe keine Zeit für so was, ich muss…" Sie betrachtete seine breitbeinige Haltung und stieß einen frustrierten Atemzug aus, als sie merkte, dass er es ernst meinte. „Hören Sie, ich verstehe das. Britischer Soldat, nationale Sicherheit und so weiter, aber das hier ist der Wakhan-Korridor und hier gibt es keinen Konflikt."

„Das hier", berichtigte er sie geduldig, „ist der Hindukusch und ein regelmäßiger Treffpunkt für Al-Qaida- und Taliban-

Kämpfer." Er warf ihr einen Blick zu, der ihr signalisierte, sie solle endlich anfangen zu reden.

Zähneknirschend ließ sie sich auf den Boden sinken. „Letzten Herbst haben wir zehn Schneeleoparden markiert und sie von unserer Basis an der Montana State University – das ist in den USA – aus der Ferne verfolgt."

Er widerstand dem Drang, die Augen zu verdrehen, weil sie ihn offensichtlich für einen Vollidioten hielt.

„Vor ein paar Tagen haben wir plötzlich Signale wahrgenommen, die stationär waren." Ihre Lippen kräuselten sich. „Wir haben herausgefunden, dass jemand die Halsbänder benutzt, um die Leoparden aufzuspüren, und sie dann erschießt." Ihre Stimme klang angespannt, und ein Hauch von Verzweiflung schwang darin mit, obwohl sie versuchte, sich zu beherrschen. „Wir sind hergeflogen, um das Problem so schnell wie möglich zu lösen."

Dempsey hob die Augenbrauen. Die Landesgrenzen waren geschlossen. Die Tatsache, dass sie so schnell hierhergekommen waren, zeugte von großer Initiative und guten Beziehungen.

Das Bild fügte sich allmählich zusammen. Der Mann, hinter dem seine Einheit her war, war ein ehemaliger Kommunikationsspezialist der Vympel, einer Eliteeinheit der Spetsnaz. Nicht nur das, er hatte diese Berge vor der sowjetischen Invasion für die Russen kartografiert. Und obwohl der MI6 ihn für tot hielt – er war bei einem seiner eigenen Bombenanschläge umgekommen, als er versucht hatte, die britische Botschaft im Jemen zu zerstören – war er vor zehn Tagen beim Kauf eines Jagdgewehrs in Pakistan gesichtet worden.

„Die Felle sind eine Menge Geld wert, oder?"

„Das ist kein Grund, sie zu töten." Ihre Augen blitzten.

„Für jemanden scheint es Grund genug zu sein." Denn sofern Dmitri Volkov während seiner Jahre im Exil nicht einen irrationalen Hass auf Schneeleoparden entwickelt hatte, ergab nichts anderes einen Sinn. Der Mann brauchte Geld. Aber warum? Oder besser gesagt, warum jetzt?

„Wir versuchen, die Leoparden zu fangen und ihnen die Halsbänder abzunehmen, bevor dieser Mistkerl sie alle erschießt. Und was machen *Sie* hier? Hier sind Sie weit weg vom Kriegsgebiet."

Der ganze verdammte Planet war ein Kriegsgebiet.

Als klar war, dass er nicht antworten würde, weil Name, Rang und Dienstnummer die einzigen Informationen waren, die er preisgeben durfte, stand Axelle Dehn auf.

„Jedenfalls tut mir die Sache mit der Waffe leid." Sie starrte auf seine Tasche, als erwartete sie, dass er sie ihr zurückgeben würde – *ganz bestimmt nicht* –, bevor sie losmarschierte, um auf ihr Pferd zu steigen. „Ich habe keine Zeit, hier herumzusitzen und zu plaudern." Irgendetwas an ihrem Verhalten deutete darauf hin, dass sie nie herumsaß und plauderte. Das war ironisch, denn als Soldat der Special Forces verbrachte er einen Großteil seiner Zeit mit Herumsitzen, Warten und Reden.

Aber sie war eine Frau der Tat. Und scheinbar furchtlos.

Wovor hatte sie Angst? Was war ihre Schwäche?

Die Sonne stand schon tief am Himmel, doch wenn sie jetzt zurückging, würde sie ihr Lager noch vor Einbruch der Dunkelheit erreichen. Er schnallte sich seinen Rucksack auf den Rücken und sah zu, wie Axelle ihren Empfänger und ihre Antenne aus dem Versteck holte, wo sie sie deponiert hatte, bevor sie ihn hinterrücks angegriffen hatte.

So ist es richtig, Dr. Dehn. Aufsitzen. Abmarsch. Ab nach Hause.

Sie sah sich nicht einmal um, als sie den Hügel hinaufritt.

Er seufzte, ließ seinen Blick über die Bergkämme schweifen und atmete resigniert aus. Er hatte endlich einen ersten Anhaltspunkt auf der Jagd nach einem der weltweit berüchtigtsten Terroristen. Das einzige Hindernis ritt auf dem Pfad vor ihm, wobei ihre Hüften anmutig hin und her wiegten. Er machte sich keine Illusionen, dass sie es seinetwegen tat. Axelle Dehn sah aus, als würde sie lieber bei Minusgraden nackt ausharren, als einen Soldaten wie ihn anzufassen. Er zügelte seine Ungeduld und stapfte hinter ihr her. Zum Glück war sie nicht sein Typ. Sie war arrogant, aufbrausend und ungestüm.

Eine Nervensäge.

Er ertappte sich dabei, wie er die langen Beine in den grauen Baggy-Hosen betrachtete und daran dachte, wie sie unter der Dusche ausgesehen hatte. Nachdem sich seine Atmung und sein Puls wieder etwas beruhigt hatten, führte er seine abschweifenden Gedanken auf die Auswirkungen der Höhenlage zurück. Diese Frau musste mit ihm zusammenarbeiten, denn er hatte keine Zeit, seine Zielperson über den Hindukusch zu jagen, aber es würde nicht einfach werden.

Der SAS glaubte, dass der Schlüssel zum Sieg in jedem Konflikt darin bestand, Herz und Verstand der gegnerischen Seite zu gewinnen. Axelle Dehns Herz, ihr Verstand und ihre gesamte Existenz schienen von ihrer Besessenheit für diese Wildkatzen beherrscht zu werden. Sie waren ihre Achillesferse und sein größter Trumpf, wenn es darum ging, den Mörder aufzuspüren. Er wusste bereits, wie er dem russischen Terroristen eine Falle stellen könnte, aber egal wie er es begründete, er hatte den Verdacht, dass es Dr. Axelle Dehn nicht gefallen würde.

———

St. James' Park, London

Jonathon Boyle saß auf einer Bank in der Nähe des Musikpavillons und las im Sonnenschein die *Times*. Da war eine Meldung über den Diebstahl eines Laptops, der einem hochrangigen RAF-Offizier gehörte – zusammen mit einem Verschlüsselungscode, der benötigt wurde, um seinen geheimen Inhalt zu entschlüsseln. Ein echter Coup für ihn und eine Lektion für diese selbstgefälligen Arschlöcher im Verteidigungsministerium, nicht zu lax mit streng geheimen Informationen umzugehen. Er tat ihnen damit einen Gefallen, obwohl sie solche Vollidioten waren und nie dazulernten.

Er faltete die Zeitung zusammen und legte sie ordentlich

beiseite. In dieser Welt der elektronischen Kommunikation wählte er oft den altmodischen Weg, um sich zu informieren. Er besaß zwar einen Peilsender, mit dem er ein Signal aussenden konnte, wenn er in Gefahr geriet, aber im Allgemeinen schickte er Pakete mit wichtigen Informationen an Postfächer und mailte dann verschlüsselte Postinformationen an seinen Auftraggeber. Seine Codes und Chiffren waren nahezu unknackbar, und er verwendete nie dieselbe Methode. Er ging mit der gleichen Sorgfalt wie ein Serienmörder vor, um keine forensischen Beweise zu hinterlassen, und nur eine Handvoll hochrangiger Personen im Kern kannte überhaupt seine wahre Identität. Im Laufe der Jahre hatte er seinen Spionage-Namen mehrfach geändert, von Vera zu Valentina, Nero zu Milo. Er hatte seine kommunistischen Sympathien oder seine Zugehörigkeit zu Russland nie jemandem gegenüber offenbart und hatte sich während der Spionageskandale in den Sechzigern, als er gerade erst angefangen hatte, aus allem rausgehalten. Dass er nicht für den MI6, sondern für das Auswärtige Amt arbeitete, war ein Bonus. Jetzt, nach all diesen Jahren, war er der höchstrangige und dienstälteste Agent, der noch im Spiel war. Zumindest seines Wissens nach. Geheimhaltung war das A und O in diesem Metier, und das war auch gut so.

Es wurden immer wieder neue Spione eingesetzt und angeheuert, aber er war schon sein ganzes Leben lang dabei, und es war noch nicht vorbei. Ein Anflug von Stolz erfüllte ihn, weil er so lange unentdeckt geblieben war, und doch könnte sein größter Sieg noch vor ihm liegen.

Das erste Treffen mit den Leuten aus Aldermaston hatte bestätigt, was Jonathon schon lange vermutet hatte. Die britischen Wissenschaftler entwickelten viele neue Waffentechnologien. Von militärischen Betäubungsgewehren bis hin zu Granaten, die präzise elektromagnetische Energiestöße abgaben, die die gegnerischen Kommunikationssysteme lahmlegten und gleichzeitig dafür sorgten, dass die eigenen intakt blieben, Munition aus recyceltem Material – galt das wirklich als *umweltfreundlich*? – und ein Radar-Tarngerät, über das seit Jahren Gerüchte im Umlauf waren.

Es gab eine neue Abteilung, die ihm das Wasser im Munde zusammenlaufen ließ. Eine Abteilung, die so geheim war, dass man sich geweigert hatte, irgendetwas über sie zu verraten, nicht einmal ihren Namen. Doch sie hatten angedeutet, dass sie Teil eines neuen anglo-französischen Unterfangens war – oder ein *Timeshare*, wie die GRU-Beamten es scherzhaft bezeichnet hatten.

Der Ausschuss, bestehend aus ihm selbst, zwei Abgeordneten, einem Mitglied des Oberhauses, einem Armeegeneral und Konteradmirälen der Marine und der RAF sowie einem hochrangigen Beamten des Innenministeriums – *einem vollkommenen Schwachkopf* –, stand angeblich unter der Aufsicht eines pickeligen Jugendlichen aus dem Verteidigungsministerium. Der Junge, der aussah, als hätte er mehr Ahnung von Videospielen als von Kriegsführung, hatte ihnen mitgeteilt, dass sie auf eine zusätzliche Sicherheitsfreigabe warten mussten, bevor einer von ihnen die Sperrgebiete von Aldermaston betreten durfte. Die anderen waren stinksauer geworden. Jonathon dagegen war gegen seinen Willen beeindruckt gewesen.

Was könnte es sein? Etwas Nukleares? Das war die Stärke Frankreichs und das Hauptgeschäft von Aldermaston. Oder etwas Chemisches oder Biologisches? Obwohl beides nach internationalem Recht strengstens verboten war, nutzten es trotzdem alle. Wie sonst sollte man den Terroristen und verrückten Diktatoren einen Schritt voraus sein?

Die Trottel im Verteidigungsministerium hatten nichts anderes im Sinn, als ihre eigene Karriere voranzutreiben und dafür zu sorgen, dass die Haushaltskürzungen nicht auf ihren Schreibtischen landeten, aber die Wissenschaftler in Aldermaston waren – trotz ihrer pickeligen Gesichter – das einzig Wahre. Hier befand sich das britische Atomwaffeninstitut, wo im Zweiten Weltkrieg Spitfire-Flugzeuge hergestellt worden waren und wo in den achtziger Jahren am lautesten für nukleare Abrüstung protestiert worden war. Seine Handflächen waren vor Hitze und Aufregung feucht. Dies war einer der aufregendsten Momente seines Lebens, dabei hatte er gedacht, seine glorreichen Tage wären vorbei. Jetzt

würde er Einblick in Großbritanniens künftige Verteidigungsmaß-
nahmen und seine wiedererwachte militärische Stärke bekommen
– und das alles nur, weil ein Geist aus seiner Vergangenheit von
den Toten auferstanden war.

Was für eine Ironie des Schicksals.

Die Bank knarrte, als sich ein Mann neben ihn setzte. Beim
Anblick des pockennarbigen Gesichts lief Jonathon ein unange-
nehmer Schauer über den Rücken. Mit einem lauten Seufzer legte
der Herr ein weiteres Exemplar der *Times* auf die Bank zwischen
ihnen.

Der Sicherheitchef des russischen Botschafters lächelte und
zeigte dabei seine geraden neuen Zähne. Seine Augen verengten
sich so vergnügt, dass in Jonathons Brust Unbehagen aufkeimte.
Es war schon lange her, dass Valisky den Laufburschen gespielt
hatte.

Er wartete darauf, dass er auf den Punkt kam. Eine umfang-
reiche Stille schirmte sie von der Menge der Touristen und den
Stadtarbeitern ab, die gerade zu Mittag aßen. „Ich habe gehört, in
Pakistan ist ein alter Freund von dir aufgetaucht."

„Na und?" Jonathon machte keinen Hehl aus seiner Empörung. Ein echter, blaublütiger Brite, der von einem fiesen Kommu-
nisten angegriffen wurde.

„Glaubst du, er weiß, wer der neue Premierminister ist?"
Valiskys Augen veränderten sich nicht, als er lächelte. „Oder
besser gesagt, wer sein Vater *war*?"

Der erste Anflug von Angst kroch unter Jonathons Haut. „Wie
sollte er?"

„Weniger als einen Monat, nachdem Sebastian Allworths Sohn
in die Regierung gewählt wird, zeigt der Wolf wieder sein
Gesicht?"

„Zufall." Jonathon ballte die Fäuste und legte seine Hände auf
die Oberschenkel.

„Nun, wenn er noch lebt, erinnert er sich bestimmt an *dich*. Er
hat bereits im Jemen versucht, dich zu töten."

Jonathon traute Valisky nicht über den Weg. Er traute niemandem. Trotzdem spielten sie dieses alte Spiel schon seit sie kleine Jungen in einem russischen Waisenhaus gewesen waren, und es stand zu viel auf dem Spiel, um eine Enttarnung zu riskieren. „Dmitri Volkov ist ein Narr. Wir alle dachten, er sei tot."

„Das wollte er euch glauben machen, also ist er vielleicht nicht ganz der Narr, für den wir ihn alle hielten."

Wut flackerte vor seinen Augen auf. „Was will er?" Jonathon konnte sich keinen Reim darauf machen, warum Volkov wieder auf der Bildfläche auftauchen sollte.

„Rache?" Valiskys Gesichtsausdruck war hinterhältig. „Um den Mann zu vernichten, der ihn zerstört hat?"

„Männer", korrigierte ihn Jonathon barsch. „Die *Männer*, die ihn zerstört haben."

„Du hast mich um Hilfe gebeten. Ich habe nur geholfen." Valisky zuckte mit den Schultern, bevor er den Blick abwandte. Vielleicht, weil er sich genau daran erinnerte, wie er Volkov zu Fall gebracht hatte. „Seine Familie ist verschwunden." Die scharfsinnigen schwarzen Augen sahen ihn an. „Er muss etwas Bestimmtes im Schilde führen."

Jonathon schloss die Augen und hob sein Gesicht in die Sonne. „Der SAS ist hinter ihm her."

„Die Spetsnaz auch."

„Und was passiert, wenn britische und russische Spezialeinheiten aufeinandertreffen?" Trotz des Sonnenscheins fühlte sich Jonathons Haut klamm an. *Warum? Warum gerade jetzt?*

Der große Mann rührte sich, seine Schultern bewegten sich ungelenk unter der Jacke, die er trug, um seine Waffen zu verbergen. Valisky ging nie unbewaffnet irgendwohin. „Dieser Teil der Welt ist ein gefährliches Pflaster, Boyle. Voller Drogendealer und Banditen." Er lachte. „Leugnen ist alles, und heutzutage will niemand mehr einen offenen Krieg."

Jonathon hatte keine Zeit, sich mit den Schatten der Vergangenheit zu beschäftigen. Er hatte Wichtigeres zu tun. Ein strahlendes, neues Ziel. Eine Möglichkeit zu beweisen, dass er der größte Spion war, der je gelebt hatte. „Tut mir leid, Valisky. Ich habe diese Woche wichtige Geschäfte zu erledigen. Etwas, das ich keinesfalls aufs Spiel setzen darf. Schon gar nicht wegen jemandem, um den man sich schon vor Jahren hätte kümmern sollen." Sein Ton war ruhig aber bestimmt.

Valiskys Brauen hoben sich abschätzig. „Ich habe das Gerücht gehört, dass du deine Ruhestandsfeier abgesagt hast."

Jonathon stand auf und verzog das Gesicht wegen seiner steifen Gelenke. „*Do svidaniya*, Valisky."

„Genosse."

Jonathon schlenderte blindlings in Richtung der Horse Guards. Die Sonne blendete ihn, aber sie hatte ihre Wärme verloren. Eine Schweißperle rann ihm die Wirbelsäule hinunter und sickerte in sein gestärktes weißes Hemd, während er durch die düstere Whitehall ging. Die Uhr hatte zu ticken begonnen, aber der Jackpot war größer als je zuvor. Dmitri Volkov musste sterben, bevor er Geheimnisse preisgab, von denen er nicht einmal wusste, dass er sie kannte.

KAPITEL
FÜNF

Der Soldat beobachtete sie. Allerdings sah er nicht wie ein echter Soldat aus mit seiner nicht zusammenpassenden Ausrüstung, und er war allein. Sie runzelte die Stirn. Soldaten waren nie allein unterwegs. Aber die Waffen und die Weste, die er trug, wirkten bedrohlich echt.

Ein Söldner?

Sein Blick durchbohrte eine Stelle genau zwischen ihren Schulterblättern, die unangenehm kribbelte. Was hatte die britische Armee im Wakhan-Korridor zu suchen? Sie wollte keine Soldaten hier haben. *Soldaten* ... sie schluckte schwer und verdrängte die Erinnerungen.

Hier ging es nicht um ihre Vergangenheit. Es ging darum, eine der am stärksten gefährdeten Tierarten der Welt zu retten. Sie durfte keine Zeit verlieren.

Vielleicht war er doch der Wilderer, und er spielte sein eigenes kleines Katz-und-Maus-Spiel mit ihr. Vielleicht würde er ihr die Kehle aufschlitzen, wenn sie es am wenigsten erwartete. Sie hob ihre Hand an ihren Hals.

Wenn man die Sache logisch betrachtete, hatte er vorhin genügend Möglichkeiten gehabt, sie zu verletzen, und sie nicht genutzt. Sicher, sie war voller Staub und ein wenig wund, weil er sie mit dem Gesicht voran auf den Boden gestoßen und gefesselt hatte, aber er hatte sich eher gewehrt, als sie anzugreifen. Und sie hatte ihn mit einer Waffe bedroht, also hatte sie Glück, dass er ihr keine Kugel verpasst hatte. Er hatte sie weder vergewaltigt noch auf G-Man geschossen, also musste sie davon ausgehen, dass er der war, für den er sich ausgab, und dass er seine Gründe hatte, am Hindukusch herumzuschnüffeln – Gründe, von denen sie lieber nichts wissen wollte.

Schnee und Eis bedeckten die Gipfel, und ein frostiger Wind peitschte durch das Tal und schnitt durch ihre Kleidung wie zersplittertes Glas. Im Moment blieb ihr nichts anderes übrig, als dem Leoparden zu folgen, von dem sie glaubte, dass er verletzt war. Um den Soldaten würde sie sich später kümmern. Sie überprüfte das Funksignal und passte ihre Route an.

Die Luft roch sauber und frisch, die Landschaft erhob sich gewaltig vor ihr, obwohl sie weit von den Gipfeln entfernt war. Der Himmel färbte sich grau, und es begann zu dämmern. *Verdammt!* Sie trieb das Pferd an, bis sie eine schmale Schlucht erreichte, wo sie abstieg und sich ihren Weg über einen Pfad bahnte, der kaum breit genug für eine Ziege war. Die Nüstern des Pferdes blähten sich auf. Heißer Atem strömte gegen ihre Wange, als die Hufe des Tieres abrutschten.

„Ganz ruhig." Axelle drehte sich zu dem Wallach um, um ihn zu beruhigen, und strich mit ihrer Hand über seinen Kopf. „Ist ja gut." Wenn sie G-Man nicht bald fand, würde sie bei den Wölfen übernachten müssen, denn das Gelände war zu felsig und tückisch, um in der Dunkelheit zu reiten. Das machte sie wütend. Sie wollte nicht über Nacht vom Lager weg sein und nicht wissen, wie es mit ihrem Projekt weiterging. Ganz zu schweigen davon, dass sie sich in der Gesellschaft eines bewaffneten Fremden befand.

Erschrocken drehte ihr Pferd ruckartig den Kopf, und seine Augen bewegten sich unruhig in den Höhlen. Es hatte Gefahr gewittert. Axelles Kopfhaut kribbelte. Sie blickte auf, und obwohl sie dank des Signals wusste, dass er da war, fiel es ihr schwer, den Leoparden zu erkennen, bis seine Zähne aufblitzten. Er war noch ein paar Meter entfernt und wurde mit jedem verblassenden Sonnenstrahl unschärfer.

Ihr Herz hämmerte gegen ihre Rippen. Sie ließ ihre Hand in die Satteltasche gleiten und zog eine der Betäubungspatronen heraus. Langsam nahm sie das Gewehr aus dem Holster und setzte die Patrone ein. Sie spannte das Gewehr und nahm den Leoparden ins Visier. Absichtlich laute Schritte erregten ihre Aufmerksamkeit. Der Soldat – Dempsey.

Warum zum Teufel folgt er mir?

Sie brauchte keinen verdammten Babysitter.

Er blieb neben ihr stehen, entspannt und lässig. Obwohl er zu Fuß unterwegs war und die ganze schwere Ausrüstung trug, war er nicht einmal außer Atem. Er blickte vom Leoparden zu ihr, als wäre er ihr Ausbilder, der ihre Leistung bewertete und sie diesmal für gut befand. Ihr Kiefer verkrampfte sich, als sein Ärmel ihren berührte. Eine gezielte Berührung, die sie dazu brachte, einen Schritt zurück in Richtung Pferd zu machen. Eine Reaktion, die ihm mit Sicherheit nicht entgangen war.

Sie legte das Gewehr wieder auf ihre Schulter, spürte aber seine Aufmerksamkeit. Sie warf ihm einen flüchtigen Blick zu. „Was?"

Verblüffend blaue Augen begegneten ihrem Blick. Sie schienen jede Information mit messerscharfer Intelligenz abzuwiegen und zu beurteilen. Sie hatte nicht bemerkt, wie durchdringend diese Augen waren, als er sie gefesselt und auf ihr gesessen hatte.

„Schaffen Sie den Schuss?" Seine irische Herkunft war jetzt deutlich in seiner Stimme zu hören.

Axelle schürzte die Lippen. Sie war an der Grenze der Reichweite des Gewehrs, das Licht wurde schwächer, und obwohl sie eine passable Schützin war, war ihre Treffsicherheit nicht unbedingt brillant. Sie könnte danebenschießen. Der Gedanke ließ sie innehalten. Dann würde sie den Rest des Abends und wahrscheinlich den ganzen morgigen Tag damit verbringen müssen, wieder in die Nähe des verletzten Tiers zu kommen, das vielleicht einer Infektion erlegen würde, wenn der Wilderer es – und sie – nicht zuerst fand.

Sie ließ das Gewehr sinken. „Ich muss näher heran." Sie trat einen Schritt vorwärts, aber der Soldat legte ihr eine Hand auf den Arm und hielt sie auf.

„Lassen Sie mich."

„Sind *Sie* gut?" Ihr Blick glitt über seine Ausrüstung. Er hatte ein bedrohlich wirkendes Gewehr über die Schulter geschnallt und in dem Holster an seinem Oberschenkel befand sich eine Handfeuerwaffe. Er trug sie mit derselben Leichtigkeit, mit der sie ihre Stiefel trug.

Natürlich ist er gut. Sie reichte ihm die Waffe. Sie hatte nichts zu verlieren.

„Ist das Visier richtig eingestellt?"

Sie nickte. „Josef hat es eingestellt."

„Wer ist Josef?" Er hielt eine Sekunde inne und sah sie aus dem Augenwinkel an.

Ihre Muskeln spannten sich vor Ungeduld an. „Mein Forschungsassistent." Sie verlagerte ihr Gewicht von einem Fuß auf den anderen. „Er war vor seiner Promotion in der dänischen Armee."

Das Gewehr ruhte in der Mulde der Schulter des Mannes. „Und dieser Josef hielt es für vernünftig, dass Sie allein hierherkommen, obwohl ein Wilderer Ihre Leoparden tötet?"

„Ich bin seine Chefin; er tut, was ich ihm sage." *Im Gegensatz zu manchen anderen Leuten.* Axelle starrte G-Man unverwandt an. „Entweder Sie schießen jetzt oder Sie geben mir das Gewehr zurück."

Der Anflug eines leisen Lächelns umspielte seine Lippen. „Ich wette, der gute Josef hatte keine Chance." Er drückte langsam den Abzug.

Sie zuckte zusammen, als der Leopard aufsprang, mit seinem

langen Schwanz peitschend ausholte und nach seinem Angreifer Ausschau hielt. Er war getroffen worden.

„Gute Arbeit." Sie durchsuchte die Satteltaschen nach dem Verbandsmaterial, den Antibiotika, dem Gegengift und einer Decke. Sie drückte Dempsey die Zügel in die Hand, bevor sie sich die Stirnlampe auf den Kopf setzte. „Halten Sie das Pferd, während ich meine Arbeit mache, okay?"

Sie wartete keine Antwort ab. Sie stieg den Hang hinauf und kletterte über Felsen, die unter ihren Füßen immer wieder nachgaben. Das Tier befand sich nicht sehr weit über ihr, aber das letzte Stück war ein steiniger, schwieriger Aufstieg, und das abrutschende Geröll erschwerte ihr Vorankommen. Als sie ihn erreichte, schnarchte G-Man bereits lautstark.

Sie deckte ihn zu, bevor sie sein verletztes Hinterbein untersuchte. Es war eine fünf Zentimeter lange Wunde, die von einer Kugel oder von einer Auseinandersetzung mit einer anderen Großkatze stammen könnte. Sie war nicht tief, nur schmutzig und blutig. Nachdem sie die Wunde mit Alkoholtupfern gereinigt hatte, injizierte sie ihm Antibiotika und riss das Nähpaket mit den Zähnen auf. Zuerst hielt sie den gerissenen Muskel zusammen und nähte ihn mit einem selbstauflösenden Faden. Dann machte sie eine weitere Naht, um die äußere Hautschicht zu schließen. Die dicken violetten Stiche sahen an einem wilden Tier unnatürlich aus, aber sie würden hoffentlich ausreichen, damit die Wunde heilte und sich nicht entzündete. Ein dreibeiniger Schneeleopard würde in diesem unwirtlichen Terrain nicht überleben.

Sie begann mit der Arbeit an dem Halsband, doch der elektronische Mechanismus schien eine Fehlfunktion zu haben. Verdammter Mist. Sie zog ihr Messer heraus und steckte es in das Schloss, um es aufzubrechen. Plötzlich bemerkte sie, dass sich das sanfte, rhythmische Atmen des Leoparden verändert hatte, und die Muskeln, die unter ihren Fingern kurz zuvor schlaff und locker gewesen waren, nun angespannt waren.

Er kam wieder zu sich. Sie kämpfte verzweifelt mit dem Halsband und erstarrte, als G-Man die Augen öffnete und sie mit einem wütenden Blick fixierte. Verzweifelt hackte sie auf den klemmenden Mechanismus ein. Plötzlich wirbelte die Raubkatze herum. Axelle fiel nach hinten und schlug mit dem Kopf auf dem Boden auf. Ein weißes Licht flammte hinter ihren Augenlidern auf, gefolgt von einem stechenden, brennenden Schmerz, als sich die zentimeterlangen Krallen in ihre Haut bohrten. Sie schrie auf und griff nach den kleinen Ohren des Tieres, um den Katzenkopf von ihrer Kehle wegzuhalten, wo seine blitzenden weißen Zähne auf ihre Halsschlagader zielten. In seinen Augen standen Schmerz, Verwirrung und eine gehörige Portion Wut.

Das Geräusch von herabfallenden Steinen machte sie darauf aufmerksam, dass sie nicht allein war.

„Tun Sie ihm nichts!", schrie sie Dempsey zu, dessen Silhouette sie in der Dämmerung gerade noch erkennen konnte, als er auf sie zueilte.

Der Mann fluchte, als er seine Pistole wegsteckte. G-Man sah den Soldaten an, beide Vorderpfoten noch immer in ihrem Fleisch versenkt und die weißen Eckzähne in der Nähe ihres Halses. Ihre Arme zitterten vor Anstrengung, ihn abzuwehren.

„Wir müssen ihm das Halsband abnehmen, bevor wir ihn wegjagen." Sie zitterte vor Schmerz und Erschöpfung, doch wenn sie das Halsband nicht entfernten, wäre jeder Kratzer umsonst gewesen.

„Sie sind völlig verrückt." Dempsey schnappte sich die Decke und warf sie über den Leoparden. G-Man zog seine Krallen ein – *Gott sei Dank* – und drehte sich zur neuen Bedrohung um. Dempsey schaffte es, die Decke um den Körper der Raubkatze zu wickeln, allerdings nicht bevor der Leopard seine Krallen in den Arm des Soldaten schlug. Er nutzte sein Gewicht, um die Katze festzuhalten, so wie er es vorhin bei Axelle getan hatte. Dann lehnte er sich zurück, um den Krallen und dem Maul voller rasiermesserscharfer Zähne auszuweichen. Nachdem er die Decke gesichert hatte, rappelte sich Axelle wackelig auf.

Schmerz durchbohrte ihren Körper. Jeder Kratzer stach wie

eine Reihe wütender Widerhaken. „Wow. Jetzt bin ich eigentlich ganz froh, dass Sie hier sind."

„Das ist ein verdammt schwaches Lob, aber ich wusste, dass ich Ihnen irgendwann ans Herz wachsen würde." Er schenkte ihr ein Grinsen, das sein Gesicht regelrecht attraktiv erscheinen ließ. „Sie werden ihn doch betäuben, oder?" Er sah plötzlich nervös aus, und die Muskeln in seinen Armen waren vor Anstrengung angespannt.

Da sah sie ihr Pferd, das über den Kamm des Bergrückens trabte, eindeutig auf dem Weg nach Hause. „Oh, Mist. Mein Pferd haut gerade ab."

„Ich musste mich zwischen dem Pferd und Ihnen entscheiden. Habe ich etwa die falsche Wahl getroffen?"

Axelles Knie zitterten, als sie sich neben dem Soldaten auf den Boden fallen ließ. „Halten Sie ihn fest, während ich ihm das Halsband abnehme."

„Ich halte ihn schon fest." Seine Stimme war leise und fest und verriet die enorme körperliche Anstrengung, mit der er den Leoparden in Schach hielt.

Es verging eine weitere Minute, in der der Soldat grunzte und fluchte. Axelle arbeitete konzentriert, bis das Schloss endlich aufsprang und das Halsband abfiel.

„Kommen Sie hinter mich, damit ich diesen Bastard loslassen kann." Die Stimme des Soldaten klang rau. Sie hatte nicht bemerkt, dass sie auf dem kleinen Vorsprung eng aneinandergepresst waren, und plötzlich war ihr jeder Zentimeter Körperkontakt bewusst.

Dempsey hielt die Decke fest, als sie beide zurücksprangen. G-Man fauchte und knurrte. Die rechte Hand des Soldaten glitt zum Kolben seiner Pistole, und Axelle trat vor und fuchtelte mit ihren Armen vor dem Leoparden, der wie erstarrt zu sein schien, verwirrt von der Betäubung oder dem Schock.

„Mach schon. Verschwinde von hier." Sie warf ihre Arme in die Luft, machte sich so groß wie möglich und schrie das aufgebrachte Tier an. G-Man rannte schließlich die Klippe hinauf, in die

Dämmerung. Axelles Kehle schmerzte. „Ich will, dass er Angst vor Menschen hat", murmelte sie, als der Leopard über den Grat sprang und verschwand. „Er soll uns nicht für eine leichte Futterquelle halten. Sonst werden wir die Einheimischen nie dazu bringen, unsere Schutzbemühungen zu unterstützen."

„Ohne Rücksicht auf die Armen, die als Abendessen enden."

Sie stieß einen müden Atemzug aus. „Sie greifen keine Menschen an."

Dempsey hob eine Augenbraue und berührte einen der Risse an ihrer Kleidung. Sie wich vor ihm zurück. Plötzlich war ihr kalt. Eiskalt.

„Das war nicht seine Schuld." Sie stellte ihren Kragen auf und ließ den rauen Stoff durch ihre Finger gleiten. Verzweiflung nagte an ihr. Sie hasste es, ihr wichtigstes Forschungsprojekt wegen der Gier eines anderen zu sabotieren.

Dabei sollte sie eigentlich überglücklich sein. Trotz allem hatte sie mit der Hilfe dieses Soldaten G-Man behandelt und befreit. Er sollte vor der größten Bedrohung für sein Überleben sicher sein. Doch der Rückweg war lang, und es gab noch mehr Leoparden, die sie retten musste. Die Last der Verantwortung drohte sie zu erdrücken, und sie fühlte sich klein, unbedeutend, wertlos.

Der Soldat beobachtete sie.

Mit zitternden Händen sammelte sie ihre Ausrüstung ein und zog sich die Decke über die Schultern, um sich zu wärmen. Die Kälte war ihr bis ins Mark gesickert, und die heftige Brise hatte mit einer unangenehmen Schärfe aufgefrischt. Nachdem sich das Adrenalin verflüchtigt hatte, schmerzte jeder einzelne Kratzer höllisch.

Dempsey folgte ihr, während sie unbeholfen den Abhang hinunterkletterte. Als sie am Ende des Weges ankam, fröstelte sie, denn sie wusste, dass es auf dieser Höhe ab jetzt nur noch kälter werden würde. Ihr Atem kondensierte und ihre Zehen begannen zu kribbeln, mehr vor Schreck als vor Kälte. Wenn sie hier draußen blieb, hoch oben am Hindukusch, nur mit einer Decke, konnte sie von Glück sagen, wenn sie alle Finger behielt. Sie brauchte die Hilfe des Soldaten, um zu überleben, und wusste nicht, wie sie ihn darum bitten sollte. Sie hatte schon einmal dreißig Stunden lang um Hilfe geschrien, ohne dass es ihr etwas gebracht hätte.

„Sie glauben, dass dieser Wilderer Ihre Tiere mithilfe dieser Halsbänder verfolgt, richtig?" Dempsey nahm ihr das Funk-/GPS-Halsband aus der Hand und untersuchte es gründlich im Schein ihrer Stirnlampe.

„Ja. Wir wissen es nicht genau, aber wir glauben, dass er bereits zwei, vielleicht drei unserer Leoparden getötet hat." Angst schnürte ihr die Kehle zu. „Normalerweise ist es fast unmöglich, sie zu finden. Er muss die Ortungssignale benutzen." Das Licht ihrer Kopflampe flackerte, während sie sprach. Er streckte die Hand aus, und sie zuckte zurück, doch er tastete in ihrem Haar herum und fand den Aus-Knopf. Es dauerte einen Moment, bis sich ihre Augen an die Dunkelheit gewöhnt hatten, und sie schwankte. Er hielt sie an den Schultern fest, als hätte er ihre Gleichgewichtsstörung vorausgesehen. Verwirrt stellte sie fest, dass es ihr gefiel, von seinen starken Händen festgehalten zu werden.

„In einer Minute werden sich Ihre Augen an die Dunkelheit gewöhnt haben." Selbst durch den Stoff ihrer Kleidung hindurch fühlten sich seine Finger warm an. Dann bewegte er sie auf und ab wie jemand, der ein Kind beruhigte, und sie schrie vor Schmerz auf, als er einige ihrer Wunden erwischte.

„Mist. Tut mir leid. Ich habe vergessen, dass er Sie da hinten erwischt hat." Sein Griff lockerte sich, aber er ließ sie nicht los. Das war auch gut so, denn sonst wäre sie mit dem Gesicht voran hingefallen. Ihre Knie zitterten, als sie die Nachwirkungen der Begegnung endlich zu spüren bekam.

„Ich habe heute Morgen kurz hintereinander zwei Schüsse gehört." Er hielt inne und überlegte angestrengt. „Aber der Wilderer hat den Leoparden, den wir gerade gefangen haben, nicht verfolgt, obwohl er verletzt war."

„Vielleicht haben Sie ihn verscheucht?" Ihre Zähne klapperten.

„Dann hätte ich ihn gesehen." Seine Zuversicht war selbst in der Dämmerung spürbar. Nicht überheblich. Nur von seinen Fähigkeiten überzeugt. „Wäre es möglich, dass zwei Leoparden zur gleichen Zeit am gleichen Ort sind – oder nahe genug, dass er auf beide Tiere gleichzeitig schießen könnte?"

Die Paarungszeit war im Winter, also war es dafür zu spät. Sie runzelte die Stirn. „Wir haben Hinweise darauf gefunden, dass sich die Leoparden gegenseitig folgen. Meistens sind es Männchen, die ihre Rivalen beobachten." Heute Morgen, als auf G-Man geschossen worden war, hatte sich nur ein Halsband im Tal befunden, aber es hätte auch ein unmarkierter Leopard dort gewesen sein können. Ihr Gehirn arbeitete langsam, die Müdigkeit bremste sie aus. „Wenn er einen nicht gekennzeichneten Leoparden oder vielleicht einen Markhor entdeckt hätte – *die waren auch viel Geld wert* –, dann hätte er sich zuerst auf sie konzentriert, weil er wusste, dass er das markierte Tier später aufspüren konnte."

„Weiß er, dass Sie versuchen, Ihren Leoparden die Halsbänder abzunehmen?"

„Er weiß, dass wir ein Lager aufgeschlagen haben – er hat dort zwei Jungtiere zurückgelassen, nachdem er ihre Mutter getötet hatte. Ich bezweifle jedoch, dass er schon mitbekommen hat, dass wir einzelnen Tieren die Halsbänder abgenommen haben." Und er würde sauer sein, wenn er es herausfand. Sie zog die Decke fester um ihre Schultern. „Nach allem, was wir wissen, könnte er auch ein Einheimischer sein, der jeden unserer Schritte kennt." Sie schnitt eine Grimasse. „Was ich allerdings nicht glaube. Außerdem haben wir nichts davon über Funk kommuniziert. Nicht einmal der Trust weiß, was wir tun …" Sie brach ab. Sie plapperte. Dabei plapperte sie eigentlich nie.

Schweigen hatte eine gewisse Macht, das hatte ihr Vater ihr schon von klein auf beigebracht. Eine Macht, die sie normalerweise zu ihrem Vorteil nutzte. Doch ihre Augen versuchten immer wieder, sich zu schließen, egal wie sehr sie sich anstrengte, sie offen zu halten. Am liebsten hätte sie sich auf die nackte Erde gelegt und wäre eingeschlafen. Plötzlich weiteten sich ihre Augen.

„Wir könnten ihm eine Falle stellen." Sie wirbelte herum und sah Dempsey an. „Dieses Halsband irgendwo deponieren und warten, bis der Wilderer auftaucht." Sie sah das Aufblitzen seiner weißen Zähne in der Dunkelheit und wusste, dass er auch schon daran gedacht hatte. Er wartete darauf, dass sie ihn einholte. Und sie hatte gedacht, sie sei die Kluge.

„Es ist riskant", wandte er ein. „Damit würden Sie ihm verraten, dass Sie ihm auf der Spur sind."

„Wie sollen wir das anstellen?" Axelle schniefte gegen die zunehmende Kälte an und kramte in ihrer Tasche nach einem Taschentuch. „Warum helfen Sie mir?"

„Wir suchen uns eine exponierte Stelle, um das Halsband auszulegen. Zum Beispiel am Eingang einer flachen Höhle am Rande einer Felswand. Ich kontaktiere mein Team –"

„Es gibt noch mehr? Was zum Teufel macht ihr hier?" Es wäre eine Katastrophe, wenn es in dieser verarmten Region zu Konflikten käme – die Menschen und die Tierwelt lebten ohnehin bereits auf Messers Schneide.

„Wir werden einige Beobachtungsposten einrichten und hoffen, dass Ihr Problem bis morgen um diese Zeit gelöst ist."

„Wenn Sie Ihre Kumpels anfunken, könnte er Ihr Signal abfangen."

„Ich habe ein Satellitentelefon."

„Was ist, wenn er das Satellitensignal benutzt, um die Tiere aufzuspüren?"

„Er wird unser Signal nicht abfangen. Vertrauen Sie mir."

Ihm vertrauen? *Ganz sicher nicht.* Ihre Nachtsicht war mittlerweile scharf genug, um die Grübchen in seiner Wange erkennen zu können, wenn er lächelte. Auf keinen Fall würde sie ihm oder diesem attraktiven Lächeln vertrauen.

„Er ist der Grund, warum Sie hier sind. Nicht wahr?"

„Wir suchen nach jemandem", gab er zu, jetzt weniger zuvorkommend. „Es könnte derselbe Typ sein. Ich kann es genauso gut gleich überprüfen und Ihnen vielleicht helfen, wenn ich schon dabei bin."

„Okay, gehen wir –"

„Wir müssen erst Ihre Wunden reinigen."

„Nein. Das machen wir später." Sie ging los, doch als sie sich umdrehte, kniete er immer noch neben seinem Rucksack und machte keine Anstalten, sich zu bewegen. „Worauf warten Sie?"

„Auf Sie. Wunden. Hinsetzen." Er deutete auf einen Felsen. „Jetzt."

Obwohl Axelle seinen Gesichtsausdruck von dort, wo sie stand, nicht sehen konnte, erkannte sie Sturheit, wenn sie ihr begegnete. So müde sie auch war, sie konnte seinen Eigensinn im Moment nicht überbieten. Nicht, wenn sie ihn brauchte. Ihre Stiefel knirschten, als sie den Weg zurückging. „Gut. Aber wir verschwenden Zeit."

„Sich an einem so abgelegenen Ort eine Infektion zu holen, das wäre Zeitverschwendung." Er säuberte die Schnitte an seinem Arm mit einem Alkoholtupfer und trug eine antibiotische Creme auf.

„Ich werde mir keine verdammte Infektion holen." Sie setzte sich energischer als nötig auf den Felsbrocken und schaffte es, nicht zusammenzuzucken, als ihr Hintern auf dem harten Gestein aufschlug.

Sie benahm sich kindisch. Das war ihr bewusst, aber alles, was ihr etwas bedeutete, war in Gefahr, und sie wusste nicht, wie sie die Kontrolle wiedererlangen sollte.

„Nun, Sie sehen beschissen aus."

Sie funkelte ihn an. „Vielleicht sehe ich immer beschissen aus."

„Ziehen Sie Ihr Hemd aus."

Der knappe Befehl brachte sie zum Lachen.

Er streckte die Hand aus und nahm ihr die Stirnlampe vom Kopf. Er zog sie über sein kurzgeschnittenes blondes Haar, während sie sich aus ihrer Weste, dem Fleece und dem zerfetzten Hemd befreite. Jetzt, wo sie nicht mehr in Bewegung war, tat ihr alles weh. Sie versuchte, es sich nicht anmerken zu lassen, aber ihre steifen Bewegungen verrieten wahrscheinlich, wie stark ihre Schmerzen waren. Als er die Lampe anknipste, kniff sie die Augen zusammen und drehte den Kopf vom grellen Licht weg.

Er kniete sich vor sie und betrachtete ihr Gesicht mit zusammengezogenen Brauen. Die Art, wie er sie ansah, ließ sie vermuten, dass er das, was er gerade tat, sehr ernst nahm. Ein Schauer durchfuhr sie, und er hatte nichts mit Kälte zu tun – es war eine Empfindung, die sie seit Jahren nicht mehr gespürt hatte. Sein Gesichtsausdruck blieb neutral, bis auf die Augen, die selbst im schwachen Licht unausgesprochene Emotionen verrieten, bevor er seinen Blick wieder entschlossen ausdruckslos werden ließ.

Sie schaute weg. Soldaten waren tabu. Punkt.

In ihrem Tank-Top war ihr eiskalt. Sie griff nach der Decke und legte sie sich über die Schultern. Der Geruch des Leoparden erinnerte sie daran, was auf dem Spiel stand. Hier ging es weder um sie noch um den Soldaten. Es ging nicht um Erinnerungen oder flüchtige Momente des Verlangens.

Der Wind fegte von den mächtigen Höhen über ihnen herab und blies durch die enge Schlucht. Der Geruch von Schnee lag in der Luft und erinnerte sie daran, dass die Menschen inmitten dieser gewaltigen Gipfel schutzlos und unbedeutend waren.

Sie sah ihm zu, während das Licht der Stirnlampe einen gelben Schimmer auf seine Gesichtszüge warf. Das Gesicht eines Kriegers, gefangen in gefrorener Dunkelheit. Gutaussehend, wenn man auf markante Gesichtszüge stand. Was bei ihr nicht der Fall war. Sie runzelte die Stirn und versuchte sich zu erinnern, auf was sie stand. Er war überhaupt nicht ihr Typ, aber er erinnerte sie daran, dass sie einmal einen Typ gehabt hatte, und es war das erste Mal seit langer Zeit, dass sie überhaupt darüber nachdachte.

———

Dempsey riss die Alkoholtupfer auf und holte tief Luft, als er die zehn Zentimeter langen Wunden auf ihrer Haut sah. Blutspuren zogen sich über ihren Körper. Obwohl die Verletzungen nur oberflächlich waren, mussten sie höllisch brennen.

Er konzentrierte sich zuerst auf ihre Schultern, schob die Decke beiseite und reinigte jeden Kratzer gründlich, so klinisch und professionell wie ein Notarzt. Er hatte einmal in der Notaufnahme gearbeitet. Die Krankenschwestern verdienten Medaillen dafür, wie sie mit all den Dummköpfen umgingen, die dort eingeliefert wurden. Axelle Dehn war kein Dummkopf. Sie beschwerte sich nicht, nachdem er sie endlich dazu gebracht hatte, zu kooperieren. Er musste ihren BH-Träger verschieben, um einen Kratzer zu behandeln, und sein Daumen strich über die blütensamtige Haut ihres Schlüsselbeins.

Er ignorierte das Wohlgefühl, das diese einfache Berührung in ihm auslöste. Er räusperte sich. „Dieses Tier hat Sie ganz schön zerfetzt."

Es würden Narben zurückbleiben. Aber er vermutete, dass sie sich einen Dreck um Narben scherte.

Er drückte die Gaze fester auf eine Wunde, und sie zog scharf den Atem ein.

„Halten Sie still." Er benutzte seine strengste Stimme, bei der seine Soldaten sofort wussten, dass er nicht scherzte. Obwohl sie völlig entkräftet sein musste, hob sie eine feine Braue, was ihm sagte, dass sie es nicht gewohnt war, Befehle entgegenzunehmen. Er unterdrückte ein Lächeln.

Eine der Schnittwunden an ihren Schultern blutete noch immer. Er klebte ein Pflaster darauf und fuhr fort, sie zu säubern, wobei er so tat, als wäre sie einer der Jungs und als hätte er sie nie nackt gesehen. Dann trug er eine antibiotische Creme auf die Schnitte auf.

„Autsch."

„Tut mir leid." Er wollte nicht auf dieser glatten Haut verweilen. Vielleicht sollte er sich überhaupt nicht die Mühe machen, aber er brauchte diese Frau auf seiner Seite. Außerdem mochte er sie. Nicht auf eine „Lass uns heiraten und Kinder kriegen" Art und Weise. Aber er mochte ihre Entschlossenheit, ihren Mut. Von beidem brauchte man eine ganze Menge, um ins Regiment zu kommen. Und noch mehr, um drin zu bleiben. Ihr Job war genauso anspruchsvoll wie seiner, und wer konnte jemanden, der sein Leben dem Schutz der Tierwelt widmete, nicht bewundern? Wer wäre nicht von der Leidenschaft gerührt, die sie offensichtlich ihren Schneeleoparden gegenüber empfand?

Er veränderte seine Position. Er sollte nicht an Leidenschaft denken, wenn er über ihre nackte Haut strich, aber es war schon eine Weile her, dass er eine Frau berührt hatte.

Zu Hause gab es eine Menge Frauen, die es mit Soldaten der Special Forces treiben wollten. SAS-Groupies, die in den örtlichen Bars anzutreffen waren und die allein schon durch die Uniformen erregt wurden. Diese Art von Frauen hatte er jedoch schon lange abgeschrieben. Er bevorzugte Frauen, die ihn nicht nur als weitere Kerbe an ihrem Bettpfosten abhakten, bevor sie seine Leistungen mit ihren besten Freundinnen diskutierten. Er stellte sich lieber dem feindlichen Feuer als einem Haufen betrunkener Frauen auf einem Junggesellinnenabend zu Hause in Hereford.

Als er mit der Behandlung von Axelle Dehns Schultern fertig war, kramte er in seinem Rucksack herum und warf ihr schließlich ein Thermoshirt zu, gefolgt von ihrem Fleece und ihrer Weste. Nachdem sie sich angezogen hatte, legte er ihr die Decke wieder um die Schultern.

Er machte einen halben Schritt zurück. „Ziehen Sie Ihre Hose aus."

Sie zögerte nicht, und er blinzelte erstaunt.

Etwas an dieser Frau erinnerte ihn an eine Soldatin. Ihre praktische Art. Ihre Schultern, *verdammt*, sogar der praktische Pferdeschwanz, zu dem sie ihr langes, glänzendes Haar zusammengebunden hatte. Sie schob die Hose nach unten, und er kniete sich neben sie und fühlte sich wie ein Perverser, weil er seine Meinung über sie so schnell revidierte. Die Frau hatte *Beine*. Sie hätte nicht sexy aussehen dürfen, so wie ihr die Hose um ihre Knöchel hing. Doch das tat sie.

Seine Haut kribbelte, als sein Körper auf ihren Anblick

reagierte. Wem wollte er etwas vormachen? Er fühlte sich zu jedem Zentimeter von ihr hingezogen, ob er es wollte oder nicht.

Mehrere etwa acht Zentimeter lange Wunden zeichneten sich auf ihrem Oberschenkel ab und erinnerten ihn daran, dass sie wahrscheinlich unter Schock stand und Schmerzen hatte. Er war widerlich. Abschaum.

Doch die Situation war schmerzhaft intim, als seine Hand ihren Oberschenkel berührte. Sie zuckte zusammen. *Oh Gott.* Er zwang sich, sich auf die Blutrinnsale zu konzentrieren, die ihre Beine hinunterliefen, und nicht auf das schwarze Baumwollhöschen und den weiblichen Duft. Er schüttelte den Kopf, angewidert von sich selbst. Na toll. Sie war verletzt und verletzlich. Und das machte ihn an.

Du bist ein großartiger Mensch, Tyrone Dempsey. Seine Mutter könnte stolz auf ihn sein. Nur, dass sie das nicht war. Niemals sein würde.

Er schnappte sich die Tube mit der antibiotischen Creme und trug sie mit klinischer Präzision auf. Dann klebte er Pflaster auf zwei der Schnitte.

Abrupt stand er auf und wandte sich ab. „Alles erledigt.“ Er reichte ihr eine zusätzliche Hose, die sie über ihre zerfetzte Baggy-Hose ziehen sollte, und legte ein Paar dicke Wollsocken dazu. Wenigstens waren sie sauber. Was unter den gegebenen Umständen ein verdammtes Wunder war.

Nachdem er seine Utensilien wieder in seinen Rucksack gestopft hatte, drehte er sich um und sah, dass sie ihn mit einem seltsamen Gesichtsausdruck musterte. Ihre Lippen waren leicht geöffnet und ihre Wangen etwas gerötet. Er glaubte nicht, dass sie Lust auf seinen männlichen Körper verspürte. Hatte sie vielleicht Fieber? Er tastete ihre Stirn ab, kramte ein paar Paracetamol hervor und reichte sie ihr zusammen mit ihrer Feldflasche.

„Danke.“

Er schnaubte.

Sie stand auf, schob den anderen Arm in ihre Weste und zog sich die Mütze tiefer über die Ohren. Inzwischen war es nicht mehr nur ein bisschen frisch, sondern verdammt kalt. Er fand seine Nachtsichtbrille, nahm ihre Stirnlampe ab und schaltete sie aus, bevor er sie ihr zurückgab. Dann nahm er ihr die Dinge ab, die er ihr zum Halten gereicht hatte, und stopfte sie in seinen Rucksack, bevor er aufstand und den schweren Rucksack mit der Leichtigkeit jahrelanger Übung schulterte.

Durch seine NVGs hatte ihr Gesicht einen grünen Schimmer bekommen und sah etwas besorgt aus. Er streckte die linke Hand aus und ließ die rechte für seine Pistole frei. „Es ist einfacher, wenn wir uns an den Händen halten."

Sie schnaubte verächtlich, doch dann wurde ihr klar, dass er es ernst meinte. Er sah, wie sie zögerte, bevor sie seine Hand ergriff. Sie verlangte nicht von ihm, dass er sie beschützte. Ihre langen, glatten Finger strichen über seine Handfläche, bevor sie seine Hand fest umklammerte. Sie vertraute ihm, weil sie es musste. Aber immerhin vertraute sie ihm.

Es ging ums Überleben und um ihre Mission. Und damit diese Mission erfolgreich war, brauchten sie einander. Da draußen war ein Mann mit einem Jagdzielfernrohr und der entsprechenden Ausbildung, um es zu benutzen.

Dempseys Zielperson war einer der skrupellosesten Terroristen der Welt, ein Mann, der Extremisten den Umgang mit Sprengstoff beigebracht hatte und genau gewusst hatte, welche Art von Elend und Chaos er dadurch auslösen würde. Diese Männer wurden von Hass angetrieben – Hass und Rachsucht. Dempsey hatte zu beidem eine persönliche Verbindung und verbrachte seit der Ermordung seiner Schwester jeden Tag damit, die von seinem Vater begangenen Gräueltaten wiedergutzumachen. Wenn er diesen alten russischen Bastard erwischte, konnte er die Rechnung endlich begleichen.

———

Wakhan-Korridor, Afghanistan, Mai 1980

„*Kapitán.*"

Dmitri war bereits dabei, in seine Stiefel zu schlüpfen, als der junge Soldat den Kopf durch die Zeltklappe steckte. Das Feuer war erloschen, und die Temperaturen entsprachen durchaus denen eines sibirischen Winters. Er zog seinen Mantel an und stülpte sich die Bärenfellmütze über die brennenden Ohren.

„Was ist los, *Serzhánt*?", fragte er. Er saß schon seit vier Wochen in diesem Tal fest, während seine Spetsnaz-Einheit wichtige Einrichtungen vor den Mudschaheddin weiter westlich in der Provinz Badachschan schützte. Er war in Ishkashim gewesen, um eine für die sowjetische Nachschublinie wichtige Brücke zu bewachen, als sich der ehemalige Kommandant dieses abgelegenen Außenpostens beim Spielen mit einer, wie er glaubte, defekten Schmetterlingsmine in die Luft gesprengt hatte. *Mudak.*

Dmitri war der einzige Offizier, der freigestellt werden konnte, und das nur, weil er eigentlich Urlaub hatte.

„Ihre Ablösung ist eingetroffen, *Kapitán.*"

„Gott sei Dank." Für diese langsame Zermürbung des Feindes war er nicht ausgebildet. Er war es gewohnt, sie schnell und hart zu treffen und dann zum nächsten Ziel überzugehen. Das Töten von Frauen und Kindern war nicht seine Vorstellung von Kriegsführung. Es war feige, und er hatte dafür gesorgt, dass jeder auf diesem Außenposten das wusste. Er stieß die Tür auf und blinzelte in die rosafarbenen Strahlen der Morgendämmerung, während er sich auf ihrer verschanzten Basis umsah. „Wo?"

„Beim Ausguck."

Dmitri war zufrieden. Der Mann war eifrig bei der Sache, was bedeutete, dass er zu seiner Einheit zurückkehren konnte und vielleicht sogar den anfänglich zugesicherten Urlaub erhalten würde. Er eilte den schmalen Pfad entlang und durch den Tunnel, den sie durch diesen Teil des Berges gegraben hatten, um ihren Männern einen sicheren Durchgang zu ermöglichen. Er musste den Kopf einziehen und nickte den Wachen zu, die ihn misstrauisch beäugten. Daran war er gewöhnt. Vielleicht war er sogar stolz darauf. Die Spetsnaz hatte einen beinahe geheimnisvollen Ruf, und die Vympel waren die beste Einheit innerhalb der Spetsnaz.

Dmitri hatte schon vor Jahren festgestellt, dass allein der Ruf oft ausreichte, um einen Kampf zu gewinnen, ohne einen einzigen Schuss abzugeben, und das konnte ihm nur recht sein.

Er sah eine Gruppe von *Serzhánts*, die sich um einen ungeduldig aussehenden Mann scharten. Er sah den großen, einzelnen Stern auf der Felduniform des Mannes und verlangsamte seinen Schritt. *„Mayór."* Er salutierte.

Langsam drehte sich der Mann um, und Dmitri spürte, wie der erste Anflug von Besorgnis die Morgendämmerung durchdrang. Die Augen des Mannes waren klein und rund, und aus ihren schwarzen Tiefen funkelte ein bösartiger Schimmer.

„Ah, Sie müssen unser berühmter *Vympel Kapitán* sein, Dmitri Volkov, der sich gnädigerweise unserer Infanterie angenommen hat."

Dmitri ignorierte die Stichelei und senkte den Kopf. „Sie werden das zweifellos viel besser machen als ich, *Mayór*." Er wollte einfach nur zurück zu seiner Einheit oder seiner Frau.

Der *Mayór* musterte ihn, ohne zu blinzeln. Dmitri hielt den Kopf gesenkt. Er mochte zwar zur Spezialeinheit gehören, aber er wusste, wie Schwanzvergleiche beim Militär endeten.

Der *Mayór* nickte zustimmend. Egomane. „Ich bin *Mayór* Valisky. Kommen Sie mit mir."

Stirnrunzelnd folgte Dmitri dem Mann den Hang hinunter in Richtung der Scharfschützenpositionen, die in den Hang gegraben waren. Der Mann duckte sich dicht am Boden, um sich vor möglichen feindlichen Kugeln zu schützen. Dmitri ging aufrecht. Sie waren außer Reichweite, und der Tod machte ihm keine Angst.

Er folgte dem *Mayór* in einen der Bunker, und seine Augen weiteten sich, als der Mann dem *Starshiná* eines der Langgewehre abnahm. Der Major nickte in Richtung des anderen Gewehrschützen. „Ich habe gehört, dass Sie ein hervorragender Schütze sind? Einer der besten Russlands?"

Er senkte langsam den Kopf. „Ich hatte diese Ehre einmal, aber –"

„Dann kommen Sie, *Kapitán*." Die Stimme des *Mayórs* dröhnte durch die klare, stille Morgendämmerung. „Wir liefern uns einen kleinen Schießwettbewerb."

Dmitri konnte auf der gegenüberliegenden Seite des Panj-Flusses gerade noch Gestalten ausmachen, dunkle Punkte im trüben Schnee. Winzig klein schlängelten sie sich den Berg hinunter und trugen Töpfe und Pfannen.

„Sie haben keine einzige Mudschaheddin-Ratte getötet, seit Sie das Lager übernommen haben."

Abscheu durchfuhr Dmitri, als der andere Mann sich setzte und sein Gewehr musterte.

„Ich habe viele gefangen genommen."

„Gefangen genommen", spuckte Valisky. „Und jetzt müssen wir das Ungeziefer füttern. Was für ein Soldat sind Sie eigentlich?"

Dmitri stellte sich etwas aufrechter hin und fixierte eine Stelle an der Wand über dem Kopf des Mannes. „Es sind doch nur Kinder, *Mayór*."

Der Mann drehte sich entrüstet zu ihm um. „Sie sind die Ratten, die den Feind füttern, der dann unsere Hubschrauber abschießt und unsere Truppen tötet."

Dmitri begegnete dem Blick seines Vorgesetzten. „Sie sind Kinder. Ich werde sie nicht töten."

„Würden Sie sie erschießen, wenn sie englische Spione wären?"

Dmitri blinzelte und verstand plötzlich, worum es hier ging.

Ein Ausdruck der Zufriedenheit legte sich auf die Züge des *Mayór*. „Ich denke, Sie sind doch kein so beeindruckender Schütze, oder? Kein so inbrünstiger Patriot?"

Wut begann in Dmitris Brust zu brennen. „Ich diene dem russischen Mutterland, *Mayór*, und niemand hat es je gewagt, etwas anderes zu behaupten." Er starrte den Mann an, der ihn ungerechtfertigt in den Schmutz ziehen wollte.

Doch er kannte den Grund. Der blonde Engel, den er letzten Sommer im Wakhan-Korridor gefangen genommen hatte, hatte ihm gesagt, er würde ihn für seine Demütigung büßen lassen. Dmitri wünschte, er hätte dem Schwein eine Kugel verpasst, bevor er gewusst hatte, dass sie auf derselben Seite standen. Jetzt tanzte der Bastard im Schatten und zeigte Dmitri, wie leicht er den Ton angeben konnte.

„Als Ihr Vorgesetzter befehle ich Ihnen, Ihre Loyalität zu beweisen, indem Sie den Feind vernichten, andernfalls werde ich Sie vor ein Kriegsgericht bringen und erschießen lassen", drohte Valisky.

Bei dem Gedanken, Kinder kaltblütig zu töten, wurde ihm übel. „Nach der Genfer Konvention" – Dmitri deutete auf den Talboden – „sind sie keine Soldaten und damit auch *nicht* der Feind." Dmitri konnte nicht glauben, was hier geschah. Eben hatte er noch davon geträumt, mit seiner Frau zu schlafen, und nur fünf Minuten später wurde er von einem Kommandanten fertiggemacht.

Die Wangen des *Mayór* erröteten vor Zorn. „*Starshiná*! Nehmt diesen Mann wegen Ungehorsam und Feigheit fest."

Keiner rührte sich.

Vielleicht hatten sie die Welle der Wut gespürt, die Dmitri bei dem Wort Feigheit durchströmt hatte. Von diesem Schwein.

„Sie haben keine Macht über mich." Trotzdem nahm Dmitri das Gewehr. Er hatte keine andere Wahl.

Der *Mayór* schürzte die Lippen. „Sie verlassen dieses Lager nicht, bevor Sie nicht zehn von den kleinen Bastarden erschossen haben, *Kapitán*. Oder ich lasse Sie festnehmen."

Zehn? Sein Herz implodierte. Zerfiel zu Staub und verschwand. Dmitri wollte die Augen schließen und heulen, aber er war ein Berufssoldat und wusste, dass er seine Pflicht zu erfüllen hatte. Er wusste, wie man tötete.

Das war seine Strafe dafür, dass er den Spion gefangen

genommen hatte, dass er ihn angespuckt und ihn dazu gebracht hatte, seine wahre Identität preiszugeben. Er musste dafür büßen, dass er in seinem Job besser war als die anderen *Mudak*.

Diese Kinder bedeuteten weder *Mayór* Valisky noch dem Spion etwas. Und jetzt durften sie auch ihm nichts mehr bedeuten.

Er stellte sich in Position. Er schaltete seine Menschlichkeit aus und wurde zur Maschine. Er sah nicht mehr die großen Augen der Kinder, die jeden Tag mühsam eine schwere Ladung Wasser den steilen Hang hinauf zu ihren hungernden Müttern und Geschwistern trugen. Er sah nicht mehr ihre jämmerlichen Lumpen, die das Zittern ihrer mageren Gliedmaßen nicht verbergen konnten.

Eins – er schoss – zwei – schneller, da sie in alle Richtungen zu rennen begannen und sich hinter Felsblöcken zu verstecken versuchten – drei – und wieder auf den Pfad in einen langsamen Hungertod liefen. Vier, fünf, sechs. Scharlachrotes Blut spritzte auf den unberührten Schnee. Er tat ihnen einen Gefallen, indem er sie von ihrem Elend befreite. Sieben, acht, neun… das letzte Mädchen konnte nicht älter als fünf Jahre alt sein, mit knochendünnen Beinen und hohlen Wangen. Sie blieb stehen und drehte sich zu ihm um. Tränen liefen ihr über die Wangen, und sie hob ihre Hände betend zum Himmel.

Zehn.

Er hätte schwören können, dass er seine Seele zusammen mit der ihren in den Himmel hinauffliegen sah.

Britische Botschaft, Rabat, Marokko. Mai 1988

„Komm weg von dort, Axelle. Und zwar schnell."

Axelle wusste es besser, als mit ihrer Mutter zu streiten, aber sie warf ihr einen verärgerten Blick zu, bevor sie den Brunnen in der Mitte des heißen Hofes verließ. Sie schüttelte das Wasser ab und wischte sich die Hände an ihrem rosa Baumwollkleid ab. *Igitt. Rosa. Zum Kotzen.*

Fast hätte sie sich geweigert, es zu tragen, aber ihre Mutter hatte ihr ein neues Buch versprochen, wenn sie es anzog. Und es war nicht einfach, in Marokko neue Kinderbücher auf Englisch zu finden – nicht, wenn Axelle ein Buch pro Tag las und immer noch Zeit übrighatte, um in Schwierigkeiten zu geraten. Sie zuckte zusammen. In Schwierigkeiten zu geraten war eine Art Spezialität von ihr, sehr zum Missfallen ihres Vaters, obwohl sie sich ziemlich sicher war, dass es ihrer Mutter gefiel, wenn sie ihren Vater wütend machte.

Diese Tatsache bereitete ihr mehr Sorgen als das Geschrei ihres Vaters.

Axelle hatte Angst, dass ihre Eltern sich scheiden lassen würden. Ein stechender Schmerz machte sich in ihrer Brust breit. Sie wollte nicht, dass sie sich trennten. Und sie bemühte sich, nicht so ungestüm zu sein.

Die Palmen raschelten im Wind, der vom Meer her wehte, die schwüle Hitze des Tages jedoch nicht mildern konnte. Mit einem neidischen Seufzer betrachtete sie den angrenzenden Pool und verdrehte die Augen, als sie ihrer Mutter in das helle, quadratische Gebäude der britischen Botschaft in Rabat folgte. *Oh Gott.* Sie schnaufte frustriert und trat gegen die Tür, bevor sie hineinging.

Als ihre Mutter ihr vorgeschlagen hatte, an diesem Morgen die Schule zu schwänzen, hatte der Vorschlag amüsant geklungen. Doch bald wurde klar, dass ihre Mutter den Tag nicht wie versprochen am Strand verbringen, sondern bei ihren Erledigungen in der Stadt nicht allein sein wollte.

Axelle würde lieber ihrer Lehrerin aus der fünften Klasse zuhören, wie sie *Wilbur und Charlotte* vorlas, als mit langweiligen Erwachsenen herumzusitzen. Sie gähnte und spürte, wie ihr Kiefer knackte. Vielleicht gab es wenigstens Kekse. Ihr Magen knurrte, als ihr einfiel, dass sie die Zeit für einen Imbiss verpasst hatte.

Sie rannte los, holte ihre Mutter ein und hielt ihre Finger fest. „Ich habe Hunger. Warum ist Daddy nicht mit uns gekommen?"

Ihre Mutter hielt inne und hievte ihre Ledertasche höher auf ihre Schulter. „Dein Vater war beschäftigt." Sie schürzte die Lippen, was Axelle als Zeichen verstand, das Thema zu wechseln. Sie hatte ihren Vater die ganze Woche über nicht länger als eine Minute gesehen.

Axelle knabberte an ihrer Lippe, als sie die Steintreppe hinaufstiegen. Sie war müde, hungrig und gelangweilt. „Wann gehen wir an den Strand?"

„Bald." Ihre Mutter lächelte, und Axelle staunte wie immer darüber, wie schön sie war. Sie hatte langes, glattes, glänzendes braunes Haar, helle haselnussbraune Augen, die mit ihrem schwarzen Kajal exotisch aussahen, und tiefrote Lippen von dem Lippenstift, den sie immer trug. Wenn ihre Mutter sie so anlächelte, würde Axelle ihr alles versprechen – sogar in einem stickigen Zimmer zu sitzen, obwohl sie lieber am Strand wäre.

„Ich habe eine kleine Überraschung, von der ich dir noch nichts erzählt habe." Die Augen ihrer Mutter funkelten verschmitzt.

Aufregung stieg in ihr auf. Was könnte es sein? Ein Pony vielleicht? Sie hatte sich seit Monaten ein Pony gewünscht. Axelle erwiderte ihr Grinsen und umklammerte die Finger ihrer Mutter fester. Auch wenn der heutige Tag langweilig gewesen war, verbrachte sie gerne Zeit mit ihrer Mutter.

Vielleicht konnte sie ja fernsehen, während ihre Mutter sich unterhielt. „Kann ich ein Bonbon haben?"

„Weißt du noch, was der Zahnarzt gesagt hat, als du das letzte Mal dort warst?"

„Nein." Axelle verzog das Gesicht.

„Er sagte, du würdest zu viele Süßigkeiten essen."

Axelle ließ den Kopf hängen, um ihren missmutigen Gesichtsausdruck zu verbergen. Die Zahnfüllung hatte ihr zwar nicht gefallen, aber Süßigkeiten mochte sie trotzdem.

Ihre Schritte hallten in den langen, kühlen Gängen wider. Es war kaum jemand da. Nun, nur die üblichen langweiligen Männer in ihren langweiligen Anzügen. Einer ging an ihnen vorbei und beäugte ihre Mutter, als wäre *sie* eine Süßigkeit. Axelle umklammerte die Hand ihrer Mutter wieder fester. Ihre Mutter schenkte ihr ein Grinsen, und sie gingen weiter.

Vor einer großen Holztür blieben sie stehen. Ihre Mutter klopfte an, öffnete sie und schaute hinein. Ihre Schultern sackten nach unten. „Oh, er ist noch nicht da. Dann sollten wir wohl lieber draußen warten."

„Wer?" Axelle lugte unter ihrem Arm in den Raum. Durch die Fensterläden drang nur wenig Licht, aber sie entdeckte trotzdem ein Tablett mit frischen Sahneschnitten und einen Krug mit kaltem Wasser. Sie ließ die Hand ihrer Mutter los und schlüpfte hinein.

„Oh, ich denke, wir können hier drin warten." Ihre Mutter schaute auf die Swatch-Uhr, die Axelle ihr zu Weihnachten geschenkt hatte. „Merkwürdig, dass ich ausnahmsweise mal zu früh dran bin." Sie lachte, aber es klang nicht fröhlich.

Tiefes Unbehagen bahnte sich seinen Weg durch Axelles Körper und machte sie unruhig.

Ihr Vater beschwerte sich oft, dass er wegen ihrer Mutter immer zu spät kam. Beim letzten Mal war er deswegen richtig wütend gewesen, und später hatten sie sich heftig gestritten. Axelle wollte nicht daran denken.

Ihr Magen knurrte. Sie war am Verhungern. „Kann ich einen Kuchen haben, Mommy? Bitte?" An der Wand standen helle Sofas, über denen Bilder hingen, aber das Einzige, was sie interessierte, war das Gebäck auf dem Tablett. Es sah köstlich aus, und ihr Magen knurrte geräuschvoll.

„Du kannst einen Schluck Wasser trinken, bis deine Überraschung da ist." Ihre Mutter ging zum Tablett und schenkte Axelle ein großes Glas Wasser ein. Axelle trank das ganze Glas in einem

Zug aus, wobei sie die Schnitten auf der hübschen dreistöckigen Platte nicht aus den Augen ließ.

Plötzlich vibrierte die Luft, und der Raum schien zu flimmern wie eine Fata Morgana in der Wüste. Dann ertönte ein gewaltiger Knall und Axelles Trommelfell begann zu schmerzen. Der Boden wackelte, und sie schrie, aber sie hörte nichts außer dem Krach und dem Dröhnen, das sie so erschreckte, dass sie dachte, sie würde sich in die Hose machen. Die Decke stürzte ein, und riesige Putzbrocken fielen herab. Sie griff nach der Hand ihrer Mutter, als der Boden unter ihnen verschwand und sie beide in die Tiefe stürzten.

Mit einem dumpfen Aufprall landete sie unsanft auf dem Rücken. Sie ließ die Hand ihrer Mutter los, rollte sich zu einer kleinen Kugel zusammen und schützte ihr Gesicht mit den Händen vor dem Staub, dem Putz und dem Zement, die auf sie herabregneten. Ihr ganzer Körper zitterte vor Angst. Der Staub verstopfte ihr die Kehle, und sie begann zu husten und zu würgen, wobei ihr Herzschlag so laut war, dass er ihr in den Ohren dröhnte.

Es dauerte einen Moment, bis sie merkte, dass der Lärm aufgehört hatte. Axelle versuchte, den Staub wegzublinzeln, um zu erkennen, wo sie waren. Wo war die Sonne geblieben? Es war dunkel, stockfinster sogar. Dann sah sie einen schwachen Lichtstrahl, der den Stein durchdrang.

Was war geschehen? War die Welt explodiert?

„Mommy?" Ihre Ohren klingelten immer noch, und sie wusste nicht, ob sie es laut genug gesagt hatte, damit ihre Mutter es hören konnte. „Mommy!", rief sie, und ihre Stimme hallte seltsam wider.

Doch als das Echo verklungen war, blieb nur eine unheimliche Stille. Panik machte sich in ihr breit. Sie bekam keine Luft mehr und keuchte, als ihr schwindlig wurde. Ein Geräusch hinter ihr ließ sie herumwirbeln, und ihr stockte der Atem. Ein langer Betonblock war heruntergefallen und schien auf einem massiven Stück Holz zu ruhen, das unter dem Gewicht knarrte und ächzte.

Die Angst, dass er sie erdrücken könnte, bewog sie dazu, wegzu-
kriechen, doch sie konnte nirgendwohin.

Sie konnte weder atmen noch denken. Immer mehr Putz und
Holz rieselte herunter und begrub sie unter sich. Sie versuchte,
den Schutt wegzuschieben, um zu der Stelle zu gelangen, wo ihre
Mutter sein sollte, und weg von dem ächzenden Holz, das jeden
Moment einstürzen würde. Schweiß lief ihr über das Gesicht, als
die Hitze in dem dunklen, stickigen Gefängnis zunahm. Ihre
Hände waren zerschnitten und blutig, aber sie hörte nicht auf zu
graben.

Irgendwie schaffte sie es, ein kleines Loch zu machen, das
gerade groß genug war, um sich hindurchzuzwängen. Scharfe
Kanten zerrissen ihr Kleid und zerkratzten ihre Beine, und kurz
darauf hörte sie, wie das Holz hinter ihr zerbrach. Ihr Atem ging
schwer, und ihr Mund blieb vor Schreck offenstehen.

Sie wäre fast gestorben.

„Mommy?", flüsterte sie in die Dunkelheit. Abseits des sich
bewegenden Betons zwang sie sich, still zu halten und zu
lauschen. Nach einem Moment legte sich der Staub wieder, und
ihre Augen gewöhnten sich an die Dunkelheit. Sie erkannte die
staubbedeckte Gestalt ihrer Mutter, die halb unter den Trümmern
begraben lag. Sie kroch auf sie zu. „Mom?"

Warum bewegte sie sich nicht?

Axelle runzelte verwirrt die Stirn und berührte ihre Hand,
drückte die Finger ihrer Mutter und wartete auf eine Reaktion.
Aber ihre Mutter regte sich nicht. Sie betrachtete ihr hübsches
Gesicht und berührte mit einem Finger ihre staubbedeckten
Lippen. Nichts. Sie reagierte nicht. Sie atmete nicht.

Eine gewaltige, entsetzliche Furcht durchdrang Axelles Körper
und vertrieb jeden Gedanken und jede Vernunft. Sie rüttelte am
Arm ihrer Mutter und begann zu schreien. „Mommy, wach auf!
Wach auf! Mommy, Mommy!"

Als sie keine Kraft mehr hatte, als ihre Kehle rau war und ihre
Lippen mit demselben Staub belegt waren, der auch den Körper
ihrer Mutter bedeckte, verstummte sie. Es war zwecklos. Ihre

Mutter würde nicht mehr aufwachen. Heiße Tränen liefen ihr über die Wangen, während sie in der Dunkelheit kauernd ausharrte.

Die Einsamkeit drückte auf sie herab, und ihr Herz begann wieder stark zu pochen, als sie erneut von Panik ergriffen wurde. Sie wollte nicht sterben. Ihre Hände waren voller Schnitte und blauer Flecken; ein Wimmern hallte durch die Dunkelheit, und es dauerte einen Moment, bis sie erkannte, dass sie diese Geräusche selbst verursachte. Schließlich durchbrach das ferne Heulen von Sirenen die Stille, und Axelle begann erneut zu schreien.

SECHS

W ie viele Jahre war es her, dass sie mit einem Mann Händchen gehalten hatte? Mit einem Soldaten noch dazu? Ein Schauer lief ihr über die Haut, wie ein Geist aus der Vergangenheit.

Es war ein seltsames Gefühl. Als wäre sie in die Vergangenheit zurückversetzt worden. Und doch war sie hier und verließ sich auf die Kraft dieser langen, starken fremden Finger, die sie sicher durch die Nacht führten. Sie passte ihre Schritte den feinen Druckveränderungen an und stimmte ihren Körper auf den seinen ab. Sie verließ sich auf einen Mann, den sie gerade erst kennengelernt hatte.

Für gewöhnlich verließ sie sich nicht einmal auf Männer, die sie kannte.

Das war nicht ihre Art.

Sie glaubte an die Rettung von Tieren, an die Nutzung von Daten, um ihren Standpunkt zu untermauern, und nicht an Gewalt. Aber Daten würden ihre Leoparden nicht aus ihrer derzeitigen misslichen Lage retten. Ihre Finger verkrampften sich unwillkürlich, und er verlangsamte sein Tempo, um mit ihr Schritt zu halten. Der Kerl war fit, er atmete nicht einmal schwer, trotz allem, was sie durchgemacht hatten, und trotz der vielen

Kilometer, die sie zurückgelegt hatten. Sie war eigentlich auch fit, sie lief und trainierte, trotzdem schmerzten ihre Füße vor Erschöpfung, und ihre Sicht war verschwommen. Doch sie hatte nicht vor, sich ihre Schwäche vor diesem Fremden anmerken zu lassen.

Die Wolken hatten sich verzogen, und eine dünne Mondsichel zeichnete sich klar und hell am dunklen Himmel ab. „Erzählen Sie mir von dem Mann, hinter dem Sie her sind", bat sie in einem Versuch, sich wachzurütteln.

„Das ist vertraulich."

„Oh, um Himmels willen", schnauzte sie. „Ich muss wissen, mit wem ich es zu tun haben könnte."

„Nicht so laut", mahnte er ruhig. „*Sie* haben es mit gar niemandem zu tun. Sie müssen sich verstecken, bis wir diesen Mistkerl geschnappt haben."

„Ja, genau so wird's passieren", flüsterte sie bissig. „Soldaten sind nicht unsterblich." Unterdrückter Schmerz ließ ihre Stimme stocken. „Ich muss wissen, was vor sich geht, falls Sie nicht da sind, um es zu Ende zu führen."

„Ich werde in der Nähe sein, machen Sie sich deswegen keine Sorgen." Seine Finger verkrampften sich um ihre herum.

Sie gab nichts auf derartige Versprechen. Davon hatte sie schon genug gehört. „Wer sind Sie wirklich? Wie viele Männer haben Sie?" Das Mondlicht war hell genug, dass sie seinen grimmigen Gesichtsausdruck erkennen konnte. Er schüttelte den Kopf und beschleunigte seinen Schritt.

„Tyrone Dempsey. Sergeant. 2350045."

„Haha." Ihre Kratzer taten weh, doch die Müdigkeit half, den ständigen Schmerz zu betäuben. „Wie lange dauert es noch, bis wir ihm die Falle stellen?"

Er blieb stehen und sagte mit tiefer Stimme, die vor Ungeduld strotzte. „Machen Sie nicht so viel Lärm. Der Schall hallt in diesen Hügeln meilenweit, und wir haben keine Ahnung, wo er sein könnte."

Axelle schnitt eine Grimasse. „Tut mir leid." Sie hatte keine

Erfahrung mit Nacht-und-Nebel-Aktionen. Normalerweise ließ sie die Leute in Ruhe, und diese erwiderten den Gefallen für gewöhnlich.

Er ging wieder vorwärts. „Wir halten auf dem Kamm an und sehen uns die Gegend an."

Als sie sich umblickte, wusste sie, wo sie waren. „Dort drüben am Hang ist eine flache Höhle." Sie zeigte auf die schmale Schlucht, die sie gleich durchqueren würden.

Das Team hatte dort im ersten Sommer, als sie in diese Region gekommen waren, ein Lager errichtet. Dempsey ließ seinen Blick über den Boden und anschließend über die umliegenden Hügel schweifen. Eine dünne Schicht Pulverschnee bedeckte den Boden. Er nickte, als würde er ihrem Vorschlag zustimmen. „Wir klettern über den Grat hinauf, und ich kehre auf dem Gipfel um und steige in die Höhle hinab, um keine Spuren zu hinterlassen." Er betrachtete den Pulverschnee. „Obwohl das bei diesen Bedingungen fast unmöglich ist. Wir sollten besser auf mehr Schnee oder genug Wind hoffen, damit die Fußstapfen nicht mehr zu sehen sind."

Sie begannen den steilen Aufstieg aus dem Tal. „Ich nehme an, diese Person ist ein Terrorist?" Sie bemerkte, wie er sich anspannte, obwohl er nicht antwortete. „Das passt. Woher wussten Sie, dass er in dieser Gegend ist?"

„Hören Sie eigentlich nie auf, Fragen zu stellen?" Doch seine Worte waren kaum mehr als ein Flüstern.

Außer Atem legte Axelle eine Hand auf ihr Knie, um sich abzustützen. „Klar doch ..."

„Wenn Sie schlafen?"

Sie grunzte. Das war etwas unschön, aber das war ihr egal. Der Typ hatte sie schon von ihrer schlechtesten Seite gesehen. „Wissenschaftler stellen nun einmal Fragen."

Ein leiser Luftzug verriet ihr, dass er lachte. Er ließ ihre Hand los. Die plötzliche Trennung traf sie unvorbereitet. Er deutete auf die schwache Spur. „Gehen Sie vorsichtig weiter den Pfad entlang, ich werde das Halsband auslegen und Sie dann einholen." Plötzlich war er weg und ließ sie allein in der eisigen Landschaft zurück.

„Mach dich nicht lächerlich", flüsterte sie. Allein zu sein, war gut. Sie war *gern* allein. Sie hatte keine Angst vor der Dunkelheit. Nur vor Höhlen und geschlossenen Räumen, so wie es jeder vernünftige Mensch hätte, wenn er unter tonnenweise Schutt eingeschlossen gewesen wäre, der sich jeden Moment zu bewegen drohte … Sie bremste diesen Gedankengang.

Wenn sie sich stark konzentrierte, konnte sie den verschlungenen Weg im Schimmer des Mondlichts erkennen. Einige der Felsen waren mit Eis bedeckt, und jeder Schritt war tückisch. Sie hoffte, dass es ihrem Pferd gut ging, doch erfahrungsgemäß fanden Tiere den Weg nach Hause besser als Menschen. Bestimmt war es zum Lager zurückgekehrt, da es wusste, dass dort ein warmer Futterbrei wartete. Josef und Anji würden sich Sorgen machen, aber das konnte sie jetzt nicht ändern.

Die Welt war absolut still, bis auf ihren Atem, der in ihre Lungen hinein- und wieder aus ihnen herausströmte, und ihre scharrenden Schritte auf dem glatten Boden. Wie ein Geist tauchte Dempsey plötzlich an ihrer Seite auf, und sie zuckte zusammen. Er fasste sie am Ellbogen. „Kommen Sie. Ich habe das Halsband platziert und eine gute Stelle gefunden, wo wir uns auf die Lauer legen können. Wir werden dort warten und rufen die Jungs zur Verstärkung."

Aufregung durchströmte sie bei dem Gedanken, den Kampf mit dem Wilderer aufzunehmen, auch wenn sie nicht verstand, warum Dempsey dachte, dass es sich bei dem Wilderer und seinem Terroristen um ein und dieselbe Person handelte. Aber das spielte jetzt keine Rolle. Sie würde jede Hilfe annehmen, die sie bekommen konnte, um ihre Leoparden zu retten.

Sie arbeiteten sich auf der gegenüberliegenden Seite des Tals nach oben. Der Wind wehte den Pulverschnee über den Weg und verwischte ihre Spuren.

Der Aufstieg wurde immer steiler.

Sie zuckte zusammen, als Dempsey sie vor sich her manövrierte und dabei beide Hände auf ihre Hüften legte. Eine Welle sexuellen Verlangens schoss durch ihren Körper.

„Die Höhle ist genau über diesem Felsen." Seine Hände brannten Abdrücke durch ihre Kleidung auf ihre Haut, und zum ersten Mal seit gefühlten Jahrzehnten war sie sich auf einmal ihrer Weiblichkeit bewusst. „Ich werde Ihnen einen Schubs geben. Dazu muss ich allerdings meine Hände auf Ihren Hintern legen." Seine Stimme war heiser, sein Atem strich gegen ihr Ohr, während er versuchte, so leise wie möglich zu sprechen. „Wenn Sie ein Problem damit haben, werde ich mir etwas anderes einfallen lassen. Aber dies ist der schnellste und einfachste Weg, um dorthin zu gelangen."

Der Gedanke an seine Hände auf ihrem Po weckte lange verdrängte erotische Erinnerungen, was sie sehr beunruhigte. Ihr Herz pochte und ihr Mund wurde trocken. Doch da war noch ein anderes Problem. Ein größeres Problem. „Ich habe es nicht so mit Höhlen."

Er schien das als Bestätigung zu verstehen und schob sie nach oben. Sie griff nach der Felskante und versuchte, mit ihren Füßen Halt zu finden. Dann spürte sie zwei große Hände an ihrem Po, die ihr einen kräftigen Schubs gaben, sodass sie über die Kante krabbeln konnte. Sie wusste nicht, was sie dabei fühlte, doch bevor sie weiter darüber nachdenken konnte, sah sie seinen Rucksack vor ihrem Gesicht baumeln. Als sie nach den Riemen griff, wurde sie von dem Gewicht des verdammten Dings fast wieder über die Kante gezogen. Er war schwerer als sie selbst.

Die Riemen fest umklammert, lehnte sie sich zurück und zog mit aller Kraft an dem Ding. Plötzlich war Dempsey neben ihr und zog den Rucksack mit scheinbarer Leichtigkeit neben sich.

„Sie brauchen eine Lektion über das Reisen mit leichtem Gepäck." Ihr Atem kam in flachen Zügen.

„Ja, nun, mein Pferd war beschäftigt, und wenigstens habe *ich* mein Funkgerät und meinen Schlafsack dabei. Wenn Sie Glück haben, teile ich vielleicht." Er zwinkerte.

Sie lächelte zum ersten Mal seit Tagen. Sie hatte schon fast vergessen, wie das war, und in diesem Moment lockerte es die Spannung und löste den Knoten, der ihre Kehle zuschnürte. „Wir haben Händchen gehalten und Sie haben meinen Hintern befummelt, jetzt *müssen* wir wohl miteinander schlafen."

Seine Augen funkelten schelmisch. „Ich habe gehört, dass amerikanische Mädchen leicht zu haben sind." Er reichte ihr die Hand und zog sie hinter sich her.

„Und ich habe gehört, Engländer seien charmant." Sie verwechselte absichtlich seine Nationalität. „Ich schätze, wir haben uns beide geirrt."

Er fasste sich an die Brust und tat so, als würde er taumeln. „Engländer?" Er erschauderte. „Da würde ich mir lieber eine Zahnbürste ins Herz rammen lassen."

Er machte sich über sie lustig. Etwas an ihm war so entspannt und vertraut, dass es fast wehtat. Axelle fühlte sich in seiner Gegenwart wohl, und gleichzeitig war da diese unerwartete Anziehungskraft. Es war, als würden sie sich schon seit Jahren kennen. Als wäre da gegenseitiges Vertrauen zwischen ihnen.

Sie folgte ihm, noch immer seine Hand haltend.

Denk nicht an die Höhle.

Stattdessen blickte sie auf das Tal hinunter. Es dämmerte schon fast, und das sanfte Glühen der aufgehenden Sonne streifte die Spitzen der fernen Gipfel.

Vor einem wuchernden Gebüsch blieben sie stehen. Er drückte einen Busch zurück, und der Duft von Salbei erfüllte die Luft.

Sie betrachtete den Eingang der Höhle, und ihre Haut begann zu kribbeln. Es war eher eine Felsspalte als eine Höhle. Etwa einen halben Meter hoch und einen Meter breit, tief genug, dass sie hineinkriechen konnten. Ihr Puls hämmerte in ihren Ohren. Wann immer es möglich war, ließ sie ihre Studenten alles machen, was mit überhängenden Felsen zu tun hatte, doch diesmal würde sie das allein bewältigen müssen.

Sie blickte an der Felswand hinauf. Sie konnte fast spüren, wie das Gestein auf sie niederdrückte. *Oh, Scheiße.* Erinnerungen versuchten, sie zu übermannen, und ihre Hände zitterten. Ihr

Mund wurde trocken. Dempsey ging in die Hocke und erkundete den Hohlraum mit einem Stock, um sicherzugehen, dass in den Nischen nichts lauerte.

Ein Beben erfasste ihren Körper. Sie konnte das nicht tun. Sie wich einen halben Schritt zurück, und er streckte seinen Arm aus, um sie festzuhalten.

„Vorsicht! Da hinten ist ein steiler Abhang."

Sie blickte hinter sich und sah den schwindelerregenden Abgrund. Um Himmels willen, sie wäre fast von einer Klippe gestürzt, weil sie sich über ein einfaches Loch im Berg aufgeregt hatte – eine Vertiefung, die nicht einmal eine richtige Höhle war.

Er holte seinen Schlafsack aus dem Rucksack, rollte ihn auf und breitete ihn auf dem rauen Stein aus. „Also gut. Rein mit Ihnen."

Sie öffnete ihren Mund, doch es kam nichts heraus. Er fing ihren Blick auf und wurde still. „Oder" – er zog das Wort in die Länge, während seine Augen ihr Gesicht musterten – „wir könnten die ganze Sache abbrechen, zurück zum Lager gehen und uns einen neuen Plan überlegen."

Weil sie nicht damit klarkam, unter einem Felsen zu liegen.

„Geben Sie mir eine Minute." Sie ging in die Hocke.

„Das Wichtigste bei dieser Art von Beobachtungsarbeit ist, sich ruhig zu verhalten. Wir haben genügend Deckung um den Eingang herum und genug Staub auf unserer Haut, dass uns kein Glanz verraten wird. Aber Bewegung zieht die Blicke auf sich, und genau daran scheitert eine verdeckte Überwachung."

Er holte das Satellitentelefon heraus und rief sein Team und das Hauptquartier an. Sie hörte, wie sie ein paar Informationen austauschten.

Ein weiteres Problem kam ihr in den Sinn. „Wie lange werden wir hierbleiben?"

Er sah sie an, als wären ihr Hörner gewachsen. „Bis er auftaucht oder sich die Situation verändert."

Sie zappelte und presste die Beine zusammen, doch es half nicht. „Ich muss auf die Toilette."

Seine Lippen verzogen sich zu einem Lächeln. Auf einer seiner Wangen bildete sich sogar ein Grübchen. „Ah."

Sie sahen auf die karge Umgebung hinaus. Er spähte an ihren Schultern vorbei. „Da drüben ist ein Felsbrocken."

„Was ist mit Ihren Männern?"

Sein Blick war ernst, doch sie merkte, dass er sich bemühte, nicht zu lachen. „Die werden noch eine Weile brauchen, bis sie hier sind. Und unsere Satellitenbilder sind gut, aber so gut auch wieder nicht, also werden hoffentlich nicht alle in der Zentrale Ihren …" Er hustete, um ein Lachen zu kaschieren. „Ich werde wegschauen. Achten Sie auf den Abhang", warnte er.

Sie kroch am Felsvorsprung entlang, ein wenig besorgt darüber, dass ihre Körperfunktionen an die gesamte britische Armee übertragen werden könnten, doch sie hatte keine Wahl. Es war nicht gerade einfach, an einer Felswand zu pinkeln, aber nichts an dieser ganzen Situation war einfach.

Als sie zurückkam, lag Dempsey ausgestreckt in der Höhle. Sie schluckte den Klumpen des Grauens hinunter, der sich in ihrer Kehle gebildet hatte. Dann kroch sie mit zusammengebissenen Zähnen neben ihn, wobei sie sich jedes Zentimeters seines Körpers – und ihres eigenen – überdeutlich bewusst war. Er fühlte sich gut an. Wirklich gut. Sie atmete gleichmäßig und konzentrierte sich eher auf ihn als auf den Gedanken an all das Gestein über ihrem Kopf.

Sie hatte fast vergessen, wie angenehm sich ein harter Männerkörper anfühlen konnte. Seit Gideon hatte niemand mehr eine derartige Reaktion bei ihr ausgelöst. Sie kniff die Augen zusammen und wünschte sich, sie wäre nicht so feige. Sie hasste es, vor irgendetwas Angst zu haben, und das hier war so … dumm. Sie wünschte sich, sie könnte ein wenig Abstand zwischen Dempsey und sich bringen, und zappelte herum, wodurch sie ihn, seinen Geruch und seinen Körper noch stärker wahrnahm.

Warum musste sie diesen Kerl auch nur als männlich wahrnehmen? Nachdem Gideon gestorben war, hatte sie sich geschworen, diese Art von Schmerz nie wieder durchzumachen. Sie würde sich nie wieder auf so etwas einlassen, Punkt. Sie verdrängte die Erinnerungen.

Es dauerte einen Moment, bis ihr klar wurde, dass sie so sehr damit beschäftigt war, über Männer nachzudenken, dass sie ihre Angst vor Höhlen darüber vergessen hatte. Sie wusste nicht, womit sie sich lieber beschäftigen wollte.

Den Blick auf den Horizont gerichtet, zappelte sie noch eine Minute lang herum. Bewegte ihre Hüften. Kratzte sich am Arm. Schob sich ihr Haar hinter die Ohren. Bewegte ihre Hüften erneut. Sie spürte das Gewicht seiner Augen auf sich und drehte sich um, um in die blausten und intensivsten Iriden zu blicken, die sie je gesehen hatte.

„Was?", fragte sie.

Er zog eine Augenbraue hoch. „Nicht bewegen, schon vergessen?"

Aus der Nähe betrachtet sahen seine Augen noch blauer aus, und sie ertappte sich dabei, wie sie seine Gesichtszüge musterte. Eine gerade, flache Nase. Eine volle Unterlippe. Sandfarbene blonde Stoppeln auf einem schmalen Kiefer. Von der Sonne gebleichte Augenbrauen und Wimpern, die sich hell von seiner gebräunten Haut abhoben, und hohe, slawische Wangenknochen.

„Was?", raunte er.

Einen Moment lang hielt sie den Atem an, dann wandte sie den Blick von ihm ab. „Sie haben große Ohren", antwortete sie.

„Damit ich Sie besser hören kann." Seine Lippen zuckten. „Ich habe auch große Hände."

Ihr Blick huschte zu seinen Händen, und sie schluckte schwer. Hitze kroch in ihre Wangen. Sie beobachtete ihn aus den Augenwinkeln und beschloss, das Thema zu wechseln, bevor sie sich blamierte. „Warum sind Sie Soldat geworden?"

„Ich mag Waffen."

Sie verdrehte die Augen. „Dann sollten Sie in Montana leben."

Er lächelte, ohne sie anzuschauen. „Warum haben Sie Angst vor Höhlen, Dr. Dehn?"

Das war kein Geheimnis. Verdammt, es stand sogar auf Wikipedia, obwohl sie normalerweise nicht darüber sprach.

Doch aus irgendeinem Grund fühlte sie sich gezwungen, ihm zu antworten. Vielleicht war es die Sache mit dem Vertrauen, das ein gewisses Maß an Ehrlichkeit voraussetzte, und es war eine alte Geschichte. „Ich war zwei Tage lang in einem eingestürzten Gebäude verschüttet."

„Verdammte Scheiße."

„Ja, das kann man so sagen." Ein kalter Schauer lief ihr über den Rücken, und sie schob sich näher an ihn heran. Nach einem Vierteljahrhundert taten die Erinnerungen normalerweise nicht mehr weh, stattdessen hatten sie sich zu dieser kindlichen Angst vor kleinen, dunklen Räumen verdichtet. Doch jetzt kamen ihr die Erinnerungen an die Angst und den Schrecken sowie die endlosen Stunden des Wartens, gefangen neben ihrer toten Mutter, wieder hoch. Ihre Lunge schmerzte. Panik raubte ihr den Atem.

Seine Finger fanden die ihren. Warm. Sanft und beruhigend drückte er ihre Hand.

„Wie alt waren Sie?" Sein tiefes Murmeln beruhigte ihre angespannten Nerven.

„Zehn, aber ich erinnere mich nicht mehr an viel." Sie wäre fast an Dehydrierung gestorben, aber sie hatte es verdrängt. Ein unerwarteter Regensturm hatte sie am Leben erhalten und ihr ermöglicht, Feuchtigkeit von den Trümmern zu saugen. Auch das hatte sie verdrängt.

„Das tut mir leid."

„Ja." Nach einem weiteren Moment fügte sie hinzu: „Axelle. Nicht Dr. Dehn."

„Nach dem Leadsänger von Guns N' Roses?"

„Aber klar doch." Sie verdrehte die Augen. „Mom war ein großer Fan."

Er hatte ihre Hand losgelassen und starrte mit der für ihn typischen Intensität in das Zielfernrohr seines Gewehrs. Dann sah er sie wieder an, und mit dem Lächeln, das sein Gesicht erhellte, wurde er innerhalb eines Augenblicks von attraktiv zu begehrenswert.

Sie schluckte und rückte ein wenig von ihm weg, doch dann wurde ihr wieder kalt. Sie seufzte verzweifelt. Sie wollte sich mit niemandem einlassen, und sie hatte dieses Problem seit über einem Jahrzehnt nicht mehr gehabt. Sich zu allem Übel zu einem Soldaten hingezogen zu fühlen, schien ihr grundlegend *falsch*. Außerdem fühlte sie sich wie eine erbärmliche Person, weil sie diese Gedanken hatte, während ein Sadist auf ihre Leoparden schoss. Aber dieser Mann hatte ihr geholfen. Vielleicht fühlte sie sich deshalb zu ihm hingezogen. Es war nichts weiter als fehlgeleitete Dankbarkeit.

Sie stützte ihr Kinn auf die Hände. „Es ist Französisch und bedeutet ‚Vater des Friedens'. Wir lebten dort, als ich geboren wurde. Als ich in D.C. zur Schule ging, wünschte ich mir immer, sie hätten etwas Gewöhnliches gewählt, wie Karen oder Julie oder Susan, aber nein, es musste etwas Anspruchsvolles und Ungewöhnliches sein … so wollte es mein Vater."

„Lebt er noch?"

Sie nickte.

„Brüder oder Schwestern?"

Sie schüttelte den Kopf. „Was ist mit Ihnen?"

„Tyrone Dempsey. Sergeant. 2350045."

Nach ihren Geständnissen fühlte sich seine unpersönliche Antwort wie ein Schlag ins Gesicht an. „Sie sind eine Nervensäge, Sergeant Tyrone Dempsey. 2350045."

„Verstanden, Ma'am. Versuchen Sie, etwas zu schlafen. Und, für das Protokoll: Sie auch."

———

Die Zeit wurde immer knapper. Die Verzweiflung trieb ihn an, und er konnte kaum schlafen, weil er sich bei jedem Schritt vorstellte, wie das Leben aus dem zerbrechlichen Körper seines Enkels wich. Mit den Nachtsichtgeräten aus der Sowjet-Ära, die er in Gilgit gekauft hatte, war er durch die Dunkelheit gestapft. Jetzt, in der Morgendämmerung, war das Land in Grautöne getaucht. Die zerklüfteten Gipfel waren unheimlich still, bis auf den Atem des Bergriesen, der ihm seinen eigenen raubte.

Gestern war es ihm vergönnt gewesen, einen Schneeleoparden und einen Markhor im selben Tal zu sehen. Das war Gottes Segen für seine Mission. Er hatte die zottelige Ziege mit den prächtigen gedrehten Hörnern erlegt, das Raubtier allerdings nur gestreift.

Das Signal wurde immer stärker. Er näherte sich dem verwundeten Leoparden. Nachdem er seinen Yak an einem verkrüppelten Baum festgebunden hatte, nahm er vorsichtig das Gewehr aus der Tasche und hängte es sich über die Schulter. Der Empfänger und die Antenne waren sperrig, aber er konnte alle drei Teile über kurze Entfernungen tragen. Er war nicht mehr der Mann, der er einmal gewesen war – jahrelang hatte er sich in Selbstmitleid gesuhlt und versucht, seine Fehler in hochprozentigem Alkohol zu ertränken.

Er fühlte sich uralt. Doch der Tod war eine Gnade, die er nicht verdient hatte.

Der Wind verwehte seinen Geruch. Er kletterte lautlos auf den Grat und spähte unauffällig in das nächste Tal. Er wollte seine Beute nicht verschrecken. Da war noch mehr Schnee in den Wolken, das konnte er riechen. Solange er ihm nicht den Weg zu seinem Unterschlupf versperrte, war es ihm egal. Dann entdeckte er eine Spur. Einen menschlichen Fußabdruck? Und noch einen. Zwei Menschen. Die Biologen? Oder jemand anderes?

Er lauschte und suchte mit dem Zielfernrohr seines Gewehrs die gegenüberliegende Seite des Tals ab. Eine schwache Spur im leichten Schnee führte zu einer kleinen Höhle. Sein Instinkt, der ihn so lange am Leben gehalten hatte, ließ seine Kopfhaut kribbeln, und er kniff die Augen zusammen. Die Biologen hatten ihm eine Falle gestellt. Wut wallte in ihm auf. Sein Enkel lag im Sterben, und sie stellten ihm eine Falle? Er wollte sich zurückziehen, erstarrte aber, als ein Mann mit der Hautfarbe eines Arabers und der Haltung eines Soldaten in Position ging. Obwohl er ihn noch nie gesehen hatte, wusste er sofort, dass sich das Spiel gewendet hatte.

Hastig lief Dmitri zu seinem Lasttier zurück.

Jetzt aber schnell.

Wut erfüllte ihn, Wut und Angst. Angst, dass er es nicht mehr schaffen würde, dass sie ihn aufhalten würden. *Magdalena* ... der Name kam aus dem Nichts und durchfuhr ihn mit einer Welle der Sehnsucht.

Wieder setzte der Schneefall ein, und große Flocken wirbelten in einem endlosen glitzernden Ballett um ihn herum. Er erreichte seinen Yak, umkreiste ihn und suchte nach Anzeichen dafür, dass noch jemand hier war. Doch der Wind verwehte die Spuren am Boden.

Dmitri nahm das Seil und führte das Tier in den wirbelnden Sturm. Er würde tausend Schneeleoparden töten und sogar den letzten Tiger der Welt erschießen, wenn er dadurch seinen Enkelsohn retten könnte.

Sie hatten ihn noch nicht entdeckt. Und er würde dafür sorgen, dass sie das auch niemals tun würden.

———

Die Mittagssonne knallte unerbittlich auf die kargen Felsen und brachte den Schnee zum Schmelzen, der im Laufe des Vormittags gefallen war. Die Frau neben ihm hatte endlich aufgehört zu zappeln und war vor ein paar Stunden eingeschlafen. Sein Team war in Position und hatte Wache gehalten, während er ebenfalls ein kurzes Nickerchen gehalten hatte. Jetzt war er hellwach und ausgeruht, doch bisher nichts, *nada, njet.*

Warum hatte Dmitri Volkov seiner alten Heimat den Rücken gekehrt? Warum war er übergelaufen, um auf der Seite von

Leuten zu kämpfen, die sich einen Spaß daraus machten, unschuldige Zivilisten zu töten?

Dempsey verstand Terroristen besser als jeder andere auf dieser Seite des Sprengstoffgürtels. Er war mit ihnen aufgewachsen und wäre wahrscheinlich selbst einer geworden, wenn seine Schwester nicht auf tragische Weise ums Leben gekommen wäre. Es war ein Familienunternehmen, genau wie die Landwirtschaft. Da er von klein auf mit diesem indoktrinierten Mist aufgewachsen war, konnte er verstehen, dass es für Menschen, die in diese Scheiße hineingeboren wurden, schwer war, sich davon zu befreien. Es war so tief verankert, so verflucht *normal*. Gehirnwäsche. Der Tod seiner Schwester hatte alle Verbindungen zu diesem Leben gekappt. Alles ausgelöscht, was davor gewesen war. Doch dieser Kerl, dieser alte Soldat der Roten Armee, und viele wie er, hatten tatsächlich beschlossen, sich mit den Verrückten zu verbünden.

Die Stille drückte auf ihn herab. Falsch. Unnatürlich. Er lag absolut regungslos da, doch langsam stieg eine dieser Vorahnungen in ihm auf.

Er betätigte sein Funkgerät. „Wie ist die Lage?"

„Nichts."

„Reine Luft."

„Rein gar nichts."

Er runzelte die Stirn. Er wünschte, er würde seiner Intuition nicht mehr trauen als seinen Männern. „Taz, sieh dich mal um."

„Verstanden."

In der Stille lag die Essenz der Erwartung. Als ob alle darauf warteten, dass etwas passierte.

Axelle wachte auf und schlug sich den Kopf am Felsen. Unwillkürlich strich er mit der Handfläche über ihr Haar, das sich wie warme Seide anfühlte und im Morgenlicht rotgold schimmerte. Sie tauschten einen Blick aus. Eine undefinierbare Verbindung, obwohl er sich bemüht hatte, Abstand zu halten. Normalerweise war er geschickt im Abstandhalten, und ihrem misstrauischen Gesichtsausdruck nach zu urteilen, war sie es auch.

„Lagebericht", forderte er Taz auf.

„Keine Anzeichen von irgendjemandem oder irgendetwas am Rande des Tals", antwortete Taz.

Cullen und Baxter meldeten dasselbe.

Axelle holte ihren Funkempfänger heraus und schaltete ihn ein.

„Was ist los?"

Hektisch überprüfte sie die Frequenzen und runzelte die Stirn. „Da ist etwas, etwa eine Meile westlich von hier."

„Eines der Halsbänder?"

„Ich glaube nicht." Sie schüttelte den Kopf. „Es ist auf der gleichen Frequenz, aber …"

Dempsey schlüpfte aus der Höhle. „Ich werde nachsehen."

„Ich komme mit." Sie kroch hinaus.

„Sie werden nicht mithalten können."

Ihr Kinn wurde vorgeschoben. „Wollen wir wetten?"

„Sie machen zu viel Lärm."

„Das sind *meine* Leoparden. Sie können mich nicht aufhalten." Obwohl sie flüsterte, war ihre Stimme entschlossen.

Er konnte sie nicht einfach bewusstlos schlagen, um sie davon abzuhalten, mitzukommen. Nun, er könnte, aber er sollte es nicht tun. „Na gut. Aber Sie tun, was ich Ihnen sage." Er schnappte sich seine Sachen, denn er wollte in der Lage sein, diesen Bastard zu verfolgen, falls es tatsächlich der Russe war. Und sein Gepäck unbewacht zurückzulassen, war eine dumme Art zu sterben.

„Baxter – du und Cullen, ihr bleibt mit diesem Halsband hier. Taz, wir beide –"

„Und ich."

„– wir werden ein anderes Transmittersignal eine Meile westlich überprüfen."

„Verstanden."

Er machte sich schnell auf den Weg die Klippe hinunter, musste aber langsamer werden, als Axelle sich weigerte, ihm den

Empfänger zu geben, damit er dem Signal folgen konnte. Wahrscheinlich war das besser so, auch wenn er vor Ungeduld kochte. Am oberen Ende des Tals traf er auf Taz. Der Soldat hatte seine Karte hervorgeholt, und Dempsey überprüfte den Funkempfänger, notierte die GPS-Position und markierte sie auf der Karte.

Taz' schwarze Augen funkelten, als er Axelle musterte. „Du scheinst eine Jungfrau in Nöten gerettet zu haben, Ire."

Dempsey grunzte.

Sie warf ihm einen finsteren Blick zu.

Mehrere steile, verschachtelte Abgründe behinderten ihr Vorwärtskommen. Taz übernahm die Führung und ging schnell voran. Dempsey rannte, wobei er darauf achtete, sich so geräuschlos wie möglich fortzubewegen – seine gesamte Ausrüstung war mit Klebeband fixiert, damit sie nicht klapperte. Axelle schaffte es gerade noch, ihm auf den Fersen zu bleiben, und obwohl sie schwer atmete, beschwerte sie sich nicht. Die Soldaten des Regiments waren nicht nur körperlich fit, sie waren auch fit, wenn es darum ging, in voller Montur einen Berg hinauf und hinunterzurennen und es dann zum Spaß noch einmal zu tun. Nach einer halben Meile wurde er langsamer, und sie holte die beiden ein. Er wollte sie nicht allein lassen, solange sich ihre Zielperson in den Bergen herumtrieb.

Taz schaute über seine Schulter und signalisierte ihm, seine Schritte zu verlangsamen. Sie konnten es sich nicht leisten, in einen Hinterhalt oder eine Sprengfalle zu geraten. Soweit sie wussten, war der Russe allein, aber sie hatten den schlauen Mistkerl noch nicht gesichtet, also konnten sie sich nicht darauf verlassen, besonders nicht so nahe an der afghanisch-pakistanischen Grenze.

„Überprüfen Sie das Signal, aber tun Sie es leise. Wir wollen den Bastard nicht verschrecken, falls er hier ist", wies er Axelle im Flüsterton an.

Ihre Wangen waren gerötet, und ihr Brustkorb hob und senkte sich rasch. Er bemühte sich, nicht darauf zu achten.

Das Signal hatte sich nicht bewegt. Sie presste die Lippen zu einer schmalen Linie zusammen, als sie es ihm zeigte. Dann gingen sie weiter, Dempsey trug noch immer sein Gewehr an der Schulter. Die Glock hatte er Axelle vorhin zurückgegeben, aber er war dankbar, dass sie sie nicht gezogen hatte. Sie arbeiteten sich über einen Bergrücken vor, dann über den nächsten, wobei sie unterhalb der Horizontlinie blieben. Als er glaubte, dass sich das Halsband hinter dem nächsten Kamm befand, krochen sie durch ein dichtes Gebüsch, bis sie in den Talkessel darunter sehen konnten.

Axelle keuchte, und ihm drehte sich der Magen um.

Unter ihnen, in die kahle Erde gepfählt, lag der rot schimmernde Kadaver eines Tieres, an dessen Körper ein behelfsmäßiges Halsband befestigt war. Zweifelsfrei eine Botschaft. Axelle stopfte sich die Faust in den Mund, um ein Schluchzen zu unterdrücken.

Verdammt.

Die feinen Haare in seinem Nacken sträubten sich. Er fasste Axelle am Arm und zog sie beide hinter einen Felsen. Er sah Taz an. „Denkst du, er hat uns entdeckt?"

Taz nickte. „Und er hat uns ein kleines Abschiedsgeschenk hinterlassen."

Dempsey nickte. „In Anbetracht seines Fachwissens" – er warf einen Blick auf Axelle, die auf den Kadaver starrte, als könnte sie das Tier wieder zum Leben erwecken, wenn sie sich nur fest genug anstrengte – „würde es mich nicht überraschen, wenn er uns noch etwas dagelassen hätte."

Es war ein grotesker Anblick. Das gehäutete Gesicht des Tieres – wahrscheinlich eine Ziege – schien sie beinahe anzugrinsen. Er spürte das Zittern, das durch Axelles Körper ging. Er funkte die anderen an. „Er weiß, dass wir hier sind. Kommt hier hoch. Es ist gut möglich, dass er in der Gegend ein paar Sprengfallen aufgestellt hat. Seid vorsichtig."

Er bedeutete Taz mit einem Nicken, vorauszugehen. „Wir werden das Tal umrunden, bevor wir hinuntergehen. Sie bleiben hier", fügte er an Axelle gewandt hinzu. Die Anweisung hätte er sich sparen können, denn sie stand auf und folgte ihm. Das Funkeln in ihren Augen verriet ihm, dass sie wirklich nicht der Typ war, der herumsaß und wartete.

„Gut." Er fing ihren starren Blick auf. „Bleiben Sie direkt hinter mir. Es könnte sein, dass er Minen oder Stolperdrähte gelegt hat. Halten Sie die Augen offen."

Sie erkundeten den gesamten Bergkamm, wobei Taz das Wärmebildfernrohr an seiner C8 benutzte, um nach Wärmequellen zu suchen, bevor sie ins Tal hinabstiegen – dem unbeliebtesten Ort für jeden Soldaten. Über dem östlichen Bergrücken waren Schleifspuren zu sehen. Fliegen schwirrten durch die Luft und bildeten einen Schwarm über dem toten Fleisch. Er ignorierte sie, Axelle begann jedoch, nach ihnen zu schlagen. Als er Anstalten machte, ihren Arm zu ergreifen, wich sie ihm aus. Das musste ihre Vorstellung von der Hölle sein.

Dass sie in die Luft gesprengt wurde, war seine.

Er hielt ihren Arm fest. „Folgen Sie meinen Schritten, aber halten Sie ein wenig Abstand, nur für den Fall ..."

Ihr Blick wanderte zu ihm und ihr Mund öffnete sich, als sie begriff, worauf er hinauswollte. *Nur für den Fall, dass er auf eine Landmine trat.* Das war kein Bild, das man im Kopf haben wollte, doch in Anbetracht der Umstände war es durchaus möglich. Ein paar tote Soldaten wären ein netter Bonus nach einem harten Arbeitstag.

Sie kamen bis auf wenige Meter an das Tier heran, und er hielt Axelle zurück, als sie loslaufen wollte. Er lockerte seinen Griff erst, als sie sich nicht mehr dagegen wehrte. „Wir müssen zunächst sichergehen, dass hier keine Überraschungen auf uns lauern, bevor wir uns das Halsband ansehen." Seine Haut fühlte sich an, als wäre sie über einen elektrisierten Körper gespannt, jeder Sinn war hellwach. Taz war der ausgewiesene Sprengstoffexperte in ihrer Gruppe, auch wenn sie alle eine entsprechende Ausbildung durchlaufen hatten, vor allem Dempsey. Axelle löste sich ruckartig aus seinem Griff, blieb aber ruhig neben ihm stehen.

Taz kniete sich neben das tote Tier und untersuchte das Maul und den ausgehöhlten Körper auf Sprengstoff. Mit akribischer Sorgfalt schob er die Erde und die Steine neben dem Tier beiseite. Nach fünf schweißtreibenden Minuten blickte er auf. „Nichts."

Während Dempsey die Umgebung absuchte, wurde er das Gefühl nicht los, dass er gleich in den fiesesten Hinterhalt aller Zeiten geraten würde.

„Ich will es begraben", forderte Axelle.

„Nein."

„Ich kann verdammt noch mal tun, was ich will."

„Normalerweise schon." Er wandte seinen Blick nicht von den Hügeln ab. „Aber ich habe mich in meinem ganzen verdammten Leben noch nie so ausgeliefert gefühlt wie jetzt, also werde ich das nicht zulassen. Nehmen Sie das Halsband mit, und dann lassen Sie uns zu Ihrem Lager zurückgehen und diese Sache klären."

„Oder was?" Ihre Augen funkelten. Er hätte gelächelt, wäre da nicht dieses starke Bedürfnis, sie zu erwürgen.

„Oder ich schlage Sie bewusstlos und trage Sie dorthin."

Taz beobachtete sie interessiert.

Er konnte ihren Kiefer regelrecht knacken hören, so fest presste sie die Zähne zusammen. „Ich hätte nie gedacht, dass Sie ein Schlägertyp sind, der Frauen verprügelt."

„Treiben Sie es nicht zu weit."

Baxter und Cullen funkten ihn vom Kamm aus an, doch er ließ seine Waffe nicht sinken. Plötzlich lief ihm ohne erkennbaren Grund ein kalter Schauder über den Rücken. Er wirbelte herum. War der Russe hier? Er konnte ihn auf jeden Fall nicht sehen. Er nickte Taz zu, der wieder das Infrarotsuchgerät herauszog und zu scannen begann.

„Auch wenn Sie total durchgeknallt sind, Dr. Dehn." Er ging ihr auf die Nerven, aber sie waren beide sauer, also wen kümmerte es. „Ich würde dennoch gerne sicherstellen, dass Sie nicht unter meiner Aufsicht sterben. Oder ist Ihnen das zu machohaft?"

Sie bückte sich und löste das falsche Halsband vom Kadaver.

Er warf ihr einen Blick zu. Ihr Gesicht war ausdruckslos geworden, ihre Lippen blass, die Knöchel schneeweiß. Sie konnte sich kaum noch auf den Beinen halten.

Das Halsband bestand aus einem langen grauen Stoffstreifen, an dessen einem Ende ein kleiner Sender angenäht war. Axelle erhob sich, dann öffnete sie schockiert den Mund. Er ergriff ihren Arm, als sie schwankte, und wollte sie gerade in seine Arme ziehen, als sie sich dagegen wehrte.

„Sehen Sie sich das an." Sie strich den Stoff glatt. Auf die Innenseite war mit schwarzer Tinte eine Botschaft geschrieben.

Jetzt töte ich sie alle.

Oh, Scheiße.

„Er wusste, dass wir ihm eine Falle gestellt haben." Ihre Haut wurde aschfahl. „Das ist alles meine Schuld." Ihre Hände zitterten.

Er nickte Taz zu, der ihm den Weg nach draußen wies. Die Jungs würden ihnen Deckung geben. Er legte seine Hände auf Axelles Schultern, spürte ihre Anspannung unter seinen Fingern und wünschte sich etwas von der Nähe, die sie vorher geteilt hatten. „Dieser Kerl manipuliert Sie, um Ihnen das Gefühl zu geben, dass Sie die Schuld tragen, aber das tun Sie nicht, sondern der Bastard, der diese Tiere erschossen hat. Wenn er der Typ ist, für den ich ihn halte, dann würde er Ihnen eine Kugel zwischen die Augen jagen, ohne auch nur einen Schimmer von Reue zu empfinden."

Sie sah ihn mit ihren großen braunen Augen an. Aber sie waren nicht sanft. Sie waren wütend und funkelten. „Und was für ein Mann sind Sie, Sergeant Dempsey? Manipulieren Sie mich etwa nicht? Sind Sie anders als er? Sie haben Menschen erschossen. Haben Sie Reue empfunden?"

KAPITEL
SIEBEN

Verdammt nochmal. Er spuckte auf den Boden. *Na toll.* Er hatte sein ganzes Leben damit verbracht, gegen dreckige Terroristen zu kämpfen, und was passierte? Jemand, dem er helfen wollte, warf ihm vor, genau so ein Abschaum zu sein. Das tat weh. Doch er wollte nicht, dass sie das wusste.

„So ist es, Schätzchen. Deshalb bezahlen sie mir auch eine Menge Geld, also los jetzt." Er bugsierte sie vor sich her. „Treten Sie dorthin, wo der Soldat hintritt, wenn Sie Ihre Beine behalten wollen." Er ließ sie ein paar Schritte vor sich herlaufen und sprach in sein Funkgerät. „Baxter und Cullen, verhaltet euch unauffällig, während wir zum Lager zurückgehen. Schaut, ob sich dieser Bastard irgendwo versteckt und uns folgt."

Nachdem beide die Anweisung mit einem Funkgeräusch quittiert hatten, folgte er Axelle durch das Gebüsch und den felsigen Pfad entlang. Der alte Mann musste verdammt gut sein oder verdammtes Glück gehabt haben, wenn er sie in der Nähe des anderen Halsbandes entdeckt hatte. Er musste ein Nachtsichtgerät haben, um sich in der Dunkelheit so schnell bewegen zu können. Oder er hatte Insiderinformationen.

Dempsey trat näher an Axelle heran. „Was können Sie mir über die Einheimischen in dieser Gegend sagen?"

Sie hob ihre feinen schwarzen Augenbrauen, antwortete aber nicht. *Auch das noch.* Er hatte es geschafft, sie gegen sich aufzubringen, wo er doch eigentlich Herz und Verstand für sich gewinnen wollte. Doch eine Kugel abzubekommen oder in die Luft gesprengt zu werden, war auch nicht gerade förderlich für ein positives Verhältnis, und er fühlte sich nach wie vor beobachtet.

Schweigend stapften sie über den Kamm. Sie waren nur etwa drei Meilen von ihrem Lager entfernt, allerdings waren sie die ganze Zeit auf und ab gegangen, und sie war erschöpft und zu stur, um sich von ihm helfen zu lassen. Und mit Sturheit kannte er sich aus. Die Sonne ging bereits hinter den Westhängen unter, als sie sich endlich den Jurten näherten.

Kopfschmerzen pochten gegen seine Schläfen, und er wusste, dass es Axelle große Überwindung kostete, nicht die Beherrschung zu verlieren.

Als die drei den letzten Bergrücken erklommen, sah er den großen rothaarigen Mann aus dem Lager auf sie zureiten. Der Kerl – Josef, erinnerte er sich – hielt eine AK-47 in den Händen, und der Blick in seinen Augen war ebenso grimmig wie entschlossen.

„Nicht schießen. Nicht schießen!", schrie Axelle. Er war sich nicht sicher, wem dies galt, aber sie spannten sich alle an.

Staub wirbelte auf, als der Mann das Pferd zum Stehen brachte und das Gewehr auf sie richtete. Dempsey und Taz schulterten ihre Waffen.

„Treten Sie von der Frau weg."

„Josef, es ist okay –" Axelle wollte einen Schritt nach vorne machen, aber Dempsey hielt ihren Arm fest. Er wollte nicht, dass sie in die Schusslinie geriet, falls die Sache schiefging.

„Lassen Sie sie los. Stell dich hinter mich, Axelle. Sofort!", brüllte Josef.

Verdammt! Dieser Kerl war aufgewühlt.

Alle seine Sinne waren geschärft. Dempsey war bereit, seine Einheit und Axelle zu verteidigen. Er fühlte sich für sie verantwortlich, was ein Fehler war, weil er morgen früh weg sein könnte. Und sie war nicht gerade die Art von Frau, auf die man aufpassen musste.

Sie stellte sich wieder vor ihn und hob die Hände, um ihren Schüler zu beruhigen. Dempsey nahm sein Gewehr herunter. Er brauchte seine Hände eher, um mit Axelle Dehn fertig zu werden.

„Du verstehst das nicht, Josef. Diese Männer haben mir gestern geholfen, G-Man zu fangen und ihm das Halsband abzunehmen. Sie werden uns helfen, den Wilderer zu finden."

Vorausgesetzt, der Wilderer war derselbe Kerl, hinter dem sie her waren. Dempsey zuckte zusammen, was dem Doktoranden nicht entging. Er hatte keine Wahl, schlang seinen Arm um Axelles Taille und drückte sie fest an seinen Körper. Ihre Muskeln versteiften sich vor Schreck. Das hier konnte schnell eskalieren, und er wollte die Situation unter Kontrolle bringen, bevor sie sich weiter verschlimmerte. Er zog seine SIG, die ein erweitertes 20-Schuss-Magazin hatte, während Taz weiterhin seinen Karabiner auf den großen Kerl gerichtet hielt.

„Entspannen Sie sich", hauchte er ihr ins Ohr. „Vertrauen Sie mir." Er drehte sie so, dass sie seitlich zu Josef stand – der, soweit er wusste, mit dem Russen unter einer Decke stecken könnte – und versuchte, sie mit seinem Körper zu schützen. „Lassen Sie die Waffe fallen, Josef." Er konnte Axelles Puls an seinem Handgelenk pochen spüren. „Dann erklären wir Ihnen, was los ist."

Josefs Augen verengten sich zu schmalen Schlitzen. „Wenn ich das tue, bringen Sie uns beide um."

„Nein, das werde ich nicht. Ich werde niemanden umbringen, aber Sie müssen das Gewehr loslassen, damit ich erklären kann, wer ich bin, ohne Angst zu haben, dass Sie auf uns schießen."

Axelle drückte fest gegen seinen Arm.

Seine Pistole war auf die Brust des anderen Mannes gerichtet, und aus dieser Entfernung würde er ihn nicht verfehlen.

„Nehmen Sie das Gewehr runter und steigen Sie vom Pferd, oder Sie sind ein toter Mann."

„Axelle?", fragte Josef mit einem nervösen Schlucken.

Dempsey konnte ihre Körperwärme durch die Kleiderschichten hindurch spüren. Sie nahm einen tiefen Atemzug. Er konnte sie fast denken hören. Sicherlich war ihr mittlerweile klar, dass, wenn er ihr etwas hätte antun wollen, er es in den Bergen getan hätte, wo nie jemand ihre Leiche gefunden hätte.

Die Stunde der Wahrheit war gekommen. Konnte sie ihm trauen? Er hatte ihren geliebten Leoparden geholfen. Sie waren Hand in Hand einen Berghang hinuntergelaufen. Sie hatten Seite an Seite in einer winzigen Höhle geschlafen. Sie hatte ihm ihre Angst vor geschlossenen Räumen gestanden. Er hingegen hatte ihr nichts gegeben außer seinem Namen, seinem Rang und seiner Dienstnummer.

Eine angespannte Stille lag in der Luft. Er beobachtete, wie eine Schweißperle über Josefs Gesicht lief. Vielleicht hielt Axelle ihn wirklich für einen kaltblütigen Mörder …

„Nimm das Gewehr runter, Josef", sagte sie schließlich.

„Genau, Junge", ertönte eine Stimme aus dem Äther. „Wir sind weder wegen dir noch wegen der Frau hier. Leg das Gewehr weg, damit wir wenigstens die Chance haben, uns zu erklären."

Axelle drehte ihren Kopf, um Dempsey etwas ins Ohr zu flüstern. „Er ist einer von Ihnen, oder?"

Er nickte, ohne sein Ziel aus den Augen zu lassen.

„Lassen Sie mich los. Josef wird niemanden erschießen." Ihre Finger drückten nun nicht mehr gegen seinen Arm. Stattdessen umklammerten sie ihn, als wollte sie ihn beruhigen. Gott, er mochte dieses Gefühl.

„Sind Sie sicher?" Er warf einen zögernden Blick auf den großen Mann zu Pferd. Er sah so grimmig aus wie eine Bärenmutter, die ihr Junges beschützte. Vielleicht waren seine Gefühle tiefer als die eines Doktoranden gegenüber seiner Vorgesetzten.

Sie nickte, und er ließ sie los. Vertrauen beruhte auf Gegenseitigkeit. Er ließ sogar seine SIG sinken, doch er würde sie erst ins

Halfter stecken, wenn der Mann sich die AK wieder auf den Rücken geschnallt hatte.

Langsam senkte der große Mann die Mündung des Gewehrs zu Boden. Seine Schultern sanken nach unten, als er zu begreifen schien, dass sie ihn nicht auf der Stelle umbringen würden.

Dann stieg er vom Pferd und lief auf die Frau zu. Dempsey musste sich zwingen, nicht zu reagieren.

„Wo zum Teufel bist du gewesen?", stieß Josef hervor. „Ich war krank vor Sorge, seit das Pferd ohne dich zurückgekommen ist, aber eine der Fallen ist zugeschnappt, und ich wusste, dass du wollen würdest, dass ich mich zuerst darum kümmere …" Seine Augen flehten um Verständnis.

Axelle nickte, und Dempsey erkannte, dass diese Wildkatzen der Frau alles bedeuteten. Mehr als ihr eigenes Überleben. „Hast du noch einem Leoparden das Halsband abgenommen?" Hoffnung schwang in ihrer Stimme mit.

Josef schüttelte den Kopf. „Die Falle war leer, als ich ankam."

Eine Weile herrschte Schweigen, bis sie sich daran zu erinnern schien, dass er da war.

„Sergeant Dempsey hier" – sie sah ihm kurz in die Augen – „hat mir geholfen, G-Man zu befreien. Er hatte sich am Hinterbein verletzt." Sie krallte ihre Finger in den Stoff des falschen Halsbandes. „Dann haben wir versucht, G-Mans Halsband als Falle auszulegen, für den Fall, dass der Wilderer ihn holen kommt." Ihre Stimme stockte, und Dempsey musste sich zwingen, sie nicht in die Arme zu nehmen, um sie zu trösten. Vor allem, als der Däne ihr einen Blick zuwarf, in dem mehr als nur berufliches Interesse lag. *Oh ja*, der Kerl hatte tatsächlich Gefühle für Axelle, doch sie schien sich dessen nicht bewusst zu sein.

Ein Funke entzündete seine Blutbahn. Der Anziehung zwischen ihnen war sie sich hingegen durchaus bewusst, auch wenn sie versuchte, es sich nicht anmerken zu lassen. Natürlich war das gewesen, bevor sie ihn einen manipulativen, kaltblütigen Killer genannt hatte.

„Der Wilderer ist nicht darauf reingefallen", teilte

Dempsey dem Dänen mit. „Stattdessen haben wir eine gehäutete Ziege mit diesem falschen Halsband gefunden." Er beobachtete, wie Axelle sich bemühte, die Fassung wiederzuerlangen.

Ein harter Blick trat in ihre Augen. „Ich weiß nicht, ob dieser Mistkerl herausgefunden hat, dass die Soldaten hier sind, oder dass wir den Leoparden die Halsbänder abgenommen haben, doch wie dem auch sei, er will uns bestrafen." Ihr Kiefer verkrampfte sich. „Wir sollten also besser die letzten fünf finden und sie von den Peilsendern befreien, bevor dieser Bastard sie findet."

„Äh … da gibt es ein Problem", sagte Josef zögerlich.

„Was meinst du?"

„Der Trust hat uns zurückgemailt."

Dempsey wechselte einen Blick mit Taz.

„Und?" In Axelles Stimme war ein Zittern zu hören.

Josef räusperte sich. Was auch immer er ihr sagen musste, er wusste, dass seine Chefin wütend werden würde. „Dass wir unter keinen Umständen die Halsbänder entfernen oder versuchen sollen, diesen Jäger selbst aufzuspüren."

„Das soll doch wohl ein Scherz sein? Wissen die eigentlich, was auf dem Spiel steht?" Axelle schloss die Augen und hob ihr Gesicht zum Himmel. Ihre Haut war wie Marmor – blass und makellos.

„Sie meinten, dass der Leiter des Trusts so schnell wie möglich das afghanische Innenministerium kontaktieren wird, um zu versuchen, die Sache zu regeln. Das könnte allerdings eine Woche dauern."

„Bis dahin werden die Leoparden tot sein." Axelle stemmte die Fäuste in die Hüften.

Dempsey trat einen Schritt vor und steckte seine Pistole ins Halfter: „Mir scheint, Sie brauchen uns genauso wie wir Sie." Er musterte ihr Gesicht. In ihrem Gehirn wirbelten die Gedanken durcheinander, und ihre Lippen bildeten eine schmale Linie, als sie zu einer Entscheidung kam.

Die Kälte in ihrem Blick verwandelte sich in lodernde Flammen. „Sie wollen die Leoparden als Köder benutzen."

„Ich will einen Mann fassen, der für die Ermordung hunderter, wenn nicht tausender unschuldiger Menschen verantwortlich ist."

„Und dazu wollen Sie eine der am stärksten bedrohten Tierarten der Welt als Köder benutzen." Sie stellte sich ihm in den Weg. „Nicht wahr, Sergeant?"

„Er ist doch sowieso schon hinter ihnen her. Sie sollten uns dankbar sein, anstatt deswegen auf mich loszugehen." Dempsey biss sich auf die Innenseite seiner Wange, um nicht noch mehr die Beherrschung zu verlieren. Sie hatten eine schlimme Nacht hinter sich. Sie war aufgebracht. Er verstand das. „Ihre Schneeleoparden bekommen einige der besten Soldaten der Welt als Leibwächter. Sie sollten sich darüber freuen, Axelle."

Er nannte sie absichtlich beim Vornamen, um sie daran zu erinnern, dass sie das Stadium des Persönlichkeitskampfes hinter sich gelassen hatten und sich seiner Meinung nach einer Freundschaft näherten.

„Ach ja, sollte ich das?" Sie forderte ihn wortlos zu einem Starrwettbewerb heraus, doch er wandte den Blick nicht ab. Sie ging einen Schritt auf ihn zu, sodass sich ihre Nasen fast berührten. „Ich werde diesen Leoparden die Halsbänder abnehmen, sobald ich sie gefangen habe. Sie werden von niemandem als Köder benutzt, schon gar nicht von *den besten Soldaten der Welt.*" Ein Sturm der Emotionen tobte in ihren dunklen Augen. Aber es war nicht der Zorn oder die Entschlossenheit, die ihn trafen. Es war der Schmerz.

Er sah zu Taz hinüber und brach damit den Blickkontakt ab. Er ließ sie gewinnen. Denn beim Wettstarren war gewinnen nicht wichtig, sondern nur, wenn es um Leben und Tod ging, und beim Fußball. „Obwohl Ihre Vorgesetzten Ihnen befohlen haben, es nicht zu tun?"

„Das Überleben einer Spezies ist wichtiger als bürokratische Hürden."

„Sie könnten Ihren Job verlieren." Dann sah er sie wieder an. Wartete auf ihre Reaktion.

„Ich muss mir vom Conservation Trust nichts sagen lassen, wenn es um internationales Recht geht." Ihre Augen funkelten. „Ich bin immer noch die Verantwortliche für dieses Projekt. Vergessen Sie das nicht." Sie stieß ihm mit dem Finger gegen die Brust. Da er eine Schutzweste trug, tat es ihr vermutlich mehr weh als ihm, doch sie schien es nicht zu bemerken.

„Auch wenn sie Ihnen einen direkten Befehl erteilen?", fragte er leise. Die Dinge liefen für keinen von ihnen nach Plan.

Sie lehnte sich wieder dicht an ihn heran, und er konnte ihren Atem auf seinen Lippen spüren. „Niemand kommandiert mich herum, wenn es um das Überleben meiner Tiere geht, Sergeant. Sie werden diese Leoparden nur über meine Leiche als Köder benutzen."

Genau davor hatte er Angst.

Sie drehte sich abrupt um und marschierte zurück zum Lager. Ihr Doktorand folgte ihr mit dem Pferd wie ein übergroßer Schäferhund, der bei Fuß ging.

Der Trupp kam zusammen.

„Die ist ja ein Knaller." Der schottische, streitlustige und stolze Craig Cullen musterte Axelle mit einem bewundernden Funkeln in den Augen.

„Sie ist eine verdammte Nervensäge." Dempsey krempelte seinen Ärmel hoch, um die Kratzer zu überprüfen, die zu jucken begannen. Obwohl er ihr geholfen hatte, hatte er nichts als rohe Feindseligkeit zurückbekommen, und das trotz der aufkeimenden Anziehung zwischen ihnen. Er runzelte die Stirn. Oder vielleicht deswegen.

Seine Wunden heilten. Er versuchte, nicht über die ihren nachzudenken.

„Verdammte Scheiße." Baxter stellte sich hinter ihn. „Du siehst aus, als hättest du Sex mit einer Tigerin gehabt."

Dempseys Temperament flammte auf, und er war dankbar, dass er seine Zunge im Zaum halten konnte. Es musste in seinen

Augen zu sehen gewesen sein, selbst in der einsetzenden Dämmerung. Dempsey begegnete Taz' Blick, woraufhin sich ein stilles Einvernehmen zwischen ihnen einstellte. Er mochte Axelle eine Nervensäge genannt haben, doch das bedeutete nicht, dass sie ihm egal war. Taz wusste die Art seiner Gefühle für die Frau, die er gerade erst kennengelernt hatte, zu deuten.

„Es war einer ihrer verdammten Schneeleoparden", erklärte Dempsey ihnen.

„Du hast mit einem Schneeleoparden gerungen? Einfach so?", fragte Taz.

Ein zaghaftes Grinsen umspielte seine Lippen. „Es hat Spaß gemacht. Dabei hat sich herausgestellt, dass Dr. Axelle Dehn die leitende Biologin dieses Schneeleopardenprojekts ist. Unser Ziel scheint die Leopardenjagd zu sein. Habt ihr gestern etwas gesehen, während ich weg war?"

„Nicht viel." Cullen sah sich um, während sie sich auf das Lager zubewegten. „Der große Kerl hat die meiste Zeit des Tages auf dem Kamm verbracht und den Funksender abgehört. Wann hast du herausgefunden, dass sie Biologen sind?"

Dempsey stieß ein Lachen aus. „Als ich Betäubungspfeile in ihrer Satteltasche gefunden habe, nur den Bruchteil einer Sekunde bevor sie mit einer Glock hinter mir auftauchte."

Cullen grinste. „Du wirst alt."

„Bei einem Wettlauf würde ich dich immer noch locker schlagen." Doch er fühlte sich tatsächlich alt. So alt wie die Berge. Er hatte in seinem Leben so viel vom Tod gesehen, dass er sich manchmal fragte, warum sie sich überhaupt die Mühe machten. Um Unschuldige zu schützen, erinnerte er sich. Dieser Mission hatte er sein Leben gewidmet, und er würde erst damit aufhören, wenn er tot war oder aus der Einheit entlassen wurde. Was im Grunde genommen dasselbe war.

„Wir werden die Zentrale kontaktieren, aber ich denke, im Moment ist es am besten, wenn wir uns an die Biologen halten und die Leoparden überwachen. Wenn unser Mann auftaucht, sorgen wir dafür, dass er nirgendwo hinkann."

„Wir treiben ihn in die Enge wie die Ratte, die er ist", stimmte Cullen zu. „Der Befehl lautet tot oder lebendig, aber dieser Typ muss verdammt viele Informationen haben …"

„Versuchen wir es zuerst lebend, es sei denn, er stellt eine Bedrohung dar. Dann steht es uns frei. Wir gehen in Deckung, bis wir unsere Befehle bekommen. Vielleicht weiß der alte Mistkerl nicht, dass wir hier sind. Vielleicht hat er mitbekommen, dass die Biologen den Leoparden die Halsbänder abgenommen haben, und ist stinksauer."

„Vielleicht ist er es auch gar nicht", gab Cullen zu bedenken.

Dempsey nickte und stapfte das Tal hinunter zu den Jurten. Wenn er doch nur das grimmige Aufblitzen des Verrats in Axelles Augen vergessen könnte, als ihr alles klar geworden war. Denn ja, er hatte tatsächlich vorgehabt, ihre Leoparden als Köder zu benutzen. Er war Soldat und hatte einen Auftrag zu erfüllen – er hatte immer noch vor, ihrem Wilderer nachzustellen, was letztendlich die Leoparden retten würde. *Allerdings vielleicht zu spät…*

Er zügelte seine rasenden Gedanken und konzentrierte sich stattdessen auf die karge Landschaft. Es war ihm egal, was Axelle Dehn von ihm dachte. Mit etwas Glück würde er vor Tagesanbruch verschwunden sein, und ihre Wege würden sich nie wieder kreuzen.

———

Axelle schlug die Jurtenklappe zurück. Anji riss überrascht die Hände hoch und lachte nervös. „Da bist du ja. Du hast mich erschreckt." Er lächelte sie an, seine braunen Augen funkelten. „Josef war voll Sorge, als Pferd ohne dich zurückkam, aber ich habe ihm gesagt, dass bestimmt es dir gut geht."

Anji hatte mehr Vertrauen in sie als sie selbst. Er wandte sich wieder den Leopardenjungen zu.

Sie ging wortlos zum Computer, öffnete die E-Mail und las die

Nachricht. Mein Gott, der Trust hatte ihr wirklich verboten, den Tieren die Halsbänder abzunehmen. Sie atmete tief ein und versuchte, die Wut zu besänftigen, die nach wie vor in ihr brodelte. Sie waren der Meinung, sie würde überreagieren und hätte keine Beweise, und im nächsten Satz teilten sie ihr mit, dass es für sie und Josef zu gefährlich sei, einen bewaffneten Wilderer zu jagen. Josef betrat langsam das Zelt. Sie wusste nicht, ob er ängstlich oder wütend war. Er hatte das Recht, beides zu sein.

„Hast du auf diese E-Mail geantwortet?" Ihre Stimme zitterte vor Zorn. Ihre Augen waren feucht, aber es waren keine Tränen.

„Nein." Er trat hinter sie.

„Haben sie um eine Empfangsbestätigung gebeten?"

„Nein." Er runzelte die Stirn.

Sie drückte auf Löschen. „Dann ist diese E-Mail nie angekommen." Sie blickte ihm in die Augen. „Einverstanden?"

Seine blauen Augen huschten erst zum Computerbildschirm und dann wieder zu ihr. Er nickte.

„Gut. Ich werde die ursprüngliche E-Mail noch einmal schicken, nachdem wir ein paar Stunden geschlafen haben."

„Was ist mit diesen Männern?"

„Was soll mit ihnen sein?" Sie wollte so tun, als gäbe es sie nicht, als hätte sie Dempsey nie getroffen oder einige ihrer bestgehüteten Geheimnisse im Schatten des Berges preisgegeben. Sie hätte wissen müssen, dass er ihr Honig ums Maul schmieren würde, um sie für seine Zwecke zu missbrauchen. Ihm ging es nur um seine Mission. So waren Soldaten nun einmal.

Sie stellte sich vor den Ofen, weil sie keine neuen Antworten hatte und so müde und erschöpft war, dass sie kaum noch klar denken konnte. Sie brauchte dringend ein paar Stunden Schlaf, bevor sie sich wieder darum kümmerte, die Leoparden von den Halsbändern zu befreien. Der Mann, der die Tiere jagte, war doch sicher auch müde? Musste er nicht auch mal schlafen? Sie bediente sich vom gesalzenen Yak-Milch-Tee und Fladenbrot und schnitt eine Grimasse. Man gewöhnte sich zwar daran, doch das bedeutete nicht, dass sie Starbucks nicht vermisste.

Die Jungtiere kletterten über Anjis Beine und entlockten ihr ein Lächeln. „Wie geht es ihnen?"

„Sie fressen viel." Er sah auf und lächelte.

Das Eis um ihr Herz schmolz ein wenig. „Gut."

„Ich mache anderes Feuer in deiner Jurte."

„Danke, aber das ist nicht nötig." Der Anstand verlangte, dass sie getrennt von den Männern schlief, aber zum ersten Mal seit Jahren wollte sie nicht allein sein.

Sie schlang die Arme um ihren Körper, um sich selbst ein wenig Trost zu spenden. Die Erinnerungen an Gideon waren kurz gewesen, aber schmerzhaft. Sie erlaubte sich nicht, allzu oft an ihn zu denken, denn das brachte Schuldgefühle mit sich. Er war ein wunderbarer Mann gewesen. Ein ehrenwerter Mann. Sie hatte ihn sehr geliebt. Er war zu den Marines gegangen, weil sein bester Freund im Kampf für sein Land gestorben war und er sich verpflichtet gefühlt hatte, das Gleiche zu tun. Schade, dass er vorher nicht die Meinung seiner Frau eingeholt hatte.

Sie dachte nicht an ihn, weil es zu sehr wehtat.

„Hat der Kerl dir wirklich geholfen, G-Man das Halsband abzunehmen?" Josef riss sie aus ihren Gedanken.

Sie nickte. Ihre Wut kühlte etwas ab. Dempsey *hatte* ihr geholfen; ohne ihn hätte sie G-Man vielleicht gar nicht erwischt.

Ein Mann, der Terroristen jagte, würde zu jedem Mittel greifen, und sie würde dasselbe tun, um ihre Katzen zu retten. Sie drückte mit Daumen und Zeigefinger auf ihre Schläfen. Sie musste sich bei ihm entschuldigen, hoffte jedoch gleichzeitig, dass sie ihn nie wieder sehen würde. „Er sagte, er sei von der britischen Armee, aber er trägt keine Uniform."

„Special Forces." Josefs Augen funkelten. „Wahrscheinlich SAS. Einige der angesehensten Soldaten der Welt. Gefährliche Männer."

Er hatte tatsächlich Gefahr und Kompetenz ausgestrahlt. Doch abgesehen von dem ersten Moment, als er sie entwaffnet hatte – und zwar völlig problemlos, jetzt wo sie darüber nachdachte –

hatte sie überhaupt keine Angst vor ihm gehabt. Nicht einmal, als er sie vor Josef gepackt hatte.

„Warum? Warum sind sie überhaupt hier?" Sie fuhr sich mit den Fingern durch ihr zerzaustes Haar.

„Traust du ihnen?", fragte er.

Sie zuckte müde mit den Schultern. „Ich weiß es nicht. Ich schätze, wenn sie unseren Tod gewollt hätten, wären wir bereits tot." Vielleicht war das die einzige Wahrheit, die zählte. Ihre Augenlider begannen sich zu senken. Sie brauchte dringend Schlaf. „Wir sehen uns morgen früh." Sie ging nach draußen. Die Luft war sauber und frisch, und die Dämmerung zauberte rosa Akzente in den Himmel. Sie konnte kaum einen Fuß vor den anderen setzen, als sie zu ihrem Zelt ging. Sie warf einen Blick auf die umliegenden Hügel und fragte sich, wo Dempsey war. Als sie die Nacht zusammen verbracht hatten, war zwischen ihnen irgendwie ein Band entstanden. Was das zu bedeuten hatte, wusste sie nicht.

Ihre Kratzer waren wund, und ihre Knochen schmerzten. Aber da war auch dieses seltsame Gefühl der Einsamkeit, das sie seit Jahren nicht mehr gespürt hatte. Sie erwartete fast, dass Dempsey auf ihrem Bett saß und darauf wartete, ihr eine Abreibung zu verpassen, weil sie ihn vorhin angeschrien hatte. Der Gedanke ging ihr nicht aus dem Kopf und verlangsamte ihre Schritte, denn sie war sich nicht sicher, was sie tun würde, wenn sie ihn tatsächlich dort vorfand.

Als sie die Klappe zurückschlug, war ihr Zelt jedoch leer. Sie verdrängte den kurzen Stich der Enttäuschung in den hintersten Winkel ihres Hinterkopfes und zündete das Feuer an. Dann schüttelte sie ihr Bettzeug aus und zog ihre Stiefel aus, bevor sie sich hinlegte und in einen tiefen Schlaf sank.

———

Dempsey saß da und beobachtete, wie Josef das Geländemotorrad startete und mit dem Funkempfänger auf den Bergrücken fuhr. Warum hatte Dmitri Volkov diesen Kadaver nicht mit einer Sprengfalle versehen? Warum hatte er keine Minen oder Sprengsätze gelegt, um sie auszuschalten? Diese Fragen kehrten ständig zurück.

Er wusste es nicht.

Alles, was er wusste, war, dass die Ergreifung von Dmitri Volkov wertvolle Informationen liefern und Leben retten würde. Sergeant Ty Dempsey war nicht hier, um Leoparden zu retten oder Biologen zu babysitten. Er war hier, um einen Verräter zu fassen. Der Russe wusste Dinge. Er hatte Verbindungen. Er war gefährlich.

Und doch waren diese Biologen direkt in der Schusslinie …

„Ich glaube, wir müssen unseren Plan ändern", sagte Dempsey so laut in sein Funkgerät, dass es die ganze Truppe hören konnte. Baxter und er hatten bereits ihre Ausrüstung zusammengepackt und stapften den Abhang hinunter.

„Was denkst du, Ire?" Taz' Stimme war ruhig und gleichgültig.

„Komm runter und bring die Ausrüstung mit." Er starrte in den blauen Himmel. „Ich glaube, wir sind im Begriff, Feldbiologen zu werden." Es war sehr wahrscheinlich, dass der Russe wusste, dass sich Soldaten in der Gegend befanden. Dempsey hatte mit der Zentrale gesprochen und sichergestellt, dass noch weitere Soldaten hergeschickt wurden.

Als sie das Lager erreichten, huschte Dempseys Blick zu Josef auf dem Bergrücken. „Behalte den großen Kerl im Auge."

Baxter nickte und setzte sich an die Sonnenseite der Jurte.

Im Hauptzelt kochte ein einheimischer Mann, dem Aussehen nach Wakhi, Tee und balancierte dabei etwas Graues und Pelziges in seinen Armen. Es dauerte einen Moment, bis Dempsey erkannte, dass es sich um ein Schneeleopardenjunges handelte. Ein weiteres begann in einer großen Kiste zu quäken.

„Wo ist Axelle?", fragte er leise.

Der Wakhi-Mann zeigte nach Osten. „In der nächsten Jurte."

Dempsey wich einen Schritt zurück, doch der kleine Mann wackelte eifrig mit dem Finger, wie um „Nein" zu sagen. Er drückte ihm das schreiende Kätzchen in die Arme, und Dempsey nahm es, ebenso wie eine Flasche mit warmer Milch. „Kätzchen füttern. Axelle schläft", erklärte der Mann.

Dempsey hob die Augenbrauen und tat, wie ihm geheißen. Er nahm an, dass das Füttern eines Leopardenbabys nicht sonderlich anders war als das Füttern eines Menschenbabys, und da er eine große Familie und genug Cousins und Cousinen hatte, hatte er einige Erfahrung darin. Allerdings war es schon eine Weile her.

Als er den Sauger in das gierige rosa Maul stopfte, wurde ihm klar, was er alles verpasst hatte. Er hatte es verpasst, seine Nichten und Neffen zu füttern. Er hatte es verpasst, sie aufwachsen zu sehen. Er vermisste seine Wurzeln. Seine Anstrengungen für eine friedliche Zukunft der Provinz Nordirland, für ein Ende der sektiererischen Gewalt, hatten zur völligen Auslöschung seines Platzes im Schoß seiner Familie geführt. Es entbehrte nicht einer gewissen Ironie, dass er jetzt derjenige mit den Waffen war. Er hoffte, dass zumindest er den Verstand und die Fähigkeit besaß, zu wissen, wann er sie einsetzen musste, anstatt Unschuldige in Marktstädten zu bombardieren oder Informanten in die Knie zu zwingen.

Dempsey hielt den warmen Körper in seiner Armbeuge und wollte trotz der zischenden Proteste ihres Leibwächters einen Blick auf Axelle werfen. Verdammt, wo war dieser Kerl gewesen, als sie ganz allein in der Wildnis unterwegs gewesen war?

Er fand sie zusammengerollt in ihrem Schlafsack vor, der sich unaufhörlich hob und senkte. Ihre Wangen waren gerötet. Da er es nicht übers Herz brachte, sie zu wecken, ging er mit dem gierig nuckelnden Jungtier wieder nach draußen. Er schritt zu Baxter hinüber, der sogleich den Bauch des Jungtiers streichelte.

Er hörte, wie das Geländemotorrad ansprang und sah, wie Josef den Hügel hinunterkam. Er hielt neben ihnen an und stürmte ohne ein Wort an ihnen vorbei in die Jurte.

Dempsey hielt ihn zurück. „Was ist los, Kumpel?"

In Josefs Blick lag heute kein Zorn, sondern Akzeptanz. Ein widerstrebendes Interesse. „In der Nacht wurden keine Fallen ausgelöst. Ich werde die Koordinaten der Halsbänder überprüfen und nachsehen, wo unsere Leoparden sind."

Taz gesellte sich zu ihnen und sah Josef mit nachdenklichen braunen Augen an. „Gibt es hier viele Wilderer?"

„Eigentlich nicht. Wen suchen Sie eigentlich?" Josefs Augen schärften sich. Axelle hatte ihm gesagt, dass sie Soldaten waren. „Einen Terroristen?"

Dempsey wägte ab, wie viel er verraten konnte. „Jemanden, mit dem die britische Regierung reden will."

„Wollen Sie diesen Wilderer davon abhalten, unsere Leoparden zu töten?"

„Das ist der Plan."

„Gut."

Dempsey blickte auf die scheinbar endlose Weite des Hindukusch und über das Tal hinweg bis zum Pamir im Norden. Er reichte das zufriedene Kätzchen an Baxter weiter, der es mit einem Blick musterte, der normalerweise schönen Frauen vorbehalten war.

„Wir können uns gegenseitig helfen", meinte Josef.

Dempsey nickte. Er hätte zufrieden sein sollen. Er hätte sich verdammt gut fühlen sollen, aber diese Leute waren nicht die Art von Partnern, die er bei der Jagd auf einen der berüchtigtsten Terroristen der Welt dabeihaben wollte. Auch wenn das GCHQ glaubte, der Kerl sei ein Jahrzehnt lang inaktiv gewesen, und er für tot gehalten wurde? Für Dempsey bedeutete das einige sehr fragwürdige Verbindungen. Und einen noch unheilvolleren Grund, jetzt aus seinem Versteck zu kommen.

Axelle war eine Belastung. Ungestüm, vorlaut und eine Frau – ein Pulverfass für Ärger in einem Land wie Afghanistan. Vielleicht sollte er sie fesseln, die Pferde freilassen, den Computer zerlegen und die Hauptplatine und den Satlink mitnehmen. Doch der Russe war zu ihnen gekommen, nicht umgekehrt. Sie steckten bereits tief in dem Schlamassel, und irgendetwas an Axelles entschlossener Kieferhaltung sagte ihm, dass sie sich nicht freiwillig fügen würde, wenn er versuchte, sie außer Gefecht zu setzen. So amüsant das unter normalen Umständen auch gewesen wäre, er konnte sich die Ablenkung nicht leisten, zumal diese Mission Leben kosten konnte. Er musste mit ihr zusammenarbeiten. Und er hatte das dumpfe Gefühl, dass ihm mehr abverlangt wurde, als nur etwas falschen Stolz herunterzuschlucken.

———

Als sie aufwachte, starrte sie direkt in die verblüffenden kobaltblauen Augen von Sergeant Tyrone Dempsey. Er sah aus, als hätte er den ganzen Tag darauf gewartet, dass sie aufwachte.

„Ich muss wohl träumen", krächzte sie.

Er hielt ihr eine Tasse mit schwarzem Tee hin.

„Ich träume definitiv." Sie setzte sich auf und nahm einen Schluck. Die warme Flüssigkeit war wie Balsam für ihre trockene Kehle. „Danke. Wie spät ist es?"

„0600", entgegnete er. Sie blinzelte schläfrig. Sein Akzent machte seine Stimme ungemein sexy, und so früh am Morgen hatte seine Ausstrahlung eine besonders starke Wirkung auf sie.

Sein Gesicht war sauber und glattrasiert. Sie ertappte sich dabei, wie sie seine Gesichtszüge musterte. Die lebhaften Augen, die von dicken Brauen umrahmt wurden, die glatten Wangen, der markante Kiefer, seine Nase, die zu flach war, um auf herkömmliche Weise schön zu sein. Und doch schürte diese Kombination ihr Inneres wie heiße Kohlen. Sie kämpfte gegen den Drang an, mit den Fingern durch sein kurzes blondes Haar zu fahren. Er war groß und schlank und sah einfach unglaublich gut aus.

Sie mochte die intensive Anziehung nicht, die ihre Adern durchströmte, wenn diese blauen Augen funkelten. *Verdammt!* Sie brauchte Abstand, keine Anziehungskraft. „Ich war gestern etwas zickig."

„Soll das eine Entschuldigung sein?"

„Eher eine Erinnerung." Widerstrebend verzog sie den Mund. „Aber es ist wahrscheinlich das, was einer Entschuldigung am nächsten kommt." Sie blinzelte ihn an. Die Falten um seine Augen waren heute noch tiefer. Hatte er überhaupt geschlafen? Oder war er die ganze Nacht wach gewesen, um den Mann zu suchen, hinter dem er her war? Denselben Mann, der ihre Leoparden tötete.

„Mein Vorgesetzter hat sich mit Ihren Chefs vom Trust in Verbindung gesetzt. Ich habe den Befehl erhalten, ihn um jeden Preis zu fassen."

Wut überkam sie, aber er setzte sich auf den Rand der Pritsche, sodass sie in ihrem Schlafsack gefangen war. „Ich möchte Ihnen einen Kompromiss vorschlagen." Er verzog keine Miene, doch die Falten um seine Augen herum verzogen sich, als sie Anstalten machte, etwas zu erwidern. Er streckte die Hand aus und nahm ihr den Becher aus der Hand. „Den stelle ich lieber hier drüben hin, damit Sie nicht auf dumme Gedanken kommen."

Als sich ihre Finger berührten, explodierte ein Feuerwerk in ihr, das nichts mit Wut zu tun hatte. Der Mann warf sie aus der Bahn, machte sie verrückt. *Noch verrückter*, räumte sie ein und zwang sich, sich zu beherrschen. „Was für einen Kompromiss?"

„Ich habe mehr Männer und Ausrüstung angefordert, damit wir mit der Verfolgung unserer Zielperson beginnen können. In der Zwischenzeit werden wir uns aufteilen, um die Leoparden mit Hilfe der Signale ausfindig zu machen und" – er hob seine Stimme, als sie ihn unterbrechen wollte – „wir werden Ihnen helfen, allen Tieren die Halsbänder abzunehmen."

Die plötzliche Stille hallte von den Wänden des Zeltes wider. „Sie erlauben mir, ihnen die Halsbänder abzunehmen?"

„Ja."

Sie sahen sich einen langen, schweigenden Moment lang an. „Warum? Warum wollen Sie nicht, dass wir damit warten, bis Sie diesen Kerl gefasst haben?"

Seine Lippen verzogen sich zu einem schiefen Lächeln, bevor

er antwortete. „Sie sind nicht der einzige Mensch auf der Welt, dem gefährdete Arten wichtig sind, Dr. Dehn. *Nichtsdestotrotz* hat mein Auftrag, diesen Mann zu ergreifen, für mich Priorität. Sonst wäre ich kein guter Soldat, oder?" Er hob die Augenbrauen.

Dann stand er auf und ging zur Tür ihrer Jurte.

Sie war wieder Dr. Dehn, wie ihr auffiel. „Und das ist Ihnen wichtig. Ein guter Soldat zu sein?"

Er hielt inne und legte seine Hand auf den Filz. „Vielleicht ist das alles, was ich habe."

„Sergeant ..." Ein Anflug von Schmerz, weil sie den militärischen Rang laut aussprechen musste, ließ sie den Atem anhalten. „*Dempsey*", sagte sie eindringlich, um ihn am Gehen zu hindern.

Er schaute über seine Schulter, die Sonne tauchte seine Silhouette in einen goldenen Schein.

„Danke." Sie hielt seinem Blick stand, wollte, dass er verstand, wie viel seine Geste ihr bedeutete.

Er grinste, und seine blauen Augen blitzten auf, als sie über ihre zerzauste Gestalt wanderten, wobei sie sich daran erinnerte, dass er zwar ein Soldat war, aber eben auch ein Mann. „Sie können mir danken, wenn das hier vorbei ist." Dann war er weg.

———

Ein Piepton verriet Axelle, dass sie eine E-Mail erhalten hatte. Während sie die Nachricht las, verflog jeder andere Gedanke, denn sie stellte fest, dass es sich um einen Download von einer ihrer Kamerafallen handelte.

„Dempsey!", rief sie.

Es gab sechs versteckte Kameras, die in jeweils drei Paaren in den Bergen platziert waren. Sie waren in unübersichtlichen Tälern und Pässen angebracht, damit sie nicht von Menschen oder, was in dieser Region noch wichtiger war, von Ziegen ausgelöst wurden. Niemand wollte fünfhundert Bilder von Ziegen sehen.

Die Kamerabilder wurden automatisch zu Satelliten hochgeladen, sobald die Datenspeicher voll waren, und dann per E-Mail an ihren Server in den Staaten geschickt. Dempsey kam herein und trat zu ihr. Sie klickte auf das erste Bild, und sie sahen zu, wie sich Pixel für Pixel ein Bild eines weißhaarigen Mannes, der einen Yak führte, auf dem Bildschirm zusammenfügte. Er war wie ein Einheimischer gekleidet. Die Hose, das Wams, der Pakol-Hut. Er war groß, schlank und breitschultrig, seine Gesichtszüge waren jedoch weder asiatisch noch arabisch. Er sah hellhäutig aus, sein Bart war so rot wie der von Josef und in seinen Augen lag eine eisige Bitterkeit.

Sie saß fassungslos da, wobei sich ihre Augen sämtliche Einzelheiten des Gesichts des Mannes einprägten und in den tiefen, zerklüfteten Falten seines Gesichts nach einem Anflug von Mitgefühl suchten. Über den Rücken des Yaks war ein zusammengerollter Pelz mit einem Besatz aus geflecktem Fell geschnallt, über der Schulter trug er ein leistungsstarkes Jagdgewehr. Angst und Wut wirbelten in der Tiefe ihres Magens. Dies war der Jäger. Nun, da dieses Monster ein Gesicht hatte, fühlte sich alles noch realer, noch gefährlicher an. „Verdammter Mistkerl", flüsterte sie. „Ist das der, hinter dem Sie her sind?"

Dempsey beugte sich über sie und hielt sie zwischen seinen Armen fest, während seine Finger wie wild tippten. Er rief eine sichere Website auf und lud das Bild in die Datenbank hoch. Sie spürte seinen Atem an ihrem Hals, seine Lippen waren dicht an ihrem Ohr. Sie zitterte. Er roch nach sauberer, warmer Haut und der Ivory Seife, die sie in ihrer improvisierten Duschkabine hatten. Seine Hände waren breit, die Finger lang und spitz zulaufend. Feine weißgoldene Härchen glänzten auf seinen Handgelenken und Unterarmen. Jede Zelle in ihrem Körper nahm diesen Mann nur allzu wahr.

Er beendete die Verbindung, löschte den Verlauf, schloss den Webbrowser und verharrte regungslos, als wäre ihm plötzlich bewusst geworden, dass er seine Arme um sie gelegt hatte. Vielleicht bemerkte er aber auch die Wirkung, die er auf ihr Nervensystem hatte. Seine Atmung veränderte sich, und Axelles Adern begannen, sich zu erhitzen. Als sie ihren Kopf ein wenig drehte, stellte sie fest, dass ihre Lippen nur wenige Zentimeter von seinen entfernt waren. Argwöhnisch musterten sie einander, und ein erschreckendes Gefühl schoss durch ihren Körper. Dempseys Blick fiel auf ihren Mund und ihre Lippen öffneten sich. Er wollte sich ihr nähern, doch ein Geräusch von draußen ließ ihn zurückweichen und sie nach Luft schnappen.

„Ich sage den Jungs, dass sie sich bereit machen sollen." Seine Stimme war schroff, und er vermied es, sie anzusehen.

Sie nickte. Sie hätte nicht einmal Worte finden können, wenn ein Flaschengeist ihr drei Wünsche angeboten hätte.

KAPITEL
ACHT

Er teilte sie in drei Gruppen ein.

„Kann ich nicht mit der Frau Doktor gehen?", murrte Cullen. Er mochte den Ruf haben, *der* Frauenheld der Gebirgsjägerstaffel A zu sein, doch nach allem, was Dempsey fünf Minuten zuvor gedacht hatte, während er sich zusammenreißen musste, um nicht Axelle Dehns Lippen, Beine und alles dazwischen zu küssen, war er selbst vielleicht auch einer.

Er begehrte sie, und er hatte sie mit seinem Blick genau wissen lassen, wie sehr er sie wollte.

Was hatte er sich nur dabei gedacht? Es gab eine Zeit und einen Ort für so etwas, und jetzt war nicht der richtige Zeitpunkt.

„Nein." Seine Stimme war sanft. Keiner von ihnen war hier, um Sex zu haben. „Du gehst mit Taz. Baxter, du gehst mit dem Dänen. Ich gehe mit Axelle." Er schenkte ihnen ein entschlossenes Lächeln, das ihnen sagte, dass diese Aufteilung nicht zur Debatte stand. „Bevor wir aufbrechen, werden wir uns von den Biologen zeigen lassen, wie man die Leoparden betäubt und ihnen die Halsbänder abnimmt. Ich will stündliche Berichte per Funk." Er nickte den Männern zu. „Es könnte ein paar Tage dauern, bis die anderen Jungs hier eintreffen. Ich warte immer noch auf genauere Angaben. In der Zwischenzeit beobachten wir die Leoparden und hoffen, dass wir unsere Zielperson schnappen, während er versucht, die Wildkatzen zu erlegen."

„In Ordnung", antwortete Taz.

Baxter strahlte.

Schneeleoparden zu beschützen war eine tolle Aufgabe, solange sie die sehr reale Bedrohung da draußen nicht vernachlässigten – jemanden, der sich mit Sprengstoff genauso gut auskannte wie die Jungs mit ihren Schwänzen.

„Haltet die Augen offen." Er drehte sich um, als Axelle aus ihrer Jurte kam. Ihr Haar war geflochten und sie trug saubere Kleidung – eine olivgrüne Hose und einen mausgrauen Fleece. Abgesehen von ihren rosa Wangen und den dunklen Augen fügte sie sich nahtlos in die Landschaft ein.

Sie schaute zu ihnen hinüber, und alle starrten sie an.

„Haben Sie schon gegessen?", rief sie über den staubigen Platz. Sie sah aus, als wolle sie sich ihnen nicht nähern, als würden sich alle ihre Probleme in Luft auflösen, wenn sie Abstand hielt.

Wenn es nur so wäre.

Die Männer nickten. Er war sich sicher, dass sie das Interesse seiner Kameraden ebenso geweckt hatte wie das seine. Sie hatten in ihrem Beruf nur selten mit Frauen zu tun. Das gefiel ihm. Und ihnen wohl auch.

Sie duckte sich und betrat das größere Zelt. Josef kam eine Sekunde später mit den beiden Jungtieren auf dem Arm wieder heraus. Die Jungs fingen an, mit den Fellknäueln zu spielen und zückten ihre Kameras, um Fotos zu machen. Er unterdrückte ein Lächeln. Drei der härtesten Soldaten der Welt wurden in der Gegenwart von ein paar Schmusekatzen zu richtigen Softies.

„Wir brauchen eine Demonstration, wie man die Leoparden betäubt und ihnen die Halsbänder abnimmt", bemerkte er, als der Doktorand aufstand.

Der Däne nickte. Nicht wirklich freundlich. Aber auch nicht gerade feindselig.

Axelle trat aus dem Zelt und ging zu den Pferden hinüber.

Dempsey sah eine Veränderung im Gesichtsausdruck des Studenten. Ein Funken von Sehnsucht flackerte über die Züge des Mannes, bevor er sie wieder verbarg. Josef fing seinen Blick auf, und die beiden Männer betrachteten einander mit gegenseitigem Verständnis.

„Sie gehen mit Baxter, dem kleinen hässlichen Kerl, der sich auf dem Boden herumwälzt."

Der Däne stieß ein schallendes Lachen aus. „Und Sie mit Axelle, nehme ich an?"

Dempsey nickte.

„Passen Sie auf sie auf. Und lassen Sie die Finger von ihr."

Cullen warf ihm einen Blick zu. Dempsey fluchte ungeduldig. Das hier war kein Club-Urlaub. Er war auf einer Mission. „Hören Sie, Josef. Sie kann meinen Anblick kaum ertragen. Ich glaube nicht, dass Sie sich große Sorgen machen müssen."

Verdammt, in ein oder zwei Tagen würde er weg sein, und das machte ihn wütend. Zum ersten Mal wünschte er sich, diese Mission würde länger dauern. In ein paar Wochen hätte er vielleicht die Möglichkeit, Axelle Dehn besser kennenzulernen. *Sehr* viel besser. Allerdings wollte sie ihn gar nicht kennenlernen. Sie wollte nur ihre Leoparden retten.

Josef kratzte sich am Hals. „Sie erinnern sie an ihren Ehemann."

„Ehemann?" Dempsey musste sich zusammenreißen, um nicht zu würgen. *Sie ist verheiratet?*

Josef nickte. „Er war Soldat. Ist vor Jahren im Irak gestorben."

Erleichterung mischte sich mit Schuldgefühlen. *Der arme Kerl.* Das erklärte ihre Antipathie gegenüber Soldaten. Vielleicht gab sie sogar dem Militär als Ganzem die Schuld an seinem Tod. Oder vielleicht hasste sie, wie jeder vernünftige Mensch, den Krieg.

Sie beobachteten, wie sie zwei Pferde über den staubigen Boden führte und ein paar Meter entfernt stehenblieb. Sie runzelte leicht die Stirn, als hätte sie gespürt, dass sie über sie gesprochen hatten.

„Wer kommt mit mir?", fragte sie.

„Ich." Dempsey trat einen Schritt vor, und ihr Blick huschte zu ihm. Er spürte, wie seine Wangen brannten, und wusste, dass es den Jungs ebenfalls nicht entging. Warum zum Teufel wollte er nur unbedingt in der Nähe dieser Frau bleiben? Weil er dachte, er könnte mit ihr umgehen? Selbst der Umgang mit einer scharfen Granate wäre einfacher.

Sie drückte Josef ein Paar Zügel in die Hand. Dann verteilte sie an jeden ein Blatt Papier, was ihm ein Grinsen entlockte. „Wir haben nur zwei Empfänger, und einer bleibt immer im Basislager." Cullen und er tauschten einen kurzen Blick aus. *Ah. Richtig.* Sie zeigte auf die Markierungen, die sie auf den ausgedruckten Karten gemacht hatte. „Das sind die Koordinaten der Fallen, die Josef und ich aufgestellt haben."

Auf der Karte waren mehrere Kreuze zu sehen, einige dicht beieinander. Alle in Tälern.

„Sie und Ihr Partner nehmen diese Zone im Nordwesten." Sie deutete auf Cullen, der sie mit seinem Filmstar-Grinsen bedachte. Dempsey stand hinter Axelle und sah den Soldaten mit einer hochgezogenen Augenbraue an. „Die nächste Gruppe kümmert sich um die Fallen im Osten. Dempsey und ich werden uns wieder nach Südosten wenden. Ich zeige Ihnen, wie die Halsbänder funktionieren und wie man die Tiere betäubt, ohne sie zu verletzen. Melden Sie sich über Funk, wenn etwas Unerwartetes passiert. Irgendwelche Fragen?" Sie blickte ihnen in die Augen als wäre sie die Kommandantin des Regiments, und er konnte sich nur mit Mühe beherrschen, nicht zu salutieren.

„Nein, Ma'am."

Dempsey entging das unterdrückte Grinsen seiner Männer nicht, und er wusste, dass sie alle das Gleiche dachten – sie war etwas Besonderes. Er hörte nicht mehr zu und beobachtete nur, wie sie die Beruhigungsmittel vorführte, während die Leopardenbabys mit ihren Schnürsenkeln spielten. Er wusste bereits, wie das mit der Betäubung funktionierte. Josef und er hielten die Pferde fest, während seine Männer jede ihrer Bewegungen beobachteten.

„Hat sie auf alle diese Wirkung?", murmelte er dem Dänen zu.

Josef nickte und zog den Sattelgurt des Pferdes fest. „So ziemlich." Er sah resigniert aus.

„Sie ist zu jung, um ein so großes Projekt zu leiten", bemerkte Dempsey. Obwohl auf den ersten Blick alles recht einfach aussah, musste diese Art von Operation an einem Kriegsschauplatz ein Vermögen kosten.

Der große Mann zuckte mit den Schultern. „Sie ist die beste Forscherin auf ihrem Gebiet. Vor ein paar Monaten wurde sogar in einem Artikel im *National Geographic* über sie berichtet."

Dempsey hob die Brauen. „Das erklärt wohl, warum sie so herrisch ist." Genau in diesem Moment drehte sie sich zu ihm um.

„Sind Sie schon fertig, oder müssen Sie sich noch um Ihr Makeup kümmern?", fragte er.

Die Jungs grinsten.

Ihre Wangen färbten sich leicht rot und ihre Augen verengten sich gefährlich. Sie wusste, dass er sie provozieren wollte. Zum Glück schaffte sie es, nur tief Luft zu holen. „Ihre Leute müssen diese Dinge wissen."

Er tippte auf seine Uhr. „Wir müssen uns beeilen."

Sie warf ihren neuesten Rekruten einen Blick zu. „Ist er immer so ein Idiot?"

„Ja, Ma'am." Alle nickten einstimmig, der ganze Stolz der britischen Armee. „Er ist ein verdammter Idiot."

Und sie würden für ihn sterben. Er hoffte nur, dass es nicht dazu kommen würde.

———

Axelle verbrachte die nächsten Stunden im Schutz einer Wüstenplane in einem kleinen Tal, weit genug von den Schlingen entfernt, um nicht von Terroristen oder wilden Tieren entdeckt zu werden, aber nahe genug, um alles zu sehen, was vor sich ging. Was im Moment nichts war. Eigentlich hätte es langweilig sein sollen, aber durch die Nähe zu Dempsey war sie nervös und konnte sich nicht entspannen. Er hatte wieder in den freundlichen Profi-Modus gewechselt, und sie fragte sich, ob sie sich die Glut in seinen Augen heute Morgen nur eingebildet hatte.

Der Blick hatte sie erschreckt.

Nicht er, sondern vielmehr die Tatsache, dass er diese sexuelle Energie in ihr geweckt hatte, machte ihr Angst. Also hatte sie zur Abwechslung mal gereizt reagiert. Es war ein Wunder, dass er ihr noch keine Kugel verpasst hatte.

„Josef hat mir erzählt, dass Sie Ihren Mann im Irak verloren haben."

Sie hob ihr Kinn und schluckte den ungeahnten Stich des Kummers hinunter. „Josef redet zu viel." Sie blinzelte schnell, überwältigt von den Erinnerungen und dem Gefühl des Verrats, das ihre Reaktion auf diesen Mann hervorrief. Dabei war es schon so lange her – war es normal, dass es immer noch so wehtat?

Seit Gideons Tod hatte sie ihr Leben der Rettung bedrohter Tierarten gewidmet und weder Zeit noch emotionale Energie an menschliche Komplikationen verschwendet. Sie war sich nicht sicher, wie sie sich verhalten oder wie sie sich fühlen sollte, jetzt, da tatsächlich jemand ihren Schutzwall durchbrochen hatte. Vor allem jemand, der wahrscheinlich in ein oder zwei Tagen abreisen würde. Und zudem ein weiterer Soldat, der sterben könnte.

Er sah nicht einmal aus wie Gideon, und das fühlte sich wie ein doppelter Verrat an. Wie konnte sie jemanden begehren, der so anders war als der Mann, den sie geliebt hatte? Sie waren schon als Teenager ein Paar gewesen und sahen sich mit ihren braunen Augen und Haaren so ähnlich, dass sie als Geschwister hätten durchgehen können. Es war Liebe auf den ersten Blick gewesen. Er hätte nicht zur Armee gehen sollen. Sie hatte nie die Frau eines Soldaten sein wollen.

Gott, wie heftig sie sich deswegen gestritten hatten.

Es war das einzige Mal gewesen, dass sie eine wirkliche Auseinandersetzung gehabt hatten, und es war ein schlimmer Streit gewesen. Und dann war er getötet worden.

Sie presste ihre Lippen aufeinander. Selbst jetzt, nach so vielen Jahren, hatte sie die Wut und den Kummer noch immer nicht überwunden. Vielleicht würde sie das auch nie.

Sie schaltete den Empfänger ein und prüfte die Signale aus dieser Höhe.

„Immer noch derselbe?" Seine Augen waren so strahlend blau wie der hellste Himmel.

„Ja." Sie wandte den Blick ab.

„Die gute Nachricht ist, dass es heute keine Schüsse gab." Dempsey versuchte, sie aufzumuntern, was jedoch nur dazu führte, dass sie sich noch schlechter fühlte. „Vielleicht sollten wir zurückgehen und sehen, ob ich neue Informationen von der Zentrale bekommen kann."

Sie schlug nach einer Fliege. „Okay."

Staub wirbelte auf, als sie die Ausrüstung zusammenpackten, wobei sie versuchten, so leise und unauffällig wie möglich zu sein. Ihre Augen wurden von seinen gebräunten muskulösen Armen angezogen, als er die Sachen in seinen Rucksack schob.

„Ich war so wütend, als er zur Armee gegangen ist." Die Worte kamen wie aus dem Nichts.

„Ihr Mann? Hat er nicht vorher mit Ihnen darüber gesprochen?"

Sie schüttelte den Kopf. „Ich hatte gerade promoviert. Er war Computerprogrammierer, und sein bester Freund war durch einen Sprengsatz getötet worden. Am nächsten Tag verpflichtete er sich. Als er nach Hause kam, erzählte er es mir." Selbst jetzt, mehr als ein Jahrzehnt später, drohten die Gefühle sie zu ersticken. Er hatte beschlossen, sie zu verlassen. Beschlossen, in den Krieg zu ziehen. Das hatte sie bis auf die Knochen zermürbt.

Warum erzählte sie ihm das? Sie hatte es nie jemandem gegenüber erwähnt. Niemals. „Er hatte versprochen, dass er nicht sterben würde." Sie spürte seine Hände auf ihren Schultern und biss die Zähne zusammen, kämpfte gegen ihre Wut und ihre Scham an.

„Axelle." Er seufzte. „Ich bin schon sehr lange Soldat. Ich habe viele Freunde verloren – vor allem in den letzten zehn Jahren. Einige starben als Helden, andere wegen mangelhafter Ausrüstung und weil die Pfennigfuchser im Verteidigungsministerium keine Ahnung von Kriegsführung hatten. Aber keiner von ihnen ist absichtlich gestorben."

„Was ist mit den Menschen, die Sie zurückgelassen haben? Sind sie Ihnen völlig egal?" Ihr Blick trübte sich, doch sie brauchte Antworten auf die Fragen, die sie quälten.

„Da müssen Sie jemand anderen fragen." Seine Miene verwandelte sich in eine ausdruckslose Maske. „Niemand schert sich einen Dreck darum, ob ich lebe oder tot bin."

„Sind Sie Waise?" Ihr Blick suchte den seinen und drängte auf eine Antwort.

„Schön wär's."

„Ihre Familie interessiert es doch sicher, ob Sie –"

„Ich bin für sie gestorben." Sein Blick wurde distanziert, seine Stimme rau.

Sie griff nach seinen Fingern und hielt sie fest, selbst als er versuchte, seine Hand wegzuziehen. Sein Kiefer verkrampfte sich und seine Augen verengten sich. Er könnte sie abwehren, wenn er wollte. Das wussten sie beide.

„Warum?", drängte sie.

Er zog sie unerwartet an seine Brust, und sie hielt den Atem an, als seine Lippen nur wenige Zentimeter von ihren entfernt waren. Er küsste sie nicht, und sie schlang ihre Arme so fest um ihn, wie sie es sich seit Jahren nicht mehr erlaubt hatte, einen Mann zu berühren. Vermutlich nicht mehr, seitdem ihr Mann als Soldat im Einsatz gewesen war.

Es fühlte sich gut an, ihn festzuhalten, zu spüren, wie sich die warmen Muskeln unter ihren Fingern anspannten. Sein Adamsapfel bewegte sich an seinem Hals. Er roch nach Kraft und Wärme.

„Meine Geschichte wird Ihnen nicht sagen, was Ihr Mann dachte, als er starb. Sie wird Sie nicht lehren, zu vergeben."

Sie schloss ihre Augen und vergrub ihre Nase in seiner Halsbeuge. Etwas von der schrecklichen Anspannung, die sie seit Jahren mit sich herumgetragen hatte, sickerte aus ihrem Mark. Obwohl sie keine Frau war, die jemanden brauchte, war es befreiend und beruhigend, eine solche körperliche Stärke und emotionale Sicherheit zu spüren.

„Er hätte sich nicht verpflichten sollen, ohne mit Ihnen darüber zu sprechen." Seine Hand strich über ihr Haar.

Nein, Gideon hätte sich nicht verpflichten sollen, ohne vorher mit ihr zu sprechen, aber ihn dafür zu hassen, brachte nichts. Sie musste die Vergangenheit ruhen lassen.

„Obwohl ich bezweifle, dass es am Ende etwas geändert hätte."

Sie presste ihre Lippen fester aufeinander.

Er hielt sie von sich weg, und sie zwang sich, in seine eindringlichen Augen zu schauen.

„Er musste kämpfen." Einer seiner Mundwinkel verzog sich zu einem schiefen Lächeln. „Manche von uns müssen für ihr Land kämpfen, so wie Sie für die Tierwelt kämpfen." Er umarmte sie noch einmal, bevor er sie losließ, davonging und versuchte, die Schutzdecke zu falten.

„Sind Sie verheiratet?" Plötzlich wollte sie das unbedingt wissen.

„Nein." Er beugte sich vor, hob aber den Blick, um ihrem zu begegnen. „Wollen Sie mir etwa einen Antrag machen?" Ein humorvolles Funkeln erhellte seine Augen.

„Nein." Irgendwie war sie erleichtert und eingeschüchtert zugleich, und sie machte sich nicht die Mühe, ein Lächeln vorzutäuschen. „Es wäre nur einfacher, wenn Sie es wären."

Ihre Blicke begegneten sich, und eine Million Funken entzündeten sich in der Luft zwischen ihnen. Hitze stieg in ihr auf und drückte gegen ihre Haut. „Sie erinnern mich an alles, was ich verloren habe."

„Ich bin nur ein gewöhnlicher Soldat." Seine Stimme war tief und voller Überzeugung. „Es gibt Tausende von uns, die versuchen, die Zivilbevölkerung zu schützen, indem sie die gefährlichen, hässlichen Aufgaben erledigen, an die die meisten Menschen nicht einmal denken wollen. Es läuft nicht immer nach Plan." Seine Augen blickten in die Ferne. „Aber das ist es, was wir zu tun versuchen. Die Bösewichte auszuschalten. Die Unschuldigen zu retten. Und obwohl ich Ihren Mann nicht kannte, würde ich meinen Hintern darauf verwetten, dass er deshalb in den Krieg gezogen ist. Um die Menschen zu schützen, die er liebte. Um Sie zu beschützen."

Ein Falke schrie über ihnen und ihr Kopf begann schmerzhaft zu pochen.

„Wenn Sie *das* akzeptieren können, können Sie vielleicht anfangen, ihm und sich selbst zu vergeben."

„Vielleicht verdiene ich keine Vergebung." *Verdammt*. Ihre Offenbarung schien ihn nicht zu überraschen, schockierte sie selbst jedoch zutiefst.

Er band die Decke sorgfältig an seinem Rucksack fest. „Dann werden Sie katholisch, denn da spielt es keine Rolle, welche Sünden Sie begehen. Christus, der Herr, wird Sie mit offenen Armen im Himmel empfangen, solange Sie Buße tun und zur Messe gehen." In seiner Stimme lag eine scharfe Bitterkeit. „Verdammte Religion. Gehen wir."

Sie hatte einen Dämon in ihm geweckt. *Hervorragende Arbeit, Axelle*. Ihn zu verärgern schaffte allerdings Distanz zwischen ihnen, und im Moment brauchte sie das, denn als er sie vorhin festgehalten hatte, hatte sie ihn nie wieder loslassen wollen. Dieser Mann würde nicht hierbleiben, erinnerte sie sich. Er ging dorthin, wo er hinbeordert wurde.

Der Rückweg zum Lager dauerte eine Stunde, und keiner der beiden sagte währenddessen ein Wort. Dempsey ging zu Fuß, während sie ritt. Er lief pausenlos, scheinbar unermüdlich. Als sie ankamen, stand Anji vor der Hauptjurte und rang mit den Händen.

„Dr. Dehn. Gott sei Dank bist du kommen. Josef hat mich angefunkt, er versucht hat, dich zu finden. Sie glauben, dass sie gefunden haben Spuren des Wilderers in der Nähe ihrer Schlinge."

„Scheiße. Sind sie sicher?", stieß Dempsey hervor.

„Nein. Nicht sicher." Ein Hauch von Angst lag in Anjis Stimme. „Niemand ist sich über nix sicher."

Dempsey warf einen Blick auf den russischen Lieferwagen. „Würde das Ding es bis zu ihrer Position schaffen?"

Axelle dachte darüber nach. „Ich denke schon. Er könnte allerdings im Fluss stecken bleiben", warnte sie.

„Kann ich ihn mir ausleihen?", fragte Dempsey sie.

„Klar." Das würde ihr die Chance geben, sich der Wirkung, die er auf sie hatte, zu entziehen. Sie glitt vom Rücken des Pferdes, und ihre Muskeln fühlten sich an, als hätte sie gegen einen eisernen Riesen gekämpft. „Die Schlüssel stecken. Nehmen Sie Anji mit", schlug sie vor. Der arme Kerl hatte in den letzten Tagen hier festgesessen und nichts anderes getan, als die Babyleoparden zu füttern. Obwohl das mehr war, als sie heute geschafft hatte.

Dempsey runzelte die Stirn.

„Er macht eine Ausbildung zum Ranger. Das wäre eine wichtige Erfahrung für ihn, und er kennt das Gebiet besser als jeder andere. Ich passe währenddessen auf die Leopardenjungen auf."

Dempsey musterte den Mann kurz, bevor er nickte. „Okay. Schön brav sein!" Er zwinkerte ihr zu, und ein Lächeln erhellte sein Gesicht, bevor Anji und er in den Lieferwagen stiegen und in die staubige, braune Weite davonholperten.

„Ich bin immer brav", flüsterte sie. Genau das war das Problem.

Sie sah nach den Jungtieren, die in der Holzkiste, die Anji für sie besorgt hatte, schlummerten. Dann ging sie zum Duschbereich und wusch sich schnell, um den schlimmsten Dreck zu entfernen. Da sie müde war, beschloss sie, ein Nickerchen zu machen, bevor sie ihre E-Mails durchging. Sie betrat ihr Zelt und bückte sich, um ihre Stiefel auszuziehen. Im nächsten Moment presste sich eine Hand auf ihre Nase und ihren Mund, und ein stechender Schmerz schoss durch ihren Oberschenkel. Panik vertrieb ihre Erschöpfung. Sie leistete erbitterten Widerstand, doch starke Hände dämpften ihre Schreie, sodass sie wimmernd in ihrer Kehle erstarben. Dann wurde es schwarz um sie herum.

———

Sie folgten der Spur nun schon seit zwei Stunden. Da der Staub vom Wind aufgewirbelt wurde, wurde es jedoch zunehmend schwieriger, die Abdrücke auf dem Boden zu erkennen. Dempsey war hin- und hergerissen. Sollte er dem unbekannten Verursacher dieser Spuren weiter folgen oder zum Basislager zurückkehren und die Gruppen neu einteilen? Er wurde das Gefühl nicht los, dass er zum Basislager zurückkehren sollte, aber er war sich nicht sicher, ob das daran lag, dass Axelle seine Objektivität zunichtegemacht hatte, oder daran, dass es tatsächlich das Klügste wäre.

Verdammt, im Moment drehte er sich im Kreis.

„Wir werden diese GPS-Position markieren und umdrehen", sagte er leise zu Taz. Als er das Geräusch von Pferdehufen auf festem Boden hörte, warf er einen Blick in die Richtung des Biologenlagers. Josef kam in Sicht, sein Mantel war offen und flatterte im Rhythmus des Pferdegalopps.

„Was zum Teufel...?" Sie hatten sich alle an der Schlinge versammelt, wo die Spuren entdeckt worden waren, aber er hatte Josef und den Einheimischen vor einer Stunde zu Pferd zurück ins Lager geschickt. Ihm gefiel der Gedanke nicht, dass Axelle niemanden bei sich hatte, obwohl sie all die Jahre ohne ihn ausgekommen war und daher wahrscheinlich auch einen Nachmittag allein zurechtkommen würde.

Josef fing an zu schreien, woraufhin Dempsey den Kopf schüttelte und sich langsam aufrichtete. Jede Hoffnung auf eine heimliche Patrouille war damit hinfällig, obwohl er angesichts der allgemeinen Aufregung nicht wusste, warum er sich überhaupt die Mühe machte.

Der große Mann blieb vor einem Schotterhaufen stehen. „Ist Axelle hier?"

Dempsey runzelte die Stirn und griff nach den Zügeln des Pferds. „Was meinen Sie? Ist sie nicht im Lager?"

Die Wangen des großen Mannes waren rot, und sein Atem ging in kurzen Stößen. Er schüttelte den Kopf.

„Vielleicht ist sie losgezogen, um die Fallen zu überprüfen?", schlug Cullen vor, der hinter ihnen auftauchte.

Josef schüttelte den Kopf. „Keine von ihnen ist ausgelöst worden, und selbst wenn, würde sie nie ohne einen der Empfänger gehen." Cullen wandte schuldbewusst den Blick ab – er trug nämlich den zweiten bei sich, den er aus dem Lager stibitzt hatte. Josef versuchte immer noch, zu Atem zu kommen. „Das Kurzwellen-Funkgerät ist kaputt. Sonst wäre ich nicht den ganzen Weg geritten. Ich hätte Sie angefunkt."

Dempsey zog Josef vom Pferd und schwang sich in den Sattel. Etwas stimmte nicht. Er konnte es spüren. Die Sonne ging am Himmel bereits unter, und er trieb das Pferd gnadenlos an. Panik drückte auf seine Brust. Wo zum Teufel war sie? Warum hatte er das Gefühl, dass ihn jemand reingelegt hatte?

Im gestreckten Galopp spürte Dempsey einen Adrenalinstoß, während die raue Brise seine Haut streifte. Er überließ dem Tier die Führung. Es schien ewig zu dauern, aber das Pferd wusste genau, wohin es ging, und war trittsicher wie eine Ziege. Endlich kamen die blassen Umrisse des Lagers in Sicht. Anji stand vor der Hauptjurte und blickte verwirrt drein. Dempsey vermutete langsam, dass dies sein Standardausdruck war. Kurz vor ihm brachte er das Pferd zum Stehen und sprang ab. Als er Axelles Jurte betrat, bemerkte er den ordentlich ausgebreiteten Schlafsack und das unbenutzte Kissen. Kein Feuer. Er ging wieder nach draußen und drehte sich zum Stall um, doch weder die Yaks noch das zweite Pferd verrieten ihm etwas.

Er schritt zum Hauptzelt und ging direkt zum Laptop, der bereits eingeschaltet war. Er musste mit seinem Vorgesetzten sprechen, war sich allerdings nicht sicher, an welchem Punkt der Jagd sie standen – abgesehen davon, dass von einem der meistgesuchten Terroristen der Welt offensichtlich jede Spur fehlte.

Anji kam hinter ihm zu stehen, seine Finger tanzten aufgeregt über seine Brust. „Wir haben sofort nachgesehen als wir kamen her, aber sie war nicht hier."

Dempsey warf einen Blick auf eine Kiste neben dem Feuer, in der es rumorte. „Geht es den Tieren gut?"

„Ich habe sie gefüttert. Sie waren hungrig. Axelle hat sie nicht so gefüttert, wie sie es versprochen hatte. Das ist nicht ihre Art." Der Wakhi-Mann bückte sich und zog ein flauschiges Fellknäuel heraus.

Dabei fiel Dempsey ein, dass der Wilderer die ganze Zeit von dem Lager der Biologen gewusst hatte. Sie vermuteten, dass der Russe die Leoparden mit Hilfe der Halsbänder aufgespürt hatte, also bestand kein Zweifel daran, dass er von dieser Operation wusste. Er war ein dreistes, schlaues und gerissenes Arschloch.

Wo zum Teufel war Axelle?

Gleißende Angst lief ihm über den Rücken. Er hatte das Gefühl, etwas übersehen zu haben – als hätte er geradeaus geschaut, als ihm jemand in die Seite gefahren war. Das war normalerweise die Aufgabe des Regiments.

Er runzelte die Stirn. Vielleicht hatte er die falschen Fragen gestellt. Nicht, *wo* Axelle war, sondern *wer* Axelle Dehn war?

Als er ihren Namen bei Google eingab, fand er zuerst ihre Webseite der MSU. Er klickte auf den Link zum Schneeleopardenprojekt, das vom Conservation Trust finanziert wurde. Nachdem er die Kurzbiografie überfolgen hatte, klickte er auf einen weiteren Link zu dem *National Geographic* Artikel, den Josef erwähnt hatte.

„Verdammte Scheiße."

Der Wakhi-Mann zuckte zusammen.

„Wann kommen Axelle und Josef normalerweise her, um nach den Leoparden zu sehen?"

„Im Sommer, wenn sie mit dem Unterricht fertig ist. Josef sollte dieses Jahr eigentlich früher kommen als sie, aber –"

„Hier steht, dass sie die Tochter des US-Botschafters in Großbritannien ist?" Da stand noch viel mehr. Verdammt. Sie hatte mehr potenzielle Feinde als er, und ihr Name, ihr Gesicht und der Ort, an dem sie sich den Sommer über aufhielt, waren für alle Welt einsehbar. Unglaublich.

Der Wakhi-Mann zuckte nervös mit den Schultern. „Das weiß ich nicht. Sie redet nie über Persönliches."

Dempsey zuckte zusammen. *Mit mir schon.*

Völlig aufgewühlt legte Anji das Jungtier zurück in die Kiste.

Dempsey schritt nach draußen, schnappte sich eine brennende Fackel und suchte den Boden ab. Da waren Josefs große Stiefelabdrücke und Axelles deutlich kleinere. Der Wakhi-Mann trug kleine Stiefel, die vorne spitz zuliefen. Dempsey kniete sich hin. Da war noch eine Spur, kein Profil – fast nicht zu erkennen. Er suchte die Gegend ab und folgte den Abdrücken zu Axelles Jurte, dann den tieferen Einkerbungen, die hinter den Jurten auftauchten. Da waren Hufabdrücke. Ein wildes Durcheinander, das darauf schließen ließ, dass das Tier angebunden gewesen war. Er blickte noch einmal zum Stall und stellte fest, dass ein Yak fehlte. *Verdammt.*

Er fuhr fort, den Boden abzusuchen. Es war tagsüber schon schwierig, Spuren über den Staub und die Felsen zu verfolgen, in der Nacht war es fast unmöglich. Aufgrund der kaum erkennbaren Farbveränderungen auf der Oberfläche war er sich ziemlich sicher, dass derjenige, der die Spuren hinterlassen hatte, etwas Schweres trug.

Mist. Verdammte Scheiße.

Sie waren reingelegt worden.

Die Jungs kamen im Wagen über das felsige Terrain geholpert. Cullen sprang aus dem Fahrzeug und lief mit einem besorgten Blick auf ihn zu. „Was ist denn los?"

„Ich glaube, wir haben die Angelegenheit aus dem falschen Blickwinkel betrachtet."

Cullens Miene war ausdruckslos.

„Wir wollten doch die Schneeleoparden als Köder benutzen, oder?" Dempsey beobachtete die Hügel und versuchte, in der Dunkelheit irgendeine Bewegung auszumachen.

Josef grunzte missmutig.

Dempsey ignorierte ihn. „Ich glaube, unser Wilderer hat sie aus demselben Grund getötet."

Cullen presste die Lippen aufeinander und folgte schweigend der schwachen Spur menschlicher und tierischer Abdrücke zu ihren Füßen. „Du denkst, er war die ganze Zeit hinter Axelle her?"

Josefs Augen funkelten, und seine Hände ballten sich zu Fäusten. Als er gerade losstürmen wollte, streckte Dempsey sein Bein aus und brachte den Riesen zu Fall. „Verwischen Sie die Spuren nicht, indem Sie etwas Dummes tun", wies er ihn an.

Josef spuckte Staub aus. „Ist Ihnen klar, was mit einer Frau wie Axelle passieren kann, wenn sie mit diesem Mann allein ist?"

Zorn stieg in ihm auf. „Ich weiß *genau*, was passieren kann." Er hatte es schon öfter gesehen, als ihm lieb war. „Ihr unvorbereitet hinterherzulaufen, wird sie allerdings nicht retten. Sie würden sich nur selbst in Gefahr bringen. Überlassen Sie das den Leuten, die wissen, was sie tun."

Josef rappelte sich schwerfällig auf. „Was passiert, wenn Sie sich entscheiden müssen, ob Sie Ihren Auftrag erfüllen oder Axelles Leben retten?"

Dempsey sah den Dänen teilnahmslos an, und Cullen antwortete an seiner Stelle.

„Dempsey hat noch nie bei einer Mission versagt."

Er zuckte zusammen. Das war nicht die Antwort, die er erwartet hatte. „Ich werde sie zurückholen." Er spürte ein ungewohntes Flattern in seinem Magen. Der Einsatz war erhöht worden. Axelle war in Gefahr, und er war dafür verantwortlich.

„Sollen wir ihren Vater anrufen?", fragte Josef plötzlich.

„Ihren Vater?", wiederholte Cullen.

Dempsey lachte bitter auf. „Ihr Vater ist ein U.S. Botschafter."

Cullen verdrehte die Augen. „Im Ernst?"

„Ja. Ganz im Ernst." Dempsey schnappte sich seinen Rucksack, wohl wissend, dass im ganzen Lager Sprengfallen platziert sein könnten, jetzt, wo der Russe Axelle in seiner Gewalt hatte – vorausgesetzt, es war der Russe. Das erklärte, warum er zuvor keine Minen oder Sprengsätze ausgelegt hatte. Er wollte die Frau lebend haben.

Dempsey bewegte sich langsam und hielt die Augen offen. Dann schwang er sich wieder in den Sattel des müden Pferdes, das er geritten hatte. „Falls sich das hier als Geiselnahme herausstellt, wird der Botschafter es sowieso bald erfahren."

„Nicht, dass die USA mit Terroristen verhandeln würde. Und nicht, dass er hierher gelangen könnte, bevor der Scheißkerl ..." Cullen verstummte. Niemand wollte darüber nachdenken, was der Russe und seine extremistischen Kameraden mit einer weißen Frau aus dem Westen anstellen würden, die Verbindung zu einem mächtigen Diplomaten hatte.

„Teilt der Zentrale mit, was los ist, und findet heraus, wo die verdammten Truppen bleiben, die sie zur Verstärkung schicken wollten." Dempsey zog an den Zügeln. „Der Entführer hat ein paar Stunden Vorsprung, aber er zieht vielleicht nicht im Dunkeln weiter, und ich habe NVGs." Allerdings kannte der Bastard diese Berge wie die Kabel einer Bombe. Er erwies sich als ein eigensinnigerer Gegner, als Dempsey angenommen hatte.

„Ich will mit Ihnen kommen." Josef griff nach den Zügeln.

Dempsey musterte den großen Mann. Obwohl er seinen Wunsch nachvollziehen konnte, wusste er, dass er ihn aufhalten würde, wenn es schnell gehen musste. „Sie gehen mit Cullen, Taz und Baxter. Axelle sagte, Sie hätten eine militärische Ausbildung?"

Josef nickte.

„Gut, dann können Sie eine Waffe mitnehmen."

„Dempsey ist der beste Spurenleser im Regiment", versicherte Cullen dem Dänen. Josef nickte wieder, sah aber krank vor Sorge aus.

„Ich übernehme die Führung und sorge dafür, dass es genug Spuren gibt, denen ihr folgen könnt, außerdem kann Cullen mein GPS-Signal überwachen. Wir sollten so wenig wie möglich über Funk kommunizieren, falls der alte Mistkerl uns abhört. Mal sehen, ob die Zentrale nützliche Informationen hat."

„Was sollen wir ihnen wegen Axelle sagen?"

Dempseys Mund wurde trocken. War das die ganze Zeit der Plan des Mannes gewesen oder hatte er die Gelegenheit genutzt, dass Axelle allein gewesen war? Was, wenn der Mann nur eine Frau für ein paar Stunden Unterhaltung wollte? Bei dem Gedanken wurde ihm übel. „Sagt ihnen, dass wir glauben, dass er eine weibliche Geisel genommen hat. Nennt ihren Namen noch nicht – vielleicht weiß er ihn nicht. Vielleicht ist es nicht einmal der Russe." Obwohl er instinktiv wusste, dass er es war. Er hatte ihnen eine ausgeklügelte Falle gestellt.

Der Wakhi-Mann beobachtete sie von der Tür der Jurte aus.

„Überprüft das Lager auf Sprengstoff, während ihr auf die Bestätigung von der Zentrale wartet."

Cullen nickte. „Mach keine Dummheiten, Sergeant."

Er wickelte sich einen Schal um den Kopf, um sich vor der Kälte zu schützen. „Verstanden. Ich werde auf die Kavallerie warten – es sei denn, Axelle ist in unmittelbarer Gefahr. Dann kann alles Mögliche passieren."

„Glaubst du, er weiß, dass wir hier sind?", fragte Cullen, während er die Zügel des Pferdes umklammert hielt.

Dempsey nickte. „Er hat ein Ablenkungsmanöver gestartet, und wir sind darauf hereingefallen. Vielleicht hat er uns die ganze Zeit reingelegt, in der Hoffnung, Axelle allein zu erwischen."

„Aber du bist ihm immer wieder in die Quere gekommen. Was glaubst du, will er?"

Dempseys Lippen verzogen sich zu einem grimmigen Lächeln. „Das werden wir herausfinden."

———

Axelle wachte langsam auf. Es war ein schmerzhaftes Erwachen. Ihr Kopf pochte, und sie zuckte zusammen, als sie versuchte, die Augen zu öffnen. *Was zum Teufel...?* Sie hing mit dem Gesicht nach unten über einem Tier ohne Sattel. Das Rückgrat des Tieres grub sich in ihre Hüften und ihren Bauch.

Ihre Hände waren gefesselt. Durch die fehlende Blutzufuhr und die eisigen Temperaturen hingen sie wie Eisblöcke an ihren Armen. Verdammt, was, wenn sie Erfrierungen hatte? Sie wackelte mit den Fingern und keuchte, während das Blut zurückfloss. Als sie versuchte, mit den Beinen zu strampeln, stellte sie fest, dass auch sie gefesselt waren. Durch die Bewegung verlagerte sich ihr Schwerpunkt, bis sie fast kopfüber von dem Tier gekippt wäre. *Verdammt!* Wer hatte ihr das angetan? Was wollten sie?

Der Geruch von modrigem Fell war überwältigend, und sie musste würgen, als ihr Magen rebellierte.

„Mir ist schlecht." Der Inhalt ihres Magens ergoss sich auf den grauen Schotter, den das Pferd mühsam überwand. Sie hielten jedoch nicht an. Sie spuckte die Reste der Galle aus und war froh, dass sie seit Stunden nichts mehr gegessen hatte. Es dämmerte bereits. Sie versuchte, nach vorne zu schauen, doch eine Decke versperrte ihr die Sicht. Hinter ihnen erstreckten sich trostlose Ausläufer in dunkler Stille, während sie einen schmalen Gebirgspass hinaufstiegen.

War sie von Mitgliedern der Taliban gefangen genommen worden?

Ihre Muskeln verkrampften sich vor Angst. Es musste sich um eine Verwechslung handeln, auch wenn sie nicht wusste, was für ein Missverständnis dazu führen sollte, dass sie gefesselt auf einem Pferd transportiert wurde. Sie musste fliehen. Sie musste zurück ins Lager und herausfinden, warum die ganze verdammte Welt aus den Fugen geraten war.

Das Pferd erreichte das Ende des losen Schieferfeldes, und das Geräusch der Hufe änderte sich, als sie über festen Boden trabten.

„Bitte, wir müssen anhalten. Ich muss auf die Toilette." Ihr Kopf pochte und ihre Sicht verschwamm. Nachwirkungen des Betäubungsmittels, kombiniert mit Dehydrierung und der Höhenlage.

Zu ihrer Überraschung kam die Karawane zum Stillstand. Sie hörte das Gleiten von Stoff über Leder, dann fiel ein schweres Gewicht zu Boden. Sie spannte sich an und erwartete, dass ein schwarzbärtiger Araber auf sie zukommen würde. Ihre Augen weiteten sich, als sie den hochgewachsenen, zerlumpt aussehenden Mann erkannte, dessen weißes Haar aus seinem Pakol-Hut hervorlugte. Der Mann von den Bildern der Überwachungskameras. Der Mann, der ihre Leoparden tötete.

„Sie? Was wollen Sie von mir?", stieß sie mit heiserer Stimme hervor.

Er sagte nichts, als er unter den Bauch des Pferdes griff, um die Fesseln an ihren Händen und Füßen zu lösen. Ihre Arme schwangen über ihren Kopf, und sie rollte nach vorne und prallte unsanft auf dem Rücken auf. Wenn er sie auf der anderen Seite losgelassen hätte, hätte er eine Kostprobe ihres Stiefels bekommen. Vielleicht wusste er das. Unbeholfen kroch sie von den unbeschlagenen Hufen weg. Ihre Beine waren taub, und sie hatte Mühe, aufzustehen.

„Musst du pissen?" Er hob eine Braue, ganz sachlich. „Dann mach!" Er deutete auf den Boden.

„Hier?", fragte Axelle empört. „Wie wäre es mit umdrehen?"

„Du hast nichts, was ich nicht schon mal gesehen hätte –"

„Aber nicht bei mir, verdammt!" Wut kochte in ihr hoch. Sie wollte von niemandem als Geisel genommen werden, und in diesem Teil der Welt kam eine Gefangenschaft oft einem Todesurteil gleich. Misshandlung. Schläge. Vergewaltigung. Folter. Enthauptung. *Verdammt!* Sie wollte nicht einmal darüber nachdenken.

Mit einem Grunzen kehrte er ihr den Rücken zu.

Schnell öffnete sie ihre Hose und ging in die Hocke, weil sie Angst hatte, dass sie sonst keine Chance mehr bekommen würde.

Sie ertastete einen großen Stein, und als sie mit einer Hand ihre Hose hochzog, schluckte sie ihr Zögern hinunter und schlug den Stein gegen den Hinterkopf des Mannes.

Er wich nach vorne aus und entging größtenteils ihrem Angriff.

Sie versuchte, sich das Pferd zu schnappen, doch der Mann hielt die Zügel fest umklammert, selbst als er auf die Knie fiel. Sie stellte ihren Stiefel auf seinen Hintern und trat zu. Das Pferd tänzelte beiseite, und sie rannte wie ein Markhor über den losen Schieferboden bergab. Sie rutschte und schlitterte, und sie rang so hektisch nach Luft, dass sie glaubte, ihre Lunge würde kollabieren. Mit einer Hand hielt sie ihre Hose fest. Sie konnte sich nirgends verstecken, aber sie blieb nicht stehen.

Das mechanische Geräusch eines Gewehrs, das geladen wurde, ließ sie noch schneller rennen, während Grauen sie überkam. Er würde sie umbringen.

Lauf, lauf, lauf.

Seine Stimme hallte ruhig von dem kahlen Felsen wider, als er rief: „Wenn du nicht stehenbleibst, werde ich auf dich schießen. Zuerst in den Arm" – sie zog automatisch den Arm vor den Körper, und ein Schuss sauste an ihr vorbei und schlug in den Boden vor ihr ein – „und dann in den Knöchel, was bedeutet, dass du nie wieder laufen wirst." Eine Kugel spuckte Dreck auf ihre Füße.

„Letzte Chance."

Sie wurde langsamer, als sie die furchtbare Endgültigkeit im nächsten Klicken des Gewehrs hörte. Vor ihr lag eine weite Ebene der Einöde, nichts als Erde und Felsen. Taumelnd kam sie zum Stehen, ihre Lungen pumpten wie verrückt in der kalten Luft. Sie drehte sich um. „Was wollen Sie von mir?" Ihr Schrei hallte von den Bergen wider und betonte ihre Einsamkeit.

„Eine Blutschuld." Sein Blick war gleichgültig. „Eine Schuld begleichen. Ein Leben retten. Das ist alles, was ich will."

Sie wollte weglaufen. Sie wollte kämpfen. Sie wollte nicht sterben. Sie biss die Zähne zusammen und schloss den Reißverschluss ihrer Hose. Dann ging sie mit erhobenem Kopf zu ihrem Entführer zurück. „Ich bin Ihnen nichts schuldig."

Er beobachtete sie schweigend, als sie bis auf einen Meter auf sein Gewehr zumarschierte. Sie wich nicht vor dem Lauf zurück. Sie würde nicht vor einem rückgratlosen Mörder zu Kreuze kriechen.

„Dein Blut schuldet mir etwas."

„Mein Blut?" Sie runzelte die Stirn, plötzlich unsicher. „Meine Familie? Ich verstehe nicht ganz."

Er drehte sie herum und fesselte ihre Hände hinter dem Rücken. „Du musst es nicht verstehen, du musst es nur ertragen."

Sie verdrehte die Augen. Die Fesseln taten weh, aber das würde sie den Mistkerl nicht wissen lassen. Ihr Blick schweifte zu dem beladenen Yak, und ihr Herz setzte einen Schlag aus. Auf seinem Rücken waren zusammengerollt Felle befestigt, und sie erkannte den königlichen Farbton des Fells eines Schneeleoparden.

„Haben Sie die Leoparden des Geldes wegen getötet?" Sie trat nach hinten aus und traf ein Schienbein. Er riss ihre Arme am Rücken nach oben. Schweiß rann ihr über die Stirn, als sie einen Schmerzensschrei unterdrückte.

„Nein." Er lehnte sich dicht an sie heran, bis sie seinen sauren Atem riechen und jedes einzelne Barthaar in seinem ledrigen Gesicht zählen konnte. „Ich habe sie deinetwegen getötet."

KAPITEL
NEUN

Schüsse. Keine Leiche.

So weit, so gut.

Die Jungs lagen ein paar Stunden hinter Dempsey zurück. Kein Grund zur Sorge. Er würde seine Zielperson einholen, einen Beobachtungsposten errichten und auf Verstärkung warten.

Dunst stieg aus seinem Mund auf, während seine Lunge nach Sauerstoff rang. Er hatte die Stelle gefunden, an der der Entführer die Lasttiere vor dem Lager angebunden hatte, und die Stelle markiert. Da er auch nachts keine Pause machte, hatte er vermutlich etwas aufgeholt, auch wenn er keine Anzeichen dafür gesehen hatte, dass der andere Mann angehalten hatte, um sich auszuruhen.

Warum hatte er Axelle als Geisel genommen? Wusste er, dass sie die Tochter des U.S. Botschafters war? *Scheiße*, Dempsey war sich nicht einmal sicher, ob der Russe sie entführt hatte, oder irgendein Sklavenhändler, der nur auf der Durchreise war.

Wer auch immer es war, er sollte eine Kostprobe der SAS-Gerechtigkeit bekommen.

Frauen gerieten oft ins Kreuzfeuer. Kugeln und Bomben machten keinen Unterschied zwischen Unschuldigen, Schuldigen,

Männern, Frauen oder Kindern. *Verdammt*, genau deshalb war er hier. Er würde Axelle in Sicherheit bringen und dabei hoffentlich auch diese Mission abschließen. Dann konnte er nach Hause fahren und die schwierige, temperamentvolle Frau und ihre wilde Hingabe für ihre Sache vergessen.

Doch was, wenn der Entführer nicht seine Zielperson war? Dann hätten sie eine Zivilistin gerettet, die zufällig die Tochter eines amerikanischen Diplomaten war. Eine Win-Win-Situation.

Er suchte den Boden permanent nach Spuren ab. An der Art, wie die Steine bewegt worden waren, war eindeutig zu erkennen, dass hier vor kurzem ein Mensch oder ein Tier oder beides vorbeigekommen war. Er blickte in den Himmel. Gewitterwolken zogen von Osten her in seine Richtung auf. Der Mistkerl würde bestimmt bald sein Lager aufschlagen. Dempsey kam an einem Fleck feuchter Erde vorbei, wo sich ein Tier erleichtert hatte – oder ein Mensch, wie er feststellte, als er den Boden nach Abdrücken absuchte. Er bemerkte, dass die Steine auf einer Strecke von etwa hundert Metern in gerader Linie ins Tal hinunter aufgewühlt waren.

Er folgte den Spuren und sah, wo Kugeln in die Erde eingeschlagen hatten – das erklärte die Schüsse, die er vor einer halben Stunde gehört hatte. Axelle hatte versucht zu fliehen. Er schüttelte den Kopf und wusste nicht, ob er von ihrem Mut beeindruckt sein oder befürchten sollte, dass sie den Schützen so sehr verärgert hatte, dass er sie erschossen hatte. Als ihm etwas Messingartiges ins Auge fiel, sprang er von seinem Pferd und steckte eine verbrauchte Patrone ein. Die Spur endete in einer Sackgasse, was darauf hindeutete, dass sie nicht entkommen war.

Dempsey machte sich wieder auf den Weg den Hang hinauf.

Die Spuren waren jetzt frischer, die Ränder der Stiefel des Entführers schärfer abgegrenzt und weniger von den Elementen zerfressen. Dempsey saß wieder auf. Er wagte es nicht, schneller als im Schritt zu gehen, da die Hufe in den engen Schluchten widerhallten. Er stieg wieder ab, bevor er über den Kamm kletterte und das nächste Tal nach Anzeichen seiner Zielperson absuchte.

In der Ferne überquerte eine kleine Karawane von Lasttieren den Kamm, und Dempsey hätte seine Dienstmedaillen darauf verwettet, dass die schwarze Gestalt, die an das letzte Tier gebunden war, eine Frau mit tiefbraunen Augen und einem sturen Kiefer war.

Die Wolken blähten sich wie wütende Segel am Himmel auf. „Du kannst weglaufen, du dreckiger alter Bastard, aber du kannst dich nicht verstecken." Nicht vor ihm. Nicht für lange.

———

Dmitri betäubte die Frau mit einer weiteren Dosis eines Beruhigungsmittels, das er aus einer Arztpraxis in Pakistan gestohlen hatte, und hievte ihren schlaffen Körper über seine Schulter, bevor er sie gegen die Höhlenwand lehnte. Er ließ sie gefesselt zurück. Magdalena hätte es nicht gutgeheißen, dass er das Mädchen so grob behandelte, doch Magdalena hätte viele Dinge nicht gutgeheißen, die er im Laufe der Jahre getan hatte.

Nicht, dass es wichtig gewesen wäre. Nicht mehr. Der Gedanke an seine Frau löste den üblichen Schmerz aus, der in ihm nachhallte und sich mit der Zeit nur verstärkte. Er hatte ihr gesagt, dass sie ihn vergessen sollte. Dass sie nach vorne blicken sollte. Doch er hatte nie eine andere Frau so angesehen, wie er sie angesehen hatte. In all den Jahren, die seitdem vergangen waren, hatte er nie eine andere Frau gewollt.

Sie hatte ihn gebeten, einen Weg zu finden, ihr Enkelkind zu retten. Und dies war der einzige Weg, den er kannte.

Dmitri zerrte die Tiere in eine große Höhle. Der Eingang war schmal, und die Höhle verengte sich hinter ihm zu einem Tunnellabyrinth. Die Decke war mit wunderschönen Stalaktiten und Mineralablagerungen verziert, die im Licht seiner Taschenlampe glitzerten.

Er hatte diese Höhlen vor über dreißig Jahren zum ersten Mal entdeckt. Die Tatsache, dass er sie nie auf einer offiziellen sowjetischen Karte verzeichnet hatte, sagte mehr über seinen rasanten Niedergang aus als über die Schlampigkeit seiner Kartographie. Er hatte keinen Zweifel daran, wer hinter der Zerstörung seiner einst so ruhmreichen Karriere bei der Vympel steckte. Er nahm ein Satellitentelefon aus seinem Rucksack und ging zum Eingang der Höhle.

Dmitri hatte im Laufe der Jahre an seinem Groll gefeilt und ihn benutzt, um anderen beizubringen, wie man sich am besten gegen die erdrückende Macht der UdSSR wehrte. Dennoch war er nicht imstande gewesen zu kontrollieren, wen diese Leute ins Visier nahmen, als die Sowjets abzogen. Er hatte für seine kleinliche Rache einen Preis bezahlt, der schlimmer war als der Tod, und das Bedauern hatte sich längst in Bitterkeit verwandelt.

Lange Jahre hatte er den Namen des Engländers nicht gekannt. Die Ironie dessen, wie viele Menschen gestorben waren, weil er dem Mann keine Kugel verpasst hatte, bevor er den Mund aufgemacht hatte, war Dmitri nicht entgangen. Dieser kleine humanitäre Fehler hatte katastrophale Nachwirkungen gehabt.

Wenn er die Zeit zurückdrehen könnte, würde er zurückgehen und ihn noch einmal töten.

Nach mehreren Jahren der Suche hatte er die Hoffnung verloren, den Mann jemals wiederzusehen. Dann, in den späten 80er Jahren, hatte er einen Nachrichtenbericht über einen Bombenanschlag auf die britische Botschaft in Rabat gesehen, in dem der *Mudak* interviewt worden war. Zuerst war er fassungslos gewesen, doch dann hatte sich seine Wut gelegt. Rache war schließlich ein Gericht, das am besten kalt serviert wurde.

Bis Dmitri ihn aufgespürt hatte und seine Pläne in die Tat umsetzen konnte, waren weitere zwölf Jahre vergangen. Er betrachtete den verstümmelten Finger an seiner linken Hand, der ihn ständig an sein Versagen erinnerte. Der Mord an dem

Engländer sollte seine letzte Gewalttat sein. Er war des Todes überdrüssig. Krank vom Töten. Er hatte seinen Finger geopfert, um den Tod dieses Bastards einzufordern und sich zur Ruhe zu setzen.

Doch es hatte nicht geklappt.

Nach dem 11. September und dem Tod seines Sohnes, den er nie zu Gesicht bekommen hatte, hatte er sich in eine abgelegene Region Chinas zurückgezogen und versucht, sich zu Tode zu saufen.

Auch das hatte nicht geklappt.

In eine Decke gehüllt saß er nun da und schaute in den Schneesturm hinaus, der plötzlich aus dem Himalaya aufgezogen war. Sich in diesen Höhlen zu verstecken war Teil seines Plans, also spielte es keine Rolle – der Sturm würde jegliche Verfolgung sogar behindern. Er wählte die Nummer und lauschte dem Freizeichen, während er die wilde Schönheit der Berge betrachtete, die rasch hinter einem Schneeschleier verschwanden.

In der Leitung knisterte es.

„Ja?" Der Anflug von Ungeduld in der Stimme des Mannes riss Dmitri den Schorf vom Herzen und ließ es erneut bluten. „Wer ist da?"

Er räusperte sich, bevor er auf Russisch sagte: „Ich frage mich, ob Sie sich an mich erinnern?"

„Volkov?" Die Stimme klang blechern, angestrengt.

„Ich fühle mich geschmeichelt."

Einen Moment lang herrschte Stille. Dmitris Herz zog sich schmerzhaft zusammen. Er konnte diesem Mann nicht vertrauen, und doch musste er ihn bitten, das zu retten, was er am meisten auf der Welt liebte. Es lief alles darauf hinaus, wer am meisten zu verlieren hatte. „Ich habe die Tochter eines amerikanischen Diplomaten im Wakhan-Korridor gefunden. Überprüfen Sie Ihre E-Mails." Er hatte veranlasst, dass sie zu einer bestimmten Zeit automatisch vom Computer der Frau gesendet wurde. Er hörte einen röchelnden Atemzug und wusste, dass er jetzt nicht mehr der Einzige war, der litt. *Gut so.* „Ich habe Anweisungen geschickt, was Sie zu tun haben. Wenn Sie sie befolgen, lasse ich sie frei – lebend."

„Großbritannien verhandelt nicht mit Terroristen." Der Spion stützte sich auf diesen sinnlosen, abgedroschenen Satz. Vielleicht wurde sein Telefon abgehört? Umso mehr ein Grund für den Spion, schnell zu kooperieren.

„Wie nobel, der britischen Linie zu folgen. Was für ein loyaler Untertan Sie doch sind. Zum Glück brauche ich nicht Ihre britischen Verbindungen, sondern Ihre russischen. Sonst hätte ich die Amerikaner angerufen."

„Was wollen Sie?"

Ihm entging das Kalkül in der Stimme des Mannes nicht. Er blickte zu der schlafenden Frau hinüber. Er hatte ihr genug Drogen gegeben, um ein Pferd zu betäuben – zu ihrem eigenen Vorteil.

„Befolgen Sie die Anweisungen. Holen Sie meine Familie aus Russland heraus, besorgen Sie meinem Enkel eine neue Leber und ermöglichen Sie ihnen ein neues, besseres Leben in Europa oder Amerika. Im Gegenzug werde ich Ihr schmutziges Geheimnis bewahren."

Es gab eine lange Pause, gefolgt von einem Schnauben. „War das alles?"

Das war alles. „Sie haben nur achtundvierzig Stunden Zeit. Wenn Sie versagen, habe ich ein dramatisches … Medienereignis arrangiert, das mir weltweite Aufmerksamkeit sichern wird, wenn ich meine Geschichte über zwei *britische* Spione erzähle, denen ich vor Jahren in Afghanistan begegnet bin."

„Woher soll ich wissen, dass Sie Ihr Wort halten, nachdem ich Ihre Familie aus Russland herausgeholt habe?"

„Ich habe es so lange gehalten, *Mudak*. Im Gegensatz zu Ihnen bin ich ein ehrenvoller Mann." Ein Rascheln ließ ihn herumfahren, sein Finger verkrampften sich um den Abzug seines Gewehrs. Die Frau war wach. Ihre braunen Augen begegneten seinem Blick, so eindringlich, als könnte sie ihm die tiefsten Geheimnisse seiner Seele entlocken.

Er wandte sich ab. Seine Geheimnisse waren das Einzige, was er noch hatte.

―――

Jonathon Boyle nippte im Büro des Chefs des MI6 in Vauxhall Cross an seinem Brandy. Ungeduldig klopfte er mit den Fingern auf das Glas. Alles drohte zu scheitern. Gerade als er im Begriff war, den größten Coup seit dem Kalten Krieg zu landen, stieg dieses Phantom aus dem Grab und bedrohte *alles*. Er musste Dmitris „Ereignis" hinauszögern, bis er der streng geheimen Abteilung von Aldermaston einen Besuch abgestattet hatte – höchstens ein paar Tage noch. Agenten durchkämmten Russland nach den Überresten von Volkovs Nachkommen, und sie würden sie finden. Sobald Volkov tot war, würde er dafür sorgen, dass jeden von ihnen das gleiche Schicksal ereilte. In der Zwischenzeit musste es zumindest so aussehen, als würde er sich an die Regeln halten. Das lebenslange Einhalten von Vorschriften begann an Jonathons Nerven zu zehren.

„Sie wollen mir also erzählen, dass Dmitri Volkov Sebastian Allworth 1979 kaltblütig erschossen hat, während Sie und er anti-sowjetisches Material in Afghanistan verteilten?" Christopher Gleesons Augen funkelten, als er mit den Fingern über die maschinengeschriebenen Seiten der alten Akte fuhr, die einer seiner Mitarbeiter schließlich in den dunklen Tiefen des Archivs ausgegraben hatte. „Was haben Sie gemacht, während er erschossen wurde?"

Jonathon stellte sein Glas ab und legte die Hände auf seine übereinandergeschlagenen Knie. „Ich bin um mein Leben gerannt." Er erschauderte demonstrativ. „Ich hatte Glück. Ich habe es bis zum Kamm geschafft und die einheimischen Führer eingeholt, die Pferde dabeihatten."

„Sie haben also eine Gruppe Vympel-Soldaten abgehängt?"
Die Augen des Direktors verengten sich ein wenig.

„Das ist *dreißig Jahre* her." Jonathon deutete auf seinen schütteren Schädel. „Lassen Sie sich von den grauen Haaren und den kurzen Beinen nicht täuschen – stellen Sie mich vor den Lauf einer Waffe, und ich würde Sie trotzdem im Hundert-Meter-Lauf schlagen."

Gleeson stöhnte.

„Es gab einen Steinschlag. Das war Ablenkung genug, um entkommen zu können." Jonathon erschauderte erneut. „Der arme Sebastian hatte nicht so viel Glück."

„Unser neuer Premierminister glaubt, sein Vater sei bei einem Flugzeugabsturz über Kaschmir ums Leben gekommen."

Jonathon nickte und nippte langsam an seinem Getränk. Er versuchte, die Sanftheit des teuren Brandys zu genießen und ignorierte das Sodbrennen, das unweigerlich folgen würde. Das Alter war nichts für Weicheier. Vielleicht war Sebastian der glücklichere von beiden.

„Und jetzt ist Volkov wieder aufgetaucht, nur wenige Wochen nachdem David Allworth zum Premierminister gewählt wurde? Das scheint ein merkwürdiger Zufall zu sein." Gleeson schürzte die Lippen. „Ihnen ist natürlich bewusst, dass es Leute gibt, die nach ihm suchen?"

Jonathon hob ein hängendes Augenlid. „Sie wissen nicht, welche Bedrohung er für die nationale Sicherheit Großbritanniens darstellt."

„Wissen Sie, wo er ist?" Gleeson beobachtete ihn aufmerksam.

Seine Nasenflügel blähten sich auf. „Wenn ich wüsste, wo er ist, bräuchte ich Sie nicht", erwiderte er.

Gleeson lachte. „Haben Sie immer noch Verbindungen zu den unschicklichen Seiten des Außenministeriums?"

Ein dünnlippiges Lächeln breitete sich auf Jonathons Gesicht aus. „Tun Sie nicht so, als wären alle im SIS gesetzestreue Bürger, Herr Direktor." Er kniff die Augen zusammen. „Wir sind beide schon zu lange dabei, um uns einer solch absurden Doppelmoral zu bedienen."

Gleeson hielt seinem Blick stand. „Warum haben Sie nicht hier gearbeitet statt für das diplomatische Korps?"

Jonathon schwenkte die goldene Flüssigkeit in dem schweren Kristallglas. „Ich gebe zu, dass ich die Annehmlichkeiten im Leben vorziehe – außerdem hatte ich zu der Zeit eine Familie." Er legte die Stirn in Falten. „Der Punkt ist, wenn der SAS diesen Russen lebendig fängt und wir den Bastard vor Gericht stellen, bringt das unseren Premierminister in eine äußerst unangenehme Lage."

„Wenn er aber tot ist, kann niemand den Premierminister beschuldigen, einen persönlichen Rachefeldzug zu führen."

„Genau, denn niemand wird wissen, dass es überhaupt einen Grund für eine Racheaktion gibt." Jonathon nickte. „Solange Allworth nicht weiß, wie sein Vater gestorben ist, kann er seine gerechte Empörung aufrechterhalten, denn wie wir beide wissen …"

„… kann Allworth absolut nicht schauspielern." Gleeson gluckste.

„Wie er jemals Premierminister werden konnte, ist mir ein Rätsel. Der Mann ist viel zu ehrlich." Jonathon kippte den Rest seines Branntweins hinunter und stand auf. David Allworth war ein weichherziger Idealist. Ob sich das ändern würde, wenn er erfuhr, dass seinem Vater in den Rücken geschossen worden war? Es war immer interessant, Menschen gegen ihre eigenen Prinzipien aufzubringen.

Gleeson lehnte sich in seinem Ledersessel zurück und rieb sich einen Kiefer, der eine Begegnung mit einem Rasiermesser dringend nötig hatte. „Ich bin mir nicht sicher, ob der SAS einen Auftrag für ein Attentat annimmt."

„Nehmen sie denn keine Befehle von Ihnen entgegen?"

Gleeson blickte auf seinen Schreibtisch hinunter. „Schön wär's."

Jonathon wusste, dass der Mann die E-Staffel nutzen konnte,

wenn er wollte. Plausible Bestreitbarkeit. Geheimoperationen. Die Frage war nur, ob er sie gegen ihre eigenen im Einsatz befindlichen SAS-Soldaten antreten lassen und einen Zwischenfall durch Eigenbeschuss riskieren würde.

Mit der Moral war das so eine Sache.

Jonathon hatte sein ganzes Leben Moskau gewidmet. *Er* würde nicht zögern, nur weil niemand sonst wusste, wie man Opfer brachte. „Was ist mit diesen bewaffneten Drohnen?"

„Selbst *wenn* wir mit Sicherheit wüssten, wo er sich befindet, haben wir wichtigere Ziele, auf die wir uns konzentrieren müssen." Gleeson zog eine Augenbraue hoch.

„Wichtiger als der Mann, der den Vater unseres Premierministers getötet und militante Islamisten in der Kunst der Sprengstoffbenutzung unterrichtet hat?" Jonathon schenkte ihm ein hämisches Lächeln. „Wenn Sie meinen." Er zog seine Jacke an. „Wie auch immer, ich habe meine Pflicht getan. Ich lege die Entscheidung in Ihre fähigen Hände, denn die ganze Sache fällt immer noch unter das Amtsgeheimnis."

Gleeson neigte den Kopf, und Jonathon verließ das Gebäude und wünschte sich nicht zum ersten Mal, er wäre nicht als Patriot geboren worden.

Der Schneesturm schlug ihm ins Gesicht wie ein C-130-Transporter. Er hielt an und zog sich mehrere Schichten Kleidung über, darunter seine weiße Schneeausrüstung. Er hielt sein Pferd gut fest, denn es war erschrocken, als der Wind aufgefrischt hatte. Die Spuren waren verwischt, und er wusste, dass sein Trupp Deckung suchen musste.

Es war so kalt, dass die Luft, die in seine Lungen kroch, das weiche Gewebe verbrannte. Dempsey kämpfte sich weiter vor, er musste sich und das Pferd vor den Elementen in Sicherheit bringen, bevor sie noch von einer Klippe stürzten. Er schirmte sein Gesicht gegen den Sturm ab und erstarrte, als er eine Bewegung zu seiner Rechten wahrnahm. Für den Bruchteil einer Sekunde sah er eine Fata Morgana des großen schlanken Mannes, den sie schon seit Tagen verfolgten. Ein Schwall waagerechter Flocken verdeckte seine Sicht, bevor sie sich wieder lichtete und die Gestalt verschwunden war. Er strengte seine Augen an. Da war ein schmaler Spalt in der Bergflanke – ein Spalt, in dem kurz zuvor noch jemand gestanden hatte.

Heilige Scheiße. Er holte sein GPS-Gerät heraus und gab die Koordinaten für seinen Standpunkt ein, ebenso wie eine Schätzung der Position der Höhle, dann zog er das Pferd weiter, dankbar für die rauchige Färbung des Wallachs, die im Schneesturm kaum zu sehen war, und den heulenden Wind, der ihre Spuren in die Vergessenheit blies. Er umrundete einen zerklüfteten Felsblock, wobei seine Stiefel auf der glatten Oberfläche ausrutschten, und entdeckte eine weitere Öffnung in der Felswand, die groß genug war, damit er und das Pferd sich hineinzwängen konnten. Etwas knirschte unter seinem Stiefel, und er blickte nach unten. Auf dem Boden lagen helle Knochensplitter verstreut. Die Nüstern des Pferdes blähten sich auf.

„Ganz ruhig, Kumpel, entspann dich." Dempsey strich mit der Hand über die weiche Nase des Tieres, bis es sich etwas beruhigt hatte. Im Halbdunkel sah er weitere Knochen und Fellfetzen. Ihm entging Ironie nicht, dass er ausgerechnet in der Höhle eines Schneeleoparden gelandet war.

Er kickte die Knochen beiseite und ging ein Stück weiter in die Höhle hinein, damit sich seine Augen an die Dunkelheit gewöhnen konnten. Die Höhle schien leer und unbewohnt zu sein. Vielleicht gehörte sie einem der armen Tiere, die der Russe erschossen hatte.

Er löste den Gurt, nahm dem Pferd den Sattel vom Rücken und trug ihn zum Eingang der Höhle, wo der Schneesturm ihm erneut ins Gesicht peitschte. Seine Ohren schmerzten. Er warf den Sattel und seinen Bergen-Rucksack auf den Boden und holte das

Satellitentelefon heraus. Er versuchte es zuerst mit dem PRR, bekam aber nur ein Rauschen. Der Rest des Teams war meilenweit entfernt, bei dieser Witterung vielleicht sogar Tage. Er war auf sich allein gestellt.

Seine Gedanken kreisten um Axelle. Ob sie Angst hatte? Natürlich hatte sie Angst. *Scheiße, sie war in einer Höhle!* Das war ihr schlimmster Albtraum – ganz zu schweigen davon, dass sie entführt worden war. Wut kochte in ihm hoch, und er zwang sich, nicht an sie zu denken. Er würde sie da rausholen. Er würde sie retten und den alten Bastard fangen, der sie seit Tagen im Kreis laufen ließ.

Er wählte die Nummer der Zentrale in London und war überrascht, dass er direkt mit dem Chef des Regiments verbunden wurde.

„Sie haben eine bestätigte Sichtung Ihrer Zielperson, Alpha Alpha One Nine?"

„Ja, Sir, in einer Höhle ein paar hundert Meter von dieser Position entfernt. Wir sind von einem starken Schneesturm überrascht worden." Er übermittelte die Koordinaten der Höhle und seine aktuelle Position.

„Also wird er wahrscheinlich ein paar Stunden dortbleiben?"

„Mit einer weiblichen Geisel, Sir." Die eisige Luft, die in die Höhle peitschte, kühlte seine Wut nicht ab. „Er wird hier festsitzen, solange der Schneesturm anhält und vielleicht noch eine Weile danach, je nachdem, wie viel Schnee fällt."

„Gute Arbeit, Alpha Alpha One Nine. Warten Sie auf weitere Befehle. Over."

Verdammt.

Dempsey starrte auf das Telefon. Er saß in einer Höhle fest, nur wenige Meter von seinem Ziel entfernt, und hatte keine Ahnung, ob Axelle vergewaltigt und gefoltert wurde oder ob sie überhaupt noch am Leben war. Ihm gefielen diese Bilder in seinem Kopf nicht.

Allerdings hatte er keine Ahnung, wie viele Leute daran beteiligt waren oder wie groß das Höhlensystem war. Wenn er allein handelte, könnten sie beide schnell den Tod finden. Was, wenn Volkov ihm wieder entkam?

Es konnte Wochen, wenn nicht Monate dauern, einen Mann in diesem schwierigen Terrain zu finden. Zuviel Zeit, die Dempsey nicht ohne die Männer seiner Truppe verbringen wollte. Zeit, die Terroristen nutzen könnten, um Marktplätze und Schulen in die Luft zu jagen. Das Bild seiner Schwester, deren Hand er fest umklammert hielt, schoss ihm durch den Kopf. Siobhan Dempsey wäre eine schöne Frau, wenn sie noch am Leben wäre. Sie hätte sich für den Frieden eingesetzt und vielleicht sogar seine Familie dazu gebracht, ihren tief verwurzelten Hass aufzugeben.

Dempsey verdrängte die Bilder aus seinem Kopf. Die Erinnerungen an seine Schwester wurden immer wach, wenn er in den Bergen war. Vielleicht war er ihrem Gott hier oben näher. Vielleicht waren es aber auch die Auswirkungen des Sauerstoffmangels auf sein Gehirn.

Er hatte genug von dem Gott und der Religion, die Generationen von Menschen auseinandergerissen hatten. Er hatte genug von Familien, die mordeten und dann den Behörden die Schuld an all dem Blutvergießen und der Gewalt zuschoben. Er hatte genug von allem, außer dem Versuch, zu verhindern, dass der Schwester oder Tochter eines anderen dasselbe passierte – Menschen wie Axelle, die versuchten, Schneeleoparden zu helfen.

Er legte das Telefon weg und erkundete den hinteren Teil der Höhle, traf aber auf eine Sackgasse. Seine Finger waren zu kalt, um sein Gewehr zu greifen, also wärmte er sie, indem er in seine Faust pustete. Dann stützte er seinen Karabiner an der Wand ab und begann mit einer Reihe von Sprüngen und Laufübungen, um den Blutkreislauf anzuregen, während er seinen nächsten Schritt plante. Er gab dem Pferd zu trinken und fütterte es mit einem Stück Fladenbrot, das er in seinem Rucksack hatte. Anschließend holte er einige Vorräte heraus und nahm einen Schluck Wasser, bevor er anfing, Blendgranaten und Ersatzmunition in sein Gurtzeug zu stecken.

Vermutlich wollte der Russe Axelle aus einem bestimmten

Grund und würde sie am Leben lassen, bis er dieses Ziel erreicht hatte. Was nicht bedeutete, dass sie nicht verletzt werden konnte. *Verdammt.* Dempsey schluckte und beobachtete den Eingang. Die IRA hatte immer behauptet, sie wollten die britische Herrschaft und Besatzung beenden, aber sein Vater war von purem Hass getrieben gewesen. Dempsey wusste nicht, was einen russischen Elitesoldaten dazu bewogen hatte, zu den Dschihadisten überzulaufen und sich ihnen anzuschließen. Geld? Rache? Soziales Gewissen? Manche sagten, er hätte sein Heimatland und seine Familie verraten ... Die Parallele zu Dempseys eigenem Leben erschreckte ihn, doch damit endeten die Ähnlichkeiten auch schon. Dempsey war kein seelenloser Zerstörer. Sicher, er erschoss böse Jungs. Wer eine Waffe in die Hand nahm, wurde zu Freiwild. Aber Zivilisten? Kinder? Junge Frauen? Auf keinen Fall. Auf gar keinen Fall.

Aber die Dinge waren nie nur schwarz-weiß, und niemand wusste das besser als er.

Sein Vater hatte drei Finger verloren und mehr als zweihundert Menschen mit seinen sogenannten Fähigkeiten getötet. Dennoch konnte sich Dempsey an einige der schönsten Momente seines Lebens erinnern, als er mit demselben Mann an den Stränden bei Wicklow Sandburgen gebaut hatte. Er war mit Semtex und ArmaLite-Gewehren in der Speisekammer aufgewachsen, und als kleines Kind war er von der Idee begeistert gewesen, gegen die Briten zu kämpfen. Als er älter geworden war, hatte er jedoch miterlebt, wie der Hass seines Vaters das Leben seiner älteren Brüder zerstört hatte.

Nach dem Tod seiner Schwester hatte er seiner Familie den Rücken gekehrt und Rache genommen, indem er sich der am meisten verachteten Gruppe von Soldaten in der Provinz anschloss. Er war nie wieder nach Hause zurückgekehrt. Er hatte nie wieder mit seinen Angehörigen gesprochen. Seinen Bruder Declan hatte er einmal gesehen, als er auf Patrouille in Crossmaglen unterwegs gewesen war. Der Hass, der in den Augen seines Bruders loderte, hatte ihm gesagt, dass er keine Vergebung erwarten durfte. An einem belebten Markttag Einkäufer dezimieren – ja, gut. Aber sich dem Feind anschließen? Tot war man besser dran.

Dempsey war das egal. Scheißegal. Er würde alles tun, was nötig war, um die Gewalt zu stoppen, und so viel seiner eigenen Kraft wie nötig gegen jeden anwenden, der sich ihm in den Weg stellte.

Er hörte auf zu trainieren, als ihm warm wurde, und stützte sich mit der Hand an der Wand ab. Das war das Mindeste, was er tun konnte, um die Rechnung für seine beschissenen Verwandten zu begleichen.

Er schüttelte die Vergangenheit ab. Daran zu denken, brachte nichts. Er war wegen Dmitri Volkov hier, der Dempsey eine Frau vor der Nase weggeschnappt hatte, die ihm etwas bedeutete.

Der Russe war nach dem 11. September von der terroristischen Landkarte verschwunden, aber das bedeutete nicht, dass er keine niederträchtigen Freunde hatte. In der nächsten Höhle könnte es von al-Qaida- und Taliban-Kämpfern nur so wimmeln. Dempsey überprüfte die Kammer seines Karabiners. Er beschloss, dass es an der Zeit war, ein wenig Aufklärungsarbeit zu leisten.

———

Langsam öffnete sie die Augen, ihre Lider waren verkrustet und schmerzten. Ihre Zunge fuhr über die Innenseite ihres Mundes, auf der Suche nach Feuchtigkeit, und fand stattdessen Fell. Sie erkannte das gewölbte Dach über ihrem Kopf und die riesigen Felsen, und ihre Knochen begannen zu beben, während Schweiß jeden Zentimeter ihrer Haut durchtränkte. Erinnerungen prasselten auf sie ein. Das Dröhnen der Detonation, die gewaltige Wucht der Druckwelle, das Zittern der Wände, als das Gebäude einzustürzen begann. Es hatte keine Möglichkeit für eine Flucht gegeben.

Sie kniff ihre Augen zusammen und wünschte sich, sie wäre nie aufgewacht. Aber dann wäre sie tot und der böse alte Mann hätte gewonnen. Sie zwang sich, die Augen wieder zu öffnen und hielt nach ihm Ausschau. Da – ein Schatten in der Ecke, zusammengekauert über einem kleinen Feuer.

Ein scharfer Schmerz flammte zwischen ihren Schultern auf, und ein leichtes Hämmern setzte sich tief in ihrem Schädel fest. Sie schluckte ihre Angst hinunter. Sie würde nicht vor diesem gemeinen Mistkerl durchdrehen. Sie verdrängte das Entsetzen und die lähmende Panik in den hintersten Winkel ihres Gehirns und konzentrierte sich darauf, wie zum Teufel sie hier wieder herauskommen konnte. Ihre Handgelenke und Knöchel waren gefesselt. Ihre Finger brannten vor Kälte, und sie sorgte dafür, dass das Blut weiter floss, indem sie alle paar Sekunden ihre Finger und Zehen bewegte.

Er blickte zu ihr hinüber und stand auf.

Ein heftiger Windstoß schob eine Schneewehe ins Innere der Höhle, und ihr wurde klar, dass sie von einem Schneesturm heimgesucht worden waren. Sie könnten hier tagelang festsitzen. Bei diesem Gedanken schossen Krallen in ihrem Inneren hervor und bohrten sich in ihre Eingeweide.

Nach allem, was sie gehört hatte, als sie kurz aus ihrem Drogenrausch aufgewacht war, versuchte der Mann, jemanden zu erpressen, vermutlich ihren Vater. Doch die Chance, dass sie freigelassen wurde, bevor man sie missbrauchte und ihre Leiche entsorgte, stand ihrer Einschätzung nach nicht sonderlich gut. Sie konnte nicht darauf hoffen, von Dempseys Soldaten gerettet zu werden, denn wer wusste schon, wann sie ins Lager zurückgekehrt waren – und in diesem Schneesturm würden sie keine Spuren finden und nicht wissen, wohin sie gebracht worden war.

Sie war auf sich allein gestellt.

Der Schmerz der Verzweiflung verdichtete sich zur Entschlossenheit. Sie verkrampfte sich, als er mit einem Blechbecher und einer Handvoll Dörrfleisch auf sie zukam und ihn neben ihr auf den Boden warf.

„Ich kann nicht essen, wenn Sie mich nicht losbinden." Sie verbarg ihre Wut, indem sie den Blick gesenkt hielt.

Er lachte. „Du *musst* nicht essen." Er hielt ihr den Becher an die Lippen und zwang sie, einen Schluck des gesalzenen grünen Tees zu nehmen. Dann hielt er ihr mit seinen schmutzigen Fingern ein Stück Dörrfleisch an die Lippen.

Seine Augen begegneten ihrem herausfordernden Blick, und seine Brauen hoben sich. Wollte sie leben? Was würde sie tun, um zu überleben? Ihr Herz pochte laut in ihren Ohren. Dieser Dreckskerl hatte ihre Leoparden getötet und sie entführt.

Hass regte sich, als sie seinen Blick festhielt. Seine Augen waren düster. Nicht nur kalt – leer. Sie öffnete ihren Mund, und er fütterte sie, langsam, geduldig. Als wäre sie ein Vieh.

Sie kaute und schluckte, und innerlich lächelte sie. Dies war nicht sein Sieg, es war ihrer. Sie brauchte Nahrung, um zu entkommen. Aufgeben kam nicht in Frage. *Denk nicht an die tausenden Tonnen Felsen über deinem Kopf, oder an den ekelhaften, verachtenswerten alten Mann. Denk an die Flucht.*

Nachdem er sie mit zwei Brocken Trockenfleisch gefüttert hatte, nickte er zufrieden und ging wieder weg.

Sie blickte sich um, während sie mechanisch auf dem zähen Dörrfleisch herumkaute. Der Höhleneingang schnitt durch den Berg, als wäre er mit einem Messer aufgeschlitzt worden. Wenigstens drang Tageslicht in die Höhle. Sie glaubte nicht, dass sie sonst hier sitzen könnte, ohne zu schreien.

Der Mann begann, die Lasttiere zu füttern. Dampf stieg von ihren Rücken auf, was die feuchte Höhle etwas erwärmte. Sie befand sich in einem Zwiespalt zwischen der Panik in ihrem Inneren und den eisigen Temperaturen, die von außen auf sie eindrangen. Obwohl die Angst ihre Poren öffnete und der Schweiß ihren Rücken wärmte, zitterte sie in der Kälte des eisigen Schneesturms. Während sie den Mann aus den Augenwinkeln beobachtete, versuchte sie, mit ihren Händen den Blutkreislauf in Schwung zu halten. Das Satellitentelefon lag in der Nähe des Eingangs. Wie könnte sie es erreichen? Als er ihren Blick bemerkte, schritt er durch die Höhle, schnappte sich das Telefon und legte es neben den Yak. Feindseligkeit drang in ihren Blick.

Der Mann richtete sich zu seiner vollen Größe vor ihr auf und lächelte. „Jetzt verstehst du langsam."

Bitterkeit kroch in ihre Knochen. Sie verstand sehr wohl.

„Wer sind Sie?", krächzte sie.

Er kaute auf seinem Fleisch herum und spuckte Knorpel auf den Boden. „Mein Name ist Dmitri Volkov."

„Sie sind Russe?"

Er nickte.

„Warum haben Sie die Schneeleoparden erschossen?" Ihr Kummer über die Leoparden hatte eine neue Dimension erreicht. Sie waren ihretwegen gestorben.

„Das habe ich dir schon gesagt."

„Sagen Sie es mir noch einmal", schrie sie. „Ich wäre doch im Sommer sowieso wieder da gewesen. Sie hätten sie nicht umbringen müssen."

„So lange konnte ich nicht warten."

„Warum nicht –"

„Sei still."

Sie war noch nie ein großer Fan davon gewesen, gesagt zu bekommen, was sie tun sollte, und nahm an, dass sie sowieso sterben würde. „Leck mich doch." Die Motivation, zu kooperieren, verpuffte. Sie drückte sich gegen die Wand und rappelte sich unsicher auf. Nadelstiche durchbohrten sie, aber sie ignorierte den Schmerz.

Der Russe starrte sie an. „Setz dich hin."

„Warum? Haben Sie Angst, dass ich in den Sturm laufe?", erwiderte sie angewidert. „Ich bin doch nicht verrückt."

„Alle Amerikaner sind verrückt."

„Sie etwa nicht?"

Er grunzte, drehte ihr den Rücken zu und fummelte an den Rucksäcken herum.

„Sie werden die Felle verkaufen, nicht wahr?" Hier ging es nicht nur um sie. Es ging um Geld und die Gier dieses Mannes.

Diese Erkenntnis verringerte die Schuldgefühle etwas. Aber die Leoparden waren trotzdem tot.

Sie zerrte an ihren Fesseln und lockerte die Knoten, während sie versuchte, sich zu wärmen und in Bewegung zu bleiben. Sie verlor das Gleichgewicht und landete auf ihrem Kinn. Der Russe grinste.

Bastard. Sie rollte sich auf die Seite und begann, mit ihren Armen über ihre Beine zu reiben, während sie heimlich versuchte, das Seil, mit dem ihre Knöchel gefesselt waren, zu lockern.

„Sagen Sie mir jetzt, was Sie wollen?", fragte sie.

In seinen Augen blitzte erst Güte und dann Unbarmherzigkeit auf. Dann erlosch das Licht. Er erschlaffte. „Ich versuche, meinen Enkel aus Russland herauszuholen, weil er schwer krank ist."

Ja, klar. „Die meisten Leute versuchen es mit Wohltätigkeit, bevor sie zu einer Entführung greifen."

„Nicht die Leute, die ich kenne." Sein Lachen war wie ein kalter Lufthauch. Sein Blick durchbohrte ihr Herz wie ein Eiszapfen. Sie glaubte nicht, dass sie jemals wieder auftauen würde.

„Was ist mit ihm?" Es war wichtig, eine Beziehung zu seinen Entführern aufzubauen. Das hatte sie im Grundkurs für Kinder von Diplomaten gelernt.

„Seine Leber funktioniert nicht." Seine Finger hielten inne. „Niemand will mir helfen, nicht nach dem, was ich getan habe." Er klang, als würde er Abscheu vor sich selbst empfinden. „Meine Familie ist unschuldig, aber ich bin es nicht."

„Haben Sie nicht an sie gedacht, bevor Sie mit alledem angefangen haben?" Sie wusste nicht einmal, was er verbrochen hatte. Sie hatte angenommen, dass er ein Terrorist war, weil die Soldaten hinter ihm her waren, aber soweit sie wusste, könnte er auch ein Serienmörder sein. Bei diesem Gedanken kroch ein Schauer über ihre Haut.

„Du bist zu jung, um zu wissen, wie eine einfache Entscheidung ein Leben verändern kann."

„Sie verwechseln Alter mit Erfahrung." Sie senkte ihr Kinn und unterdrückte die Tränen, die ihr plötzlich in die Augen stiegen. Sie wusste genau, wie flüchtige Entscheidungen das Leben verändern konnten. Ihr Mann war tot. Ihre Mutter war tot. Ihr Vater entfremdet. Ihr Lebenswerk zusammengerollt auf dem Rücken seines verdammten Yaks. Sie wusste genau, wie eine Entscheidung jeden Aspekt des Lebens beeinflussen konnte.

Er musterte ihr Gesicht. „Du weißt es vielleicht." Er wandte sich ab und fummelte an etwas auf dem Boden herum. „Ich war so naiv zu glauben, ich würde den Menschen helfen, sich von ihren Unterdrückern zu befreien. Doch wie sich herausstellte, habe ich den Leuten nur beigebracht, wie man besser tötet."

„Warum haben Sie das getan?" Sie reckte ihren Hals, um zu sehen, was er tat.

In seinen Augen funkelte eine Mischung aus Schmerz und Belustigung. „Das würdest du nicht verstehen."

„Vielleicht ja doch."

„Ich war wütend. Wütende Männer machen Fehler."

„Ich denke, Sie haben einen weiteren gemacht, indem Sie mich entführt haben."

„Manche Dinge lassen sich nicht ändern, andere…" Er zuckte mit den Schultern, und durch die Bewegung erhaschte sie endlich einen Blick auf das, was er tat, und Schrecken durchfuhr ihren Körper und umklammerte ihre Kehle. Päckchen aus Plastiksprengstoff lagen fein säuberlich aufgereiht auf dem Boden, und er schob sie vorsichtig in die Taschen einer Weste. Sie begann so stark zu zittern, dass ihre Zähne klapperten. *Nein.*

Ihre Knie schrammten über den Boden, als sie auf ihn zukroch. Der Fels riss ihre Haut auf, doch sie hielt nicht an.

Bis er ihr den Lauf ihrer eigenen Glock an die Stirn hielt.

„Ob du es glaubst oder nicht, ich will dich nicht umbringen." Sein Atem bewegte ihr Haar. „Aber wenn jemand sterben muss, ist es nur angemessen, dass du es bist."

Warum? Axelle wollte die Waffe wegschlagen. Aber sie wusste, dass er sie töten würde. Eine weitere Untat würde sein Gewissen nicht allzu sehr belasten.

Furcht lief ihr über den Rücken, und sie bemühte sich angestrengt, die Tränen zurückzuhalten. „Sie sind ein Monster."

Das Licht in seinen Augen war dumpf wie eine Eisschicht, sein Bedauern so alt wie ein Gletscher. „Ja. Ja, das bin ich."

———

Sowjetunion, September 1979

DMITRI DREHTE SICH UM UND STARRTE AN DIE DECKE DES SCHLAFZIMMERS IM BAUERNHAUS. Seine Frau strich über seine warmen Bauchmuskeln, über seine glatte Brust.

„Geh nicht zurück, Dmitri."

Er lachte und küsste ihren Handrücken. „Dann würde ich wegen Fahnenflucht erschossen werden. Und das würdest du doch nicht wollen, oder, *Moya Golubushka*?" Seine Augen leuchteten, als sie ihren Kopf von der Bettdecke hob.

„Ich würde es wollen, wenn es bedeutet, dass du hierbleibst, bei mir", murmelte sie. Sie rückte näher an ihn heran, legte ihre Wange an sein Herz, und ihre langen Beine verschlangen sich in stillem Flehen mit seinen. „Wir könnten noch ein Baby machen." Sie knabberte an seinem Ohrläppchen, und er spürte, wie Lust in ihm aufloderte. Er brauchte sie wieder.

Er drehte sie auf den Rücken und drang mit einem einzigen sanften Stoß in sie ein. Er stützte sich auf die Ellbogen und strich ihr die Haare aus dem Gesicht. In den Tiefen ihrer Augen sah er brennende Leidenschaft, gemischt mit Sorge. Er stieß tiefer in sie hinein und beobachtete, wie sich ihr Blick veränderte. Er wollte nicht, dass sie sich Sorgen machte. Er wollte, dass sie sich wertgeschätzt und sicher fühlte. Als er sie auf sich rollte, fiel ihr dunkles

Haar wie Seide über ihre Schultern und bedeckte die rosa Spitzen ihrer Brüste.

„Du bist so schön", flüsterte er und legte seine schwielige Handfläche an ihre Wange.

„Bleib bei mir", flehte sie.

Tränen trübten seine Sicht. Seine Stimme zitterte. „Ich kann nicht." Er strich mit seinen Händen über ihren Bauch. „Ich bete, dass du schwanger bist und dass dieses Mal –"

„Pst." Sie drückte ihren Finger auf seine Lippen. „Dieses Mal wird es gut gehen. Diesmal werden wir einen guten Sohn großziehen, der genauso schön und mutig sein wird wie sein Papa." Sie schob ihren Finger zwischen seine Zähne und strich über seine Zunge. Er stöhnte.

Feuer und Leidenschaft brannten in seinen Adern. Dunkle, fast schwarze Augen sahen ihn an, als sie ihn über den Rand des Abgrunds führte. Seine Frau. Seine Geliebte. Sein Herz. Er wartete, bis sie aufschrie, bevor er sich gehen ließ. Magdalena. Sein eigener Stern. Sein Grund zum Leben.

Wie hatte er nur so viel Glück haben können?

„Du bist mein Herz, mein Blut, der Grund, warum ich atme."

„Vergiss nicht, zu mir nach Hause zurückzukommen." Ihre Augen wurden wieder traurig.

„Ich werde immer bei dir sein, Magdalena." Er drückte seine Hand auf ihr Herz. „Immer."

KAPITEL ZEHN

Das Satellitentelefon rauschte.

„Alpha Alpha One Nine, bitte melden."

Er griff zum Hörer „Alpha Alpha One Nine. Over."

„Sie müssen sich in eine sichere Zone begeben. Over."

Dempsey runzelte die Stirn. „Es befindet sich eine zivile Geisel im Gebiet –"

„Ihr Befehl lautet, das Gebiet sofort zu evakuieren, Alpha Alpha One Nine. Over."

Er schnappte sich seinen Rucksack, sattelte das Pferd und führte das Tier zum Eingang der Höhle. Der Schneefall hatte zwar etwas nachgelassen, dennoch rieselten noch immer Flocken in einem grauen Schleier vom Himmel. Er musste hier raus, denn diese Befehle bedeuteten, dass der sichere Tod auf dem Weg war. Er blickte in Richtung der Höhle.

Axelle war in Lebensgefahr.

Vielleicht war sie sogar schon tot.

Er schluckte das Bild hinunter. *Steig auf das Pferd und reite los.* Er wurde nicht dafür bezahlt, wichtige Entscheidungen zu treffen. Männer mit seinem genetischen Erbe konnten es sich nicht leisten, Befehle zu missachten, ohne ernsthafte Konsequenzen zu riskieren. Männer wie er taten, was man ihnen sagte, oder sie wurden mit RTUs belegt. Er stellte seinen Fuß in den Steigbügel und blickte in den grauen, bedeckten Himmel, als in der Ferne das schwache Geräusch eines Motors ertönte.

Scheiß drauf.

Er ließ das Pferd los und preschte durch die hüfthohen Verwehungen. Die Hitze schoss durch seine Muskeln, als er sich durch den lähmenden Pulverschnee kämpfte. Er schlitterte und rutschte über die unebenen Flächen, kletterte über Felsbrocken und betete, dass er in seiner Eile keine Lawine auslöste. Es blieb keine Zeit, sich von den Wetterverhältnissen aufhalten zu lassen, das Motorengeräusch war lauter geworden.

Als er um die Ecke bog, sah er den schmalen Höhleneingang vor sich. So viel zu Tarnung und List. Er näherte sich von der Seite, musste aber mit dem Feingefühl eines Vierjährigen, der Schneeengel macht, durch den Schnee stapfen. Sein Atem stieg in weißen Wolken in die Luft, und seine Lunge schmerzte. Er holte zwei Blendgranaten heraus, zog den Stift und warf sie hinein. Dann nahm er seine Diemaco und ging in tiefer Hocke durch den Höhleneingang. Seine Augen tränten vom beißenden Rauch. Die Pferde tänzelten beim Eingang der Höhle herum, und eines fiel fast auf ihn, als es schwankte. Der Yak drehte sich verwirrt im Kreis. Doch da war keine Schar von militanten Kämpfern, sondern nur ein einsamer kämpferischer Feind. Der Russe holte mit seinem Gewehr aus, aber Dempsey schoss ihm in die Hand, bevor er dem Mann zwei weitere Kugeln in den Rumpf verpasste.

Einer der meistgesuchten Terroristen der Welt fiel regungslos zu Boden.

Dempsey hatte keine Zeit zu prüfen, ob er tot war. Stattdessen schnappte er sich das Gewehr des Russen und rannte zu Axelle, die geknebelt und in eine Decke gehüllt an der Höhlenwand lehnte. Ihre Augen waren vor Angst so weit aufgerissen, dass er das Weiß um ihre Iris herum sehen konnte. Ihr sonst so schönes Haar war schweißnass. Er zog die Decke weg.

Und ihm fiel die Kinnlade herunter.

Das hatte ihm noch gefehlt.

Er löste ihre Hand- und Fußfesseln, während er die Sprengstoffweste untersuchte. Normalerweise würde er das Bombenentschärfungskommando herbeirufen, aber das hier war alles andere als normal. Er zerrte sie auf die Beine, und sie schwankte unsicher. Dann überprüfte er das Klebeband an ihren Lippen auf Sprengstoffdrähte und riss es ab.

„Geht es Ihnen gut?" Eine dumme Frage, aber sie nickte trotzdem. Er drehte sie um, um sich die Weste anzusehen.

Sie zitterte wie Espenlaub.

„Hat er das mit einer Sprengfalle versehen?", fragte Dempsey.

„Er hat mir gesagt, sie würde explodieren, wenn ich versuche, sie abzunehmen."

Natürlich hatte er ihr das gesagt, um sie ruhig zu stellen, ohne sie ununterbrochen bewachen zu müssen. Es gab keine Möglichkeit herauszufinden, ob es stimmte, ohne die Verkabelung im Detail zu untersuchen, und dafür hatte er keine Zeit, *verdammt*.

„Wir müssen los." Er griff nach ihrem Arm, um sie mit sich zu ziehen, aber sie sträubte sich.

„*Befreien* Sie mich von diesem Ding!"

„Wir haben keine Zeit."

Doch sie rührte sich nicht von der Stelle, obwohl sie Höhlen hasste. Dempsey ließ seinen Blick schnell über die einfache Konstruktion schweifen. Okay. Er nahm einen tiefen Atemzug. *Scheiße*, er war mit diesem Zeug aufgewachsen – so kompliziert war das nicht. Gab es Schutzmaßnahmen gegen unbefugte Eingriffe? Er konnte keine erkennen, und es machte keinen Sinn, dass der alte Mann sich die Mühe machte, wenn er sie vermutlich immer noch durch die Berge zum Zielort bringen musste.

Dempsey zog sein Multifunktionswerkzeug hervor und wollte gerade das Kabel durchtrennen, als sie mit zitternden Fingern seine Hand ergriff.

„Wissen Sie, was Sie da tun?"

Sie hielt ihn immer noch für einen Idioten. Jetzt wäre ein fantastischer Zeitpunkt, um sie vom Gegenteil zu überzeugen.

„Ich schätze, das werden wir gleich herausfinden." Er beugte sich vor und beobachtete, wie noch etwas anderes als Entsetzen in ihren Augen aufblitzte, als er sie küsste – nur für den Fall, dass dies ihr letzter Moment auf Erden war. Ihre Lippen waren rau und trocken von der Kälte, aber gleichzeitig auch unglaublich süß. Nach einem Moment der Überraschung wurden sie unter seinen eigenen Lippen weicher. Er hielt ihren Blick fest, und es entstand ein Band zwischen ihnen, das nichts mit der Situation zu tun hatte, in der sie sich befanden. Es war eine Verbindung voller Möglichkeiten und Wunder und der blendenden Erkenntnis, dass dies nicht die schlechteste Art wäre, zu sterben.

Er schnitt den Draht durch, und sie atmeten beide erleichtert auf, als nichts passierte. Anschließend half er ihr schnell aus der Weste. Dann bebte der Boden, und der Rest der Tiere stürzte durch den Eingang hinaus.

Axelle kreischte, als die erste Bombe ihr Ziel verfehlte, aber einen Steinregen auf ihre Köpfe niederprasseln ließ. Ihre Finger umklammerten sein Hemd. „Was zum Teufel ist das?"

„Ich tippe auf ein Spectre Gunship."

„Oh, mein Gott." Ihre Haut wurde kreidebleich, als weitere Bomben hochgingen. Sie hatten keine Chance, aus dieser Höhle herauszukommen. Das war nie wirklich eine Option gewesen.

„Komm mit." Er zog sie in den hinteren Teil der Höhle, und sie rannten durch die staubige Luft. Der Russe war verschwunden, genauso wie sein Rucksack.

Also doch nicht so tot, wie er gehofft hatte. Der alte Bastard musste eine kugelsichere Weste tragen.

„Nein, nein, nein!" Sie wehrte sich bei jedem Schritt gegen seinen Griff, doch er ließ sie nicht los. Ihre größte Angst war es, lebendig begraben zu werden – und diese Angst war gerade im Begriff, wahr zu werden. Und er trieb sie so schnell wie möglich ihrem Schicksal entgegen, ob sie es wollte oder nicht.

Sie hatten nur eine Möglichkeit, und die war alles andere als vielversprechend. Im Rennen zog er eine Taschenlampe aus einer seiner vielen Taschen und erkannte zwei Gänge vor sich. Er ließ den Strahl über den Boden gleiten; eine Blutspur führte in die eine

Richtung. Er folgte ihr – es war nach wie vor seine Aufgabe, den Russen zu fassen, und er hatte noch nie einen Auftrag vergeigt. Dieser gerissene alte Bastard würde ihn nicht nochmal überlisten.

Er drängte Axelle, schneller zu laufen, da er wusste, dass die Chance, dass sie aus diesem Höllenloch lebend herauskamen, ungefähr so groß war wie die Wahrscheinlichkeit, dass die Mitglieder der al-Qaida zu Pazifisten wurden. Die Decke über ihnen ächzte. Steine verschoben sich und regneten herab. Riesige Felsplatten bebten und wackelten, als der Fels unter den Bomben zusammenbrach.

So hatte er sich seinen Tod nicht vorgestellt. Seine Finger umklammerten Axelles schlanke Hand fester, halb entschuldigend, halb ermutigend und völlig verzweifelt. Eine allmächtige Explosion brachte die Decke der Höhle hinter ihnen zum Einsturz, und sie wurden durch den Aufprall nach vorne geschleudert. Sein Kopf schlug gegen einen Felsen, und Dunkelheit hüllte ihn ein.

———

Axelle öffnete ihre Augen, konnte jedoch nichts sehen. *Großer Gott.* Ihre Brust hob und senkte sich wie ein kaputter Blasebalg. Die Luft war staubig, und sie konnte kaum atmen. Das Blut pochte in ihren Ohren, der Druck war so stark, dass er ihr Gehirn rammte und jeden Nerv in ihrem Körper entzündete, während sie in der Dunkelheit lag und nur die Geräusche ihrer eigenen Sterblichkeit als Gesellschaft hatte. Tonnenweise Gestein versperrte den Höhleneingang. Sie würden niemals hier rauskommen. Nun, da die Explosionen aufgehört hatten, hüllte eine schwere und erschreckende Stille sie ein. Sie waren begraben. In einer Krypta. In einer Gruft.

Der Fels war wie ein bösartiges Lebewesen, das ihre Atemwege zusammendrückte und an ihrer Haut leckte. Der Schweiß rann ihr über die Stirn und sammelte sich unter ihren Achseln, ihr Körper strahlte Hitze aus, obwohl die Luft eisig war. Abgesehen von den blauen Flecken und Kratzern, mit denen ihr Körper schon seit Tagen übersät war, war sie nicht verletzt, und doch lag sie auf dem Boden, gelähmt vor lauter Angst und einer erbärmlichen Schwäche, unfähig, sich zu bewegen. Sie wünschte, sie wäre tot.

Ihr Atem wurde immer flacher, während der rationale Teil ihres Gehirns begriff, dass sie hyperventilierte und ohnmächtig zu werden drohte, wenn sie ihre Panik nicht unter Kontrolle bekam.

Bewusstlos zu sein klang in diesem Moment verdammt verlockend.

Roll dich zusammen und stirb, wenn du schon dabei bist.

Ihre Finger tasteten umher und berührten etwas Weiches und Warmes – einen Ärmel, eine Hand.

Dempsey?

Oh Gott, bitte sei nicht tot.

Sie presste ihre Hände auf Mund und Nase und zwang sich, langsamer und tiefer zu atmen. Er hatte sein Leben riskiert, um sie zu retten. Sie musste ihm helfen, sonst würde er sterben. *Vorausgesetzt, er ist nicht schon tot.*

Sie streckte die Hand aus und ertastete sein Handgelenk. Seine Haut war warm, und unter ihren Fingern war ein schwaches, aber deutliches Flattern zu spüren. Sie rollte sich langsam auf die Knie und tastete mit den Händen nach dem zerklüfteten Gestein über ihr. Ihr Magen zitterte. Angst drohte, sie zu übermannen. Doch nichts von alledem würde sie aus diesem Albtraum retten. Die Tränen ebenso wenig wie dreißig Stunden lang nach ihrer Mommy zu schreien. Sie riss sich von der Erinnerung los. Sie war hier mit Dempsey, ob es ihr nun gefiel oder nicht. Und sie musste damit zurechtkommen. Sie verdrängte die Angst in einen anderen Teil ihres Gehirns und weigerte sich, weiterhin daran zu denken.

Sie tastete sich an Dempseys Körper nach oben, bis sie sein Gesicht fand. Sie legte ihre Handfläche in die Nähe seiner Lippen und spürte einen Lufthauch auf ihrer Haut. Er atmete noch. Sie schloss ihre Augen und atmete aus. Dann schüttelte sie ihn leicht, doch er rührte sich nicht.

Was, wenn er ernsthaft verletzt war? Wie konnte sie ihm helfen? „Dempsey?" Ihre Worte hallten in der dichten Dunkelheit wider, und sie verlor fast den Verstand. Die Vorstellung, hier unten allein zu sein, machte sie wahnsinnig.

Denk nicht darüber nach.

Mit zittrigen Händen fuhr sie über seinen Körper, suchte nach klebrigem Blut, befühlte jedes Gelenk, suchte nach offensichtlichen Anzeichen von Verletzungen. Als sie gerade wieder mit ihren Händen seinen Oberkörper hinauffahren wollte, packte er ihre Handgelenke. Sie verlor das Gleichgewicht und fiel gegen ihn, woraufhin er ein Stöhnen ausstieß.

„Ich würde dich ja weitermachen lassen, aber es ist zu dunkel, als dass dies der Himmel sein könnte." Seine Stimme war heiser. Der Blitz der Erleichterung, der ihren Körper durchschoss, war so stark, dass sie kein Wort herausbrachte.

„Ich nehme an, wir sind noch am Leben?", sagte er.

Sie packte sein Hemd mit beiden Händen und zwang die Emotionen in mundgerechte Stücke, sodass sie um sie herum reden konnte. „Ja wir leben noch – dank dir." Dieser Mann, dieser Soldat, war in eine Höhle gelaufen, um sie zu retten, obwohl er gewusst hatte, dass sie bombardiert werden würde. Wie dankte man jemandem, der so etwas tat? Was konnte man zu einem solchen Mann sagen?

Er atmete erleichtert aus und versuchte, sich aufzusetzen.

„Bist du verletzt?" Sie wollte nach seinem Arm greifen, um ihm zu helfen, aber sie traf ein Körperteil, das weitaus persönlicher war.

„Mein Gott", zischte er und stöhnte. „Also dazu bin ich im Moment wirklich nicht in der Lage!"

Sie hörte ein Lachen in seiner Stimme. *Lachen?*

Sie waren in einer Höhle verschüttet und wussten nicht, ob sie hier jemals wieder herauskommen würden, und er lachte? War er verrückt? Sie spürte, wie sie sich zurückzog, wie die Mauern sich wieder um sie herumschlossen, wie die Realität ihrer misslichen Lage Löcher in ihren Verstand bohrte.

Er fluchte vor Schmerz und streckte eine Hand aus, die ihren Oberschenkel berührte, bevor er ihre gekrümmten Finger seitlich an ihrem Körper fand. „Geht es *dir* gut? Hat der alte Mistkerl dir wehgetan?"

Sie schüttelte den Kopf und hob die Augen zur Decke. „Er hat mich nicht vergewaltigt, falls du das meinst. Er hat mich auch nicht geschlagen." Ihre Kehle fühlte sich rau an und das Sprechen fiel ihr schwer. „Körperlich geht es mir gut" – ihre Stimme stockte – „aber ich habe solche Angst, dass ich kaum atmen kann ..." Sie schluckte mehrmals und spürte, wie sich ihre Kehle mit jedem Atemzug zusammenzog. Schwäche zuzugeben widersprach ihrer Natur, aber sie schuldete diesem Mann absolute Ehrlichkeit. „Wenn du nicht hier wärst, wäre mein Herz bereits explodiert."

Sie knieten gemeinsam in der Dunkelheit. „Niemand, der bei klarem Verstand ist, würde sich in dieser Situation wohlfühlen. Das Wichtigste ist", er strich über ihre Arme, „dass wir zusammenarbeiten. Wir dürfen nicht in Panik geraten, denn Panik bringt einen um."

Tränen brannten in ihren Augen, doch sie ließ sie nicht fallen. Sie würde weinen, sobald sie aus diesem Höllenloch herauskamen. Dann würde sie sich die Augen ausheulen und vierundzwanzig Stunden lang wie ein Baby schluchzen, aber nicht vorher. Sie war noch nicht am Ende ihrer Kräfte, denn dieser Mann war an ihrer Seite, und sie vertraute ihm. Und sie würde ihn genauso wenig im Stich lassen.

„Ich werde deine Hilfe brauchen." Sie konnte das nicht allein tun.

„Deshalb bin ich ja hier."

Ein plötzlicher Anflug von Unbehaglichkeit verdrängte die Ruhe, die sich in ihrem Blut eingestellt hatte. „Wir werden sterben, nicht wahr?" Sie packte ihn an den Armen und schüttelte ihn.

„Mein Gott. Gut, dass ich kein besonders großes Ego habe,

denn du hast es gleich am ersten Tag, als wir uns begegnet sind, zertrümmert und trampelst seitdem hartnäckig darauf herum." Sie lachte auf und starke Hände drückten ihre Schultern.

Gott, sie war eine Hexe. „Es tut mir leid."

„Wie bitte?" Sie spürte seinen Atem auf ihrem Gesicht, als er sich näher an sie heranlehnte. „Das habe ich nicht ganz verstanden."

Sie biss die Zähne zusammen, weil er sie aufzog, und sie mochte es nicht, aufgezogen zu werden. „Du hast es ganz genau gehört."

Er schnaubte, und ihr Temperament kochte hoch. Sie versuchte, sich zurückzuziehen. Sie hasste alles an dieser Situation. Sie hasste es, hilflos zu sein. Abhängig zu sein. So verdammt verängstigt zu sein, dass sie nicht klar denken konnte.

„Entspann dich." Er strich ihr mit einer warmen Hand über den Rücken, und trotz allem fühlte es sich gut an. „Haha, sehr witzig!" Ihre Wut verflog, als er ihre Fingerknöchel küsste. „Jetzt hilf mir hoch, und dann überlegen wir uns, wie wir aus diesem verdammten Drecksloch herauskommen."

Sie richtete ihn auf und schob ihre Schulter unter seinen Arm, damit er nicht gegen die verschiedenen Teile seiner Ausrüstung stieß. „Du fluchst wie ein Soldat, weißt du das?"

„Dabei versuche ich, in weiblicher Gesellschaft auf meine Sprache zu achten." In seiner Stimme schwang ein amüsierter Unterton mit. Er versuchte, sie von ihrer Situation und ihrer unerträglichen Angst abzulenken.

Sie bemühte sich, das Entsetzen zu verdrängen. „Und, klappt es?"

„Kann ich nicht gerade behaupten." Das Klicken einer Taschenlampe ertönte, und plötzlich konnte sie sein Gesicht sehen, die Falten um seine blauen Augen, die leichte Wölbung seiner vollen Unterlippe, das Blut, das aus einer Wunde auf seiner Stirn tropfte.

„Du bist verletzt." Sie bewegte ihre Finger auf die Schwellung zu, aber er hielt ihre Hände fest.

„Das ist nichts." Seine Stimme wurde ernst. Sie blickten einander im Licht der Taschenlampe an, als würden sie sich zum ersten Mal sehen. Seine durchdringenden Augen verurteilten sie nicht für ihre Angst oder Unsicherheit. Stattdessen versprachen sie ihr Hoffnung.

Ständig stieß sie Menschen weg, weil es einfacher war, allein zu sein, als mit Liebeskummer fertig zu werden. Doch wenn sie das hier überleben wollte, ohne den Verstand zu verlieren, brauchte sie Dempsey.

„Wir werden einen Weg finden, hier rauszukommen, keine Sorge."

Zu ihrem Entsetzen füllten sich ihre Augen mit heißen Tränen, und ein Schluchzen erfüllte die Luft. Dempsey zog sie an sich und drückte ihr Gesicht an seine Brust.

„Und sobald wir draußen sind, kannst du vor dem Kriegsgericht zu meinen Gunsten aussagen." Er strich mit seinem Kinn über ihr Haar, und sie klammerte sich an ihn, als ob sie über einem Abgrund hängen würde.

„Was soll das heißen, Kriegsgericht?" Sie hickste.

Er zog sich zurück. „Lass uns gehen, bevor dieser Felsen beschließt, sich zu verschieben."

„Jage mir nicht noch mehr Angst ein, als ich ohnehin schon habe, und lenke nicht ab." Sie umfasste sein Kinn und zwang ihn, sie anzuschauen, obwohl er sich um eine ausdruckslose Miene bemühte. „Welches Kriegsgericht? Wie hast du mich gefunden?"

„Ich bin den Spuren vom Lager aus gefolgt."

Ihre Augen leuchteten auf. Bedeutete das, dass die anderen Soldaten wussten, dass sie hier waren?

Als hätte er ihre Gedanken gelesen, schüttelte er den Kopf. „Ich bin vor den anderen losgegangen. Sie waren mindestens eine Stunde hinter mir, als der Sturm einsetzte. Josef war bei ihnen." Er schürzte die Lippen. „Wenn ich mich an die Regeln gehalten hätte und bei den anderen geblieben wäre, wäre das alles nicht passiert."

„Nein", sagte sie leise, „dann würde ich immer noch in einer

Höhle festsitzen, mit einer Weste voller Sprengstoff, und die Chance, jemals gefunden zu werden, wäre gleich null." Staub flirrte in der Luft zwischen ihnen. Staub und etwas anderes. Etwas Süßeres. „Wirst du vor ein Kriegsgericht gestellt, weil du deine Männer zurückgelassen hast?"

Er zog eine Grimasse, und ihr Daumen streifte seine Lippen. Seine Augen glühten vor Hitze, die ein Echo in ihr fand. Sie zog sich zurück. Jetzt war nicht die Zeit um an etwas anderes als ans Überleben zu denken.

Er ließ sie los, um seine Ausrüstung zu überprüfen. „Vor ein paar Stunden habe ich den Russen am Eingang dieser Höhle gesehen. Um die Ecke fand ich noch eine Höhle und habe der Zentrale die Position gemeldet. Ich bekam den Befehl, das Gebiet zu verlassen, weil sie den Mistkerl in die Luft jagen wollten."

„Aber ..." *Und was ist mit mir?* Er musste die stumme Frage in ihrem Blick gesehen haben. Er hob eine Hand und strich ihr über die Wange, woraufhin ihr ganzer Körper bis in die Zehenspitzen kribbelte. Sie wich nicht zurück. Wenn sie irgendeine Art von Mut aufbringen konnte, dann die, sich ihrer Anziehung zu diesem Mann zu stellen.

„Sie wussten, dass er eine Geisel hatte, aber sie kannten weder deinen Namen noch wussten sie von deinen Beziehungen." Seine Stimme war sanft. „Es war nichts Persönliches. Sie sind schon seit Jahrzehnten hinter diesem Kerl her, weil er den Massen das Bombenbauen beibringt. Sie wollten auf keinen Fall riskieren, dass er während einer Geiselbefreiung entkommt."

Und wieder einmal wäre ihr Tod als akzeptabler Kollateralschaden hingenommen worden. Da wurde ihr klar, warum er vor ein Kriegsgericht gestellt werden würde. „Und du bist mir trotzdem zur Hilfe gekommen."

„Das ist mein Job." Doch das war eine Lüge. Er trat einen Schritt zurück, weil es ihm offensichtlich unangenehm war, darüber zu sprechen, was er getan hatte. Sein Job war es, Befehle zu befolgen, *nicht*, sie zu retten.

„Komm." Er zog seinen Rucksack fester an. „Ich habe den Kerl zwar angeschossen, aber der alte Wolf stellt trotzdem noch eine Bedrohung dar. Er muss Kevlar unter seinem Hemd tragen."

Er hielt ihr die Hand hin. Sie konnte fast aufrecht stehen, er hingegen musste sich etwas ducken, um sich nicht den Kopf anzustoßen. Sie drückte seine Finger zum Dank und war froh, dass er den Druck erwiderte.

Sie war zwar zäh, aber nicht unter diesen Umständen. Sie konnte kaum gehen und sprechen, geschweige denn einen konstruktiven Plan schmieden, um diesem Albtraum zu entkommen.

Ihre Schritte wetteiferten mit dem gelegentlichen Tropfen des Wassers, das durch die Felsen über ihren Köpfen sickerte. Die Luft roch feucht und abgestanden, und es hatte etwas Surreales, diesem Mann ins Ungewisse zu folgen – in ihre dunkelste Angstvorstellung. Die Wände glänzten im schwachen Lichtstrahl und waren größtenteils glatt abgetragen.

„Wer hat diese Tunnel gebaut?", fragte sie.

„Sie könnten natürlich sein." Dempsey kickte einige lose Steine aus dem Weg. „Aber wahrscheinlich wurden sie irgendwann von Menschen ausgebaut." Er drehte sich zu ihr um. Das Lächeln, das sich tief in eine Wange grub, machte ihn unglaublich attraktiv. „Könnte auch Marco Polo gewesen sein, soweit wir wissen."

Sie liefen weiter durch Gänge, die tief in den Berg zu führen schienen wie ein dunkler Schlund. Ein Teil von ihr wollte in Panik geraten, sich zu einer erbärmlichen Kugel zusammenrollen und für immer so verweilen. Aber Dempsey hielt sie fest, und sie würde in seiner Gegenwart nicht zusammenbrechen. Ganz gleich, wie sehr sie sich danach sehnte.

Sie marschierten weiter, wobei sie ihm dicht auf den Fersen folgte, seinen breiten Rücken als Rettungsseil benutzte und sich weigerte, über die Situation nachzudenken, in der sie sich befanden. Sie stießen auf eine Strickleiter, die jemand abgeschnitten hatte, was bewies, dass diese Höhlen irgendwann einmal von Menschen benutzt worden waren. Dempsey brauchte nicht lange, um die Felswand zu erklimmen und ein Seil anzubringen, an dem sie sich hochziehen konnte. Er bewegte sich leise, aber schnell. Außerdem hielt er regelmäßig an und lauschte auf etwas, das sie wegen des lauten Pochens ihres Herzens nicht identifizieren konnte.

Dempsey hatte ihr das Leben gerettet, obwohl er ausdrücklich den Befehl erhalten hatte, es nicht zu tun.

Gestern hatte er ihr gesagt, dass er versuchte, unschuldige Leben zu retten. Damals hatte sie ihm nicht wirklich geglaubt, aber sie würde nie wieder an ihm zweifeln. Er war ein Held. Ein gottverdammter Held.

Und was war mit *ihrer* bescheidenen Existenz? Auch wenn sie sich den Arsch aufgerissen hatte, würde sie kein großes Erbe hinterlassen. Bei dem Gedanken, dass sie eher dafür Berühmtheit erlangen würde, dass ihretwegen Tiere starben, als dass sie sie rettete, wurde ihr schlecht.

Als ihr Magen rumorte, reichte er ihr wortlos ein paar Rationen Trockennahrung, die erstaunlicherweise ziemlich gut schmeckte. Sie hielten nicht an, um zu essen. Sie liefen einfach weiter durch das Tunnellabyrinth.

„Hast du schon mal *Herr der Ringe* gesehen?", flüsterte sie schließlich und versuchte, nicht an das unerbittliche Gestein zu denken, das über ihren Köpfen balancierte, und daran, dass es absolut keine Chance auf Rettung gab, falls es einstürzte.

„Ungefähr eine Million Mal", flüsterte er zurück. „Hältst du Ausschau nach Trollen?"

„Und nach dem Balrog." Sie trat in einen Blutstropfen, der auf dem Stein verschmiert war und erschauderte. Der Russe war noch am Leben. „Glaubst du, er kennt einen Ausweg?"

„Darauf würde ich wetten. Ich hoffe nur, dass er nicht verblutet, bevor er ihn erreicht."

Sie wurde wieder still und konzentrierte sich darauf, einen Fuß vor den anderen zu setzen, ohne zu stolpern. Ihr Atem ging rasselnd, und sie begann trotz der körperlichen Anstrengung zu zittern. Als sie zum dritten Mal stolperte, drehte Dempsey sich um. Seine Augen verengten sich vor Sorge. Er warf einen Blick auf seine Uhr.

„Lass uns eine Pause machen und ein paar Stunden schlafen." Zwischen zwei Felsen befand sich eine relativ flache Stelle.

„Es tut mir leid. Ich kann nicht mehr mithalten."

„Zwei Entschuldigungen an einem Tag? Das ist rekordverdächtig."

Der neckische Unterton in seiner Stimme brachte sie dazu, ihre natürliche Anspannung loszulassen. Er versuchte, die Stimmung zu lockern, und sie schätzte seine Bemühungen in dieser albtraumhaften Situation. „Bin ich so schlimm?"

Er dachte über seine Antwort nach, während er aus seinem Rucksack schlüpfte und begann, einige Vorräte auszupacken. „Du bist zielstrebig. Hartnäckig."

Sie nickte. „Das stimmt." Sie hob ihre Hand, als er den Mund öffnete, um noch etwas hinzuzufügen. „Bitte. Ich verspreche, ein besserer Mensch zu werden, falls wir hier rauskommen."

„Wenn", korrigierte er. „Nicht *falls*."

Sie hielt sich an einem Felsbrocken fest, als sie ins Schwanken geriet. „Ich weiß nicht, was mit mir los ist." Sie senkte den Kopf und versuchte, ihre Erschöpfung wegzublinzeln. „Vielleicht bin ich nicht hartnäckig genug."

„Ja, du bist regelrecht nachlässig." Als er noch einen Schritt auf sie zumachte, konnte sie nicht übersehen, wie attraktiv er war. Bei ihrer ersten Begegnung war ihr das gar nicht aufgefallen. Er hatte sie zu Tode erschreckt, weil sie geglaubt hatte, er würde ihre Leoparden umbringen. Dabei war es die ganze Zeit über ihre Schuld gewesen. „Falls du es vergessen hast, du hast seit Tagen kaum geschlafen."

Sie öffnete den Mund, um den Einwand zu erheben, dass er auch wach geblieben war.

„Du wurdest von einem Leoparden angefallen, entführt, kilometerweit auf dem Rücken eines Pferdes verschleppt, bombardiert und unter der Erde eingeschlossen."

„Du hattest es aber auch nicht viel leichter."

„Dafür trainiere ich jeden Tag." Er legte seine Hände auf ihre Schultern, der Druck beruhigte sie. „*Dafür* werde ich so gut bezahlt."

Sie verdrehte die Augen. Geld hatte nichts damit zu tun, warum er tat, was er tat. Er reichte ihr die Feldflasche und brauchte ihr nicht zu sagen, dass sie sich das Wasser gut einteilen mussten. Es war alles, was sie hatten. Sie fing einen Tropfen an ihrem Kinn auf und saugte ihn von ihrem Finger.

„Wenigstens sind deine Leoparden in Sicherheit", bemerkte er.

Ein Schmerz schoss durch ihre Brust. „Wenn ich nicht gewesen wäre, wären sie gar nicht erst in Gefahr geraten. Volkov hat sie getötet, um mich hierherzulocken."

Er presste die Lippen aufeinander. „Was wollte er? Hat er etwas gesagt?"

Sie schüttelte den Kopf. „Er hat jemanden angerufen und ihm mit mir gedroht – ich nehme an, es war mein Vater, aber ich weiß es nicht genau. Er hat mich unter Drogen gesetzt. Ich glaube, er sagte etwas davon, dass er seine Familie aus Russland rausbringen will." Wenn er ihren Vater angerufen hatte, warum hatte das Militär dann einen Bombenangriff gestartet? Ihr Vater war ein hochrangiger US-Beamter mit großem politischem Einfluss. Er hätte nicht tatenlos zugesehen, wie seine Landsleute seine Tochter ermordeten. Ihre Beziehung war in letzter Zeit nicht besonders harmonisch gewesen, aber sie glaubte nicht, dass er sie so sehr hasste.

In ihrer Brust tat sich ein Riss auf. Sie hatte seit Monaten nicht mehr mit ihm gesprochen. Er hatte ihre Berufswahl missbilligt, und sie hatte seine neue Frau abgelehnt. Jetzt kam ihr das kindisch vor. Sie liebte ihn. Sie hätte ihm sagen sollen, dass sie ihn liebte. Sie wussten beide, dass das Leben im kürzesten Augenblick vorbei sein konnte.

Dempsey breitete einen Schlafsack auf dem kalten Boden aus. „Wenn du es warm haben willst, musst du dich neben mich kuscheln." Er hielt seine Taschenlampe hoch. „Ich muss sie ausschalten, um die Batterie zu schonen."

Sie war nicht abgeneigt, sich an ihm zu wärmen oder sich etwas trösten zu lassen, aber sie wollte nicht an die Dunkelheit denken. Sie legte sich seitlich neben ihn, der Boden war uneben und hart. Er deckte eine silberne Rettungsdecke über sie beide, und sie rutschte unbehaglich hin und her und war dankbar, als er ihr ein T-Shirt reichte, das sie als Kopfkissen benutzen konnte.

Er schmiegte sich von hinten an sie, und sie kuschelte sich in einen Kokon aus Wärme. Es war ihr nicht unangenehm, dass er ihr so nah war. Nachdem sie jahrelang allein geschlafen hatte, hatte sie angenommen, dass es eine Weile dauern würde, sich daran zu gewöhnen, aber neben ihm zu liegen fühlte sich natürlich an. Sie passten zusammen. Ihr Körper entspannte sich. Nach allem, was sie durchgemacht hatten, vertraute sie ihm. Und dabei fiel es ihr nicht leicht, jemandem zu vertrauen. Er schlang seinen Arm um ihre Taille und hielt sie fest.

„Schlaf ein wenig." Sein Atem zerzauste ihr Haar.

Die Müdigkeit zog bereits ihre Augenlider nach unten, doch sie war froh, sich an etwas Starkem und Lebendigem festhalten zu können, als das Licht ausging.

KAPITEL
ELF

Als Dempsey aufwachte, nahm er den Duft der warmen Frau wahr, der ihn einhüllte. Es war stockdunkel, aber seine anderen Sinne glichen den Verlust der Sehkraft aus, und seine Vorstellungskraft erledigte den Rest. Seine Nase war in Axelles Haar vergraben, und jeder Zentimeter seiner Körpervorderseite war an ihren Rücken gepresst. Er merkte, dass seine Finger besitzergreifend auf ihrer Brust lagen. Ihre Brustwarze drückte hart gegen seine Handfläche – vor Kälte, nicht vor Verlangen, auch wenn sein Körper den Unterschied nicht erkennen konnte.

Er versuchte, die erbärmliche, vorhersehbare Reaktion seines Schwanzes auf das Aufwachen neben einer schönen Frau zu ignorieren und stattdessen darüber nachzudenken, wie es weitergehen sollte.

Sie würden der Blutspur folgen und unterwegs nach Sprengfallen Ausschau halten müssen. Als er sein Knie bewegte, stieß er versehentlich ihren Oberschenkel nach vorne, sodass seine Erektion ihren Hintern streifte – ihren wunderschönen Hintern. Da er sie nackt gesehen hatte, quälte ihn nun jedes wunderbare Detail.

Die meisten Menschen – ganz zu schweigen von jemandem, der das durchgemacht hatte, was sie bis jetzt erlitten hatte – wären schon durchgedreht. Die Zahl der Möglichkeiten, wie sie sterben könnten, war atemberaubend. *Er* hatte dieses Risiko auf sich genommen, als er sich zum aktiven Dienst gemeldet hatte. Sie nicht.

Er zwang sich, nach hinten zu rutschen und einen Abstand zwischen ihnen zu schaffen. Sie war nicht seine Geliebte. Sie war von ihm abhängig, und das wollte er nicht ausnutzen, egal wie sehr sein Körper sich nach menschlichem Kontakt sehnte. Nach einem sehr ursprünglichen Kontakt. Viel Kontakt.

Sie war durch die Hölle gegangen.

Sie war erschöpft, müde und verängstigt.

Wer wusste schon, wie lange sie noch zusammen festsitzen würden. Möglicherweise führte dieses Höhlennetz nur nach unten. Durch den Bombenangriff könnten alle Ausgänge blockiert worden sein, und wenn nicht, könnte der Russe ihnen die Arbeit abnehmen. Er musste den alten Bastard einholen, doch er konnte nicht riskieren, Axelle in dem Tunnelsystem zu verlieren.

Er lauschte ihrem tiefen, gleichmäßigen Atem, während er erregt dalag und seine Haut vor Verlangen prickelte. Er versuchte, sich mit Dingen abzulenken, die keinen Sinn ergaben. *Falls* ihr Vater kontaktiert worden war, warum sollten die Briten – vorausgesetzt, es waren die Briten – die Bombardierung der Höhle anordnen, wenn zumindest eine Chance auf Rettung bestand? Warum eine Gelegenheit verpassen, diesen alten Sack zu fassen und ihm so viele Informationen wie möglich zu entlocken?

Warum sollte man überhaupt versuchen, den alten Ziegenbock ins Jenseits zu befördern?

Axelle war im Schlaf an ihn herangerückt, und jetzt lag er so dicht an der Wand, dass er sich nicht bewegen konnte, ohne sie zu wecken. Er versteifte sich und biss die Zähne zusammen, als sie sich zu ihm drehte und sich an ihn schmiegte. Eine lange Haarsträhne kitzelte seine Nase, und er strich sie sanft weg. Sie regte sich.

Er hörte die Panik in ihrem Atem, und sie schlug in der Dunkelheit nach ihm.

„Pst", flüsterte er. „Es ist alles in Ordnung. Schlaf weiter."

„Dempsey?" Sie schluckte hörbar erleichtert, zitterte aber immer noch vor Angst.

„Ich denke, nachdem wir jetzt schon zwei Nächte miteinander verbracht haben, kannst du mich Ty nennen."

Ihre Finger versanken in seinem Hemd, suchten nach einer Art Anker in dem dichten Meer der Schwärze. „Sehr witzig."

„Danke. Wie fühlst du dich?"

„Ich habe seit Tagen nicht mehr geduscht und laufe jedes Mal Gefahr, mich zu übergeben, wenn mir einfällt, wo ich bin." Sie lachte nervös. Die Stille wurde durchdringender, und er spürte, wie sie ihn anstarrte. „Jedes Mal, wenn ich daran denke, wo wir sind –"

„Dann denk nicht darüber nach." Er strich ihr das Haar aus der Stirn.

Sie hielt seine Finger fest. „Dann lenk mich ab." Das gab seinem Kleinhirn einen Ruck. „Erzähl mir etwas über dich, das über deinen Namen, Rang und deine Dienstnummer hinausgeht. Verrate mir, warum du zur Armee gegangen bist."

Die letzten Gedanken an Sex und Erregung verflüchtigten sich.

Normalerweise hätte er gelogen. Aber er konnte ihren nervösen Atem an seinem Hals spüren und wusste, dass ihre Panik ganz dicht unter der Oberfläche lauerte. Und ausnahmsweise wollte er nicht lügen. Es war ein großer Teil dessen, was ihn ausmachte, und er wollte, dass sie es wusste. Dass sie ihn kannte. „Meine Schwester wurde bei einem terroristischen Bombenangriff getötet, als ich siebzehn war." Verblasste Erinnerungen an das lächelnde Gesicht und das tiefe Lachen seiner Schwester schossen ihm durch den Kopf, und sofort wurde er an den Tag zurückkatapultiert, an dem sie sie beerdigt hatten.

Regen tröpfelte vom Himmel, als ob Gott persönlich weinen würde. Aber Tyrone bezweifelte, dass der Gott, zu dem seine Familie betete, Mitleid mit einer Bande mordender Mistkerle wie denen, die vor ihm standen, hatte.

Nicht, dass sie sich selbst so sahen. Oh nein. Sie waren Helden der Revolution. Tapfere Kämpfer in einem Guerillakrieg, der Jahrzehnte gedauert hatte. Und sie gaben ihm die Schuld an ihrem Tod. Er konnte es in ihren Augen sehen.

Der Priester redete und redete. Schließlich machten sie gemeinsam das Kreuzzeichen. Es war ein Wunder, dass sie nicht auf der Stelle wegen Heuchelei tot umfielen. Wenn Tyrone nach einem Zeichen dafür gesucht hätte, dass Religion Schwachsinn war, wäre das der Beweis gewesen. Aber vor drei Tagen hatte er sowieso aufgehört zu glauben, als seine kleine Schwester von der Bombe erwischt worden war, die sein Vater gebaut und seine Brüder platziert hatten.

Die Gebete hörten auf. Die Wut kochte.

Der Priester ging, damit die Trauernden ihr die letzte Ehre erweisen konnten. Sein Vater stand am Grab und blickte einen langen Moment auf den glänzenden weißen Sarg hinunter, bevor er sich abwandte und sich absichtlich an Tyrone vorbeidrängte. Er stolperte einen Schritt zurück und zitterte stark, weil er versuchte, die Wut im Zaum zu halten, die ihn Zelle für Zelle verzehrte. Seine Brüder starrten ihn wie versteinert an.

„Was glotzt ihr so?", fauchte er.

„Halt dein Maul", knurrte sein Vater.

„Oder was? Bringst du mich dann auch um?"

Die Lippen des Familienoberhauptes wurden fester. „Glaub nicht, dass ich nicht versucht bin", murmelte er.

Dann stand seine Mutter vor ihm, in ihrem alten Wollmantel und mit einem schwarzen Schal, mit dem sie ihr wallendes, lockiges Haar bedeckt hatte. Das Weiß ihrer Augen war rot, die Haut fleckig. „Sei still, Schatz. Gib deinem Vater etwas Zeit und Abstand."

„Ich hoffe, er bekommt alles, was er braucht, in seiner verdammten Einzelzelle im Hochsicherheitsgefängnis."

Sie gab ihm eine Ohrfeige. Hart. Aber ihr Verrat traf ihn noch härter. „Es reicht, Tyrone Dempsey."

Er rieb sich die Wange. Eigentlich sollte er daran gewöhnt sein, aber es war immer wieder ein Schock.

„Das ist dein Vater, von dem du da sprichst. Zeig etwas Respekt."

Er verschluckte sich fast. „Reiß dich zusammen, Ma. Er ist ein eiskalter Killer, und du lässt ihn jede Nacht in dein Bett." Seine Stimme war lauter geworden, der Akzent stärker. Zu laut für einen Kirchhof voller Trauernder. Zu laut für so brisante Geheimnisse. Sein Vater drehte sich zu ihm um, sein Blick war eine kalte Maske des Abscheus.

In Tyrone kochte der Hass hoch. Er hatte nicht gewusst, was sein Vater und seine Brüder vorhatten, aber er hatte gewusst, dass sie etwas vorhatten.

Er deutete mit dem Finger auf seinen Vater und erhob die Stimme. „Er war es! Paddy Dempsey hat die Bombe gelegt, die letzten Samstag siebenundzwanzig Menschen getötet hat, und der einzige Grund, warum euch das interessiert, ist, dass er auch Siobhan erwischt hat." Seine Stimme stockte, aber er war ohnehin fertig mit dieser Scheiße. Er hatte es satt, in einem Land der Scheinheiligkeit und des Elends zu leben. Er sah seine Mutter an. „Wieso kannst du nicht sehen, wie falsch das ist?"

Seine Mutter zuckte zusammen, und zwei seiner Brüder kamen drohend auf ihn zu. Gott, er war bereit. Er hatte noch nie in seinem Leben einer Fliege etwas zuleide getan, aber in diesem Moment wollte er unbedingt etwas oder jemanden schlagen.

„Du bist derjenige, der auf sie aufpassen sollte. Es war eine verdammte Orangemen-Parade." Ronan packte ihn im Nacken und beugte sich so weit vor, dass sich ihre Gesichter berührten. Tränen benetzten die Wangen seines Bruders. „Und sei verdammt noch mal leise – die Briten beobachten uns."

Tyrone stieß ihn weg. „Es war Markttag, du ignoranter Scheißkerl, oder bist du zu dumm, um zu verstehen, dass Frauen und Kinder am Wochenende auch dann auf den Markt gehen, um ihre verdammten Lebensmittel einzukaufen, wenn die Oranier demonstrieren?"

„Du solltest doch auf sie aufpassen." Declan, der Bruder, der ihm altersmäßig am nächsten stand, schubste ihn hart. Er war zwanzig Pfund schwerer und hatte schon immer gern den großen Macker gespielt. Tyrone war das scheißegal. Ihm war eine Tracht Prügel fast genauso willkommen, wie er sie austeilen wollte. Vielleicht würde das

den Schmerz über den Verlust seiner Schwester betäuben. Wenn auch nur für einen kurzen Moment.

„Ich war in der verdammten Küche und habe das verdammte Radio gehört, so wie du es mir aufgetragen hast. Sie hat sich aus dem Schlafzimmerfenster geschlichen. Ich wusste nicht, dass sie in die Stadt gefahren war, um Rory zu treffen, bis du nach Hause kamst und dich gefreut hast wie ein verdammter Schneekönig." Er schubste seinen Bruder, der einen Schritt zurücktaumelte. Declans Augen weiteten sich vor Überraschung, bevor sie sich boshaft verengten. Tyrone grinste. „Jetzt genießt du den Sieg nicht mehr ganz so sehr, was, Declan?"

Declans Haut wurde leuchtend weiß. „Es sollte erst später losgehen. Wenn die Geschäfte geschlossen waren und die verdammten Briten ihre Runden drehten."

„Hörst du dir eigentlich selbst zu? Du hast das Gemetzel geliebt, die Zerstörung. Du bist in der Küche herumstolziert wie ein Hahn nach einem Hahnenkampf, bis wir herausfanden, dass sie tot ist." Tot. Siobhan war tot. Sie würde ihn nie wieder angrinsen. Ihn nie wieder an den Haaren ziehen oder sich darüber lustig machen, dass er so sanftmütig war, obwohl er von all diesen Mördern umgeben war. Tot, tot, tot.

Sie hatten recht. Siobhan war seinetwegen gestorben. Nicht, weil er es versäumt hatte, sie wie ein Tier in ihrem Schlafzimmer einzusperren, sondern weil er seinen Vater und seine Brüder ihr tödliches Handwerk ausüben ließ, ohne ein Wort zu sagen. Weil er sich dem nicht widersetzt hatte.

Seine Sicht verschwamm, oder vielleicht war es auch nur der Regen. Es spielte keine Rolle. Er sah seinen Vater an, der ihn anstarrte, als wolle er ihm eine Kugel in den Kopf jagen. Nun, er kannte das verdammte Gefühl. Wieder zeigte er auf ihn. „Du hast sie umgebracht. Und das werde ich dir nie verzeihen."

Er wandte ihnen den Rücken zu und ging davon. Die Dinge würden sich ändern, und es würde kein Zurück mehr geben.

Die Berührung einer Hand auf seinem Gesicht holte ihn in die Gegenwart zurück. Axelle. Die Höhle. Der russische Terrorist. Von dem Jungen, der er einmal gewesen war, war nicht mehr viel übrig, und manchmal vermisste er diese Naivität und Unschuld. Er erzitterte und war froh, dass es dunkel war.

„Es tut mir leid", sagte sie. Er konnte hören, wie sie nachdachte, hörte das Zögern in ihrer Stimme. „Du hast mir gesagt, du wärst für deine Familie gestorben – hattest du etwas mit ihrem Tod zu tun? Versuchst du deshalb jetzt, Menschen zu retten?"

Er hatte vergessen, wie scharfsinnig sie war.

„Nein. Ich habe sie nicht umgebracht. Sie waren es." Er wollte nicht alle seine dunklen Geheimnisse preisgeben. Noch nicht. Womöglich sogar nie. „Nun, wenn wir beide wach sind, können wir genauso gut weitergehen."

Eine Stunde später begannen die Batterien der Taschenlampe, ihren Geist aufzugeben. Das war nicht gut. Sie hatten eine gute Strecke hinter sich gebracht, aber ohne Licht würden sie nur mühsam vorankommen. Die Blutflecke waren verschwunden, was darauf hindeutete, dass der Russe es geschafft hatte, sich zusammenzuflicken und weiterzugehen. Hartnäckig und entschlossen, der alte Kerl.

Sie erreichten eine Abzweigung im Tunnel.

Ein Stück weiter unten konnte Dempsey deutlich das Rauschen von schnell fließendem Wasser hören. Er zögerte.

„Ich spüre einen Luftzug." Axelle wollte einen Schritt nach vorn machen, aber er hielt sie auf, zog sie an sich und flüsterte ihr ins Ohr.

„Hier würde ich eine Falle aufstellen."

Sie wich erschrocken um die Ecke zurück, und Dempsey ließ seinen Rucksack fallen und zog seine Schutzweste aus.

„Was tust du da?" Ihr Gesichtsausdruck war empört, als er versuchte, sie ihr zu reichen.

„Ich habe nur eine Weste. Ich möchte, dass du sie trägst."

Sie verschränkte die Arme, ihre Augen funkelten, aber ihre Stimme war leise. „Warum bist du hier, Sergeant Tyrone Dempsey?"

Die Tatsache, dass sie ihn mit seinem vollen Namen und Titel ansprach, ließ ihn innehalten. „Um einen berüchtigten russischen Terroristen zu fangen."

„Das ist dein Job. Richtig? Dein Auftrag." Er nickte. „Und du hast eine Schutzweste zur Verfügung gestellt bekommen, damit du deinen Job erledigen kannst, richtig?"

„Jetzt ist es auch etwas Persönliches." Nach einem weiteren Blick in ihr entschlossenes Gesicht presste er die Lippen zusammen und nickte. „Es ist mein Job, ja. Das heißt aber nicht, dass –"

Sie hob ihre Hand. „Ich weiß es zu schätzen, dass du mich gerettet hast – wirklich." Eine unerwartete Milde blitzte in ihren Augen auf. „Denn allein hätte ich hier nicht überlebt. Aber ich werde auf keinen Fall deine kugelsichere Weste tragen, wenn er auf dich schießen könnte."

„Axelle –"

„Nein."

„Axelle –"

„Nein. Wir können den ganzen Tag darüber streiten." Sie war es gewohnt, Befehle zu erteilen und nicht, sie zu befolgen. Wenigstens kam etwas von ihrem Eigensinn langsam zurück, aber verdammt, ihm wäre es lieber, wenn es etwas später geschähe. „Ich werde meine Meinung nicht ändern." Sie stand in der breitbeinigen Haltung da, die *er* normalerweise einnahm, wenn er seinen Willen durchsetzen wollte.

Er zog sich die Weste wieder über den Kopf. Diese verdammte starrköpfige Frau. „Warum bist du Wildtierbiologe geworden?" Plötzlich war es ihm wichtig, zu wissen, wie sie tickte.

Sie runzelte die Stirn angesichts des plötzlichen Themawechsels. „Weil Tiere Menschen brauchen, die sich um sie kümmern und für sie kämpfen."

Das war nicht so anders als der Grund, warum er Soldat geworden war. Um für diejenigen einzustehen, die nicht für sich selbst eintreten konnten. Er starrte sie an, während das Licht schwächer wurde. Dann, aus irgendeinem verrückten Grund, legte er seinen Arm um ihre Taille und zog sie fest an sich. Hüfte an Hüfte. Ihre Augen weiteten sich, bevor ihr Blick auf seine Lippen fiel. Langsam senkte er seinen Mund und küsste sie, halb in der Erwartung, für seine Dreistigkeit einen Tritt in die Eier zu bekommen. Stattdessen schlang sie ihre Arme um seinen Hals und erwiderte seinen Kuss.

Ihr Körper fühlte sich erstaunlich gut an. Schlank und stark, und dabei trotzdem weich an den richtigen Stellen. Ihr Mund war wie heiße, feuchte Seide. Sie erkundete den Rand seiner Lippen, und er vertiefte den Kuss und drückte sie fest an sich, damit sie seine Erregung spüren konnte, spüren konnte, wie sehr er sie wollte. Er wusste nicht, wann er das letzte Mal eine Frau so begehrt hatte. Es war, als würde sein Gehirn explodieren, wenn er sie nicht nahm, und zwar hier und jetzt.

Es war ein herzzerreißender, die Haut versengender, die Seele sprengender Kuss, und er wollte nicht, dass er jemals endete.

Schwer atmend gab er ihren Mund frei und legte seine Stirn an die ihre. Er blickte in ihre dunklen Augen und fragte sich, ob in seinem Blick die gleiche Mischung aus Unsicherheit, Neugier und Bedürfnis lag. Er nahm es an, denn das war genau das, was er fühlte.

Er ließ sie los.

Keine Zeit, den Moment zu genießen. Keine Zeit, um sich ablenken zu lassen.

Er zog die NVGs aus seinem Rucksack und schob sie ihr über den Kopf. Dann stellte er seine Ausrüstung an einem Felsen ab, griff nach seinem Karabiner und schaltete das Nachtsichtgerät ein.

„Du wirst durch die NVGs sehen können, wenn es ein wenig Licht in der Umgebung gibt." Er legte ihre Finger auf seine Pistole. „Sie ist geladen, also schieß auf jeden Mistkerl, der so aussieht, als könnte er dich töten wollen. Ich würde es allerdings begrüßen, wenn du nicht auf mich zielen würdest, wenn ich zurückkomme."

„Und wenn du nicht zurückkommst?", flüsterte sie.

„Ich werde zurückkommen." Ihr missmutiger Gesichtsausdruck verriet ihm, dass sie dieses Versprechen schon einmal gehört hatte. Ihre Augen rollten zur Decke.

„Hey, denk nicht an die Vergangenheit", befahl er. Er beugte sich zu ihr hinunter und küsste sie erneut, hart und schnell. Sein Herz begann innerhalb von Sekundenbruchteilen zu rasen. Und als ihn plötzlich das dringende Bedürfnis überkam, viel mehr zu tun, als sie nur zu küssen, wich er zurück. „Ich komme wieder, und sei es nur, um zu sehen, ob du außer Küssen noch andere Talente hast."

Ihre Augen verengten sich. „Ich hatte nicht vor, dich zu erschießen –"

Er grinste.

„Aber jetzt könnte ich es vielleicht tun."

„Pass auf dich auf, *Muirnín*." Dann verschwand er.

Die rechte Abzweigung des Tunnels führte in Richtung des donnernden Wasserrauschens, was bei Regen nichts Gutes bedeuten würde – ein Grund, für die eisigen Temperaturen draußen dankbar zu sein. Links war ein weiterer dunkler Abgrund, aber dort spürte er den leichten Hauch einer Brise auf seiner Haut.

Er traute dem anderen Kerl nicht. Wenn er derjenige wäre, der gejagt wurde, würde er hier einen Hinterhalt legen. Mithilfe des Nachtsichtgeräts bewegte er sich so schnell wie möglich durch den Tunnel und hielt dabei nach einem Hinterhalt Ausschau.

Dempsey runzelte die Stirn. Der Russe hätte auf seinem Weg Minen und Stolperdrähte legen können, die die Soldaten verlangsamt und möglicherweise getötet hätten. Warum hatte er das nicht getan? Viele der Informationen, die sie hatten, ergaben keinen Sinn.

Der Boden des Tunnels war erstaunlich glatt. Er vermutete, dass das daran lag, dass die Steine einen nahegelegenen Abgrund hinuntergrollt waren. Dort türmten sich Felsbrocken auf, über die er hinwegklettern musste. Er passte auf, wohin er seine Hände und Füße setzte. Aus diesem Grund hatte er Axelle zurückgelassen. Er wollte ihr Leben nicht riskieren, indem er einen möglichen

Selbstmordkorridor betrat. Es gab zwar keine sichtbare Gefahr, aber in der vollkommenen Stille richteten sich seine Nackenhaare auf. Er bog um die Ecke und sah das schwache Funkeln der Sterne durch eine Öffnung vor sich.

Dem verdammten Gott sei Dank.

Er überlegte, ob er zurückgehen und Axelle holen oder die Kommunikationssysteme ausprobieren sollte. Aber er war noch nicht draußen, und sie war dort hinten sicherer, vor allem, weil der Ausgang so nah war.

Seine Stiefel scharrten leicht über den Felsen, und er hätte schwören können, dass er den Berg selbst tief einatmen hörte. Er konnte niemanden sehen. Er hörte nichts. Ein frischer Windhauch streifte seine Haut, wofür er nach der abgestandenen Luft unter der Erde überaus dankbar war. Doch er würde auf alles schwören, was ihm heilig war, dass er nicht allein war.

Er ging in die Hocke und suchte den Boden und den Bereich um die Öffnung herum ab. Er schaffte es bis zur Bergwand und schaute sich vorsichtig um. Er war von spektakulären Gipfeln umgeben. Keine Bäume. Schnee, Eis, Felsen und Himmel. Dann entdeckte er über sich das gefleckte Fell eines Tieres, das über den Kamm des Berges verschwand. Er salutierte, denn er wusste, dass die Tiere trotz Volkov in den hohen, unwirtlichen Gipfeln überleben würden.

Eine tiefe Spur schlängelte sich durch den Schnee und führte über den nächstgelegenen Grat und außer Sichtweite.

Der Russe? Wer sonst?

Vielleicht war dem alten Mistkerl der Sprengstoff ausgegangen? Vielleicht war alles in Axelles Weste gewesen, die vorhin den Einsturz der Höhle mitverursacht hatte? Oder vielleicht konnte der alte Mann nicht riskieren, Axelle zu verletzen, bis seine Forderungen erfüllt wurden. Was bedeutete, dass sie noch immer in Gefahr schwebte.

Das Geräusch von Schritten hinter ihm ließ ihn mit dem Finger am Abzug herumfahren. Axelle. *Heilige Scheiße.* Ihre Augen weiteten sich, aber sie sagte nichts. Die starrsinnige Frau hatte auch seinen Rucksack mitgebracht, der über siebzig Pfund wog. Sie ließ ihn auf den Boden fallen und atmete tief die frische Luft und die Freiheit ein. Er ließ die Waffe sinken und griff nach dem Satellitentelefon, das ihnen den Hintern retten könnte.

„Wen willst du zuerst anrufen?"

„Die Zentrale."

„Hoffen wir, dass sie nicht wieder so eine Rettungsmission schicken wie beim letzten Mal." Sie verschränkte die Arme gegen die eisigen Temperaturen vor der Brust.

„Das könnten die Amerikaner gewesen sein ..."

Ihre Arme verkrampften sich. „Ich weiß."

„Was für eine Art von Beziehung hast du zu deinem Vater?" Er drückte auf den Einschaltknopf, aber nichts geschah. *So ein Mist.* Er begann, an dem Gerät herumzufummeln.

„Er hat noch nie versucht, mich umzubringen, falls du das damit meinst."

„Ich habe mit dem Regimentskommandeur gesprochen, was nicht gerade normal ist." Er knirschte frustriert mit den Zähnen, während er mit dem Telefon hantierte. „Irgendetwas sagt mir, dass jemand von ganz oben eher daran interessiert ist, Dmitri tot zu sehen als ihn lebendig zu fangen."

„Ohne Rücksicht auf die Konsequenzen für andere?"

„Kollateralschäden werden in einem Kriegsgebiet in Kauf genommen."

Sie zuckte mit den Schultern. „Nicht von mir."

Er richtete sich auf. „Ich bin auch kein großer Fan davon." Er sah ihr tief in die Augen, und ihr misstrauischer Blick wurde etwas weicher. Wer konnte ihr verübeln, dass sie sauer war? Keiner wollte für die politischen Machenschaften eines anderen geopfert werden. Er hatte schon viele seiner Kameraden verloren, weil die Mistkerle im Verteidigungsministerium ihre Ausrüstungsanträge nicht ernst genommen hatten. Wie dieses beschissene Satellitentelefon. Er versuchte es noch einmal.

„Nach diesem Fiasko kann ich froh sein, wenn ich meine Stelle beim Trust behalte." Das bedeutete, dass sie nicht mehr mit ihren geliebten Schneeleoparden arbeiten würde. Sie begegnete seinem Blick – mit trotziger Miene. „Aber Josef weiß, was er tut, und jemand anderes kann seinen Posten übernehmen. Für mich gibt es in anderen Ländern genug zu tun."

Der Däne würde nicht erfreut darüber sein, aber Dempsey würde ihr nicht erzählen, dass Josefs Gefühle über ein berufliches Interesse hinausgingen. Er war kein Schwätzer.

Mit wachsender Frustration versuchte er erneut sein Glück mit dem Telefon. Er fluchte und wollte es den Berghang hinunterwerfen. „Es ist im Arsch."

„Lass mich mal sehen." Sie streckte ihre Hand aus.

Er zögerte. Das Problem mit Axelle war, dass sie immer das Sagen haben musste, genauso wie er. Sie waren im Grunde inkompatibel, weil sie sich einfach zu ähnlich waren. „Die Batterie ist leer." Er hatte es geschafft, die Rückseite zu demontieren.

„Lass mich mal sehen." Er gab auf und reichte es ihr. „Die Batterie ist *beschädigt*." Sie reichte es ihm mit einem Grinsen zurück.

„Ach was." Er versuchte es mit seinem PRR-Funkgerät. „Alpha Alpha One Nine. Over. Bitte kommen. Over." Er wartete einen Moment, aber nichts geschah.

„Wahrscheinlich wäre es besser, wir würden schreien", sagte Axelle leise. Sie schirmte ihre Augen ab, die Anspannung um ihren Mund herum war offensichtlich. „Aber dann wüsste Volkov, dass wir diesen Albtraum lebend überstanden haben."

Ihr Haar war zerzaust, und ihre Augen waren von aufwühlenden Gedanken und Restangst getrübt. Sie war zu verletzlich, zu unschuldig, um in eine so tödliche Situation hineingezogen zu werden. Allerdings schlug sie sich gut, wenn man bedachte, was sie durchgemacht hatten.

Da Taz das Kurzwellen-Funkgerät hatte, konnten Axelle und er trotz aller technologischer Fortschritte keinen Kontakt zur Außenwelt herstellen. Zumindest sein GPS-Signal sollte inzwischen wieder im Hauptsystem auftauchen – vorausgesetzt, es war nicht auch kaputt.

„Was meinst du? Sollen wir hierbleiben und auf Rettung warten, oder klettern wir den Berg hinunter und versuchen, mit meiner Truppe in Kontakt zu treten?"

Sie stampfte mit den Füßen und blies in ihre Hände. „Ich will nicht hierbleiben."

„Bist du sicher? Denn es könnte ein schwieriger Abstieg werden."

„Verdammt, ja, ich bin mir sicher."

Er kramte in seinem Rucksack nach seinen fingerlosen Handschuhen und reichte sie ihr. „Möchtest du die hier? Nur die Enden sind kugelsicher."

„Sehr witzig." Sie zog sie an und blickte neugierig über seine Schulter, um zu sehen, was er sonst noch da drin hatte. Sie trug bereits zwei seiner T-Shirts und sein zusätzliches Paar Socken. Er zog ein paar Rationen Trockennahrung heraus und warf sie ihr zu.

„Schmeckt wie Hundekuchen, aber die sollten dir Energie geben."

„Danke." Sie stürzte sich darauf, und jeder von ihnen nahm einen Schluck Wasser aus seiner Feldflasche. Er füllte sie mit sauberem Schnee und steckte sie in seine Weste.

Dann schaute er sich aufmerksam um. Sie waren noch nicht außer Gefahr. „Okay. Gehen wir."

———

Axelle trat in Dempseys Fußstapfen. Sie war so überglücklich, aus dem Inneren dieses Berges heraus zu sein, dass sie ihn umarmen wollte, bis er nicht mehr aufstehen konnte. Die vergangene Woche war die Hölle für sie gewesen, und sie hatte sie nur überstanden, weil Tyrone Dempsey an ihrer Seite gewesen war. Für eine Frau, die eine Abneigung dagegen hatte, dass man sich um sie kümmerte, hatte er ganze Arbeit geleistet, ja sogar ihr Leben gerettet.

Außerdem hatte er sie geküsst.

Sie hob ihre Finger an die Lippen.

Sie war von ihrer eigenen körperlichen Reaktion schockiert gewesen. Jetzt beobachtete sie die Art, wie er sich bewegte, die kräftigen Muskeln, die sich anstrengten, um ihr das Vorankommen zu erleichtern. Und sie fragte sich, ob sie jemals die Chance bekommen würden, mehr als einen Kuss miteinander zu teilen. Wollte sie das überhaupt? Verdammt, es war schon so lange her, dass sie nicht einmal mehr wusste, wie sich ein Mann anfühlte. Sie schüttelte den Kopf und beobachtete, wie ihr Atem in der Luft gefror. Jetzt war nicht der richtige Zeitpunkt, um darüber nachzudenken. Obwohl, verdammt, sie wollte im Moment auch an nichts von alldem denken, was sonst in ihrem Leben vor sich ging.

Sex wäre jetzt verdammt gut.

Axelle war nie schüchtern oder zurückhaltend gewesen. Ihr Vater hatte ihr schon früh beigebracht, dass man so im Leben nicht weiterkam.

Wenn sie irgendetwas in ihrem Leben bedauerte, dann war es das, dass sie ihren Vater weggestoßen hatte, als er ihr helfen wollte. Sie hatte sich unbedingt beweisen wollen, dass sie niemanden brauchte, dass sie alles allein schaffen konnte. Sie hatte sich emotional von allen abgekapselt. Sich in Gideon zu verlieben, war wie eine Wiedergeburt gewesen. Deswegen hatte sein Tod sie doppelt hart getroffen und sie so weit in die entgegengesetzte Richtung getrieben, dass sie für niemanden mehr erreichbar war.

Wusste ihr Vater, dass sie in diesem schmalen Landstrich, den sie so kühn für friedlich erklärt hatte, bombardiert worden war? Hatte er es gebilligt? Hatte er es angeordnet? War er von Sorge zerfressen und bereits überzeugt, dass sie tot war? Sie hatte ihn noch nie wirklich trauern sehen. Selbst als ihre Mutter gestorben war, hatte sie mehr Wut als Traurigkeit in seinem Verhalten bemerkt. So gingen die Dehns mit Verlust um. Zorn und Wut verbrannten die sanfteren Gefühle, die sie schwach erscheinen lassen könnten.

Also hatte sie es vermieden, sich emotional auf jemanden einzulassen und sich stattdessen auf die Bedürfnisse hilfloser Tiere konzentriert. Dempsey hatte es irgendwie geschafft, ihren Schutzwall zu durchdringen. Sie sollte dankbar sein, dass er nicht lange genug in ihrer Nähe sein würde, um ihr das Herz zu brechen.

Ihre Muskeln schrien auf, als sie ihr Bein ein weiteres Mal aus dem Schnee zog. Angelina Jolie konnte Axelle Dehn nichts vormachen, außer ihrer Schönheit, ein paar Kindern, jeder Menge Geld und Brad Pitt hatte sie ihr absolut nichts voraus. Ein grimmiges Grinsen der Entschlossenheit umspielte ihre Lippen, während sie einen Fuß vor den anderen setzte. Sie weigerte sich, an die Schmerzen oder die Erschöpfung zu denken. Stattdessen stellte sie sich vor, wie Ty Dempsey ohne Hemd aussehen würde.

Die Schüsse kamen aus dem Nichts und spuckten Schnee um sie herum.

Dempsey wirbelte herum, griff nach seinem Gewehr und erwiderte das Feuer, während er sie hinter sich schob und sie über einen Grat weiterstolperten.

„Wie ist er hinter uns gekommen?" Sie rannte, so schnell sie konnte, durch den Schnee und rechnete jeden Augenblick mit dem Tod, sobald Schüsse fielen. Dempsey zog sie hoch, immer noch feuernd, immer noch rennend.

„Das ist nicht Volkov." Ohne den Blick von den Angreifern abzuwenden, lud er nach, als sie über eine weitere kurze, steile Felswand rannten. „Scheiße, der Schnee gibt gleich nach."

Panik schnürte Axelle die Kehle zu. Der Gedanke an eine Lawine war genauso beängstigend wie der an eine Kugel, aber sie hatten schon mehr als die Hälfte des Abhangs hinter sich gelassen, und so zwang sie sich, Dempseys Spuren zu folgen und zu beten.

„Warum glaubst du, dass es nicht Volkov ist?", schnaufte sie. Die Höhe raubte ihr den letzten Rest Energie.

Dempsey packte sie am Arm und drängte sie, schneller zu gehen. Ein Kugelhagel sorgte für zusätzlichen Ansporn. Sie sprangen über einen weiteren kleinen Vorsprung, und Dempsey zog sie hinter einen großen Überhang, während er sich von seinem Rucksack befreite. „Volkov hat sein Gewehr verloren, als die Höhle einstürzte, und diese Typen schießen mit AK-47."

„Sind das Amerikaner oder Briten?" Sie duckte sich, als die Kugeln über ihre Köpfe hinwegschossen. „Vielleicht wissen sie nicht, dass wir in friedlicher Absicht kommen."

„Vielleicht." Dempsey klang nicht überzeugt. „Sie haben nicht wirklich gefragt, oder?"

„Warum halten wir an?" Ihre Beine fühlten sich wie Wackelpudding an, aber sie war bereit zu sprinten.

„Wir können ihnen nicht davonlaufen." Er hob den Kopf und feuerte ein paar Schüsse ab. Die Morgendämmerung begann den Horizont karminrot zu färben. Sie konnte das Flackern der Flammen erkennen, die aus den Läufen der Waffen schossen.

Er drückte ihr seine Pistole in die Hand und legte ihre Finger um den Griff. Sie war deutlich schwerer als ihre Glock. „Schieß, aber behalt den Kopf unten."

Er nahm das Magazin seines Gewehrs heraus und lud Munition nach.

„Wir können nicht einfach hier sitzen bleiben." Sie richtete die Waffe auf den Felsen und drückte dreimal ab.

„Ich warte darauf, dass sie anfangen, dieses Schneefeld zu überqueren."

Langsam begriff sie. „Oh, Gott."

„Da kommen sie. Es sind vier." Er ging in die Hocke, um einem Kugelhagel auszuweichen, der sie mit Schneekristallen bespritzte. Dann nahm er die SIG wieder an sich und begann, schnell zu feuern. „Geh in Deckung. Panzerbrechende Munition." Er hob sein Gewehr und gab über die Köpfe ihrer Angreifer Schüsse in Richtung Hang ab, bevor er sich wieder zurückzog.

Der Knall war ohrenbetäubend und hallte von jedem Gipfel wider.

Ein langsames Quietschen, als würden riesige Fingernägel über eine Kreidetafel kratzen, ließ sie erstarren. Dann fühlte es sich an, als ob sich der ganze Berg zu bewegen begann.

„Verdammte Scheiße!", fluchte Dempsey und die Männer schrien auf.

Sie blickte auf den Schnee über ihnen, und eine Welle des Schreckens durchfuhr sie. Die gesamte Schneelast auf dem Berg hatte sich in Bewegung gesetzt. Sie packte Dempsey und zog ihn unter den Überhang, hinter dem sie Schutz gesucht hatten. Er drückte sich an sie und schlang seine Arme so fest um sie, dass sie keine Luft mehr bekam. Sie klammerten sich aneinander, während über ihren Köpfen und rundherum Schnee herabdonnerte. Es schien stundenlang zu dauern – ein langanhaltendes, gewaltiges Knurren der Natur, bei dem sie das eiskalte Grauen packte. Als der Lärm nach qualvoll langen Sekunden endlich aufhörte, öffnete sie die Augen und blickte in Dempseys stechend blaue Augen.

Sie waren noch am Leben.

Um sie herum herrschte völlige Stille, als ob die Welt den Atem anhalten würde. Der Schnee hüllte sie in ein dickes Leichentuch. Axelle spürte eine vertraute Panik, doch sie hatte sich bereits ihrer größten Angst gestellt. Sie war nicht bereit, sich von einer neuen lähmen zu lassen. Dempseys Arme zitterten von der Anstrengung, als er sich gegen den Schnee in seinem Rücken stemmte. Sie standen eng aneinandergeschmiegt an die Felswand gepresst, doch die Situation hatte nichts auch nur annähernd Romantisches an sich.

Schwer atmend vor Anstrengung, begann Dempsey, sich nach oben zu graben. Axelle war hilflos. Sie war unter dem Gewicht seines Körpers und des Schnees über ihnen gefangen. Ihre Lungen fühlten sich wie eingequetscht an. Sie zappelte mit den Füßen und versuchte, den festen Griff des Schnees zu lockern. Dempsey stöhnte und mühte sich ab, bis er genug Platz geschaffen hatte, dass sie sich von ihm lösen und beim Graben helfen konnte. Die Enge in ihrer Brust löste sich ein wenig, und sie konnte endlich leichter atmen.

Der Schnee schmolz, als er ihre nackte Haut berührte, und benetzte ihre Wangen mit falschen Tränen. Ihr war kalt, doch die Anstrengung des Grabens erwärmte ihre Muskeln, und es dauerte nicht lange, bis sie schwitzte.

Ein kleines Stückchen Himmel kam über ihnen in Sicht, und sie verschluckte sich fast an einem unterdrückten Schluchzen, als Dempsey das Loch breiter machte.

Sie war nicht in Panik geraten, aber das lag nur an dem Mann, der jetzt den Schnee über ihren Köpfen nach seinem Rucksack und seinen Waffen absuchte. Sie wusste nicht, was sie ohne ihn getan hätte, und das lag nicht nur daran, dass er ihr schon so oft das Leben gerettet hatte. Es fühlte sich an, als wäre er ein Teil von ihr, eine Erweiterung ihrer selbst geworden. Ihr bester Freund.

Sie kämpfte sich in eine aufrechte Position und schob noch mehr Schnee beiseite. Dempsey stemmte sich hoch und kroch über den Kamm, um diesen zu mustern. Sie folgte ihm vorsichtig und testete mit jedem Fuß die Tiefe des Schnees. Mit Ausnahme ihres Überhangs war die gesamte Felswand leergefegt, und auf dem Felsen lag nur noch eine dünne Schicht.

Sie schluckte den Granitklumpen in ihrem Hals hinunter. „Sind sie tot?"

Er blickte zum Fuß des Berges. „Hoffentlich."

„Es macht dir nichts aus?"

Sein Gesicht war ausdruckslos. Die Augen erschreckend kalt. „Wenn jemand auf mich schießt und ich ihn töte, gewinne ich. Ich verschwende meine Energie nicht damit, Mitleid mit den Mistkerlen zu haben. Entweder sie oder wir. Zum Glück waren es dieses Mal sie." Er ließ den Blick über den Berg schweifen. „Das nächste Mal haben wir vielleicht nicht so viel Glück. Lass uns von hier verschwinden, aber vorsichtig." Er hob die Hand, um anzudeuten, dass sie es langsam angehen sollten, und zwar den Berg hinunter, anstatt ihn zu überqueren.

Sie folgte ihm, wobei sie sich manchmal am nackten Felsen festklammerte, während er ihr half, ihre Stiefel zu platzieren. An einer besonders steilen Stelle band er sie aneinander. *Oh Gott.* Ihre Hände zitterten so stark, dass sie sich kaum festhalten konnte.

Angst, Müdigkeit und eisige Kälte zermürbten sie immer mehr. Sie war ganz und gar nicht in ihrem Element, und doch schien Dempsey mit ihrer misslichen Lage gelassen umzugehen. Er geriet weder in Panik noch jammerte er herum. Er war ganz auf das Hier und Jetzt konzentriert und tat, was getan werden musste. Das beeindruckte sie. Es machte ihr klar, dass sie ein Kontrollfreak war, der mit unerwarteten Situationen nicht zurechtkam. Sie war eine Planerin. Vielleicht war sie deshalb so wütend gewesen, als Gideon zu den Marines gegangen war. Weil sie keine Kontrolle mehr über ihr gemeinsames Leben gehabt hatte. Als sie ihn an das Chaos des Krieges verloren hatte, hatte das ihr Bedürfnis, zu planen, zu organisieren und sich vorzubereiten, noch verstärkt.

Sie konnte nicht planen, organisieren oder sich darauf vorbereiten, dass man sie entführte, lebendig begrub oder auf sie schoss.

Das Überleben des Stärkeren war einer der Grundgedanken der Ökologie und der Evolution. In der Natur überlebten die Starken, und die Schwachen mussten dran glauben. Sie war in genügend kriegsgebeutelten Ländern aufgewachsen, um zu wissen, dass die Welt ohne Soldaten wie Dempsey ein dunkler und anarchischer Ort wäre, aber sie war immer noch idealistisch genug, um zu wünschen, dass es nicht so wäre.

Es dauerte fast eine Stunde, bis sie die schroffe Felswand hinuntergeklettert waren, wobei sie die letzten fünfhundert Meter wie auf einer Rodelbahn rutschten. Zum ersten Mal seit Tagen, vielleicht sogar Jahren, fühlte sie sich beschwingt, als der Wind ihr ins Gesicht peitschte. Sie war so erleichtert, endlich von diesem Todesberg herunterzukommen, dass ein unkontrolliertes Lachen aus ihr herausbrach. Die Heiterkeit verpuffte jedoch, als sie einen Arm entdeckte, der einen Meter von der Stelle entfernt aus dem

Schnee ragte, an der sie gelandet war. Sie überschlug sich und übergab sich gleich darauf in den Schnee.

Dempsey hatte den Mann bereits gesehen. Er begann, Schnee von der Leiche wegzuschaufeln.

„Was tust du da?"

„Ich will wissen, wer auf uns geschossen hat."

Axelle half ihm, die Leiche aus dem Schnee auszugraben. Es dauerte ewig. Langsam kam ein Mann zum Vorschein. Schwarzes Haar. Braune Augen. Er sah aus wie Mitte vierzig, glattrasiert, der Hals war in einem merkwürdigen Winkel verbogen.

„Wenigstens ging es schnell." Dempsey presste die Lippen aufeinander.

Axelle schluckte ihr Entsetzen hinunter und half ihm, mehr Schnee beiseitezuschieben. Nachdem sie den Mann bis zur Taille freigelegt hatten, begann Dempsey, seine Taschen zu durchsuchen.

„Kein Rang, keine Abzeichen, keine Uniform. Keine Kennzeichnung auf der Kleidung." Er hielt ihr ein paar Patronen hin, die ihr nichts sagten. „Generisch." Dann hielt er inne und schaute auf. „Sein Funkgerät ist weg. Die Schrift auf den MRE-Packungen ist russisch." Er steckte eine in seine Tasche. Anschließend holte er eine Kamera aus seinem Rucksack und machte ein Foto vom Gesicht des Mannes und einer Tätowierung auf seinem Arm.

„Wer waren die?"

Er nahm ihre Hand und ließ seinen Blick umherschweifen, bevor er sie bergab in Richtung eines Passes in nordwestlicher Richtung führte. Zurück in Richtung Wakhan-Korridor. „Sie sind entweder Nicht-Militärs" – Söldner – „von einer russischen Spezialeinheit oder Black Ops."

Ihre Augen weiteten sich. Sie sah ihn an, während er ihr half, sich einen Weg durch den Schnee zu bahnen. „Josef meinte, *du* wärst bei den Special Forces."

Er sah sie mit strahlend blauen Augen an und sagte nichts.

Welche Art von Militäreinheiten reiste in kleinen Gruppen weit weg von jeglicher Verstärkung? Die geheimnisvolle, tödliche

Art. Axelle war nicht überrascht, dass Dempsey nicht auf ihre Fragen geantwortet hatte. Sein Schweigen bestätigte ihre Vermutung. Er arbeitete *tatsächlich* für die britischen Special Forces.

„Wir müssen dich in Sicherheit bringen, und ich brauche ein Funkgerät, um herauszufinden, was zum Teufel hier los ist. Ich muss herausfinden, wo Dmitri Volkov ist und wie wir ihn fangen können." Er ließ ihren Arm los und überprüfte sein Gewehr, während sie weitermarschierten.

„Verfolgen wir immer noch Volkov?" Sie erschauderte. Sie wollte zurück zu ihren Leoparden, aber solange Volkov nicht gestoppt wurde, konnte sie nicht sicher sein, dass er nicht wieder auf ihre Tiere schießen würde.

Dempsey nickte in Richtung einer aufgebrochenen Schneedecke auf der rechten Seite. „Er geht in dieselbe Richtung wie wir. Welches ist die nächste Siedlung?"

Sie dachte einen Moment lang nach. Sie war gestern die meiste Zeit gefesselt und bewusstlos gewesen, aber sie hatte das Gefühl, dass sie nach Osten gegangen waren. „Es gibt eine kleine kirgisische Siedlung, südlich von Bozai Gumbaz. Ich schätze, das ist die nächstgelegene."

Sie stapften weiter durch den Schnee, der in der Mittagssonne zu schmelzen begann. Der Berg hatte sich endlich gegen die Wolke, die ihn eingehüllt hatte, gewehrt. Ein paar dürre Zwergsträucher und Büsche kamen in Sicht, und Axelle stieß einen Seufzer der Erleichterung aus, als sie einen grünen Fleck auf dem Talboden vor sich entdeckte. Der Schneesturm hatte nur in den Bergen getobt. Wenn dies ein Ausdauertest war, dann sagten ihr ihre zitternden Muskeln, dass sie so gut wie fertig war.

Vögel flatterten um sie herum, und sie entdeckte einige Ziegen am Hang, was bedeutete, dass irgendwo in der Nähe ein Ziegenhirte war.

Sie stolperte, und Dempsey blieb stehen und legte ihr einen Arm um die Taille, um sie zu stützen. Mittlerweile war sie so erschöpft, dass sie buchstäblich nur noch auf den Boden sinken und die Augen schließen wollte.

„Wenn wir es riskieren könnten, ein Feuer zu machen, würde ich anhalten und ein Lager aufschlagen."

Das klang wunderbar.

„Warum können wir kein Feuer machen?" Ihre Gehirnzellen waren träge. Sie konnte an nichts anderes mehr denken als daran, endlich zu schlafen.

„Für den Fall, dass sich hier draußen noch mehr bewaffnete Männer herumtreiben. Oder Dmitri Volkov nicht so stark verwundet ist, wie ich hoffe. Für einen Mann mit einer Schusswunde hat er eine verdammt lange Strecke zurückgelegt."

„War wohl nur ein Streifschuss."

„Er muss eine Schutzweste tragen, sonst wäre er tot." Dempseys Lippen waren zusammengepresst. Soldatenmodus. „Er hat eine Menge Ärger auf sich genommen, um dich in die Finger zu bekommen. Irgendetwas sagt mir, dass er nicht weglaufen wird, nur weil er einen Rückschlag erlitten hat."

„Es war ein verdammt großer Rückschlag." Sie ließ ihren Blick prüfend über die Hänge schweifen, konnte aber keine Bewegung im Tal ausmachen. Ihre Haut kribbelte plötzlich, und sie drückte sich enger an Dempsey, da er das Einzige war, was ihr in dieser neuen Welt voller Bomben, Kugeln und Tod Sicherheit bot.

KAPITEL ZWÖLF

Im Schutz einer Ansammlung von Felsen auf der Westseite des Weges lag Dmitri auf dem Boden und beobachtete den Mann und die Frau, die durch eine Lücke aus den Felsen traten. Seine Hand pochte an der Stelle, an der ihn der Soldat angeschossen hatte. Die Kugel war direkt durch seine Handfläche gegangen, aber alle Finger funktionierten noch, weshalb Dmitri dies als Fehlschuss wertete. Seine Brust war übel zugerichtet, aber ausnahmsweise war er dankbar, dass er nicht tot war.

Er war froh, dass der Soldat und die Frau überlebt hatten. Er bewunderte ihre Widerstandsfähigkeit, auch wenn sein Ziel das gleiche blieb. All die Opfer und die Erniedrigung, die seine Familie ertragen hatte, nicht weil *er* gesündigt hatte, sondern jemand anderes …

Sergejs Junge lag im Sterben und musste sofort im Krankenhaus behandelt werden. Die Felle waren verloren. Er musste seinen Plan ändern. Nach wie vor brauchte er Geld und musste seine Familie aus Russland herausbringen. Zum Glück hatte er immer noch etwas extrem Wertvolles im Visier. Und Magdalena zählte auf ihn.

Sein Enkel würde gerettet werden, ganz gleich, wer noch dafür sterben musste, aber der Bombenanschlag machte die Sache kompliziert. Wer hatte ihn angeordnet? Die Russen über ihren Spion? Oder die USA und die Briten über den Soldaten? Der Mann beeindruckte ihn, das musste sich Dmitri eingestehen. Mehr, als er es erwartet hatte. Er erinnerte ihn an sich selbst, vor langer Zeit.

Dmitri hatte in seinem Leben viele schlechte Entscheidungen getroffen und den falschen Leuten vertraut. Jetzt musste er für diese Fehler bezahlen, doch es brach ihm das Herz, dass sein Enkel die Hauptlast des Erbes seines Großvaters zu tragen hatte. Wäre Dmitri nicht übergelaufen, und hätte er einem jungen Mudschaheddin-Hauptmann nicht beigebracht, wie man kämpft, stünde er nicht in der Hälfte der Länder der Welt auf der Liste der meistgesuchten Verbrecher, und sein Sohn wäre heute noch am Leben. Dmitri war als Monster dargestellt worden, aber er hatte nie an Kollateralschäden oder zivile Opfer geglaubt. Frauen und Kinder sollten aus dem Krieg herausgehalten werden. Der Fehler, den er immer wieder gemacht hatte, war, dass er nicht rechtzeitig erkannt hatte, dass andere keine derartigen Bedenken hatten.

Er wandte sich an den Jungen mit den großen Augen, der im Schneidersitz neben ihm auf dem felsigen Boden saß. „Sag deinem Vater, er soll ihnen Essen und Unterkunft geben. Sag ihm, er soll das hier in den Tee des Soldaten tun, bevor er sich zur Nachtruhe begibt." Er reichte ihm eine kleine Kapsel. Ein nützliches Medikament für diejenigen, die nicht mehr schlafen konnten. „Ich brauche Vorräte, ein weiteres Pferd und einen Yak. Sag ihm, ich werde ihn bald bezahlen." Nur jetzt noch nicht.

Der Junge rückte seinen Hut zurecht, nickte mit seinem elfengleichen Gesicht und stand auf, um seine Ziegen zusammenzutreiben.

„Sei vorsichtig."

Der Junge lief davon, und Dmitri drehte sich um, um dem Mann und der Frau nachzusehen, wie sie aus seinem Sichtfeld verschwanden. Ein anderes Mal, an einem anderen Ort, hätte er sie davonkommen lassen. Aber nicht dieses Mal.

———

Im Westen senkte sich die Sonne über den Horizont, und sie waren immer noch unterwegs, obwohl sie vor Erschöpfung kaum noch etwas sehen konnte. Dempsey blieb stehen und beäugte sie kritisch. „Kennen dich die Leute hier?"

Sie blickte in Richtung des Dorfes und nickte. „Ein paar schon. Wir haben uns mit den Ältesten in Sarhad getroffen, als wir mit dem Projekt begonnen haben."

„Dann haben wir beide gerade geheiratet."

Ihre Augen wurden groß. „Ach ja?"

„Sonst werden wir getrennt, wenn wir in ihrem Dorf ankommen, und ich traue Volkov nicht, dass er nicht noch eine Nummer abzieht."

Sie runzelte die Stirn. Es war nicht der Gedanke, so zu tun, als sei er ihr Ehemann, der sie störte. Es war der seltsame Schmerz, der sie bei dem Gedanken überkam, von ihm getrennt zu sein.

„Dann sind wir frisch verheiratet, denn letzten Sommer war ich noch Single." Auch wenn es ihr an Angeboten nicht gefehlt hatte; ein Mann hatte sogar ein Kamel für sie geboten.

Er nahm ihre Hand, als sie sich den niedrigen Lehmbauten näherten. „Überlass mir das Reden."

„Solange ich damit einverstanden bin, was du sagst, kannst du das Reden gern übernehmen."

„Das Wort hartnäckig beschreibt dich nicht einmal ansatzweise. Mein GPS-Signal sollte mittlerweile funktionieren. Volkovs Spur ist etwa eine halbe Meile südlich von hier nach Osten abgezweigt. Ich verfolge ihn, sobald der Trupp mich eingeholt hat. Du wirst morgen früh wieder in deinem Lager sein und auf deine Katzen aufpassen." Seine Finger drückten fest zu.

Sie musste sich räuspern, um zu sprechen. Sie wusste nicht, warum sie der Gedanke an Rettung so traurig stimmte. „Wie erklären wir den Rest deiner Jungs, wenn sie auftauchen? Junggesellenabschied?"

„Studenten?" Ein hinterhältiges Grinsen umspielte seine Lippen.

„Zu viele Pistolen." Ihr Lächeln verblasste. Sie wollte nicht, dass Menschen starben. Sie könnten Familie haben. Ehefrauen … Wer waren diese anderen Soldaten überhaupt gewesen? Sie nahm an, dass sie es auf Dempsey abgesehen hatten, aber ins Kreuzfeuer zu geraten, war nicht ihre Vorstellung von Spaß. Der Gedanke, dass Dempsey getötet werden könnte, lastete wie eine schwere Bürde auf ihrer Brust, und es fiel ihr wieder schwer einzuatmen. Die Heftigkeit ihrer Reaktion erschreckte sie.

„Ich schlage vor, wir ruhen uns ein paar Stunden aus. Ich werde den Kommandanten aus dem Dorf kontaktieren und mich später um die Einzelheiten kümmern." Sie näherten sich einer Gruppe von niedrigen Gebäuden, die aus Lehm zu bestehen schienen. Rauchschwaden stiegen aus Löchern in den Dächern auf.

Eine Gruppe von Kindern in bunten Kleidern und mit klaffenden Zahnlücken rannte auf sie zu.

„Hallo." Dempsey lächelte und legte ihre Hand in seine Ellenbeuge. „Welche Sprache sprechen sie?", fragte er sie.

„Wahrscheinlich eine Mischung aus Wakhi und Kirgisisch."

Er grunzte, was sie als Zeichen nahm, dass seine Kenntnisse diese beiden seltenen Sprachen nicht umfassten.

„Einige von ihnen sprechen Englisch", fügte sie hinzu.

Sie machten sich auf den Weg ins Zentrum des winzigen Dorfes, und ein kleiner Mann trat an die Tür seines Hauses und lächelte sie freundlich an. Er trug zwei Jacken und eine Strickmütze, seine Gesichtszüge waren die eines alten Mongolen. Die anderen trugen eine bunte Mischung aus traditioneller Kleidung bis hin zu einem Fußballtrikot über mehreren Schichten von Pullovern. Der Mann in der Tür, offensichtlich der Stammesälteste, schnatterte in seiner eigenen Sprache mit ihnen. Axelle zog ihre Mütze weiter über ihr Haar, bis es vollständig bedeckt war. Auch wenn die Menschen hier in ihren religiösen Überzeugungen gemäßigt waren, wollte sie sie keinesfalls beleidigen.

Dempsey sagte: „Ich muss telefonieren, und meine Frau und ich brauchen einen Platz, wo wir uns ausruhen können." Er faltete die Hände und neigte seinen Kopf, um Schlaf zu mimen.

Sie schluckte den Kloß hinunter, der sich bei diesen Worten in ihrer Kehle bildete. Der Mann nickte und versuchte, Dempsey zum Tee in sein Haus zu zerren, während die Frauen sie aufforderten, ihnen zu folgen.

„Geh ruhig", meinte sie. „Ich bezweifle, dass der Russe es mit dem ganzen Dorf aufnehmen würde." Sie konnte ohnehin kaum mehr die Augen offenhalten.

„Ich komme, sobald ich die Zentrale angefunkt habe."

Axelle nickte dankbar. Sie wusste, dass er sich auch nach Anji und Josef erkundigen würde. Und nach ihren Leoparden. Die Last der Schuld erdrückte sie regelrecht – so viele waren gestorben, nur weil Dmitri Volkov sie ein paar Monate früher hierherlocken wollte. Mit wem hatte er über das Satellitentelefon gesprochen? Mit ihrem Vater? Oder mit jemand anderem?

Die Frauen führten sie in eine Hütte. Bevor sie hineinging, bemerkte sie, dass Dempsey sie von der Tür der anderen Hütte aus beobachtete. Er lächelte und wandte sich dann ab. Ihr Herz tat weh. Sie konnte hören, wie er nach einem Funkgerät oder Telefon fragte. Die Frauen geleiteten sie hinein, und sie bat darum, ihr Bad zu benutzen, das so einfach war, wie sie es erwartet hatte. Nachdem sie sich gewaschen hatte, gab man ihr ein paar saubere Kleider, aber sie war zu müde, um sich auszuziehen. Sie zog den schweren Stoffvorhang zurück und entdeckte eine dicke rote Decke, die auf einer grob gezimmerten Plattform ausgebreitet war. Das kam einem richtigen Bett so nahe, wie sie es sich an diesem Ort wahrscheinlich erhoffen konnte, und sie wollte vor Erleichterung den Boden küssen. Sie nickte dankend, und sobald sie allein war, fiel sie mit dem Gesicht voran auf das Bett und war in Sekundenschnelle eingeschlafen.

———

Berichten zufolge hatte Volkov den Bombenangriff überlebt.

Jonathon stieg vor Lucinda Allworths Haus in Suffolk aus dem Auto und fuhr sich mit den Fingern durchs Haar. Die Sicherheitsvorkehrungen waren diskret, aber streng, und er musste einem Sicherheitsbeamten seinen Ausweis zeigen, bevor er überhaupt an die Tür klopfen durfte. Er hatte sich nicht telefonisch angemeldet. Er wollte ihr nicht die Gelegenheit geben, sich zu weigern, ihn zu empfangen. Ihm war bewusst, dass sie Engländerin genug war, um ihn auf eine Tasse Tee hereinzubitten, wenn er unverhofft an der Türschwelle auftauchte.

„Jonathon?" Die Frau, die ihm die Tür öffnete, war schlank und zierlich und trug ein hübsches Baumwollkleid mit Sommerblumen. „Komm rein." Sie lächelte und winkte ihrem Sicherheitspersonal zu, bevor sie von der Tür zurücktrat und ihn ins Haus geleitete.

Er beugte sich vor, um sie auf die Wange zu küssen, und sie errötete. Sie war schon immer ein seltsam schüchternes Geschöpf gewesen. Hübsch, aber fast beschämt deswegen.

„Du siehst wunderschön aus, Lucinda, aber das ist ja nichts Neues." Sein Blick erwärmte sich, als seine Augen über ihren Körper glitten. Seine Haut prickelte vor unerwartetem Verlangen. Das würde ganz und gar nicht mühsam sein. Er war alt, aber nicht tot.

„Oh." Sie berührte ihre Wange und das Rot vertiefte sich. Er unterdrückte ein Lächeln. Sie wirkte immer so … überrascht, wenn er ihr Komplimente machte. Man könnte meinen, er hätte sie noch nie geküsst oder sie nackt gesehen.

„Wie geht es dir, meine Liebe?" Er schloss die Tür und folgte ihr in die Küche. Sie war immer am Backen, und der Geruch von Scones lag in der Luft. Kein Wunder, dass Sebastian ein paar Pfund zu viel auf den Rippen gehabt hatte. Wäre er nicht so fett gewesen, hätte er der Kugel vielleicht entkommen können. Wobei, vielleicht auch nicht. Jonathon schürzte die Lippen.

Es war Volkovs Schuld. Alles.

„Ich hätte dir Champagner mitgebracht, um Davids Sieg zu feiern, aber mir ist eingefallen, dass du nicht trinkst."

„Es war schon ein spektakulärer Erfolg, Jonathon." Sie strahlte ihn an. „Ich habe am Abend der Wahl tatsächlich ein paar Gläser getrunken." Wahrscheinlich war sie aus dem Saal geschleift und in ein Taxi verfrachtet worden, bevor sie in den Frühstücksnachrichten gelandet war.

Er berührte ihren Arm. Ein kalkulierter Zug. Trost und Interesse. Genug von beidem, um ihre Reaktion auf ihn abzuschätzen – auf *sie* beide. „Sebastian wäre stolz gewesen, meine Liebe. Du hast deinen Sohn zu einem wunderbaren jungen Mann erzogen."

Sie lächelte traurig und berührte seine Hand. „Nicht mehr viele Leute erinnern sich an Sebastian." Sie kaute auf ihrer Unterlippe, dann begegnete sie seinem Blick. „Manchmal denke ich, wir beide sind die einzigen Menschen, die wissen, dass es ihn gegeben hat."

Jonathon kam näher und sah, wie ihre Augen plötzlich aufflackerten.

„Ich werde ihn nie vergessen, Lucy. Ich habe ihn geliebt. Er ist jeden einzelnen Tag bei mir." Er legte die Hand auf sein Herz, bevor er sein Kinn neigte und sich ihr langsam näherte. „Ich habe versucht, *dich* zu vergessen, aber nachdem ich dich in den Nachrichten gesehen habe, musste ich einfach herkommen." Er küsste sie sanft, um sie an die Idee von Hitze und Leidenschaft heranzuführen. Und die zierliche Frau in ihrem hübschen Kleid in ihrer reizenden Landküche erwiderte seinen Kuss. Dafür würde er sie belohnen, indem er sie langsam und leidenschaftlich liebte, und dann, in der dunklen Tiefe der Nacht, würde er ihr sein tiefstes, dunkelstes Geheimnis gestehen – dass Sebastian gar nicht bei einem Flugzeugabsturz ums Leben gekommen war. Stattdessen war er von demselben Monster getötet worden, das versucht hatte, ihn im Jemen in die Luft zu jagen. Einem Monster, das aus seinem Grab wiederauferstanden war.

Er fuhr mit seiner Hand durch ihr Haar, knabberte sanft an ihrem Mund und begann, sie die Treppe hinauf zu demselben

Schlafzimmer zu führen, das sie einst mit ihrem Mann geteilt hatte. Und diese hinreißende Frau würde sich mit ganzem Herzen an den Gedanken klammern, den Mörder ihres Mannes zu rächen, weil sie sich schuldig fühlte wegen des Vergnügens, das Jonathon ihr bereitet haben würde, und zwar auf eine Weise, von der der dicke alte Sebastian nur hätte träumen können.

Nun, vielleicht hatten sie in ihrem Alter beide ein wenig Spaß verdient.

Und sobald sie von dieser neuen Wahrheit erfuhr, würde sie zu ihrem Sohn, dem Premierminister, rennen, und er würde vor nichts zurückschrecken, um seinen verstorbenen Vater zu rächen. Dann könnten sie alle glücklich bis ans Ende ihrer Tage leben. Außer Dmitri, denn der wäre dann endlich tot.

———

Dempsey machte sich auf den Weg zu der kleinen Hütte, die ihnen für die Nacht zugewiesen worden war, und knirschte frustriert mit den Zähnen. Das sowjetische Funkgerät im Dorf funktionierte nicht, und es gab keine Satellitentelefone, um die Zentrale zu kontaktieren. Was das Regiment anging, könnte er genauso gut tot sein. Er nahm an, dass sein GPS immer noch ein Signal sendete, aber da ein mysteriöses Killerkommando hinter ihnen her war, konnte dieses Signal sie genauso gut ausliefern wie retten. Es gab noch andere Soldaten im Wakhan-Korridor, und es würde nicht lange dauern, bis einige von ihnen ihn einholten. Dann könnten sie die Zielperson verfolgen – einen dreiundsechzigjährigen Dämon mit einem Einschussloch im Körper –, die es bisher immer wieder geschafft hatte, Dempsey zu überlisten.

Diese Generation war von einem anderen Schlag von Menschen, von purer Bosheit und Gehässigkeit getrieben. Wie sein Vater. Das einzige Mal, dass er seinen alten Herrn hatte zusammenbrechen sehen, war, als er erfahren hatte, dass Siobhan tot war, und selbst damals hatte es nicht lange angehalten.

Er gähnte, sein Kiefer knackte. Abgesehen von einer knappen Stunde hier und da hatte er seit Tagen nicht mehr richtig geschlafen, und eine qualvolle Erschöpfung nagte an ihm. Wenn das Adrenalin durch den Körper pulsierte, brauchte man nicht viel Schlaf. In der relativen Sicherheit des Dorfes blieb ihm wohl nichts anderes übrig, als endlich ein paar Stunden zu schlafen.

Er schob den dicken Stoff, der als Tür diente, beiseite und ging auf den Vorhang zu, der den Raum teilte. Die Petroleumlaterne, die ihm der Dorfälteste mitgegeben hatte, schuf eine gemütliche Atmosphäre. Er stieß einen langen, langsamen Atemzug aus, als er Axelle schlafend auf dem Bett liegen sah. Zum Leidwesen seiner Gastgeber hatte er die Hütte während des Essens ständig im Auge behalten. Volkov war der gerissenste Bastard, mit dem er seit Jahren zu tun gehabt hatte, und er machte sich Sorgen um Axelles Sicherheit.

Aber es ging ihr gut. Es ging ihr sogar sehr gut.

Er konnte sich nicht erinnern, wann eine Frau ihn das letzte Mal so berührt hatte. Möglicherweise noch nie. Er stellte den Tee, den sie ihm gegeben hatten, neben das Bett. Er lächelte beim Anblick ihrer schlafenden Gestalt. Wie jeder alte Kriegsveteran schlief sie mit ihren Stiefeln und ihrer Mütze. Er ließ sich auf das Bett fallen und rieb sich die Augen.

Sie rührte sich.

„Tut mir leid. Ich wollte dich nicht wecken", flüsterte er.

Sie blinzelte und drückte sich in eine sitzende Position. Dann nahm sie ihre Mütze ab und strich ihr zerzaustes Haar über eine Schulter. Auf einmal sah sie jung aus. Nicht knallhart und zupackend. Dunkle Ringe lagen unter ihren müden Augen. Ausnahmsweise wirkte sie unsicher und nicht bereit, es mit jedem Gegner aufzunehmen.

„Im Umkreis von zwanzig Meilen gibt es weder ein funktionierendes Funkgerät noch ein Satellitentelefon." Er klang so erschöpft, wie er sich fühlte.

„Diese Leute haben so gut wie nichts."

Er reichte ihr seine Feldflasche mit Wasser und sie nahm einen Schluck. Sie waren weit über gesellschaftliche Höflichkeiten hinaus.

„Wie sie hier überleben, ist mir ein Rätsel", meinte sie.

„Ich wollte fragen, *warum* zum Teufel sie hierbleiben, aber nachdem ich den Rest von Afghanistan bereist habe, muss ich zugeben, dass dieser Ort einige Vorteile bietet."

„Das war einmal." Ihre dunklen Augen verfolgten seine Bewegungen. „Mittlerweile womöglich nicht mehr so viele."

Er schüttelte seinen Rucksack ab, der sich anfühlte, als wäre er an seinen Rücken geschweißt worden. „Das Militär will nur Volkov. Sie werden nicht bleiben, wenn es keinen Grund gibt."

„Und du hast kein Problem damit?" Sie wandte ihren Blick ab.

„Was?"

„Auf eine Mission geschickt zu werden, um jemanden zu töten."

„Ich wurde nicht losgeschickt, um jemanden zu töten. Ich wurde geschickt, um ihn zu fangen." Er schloss den Mund und ärgerte sich, dass er so viel preisgegeben hatte.

Sie lächelte. Sie wusste, dass sie ihn zum Reden gebracht hatte. „Ob tot oder lebendig, richtig?"

Er rieb sich mit den Händen über die Augen und stützte die Ellbogen auf den Knien ab. „Axelle, du bist eine kluge Frau. Du weißt, dass es Zeiten gibt, in denen wir nicht alle Händchen halten und ‚Kumbaya' singen können." Er beschloss, ihr die Wahrheit zu sagen, weil er wollte, dass sie genug Informationen hatte, falls sie diesem Bastard noch einmal begegnete – vor allem, wenn er nicht da wäre, um ihr zu helfen. Der Gedanke zerrte an seinen Eingeweiden. „Volkov ist Ende 1980 von der Roten Armee desertiert und hat sich den Mudschaheddin angeschlossen. Als der Krieg vorbei war, war er immer noch so blutrünstig, dass er islamische Kämpfer aufsuchte und ihnen die Grundlagen des Bombenbaus beibrachte, mit denen sie jetzt Regierungen und Zivilisten auf der ganzen Welt terrorisieren. Es ist mir einerlei, was für Gründe er hatte. Vielleicht ist er missverstanden worden, aber das ist mir scheißegal. Ich habe mein ganzes Leben damit verbracht, Menschen zu schützen, und er hat sein Leben damit verbracht, sie zu töten. Für einen solchen Mann gibt es keine Gnade, egal unter welchen Umständen."

Sie saß da und starrte ihn an, die Augen weit aufgerissen vor Verständnis und nicht mehr ganz so entsetzt darüber, dass er den Mann töten würde, wenn es darauf ankam. Er hatte mehr gesagt, als er sollte, doch nachdem sie entführt worden war, hatte sie eine Art Erklärung verdient. Nicht, dass seine Vorgesetzten das auch so sehen würden.

„Übernachten wir hier oder ziehen wir weiter?" Ihre Augen waren immer noch trüb, doch sie war bereit, weiterzugehen, wenn es nötig war. Aber er, *verdammt*, er war todmüde.

„Lass uns ein paar Stunden schlafen und dann vor Sonnenaufgang verschwinden." Er war sich nicht sicher, ob sie irgendwo in der Nähe einen sichereren Unterschlupf als diesen finden würden. Er fühlte sich zwar ausgeliefert, aber er war auch nur ein Mensch – er konnte nicht ewig wach bleiben.

Er löste die Schnürsenkel an ihren Stiefeln und zog ihr erst den einen, dann den anderen aus. Als er ihre Füße massierte, stöhnte sie, und er versuchte nicht darauf zu achten, was das Geräusch in ihm auslöste, tief in seiner Magengrube. „Schlaf weiter. Ich muss noch ein paar Dinge erledigen, bevor ich mich ausruhen kann."

Er überprüfte seine Waffen und vergewisserte sich, dass sie sauber, geladen und griffbereit waren. Dann ging er nach draußen und machte einen kurzen Rundgang im Dorf, um nachzusehen, was die Bewohner so trieben und ob irgendetwas nicht in Ordnung war. Er wusste nicht, ob die Leute hier ihm die Geschichte abgenommen hatten, die er ihnen aufgetischt hatte, nämlich, dass seine Frau und er einen Wanderausflug von ihrem Camp aus machten, wo sie die Flitterwochen verbrachten. Verdammt, er wusste nicht einmal, ob sie ein Wort von dem, was er gesagt hatte, verstanden hatten, aber sie hatten seine Waffen mit einer gesunden Portion Respekt beäugt, und Dempsey nahm an, dass sie die Ausrüstung eines Berufssoldaten erkannten, wenn sie eine sahen.

Allerdings hatte er auch nie behauptet, *kein* Soldat zu sein. Er hatte ihnen nur erzählt, er wäre Axelles Ehemann. Zurück in der Hütte bückte er sich und zog seine Stiefel und Socken aus. Er nahm einen Schluck von seinem lauwarmen Tee, bevor er seine Schutzweste abschnallte und sie auf den Boden zu seinen anderen Sachen legte. Verdammt, war er todmüde. Er überlegte, dass er T-Shirt und Hose besser anbehalten sollte, damit seine Reaktion auf Axelle sie nicht zu Tode erschreckte, wenn sie aufwachte und feststellte, dass er wie ein notgeiler Kerl dicht an sie gepresst neben ihr lag.

Er wandte sich wieder dem Bett zu und erwartete, sie dort schlafend vorzufinden. Doch sie war wach und sah ihn mit einem Blick an, bei dem sein Herz für drei hoffnungsvolle Schläge stillstand.

„Warst du schon mal verheiratet?" Ihre Stimme war sanft und ein wenig heiser.

Er räusperte sich. „Nein. Die Armee verträgt sich nicht gut mit der Ehe, und ich habe noch nie jemanden getroffen ..." Er hielt inne. „Fällt es dir schwer, so zu tun, als wärst du mit einem Mann wie mir verheiratet?" Er hatte damit gerechnet, dass es so sein könnte, sich aber nicht weiter damit auseinandergesetzt. Er musste sie beschützen, koste es, was es wolle.

Ein trauriges Lächeln umspielte ihre Lippen. „Wir waren nur ein Jahr verheiratet, und die Hälfte davon war er weg." Doch der Schmerz war da, unter der Oberfläche.

Er setzte sich, ohne den Blickkontakt abzubrechen. „Das tut mir leid."

Sie nickte. Es gab nichts, was er sagen konnte, um das wiedergutzumachen, was sie verloren hatte. Solche Dinge passierten. Menschen starben jeden Tag. Sie starben, wenn sie die Straße überquerten, ungewaschenes Gemüse aßen und sich auf den Markt schlichen, um Freunde zu treffen, die sie nicht haben sollten.

Er legte sich hin und schloss die Augen. Er konnte sie neben sich spüren. Ihren weichen Atem an seinem Arm. Ihre Knie streiften seine, als sie sich an ihn schmiegte. Nach allem, was sie zusammen durchgemacht hatten, vertraute sie ihm.

Auf eine unvorstellbare Art und Weise war zwischen ihm und dieser unabhängigen Frau eine Verbindung entstanden. Der Überlebenskampf hatte sie zu Verbündeten gemacht, und diese Gefühle verschmolzen mit dem Verlangen in seinem Kopf zu etwas, das umwerfend komplex und doch ganz einfach war. Ihre Hand wanderte nach unten, um seiner zu begegnen, und ihre Finger verschränkten sich ineinander.

„Dempsey", raunte sie ihm leise ins Ohr.

Sie machte ihn verrückt, und sie wusste es nicht einmal. „Ich versuche, zu schlafen."

„Ich habe mich noch nicht bei dir bedankt. Für alles, was du getan hast, seit wir uns begegnet sind."

Sein Herz hämmerte wie das eines Teenagers, der seinen ersten feuchten Traum erlebte. „Ich mache nur meinen Job."

Er spürte, wie sie nickte, dann fühlte er ihre Hand auf seinem Bauch und ihm blieb fast das Herz stehen.

„Es ist mehr als das." Ihre Hand verweilte auf seinem Hemd. *Sie versucht, sich aufzuwärmen, du Idiot.* Doch dann wanderte ihre Hand tiefer, und er musste ihre Absichten nicht länger in Frage stellen.

„Axelle ..." Er stöhnte auf, als sie ihn berührte. Er hatte davon geträumt, dass sie ihn dort streichelte, so wie jetzt. Er lag da und hatte Angst, sich zu bewegen, weil er vielleicht schon schlief und das hier ein verdammt guter Traum sein könnte, nur dass sich Träume nicht so heiß anfühlten und nicht nach einer exotischen Mischung aus Honig und Seide rochen. Ihre Hand glitt zum Bund seiner Hose, und sie begann, die Schnallen und Knöpfe zu öffnen.

Oh, verdammt. Er hatte kein Problem damit, eine Waffe in die Hand gedrückt zu bekommen. Aber bei dieser Frau war er verloren. Blut pulsierte. Fleisch brannte. Er war zu nervös, um sich zu bewegen. Er wollte sie so sehr, dass die Lust über seine Haut kroch und über seinen Körper leckte, als wäre er ein Festmahl. Sie öffnete seine Hose, und plötzlich berührte sie ihn ohne jede Zurückhaltung, und seine Augen blitzten auf. Er packte ihr Handgelenk, drehte sie auf den Rücken und sah sie durchdringend an. „Du bist mir diese Art von Dank nicht schuldig."

„Was ist, wenn ich dich will?" Sie blinzelte ein feuchtes Schimmern aus ihren Augen weg. „Was ist, wenn ich zum ersten Mal seit dem Tod meines Mannes wieder einen Mann begehre?" Ihre Lippen zitterten, während sie mit ihren Gefühlen kämpfte.

Er konnte es nicht ertragen, den Schmerz in ihrem Blick zu sehen. Er wusste bereits, was sie verloren hatte. Und er spürte das Echo dieses Verlustes, weil es etwas war, das er nie haben würde. Er senkte seine Lippen auf die ihren, fuhr die Konturen nach, prägte sich ihre Beschaffenheit und ihren Geschmack ein.

Dann öffneten sich ihre Lippen mit einem Seufzer. „Wir brauchen keine Versprechen oder Ringe. Mir reicht eine schöne Erinnerung."

Diesen Wunsch konnte er ihr nicht abschlagen. Wem wollte er etwas vormachen? Er wollte es auch gar nicht versuchen.

„Ich bin heute fast gestorben und kann mich nicht einmal mehr daran erinnern, wie es sich anfühlt, einen Orgasmus zu haben."

„Wirklich?" Seine Stimme stockte. So viel zu Mr. Macho. Sie küsste ihn, und ihre weichen rosafarbenen Lippen knabberten an seiner Haut. Er erinnerte sich daran, wie umwerfend sie nackt durch das Visier seines Gewehrs ausgesehen hatte. Wie verzweifelt er sich gewünscht hatte, ihre Haut zu berühren. Es würde ihm ein Vergnügen sein, sie zum Orgasmus zu bringen.

„Hast du ein Kondom?", fragte sie.

Er griff in eine seiner Reißverschlusstaschen und zog eines heraus. „Die gehören zur Standardausrüstung." Er hätte ihr gerne die 101 Verwendungsmöglichkeiten von Kondomen näher erklärt, doch sie hatte es ihm bereits aus den Fingern genommen. Sie war zu schnell und gleichzeitig nicht schnell genug. Er wollte in ihr sein, aber er wollte auch, dass es länger als fünf Sekunden dauerte.

Als sie es gerade aufreißen wollte, hielt er ihren Arm fest. „Warte." Begierig darauf, sie nackt zu sehen, begann er, ihr das Hemd auszuziehen und schob den Stoff beiseite, nur um von einem weiteren T-Shirt überrascht zu werden.

„Großer Gott, wie viele Schichten hast du denn an?" Er zog ihr das Hemd aus.

Dann saß sie im Schein der Laterne in ihrem schlichten schwarzen Sport-BH und ihrer weiten Hose da. Er beobachtete, wie sich ihre Brüste hoben und senkten. Er hörte das Räuspern in ihrer Kehle, als er ihre glatte Haut mit seinem schwieligen Finger berührte – so weich. Ihre Brustwarzen drückten gegen die Baumwolle und er senkte seinen Kopf, um sie zu kosten.

Als er mit seiner Zunge über ihren harten Nippel fuhr, flammte die Lust in ihm auf. Seine Hände glitten über ihren Körper. Er zog sie näher an sich heran und kostete jeden Zentimeter Haut, den er finden konnte. Sie zerrte an seinem Hemd und versuchte, es ihm über den Rücken zu ziehen. Anstatt ihr zu helfen, war er damit beschäftigt, die Verschlüsse ihres BHs zu öffnen, und sein Herz ratterte wie ein Maschinengewehr.

Das war ein Fehler.

Er ließ sich dazu hinreißen, unachtsam zu sein, obwohl er in höchster Alarmbereitschaft sein sollte. Und sein Gehirn fühlte sich an, als wäre er unter Narkose, so müde war er.

Aber es war vielleicht der beste Fehler, den er je gemacht hatte.

Sie schlüpfte gleichzeitig aus ihrer Hose und ihrem Höschen, und er schluckte, als sie nackt in der Mitte des Bettes saß. Ehrfürchtig fuhr er mit seinen Händen über ihre zartrosa Brustwarzen und beobachtete fasziniert, wie sie unter seiner Berührung anschwollen. Ihre Lippen spalteten sich, ihre Augen waren dunkel vor Verlangen. Lust kroch durch seine Adern. Irgendwie hatte sie es geschafft, ihm das T-Shirt über den Kopf zu ziehen, wo es sich verheddderte, und er warf es beiseite. Er ballte die Hände zu Fäusten. Er sollte nein sagen. Es war nicht der richtige Zeitpunkt für sie, solche Entscheidungen zu treffen, und Sex gehörte definitiv nicht zu seinen Anweisungen.

Aber heilige Scheiße, wie könnte er jetzt aufhören?

Er hatte sie von dem Moment an begehrt, in dem er sie gesehen hatte, und er hatte sein Bestes getan, um die Finger von ihr zu lassen und sich professionell zu verhalten. *Sie* hatte diese Entscheidung getroffen. Sie hatte gern das Sagen. Jetzt war er an der Reihe. Er ließ sie auf das Bett sinken und kroch zwischen ihre langen, glatten Beine. Sie schrie überrascht auf.

„Ich glaube nicht, dass das eine gute" – er spreizte ihre Schenkel, während er seinen Mund auf sie hinabsenkte und an ihr saugte und leckte, bis sie sich in seinen Armen wand – „gute Idee ist."

Sie schmeckte süß und salzig. Ihre Finger umklammerten die Decke, und ihre Haut war mit einem feuchten Schweißfilm überzogen. Seine Hände wanderten höher, ertasteten ihre Brüste und neckten ihre Brustwarzen, bis sie sich krümmte. Ihr langes Haar löste sich aus dem Zopf und sie warf den Kopf nach hinten, als sie stöhnend kam. Beide achteten darauf, nicht zu laut zu sein.

Aber als er ihre Erlösung schmeckte, sehnte sich sein Körper danach, in ihr zu sein.

Sie lag einen Moment lang keuchend da, und er betrachtete sie bewundernd. Allein ihr Anblick erregte ihn so stark, dass er sich nicht regen wollte. Noch nicht. Mit einer geschickten Bewegung drehte sie ihn auf den Rücken. Er lachte und war so perplex, dass er eine ganze Sekunde lang still dalag. Lange genug, damit sie ihre Finger um ihn schlingen und die Kondompackung aufreißen konnte. Ja, er kämpfte wirklich mit aller Kraft dagegen an.

„Ich will alles, Dempsey. Kein Mitleid. Wenn das meine Sexquote für dieses ganze Jahrzehnt ist, will ich dich tief in mir haben."

Ein seltsames Kribbeln schoss durch seinen Körper, als er sich darauf vorbereitete, dominiert zu werden, aber er wollte die Sache in die Länge ziehen. Er griff nach ihren Schenkeln, als sie sich rittlings auf ihn setzte, wodurch ihre heiße, feuchte Mitte auf ihn traf.

Ein paar Sekunden lang ritt sie auf dem Kamm seiner Erektion. Das Verlangen versengte seine Haut. Das Blut in seinen Adern wurde heiß.

Irgendwie schien es *falsch* zu sein, als ob es mehr bedeuten sollte – als ob es mehr sein sollte als ein schneller Fick in einer heruntergekommenen Hütte. Aber er konnte jetzt nicht aufhören. Er umklammerte ihre Hüften, als er langsam in sie eindrang. Als sich ihr Rücken wölbte, wurden ihre kleinen perfekten Brüste nach vorne gedrückt und ihr Kopf fiel zurück, sodass ihr weiches Haar seine Knie streifte. Das Gefühl war so unglaublich, dass er es noch einmal tat. Und noch einmal. Er umfasste ihre Hüften mit seinen großen Händen, um sie genau dort festzuhalten, wo er sie haben wollte, während sie ihn in ihrem eigenen Tempo ritt – mal schnell, mal langsam, aber immer mit diesem wissenden Glitzern in ihren Augen. Er lächelte grimmig, als sie ihre Hände über den Kopf hob, ihre Hüften drehte und mit einem zufriedenen Stöhnen kam.

Er hielt seinen eigenen Höhepunkt an einem hauchdünnen Faden der Selbstbeherrschung zurück und ließ ihr einen Moment lang Zeit, um ihre Befriedigung zu genießen. Dann drehte er sie auf den Rücken, hakte sich mit seinen Ellbogen unter ihren Knien ein und stieß wieder in ihre weiche, samtige Hitze. Sie schrie auf, allerdings nicht vor Schmerz. Er ergriff ihre Hände, während er tief zwischen ihre Schenkel stieß, so tief, dass seine Eier schmerzten.

„Ist es das, was du willst?", fragte er mit tiefer, heiserer Stimme. Sie hatte seine Menschlichkeit zerstört und ihn auf seine animalischen Instinkte reduziert, sodass er nur noch einen Gedanken hatte. Lust durchströmte ihn, und er wollte sie hart und schnell, langsam und gemächlich nehmen, auf so viele verschiedene Arten, wie sie es ihm gestattete.

Ein amüsierter Blick trat in ihre Augen, während sie jeden Stoß mit einer Bewegung ihrer Hüfte erwiderte. „Ich hatte vergessen, wie gut es sein kann, aber" – sie keuchte bei einem Stoß, und sein Herz flatterte – „das ist genau das, was ich will."

Ohne die Verbindung zu lösen, begegneten sie einander immer wieder und steigerten sich zu einem Höhepunkt, der seine Welt zerschmetterte. Seine Sicht wurde weiß und dieses Mal schrie Axelle so laut, dass er zu lachen begann und nicht mehr aufhören konnte, als der Orgasmus als endlose, bebende Ekstase seinen Körper überrollte. Danach brach er auf ihr zusammen, und sie schlang ihre Beine und Arme fest um ihn, um jede Sekunde auszukosten. Er stützte sich auf seine Ellbogen und drückte sie fest an sich, wobei unerklärliche Gefühle in ihm aufstiegen. Er wollte sie nicht loslassen. Er wollte sie nie mehr loslassen.

Oh Gott. Das war ein Problem.

Es dauerte eine Ewigkeit, bis er die Kraft fand, sich von ihr herunterzurollen, und selbst dann wollte er sich nicht zurückziehen. Sie lag ausgestreckt auf den Decken. Die Augen geschlossen. Stumm. Und er wollte alles noch einmal machen, um nicht reden zu müssen, um nicht daran denken zu müssen, dass sie es nie wieder tun würden.

Aber so einfach war das Leben nicht, und Opfer zu bringen gehörte dazu.

Er zog das Kondom ab, bevor er wieder in seine Hose und sein T-Shirt schlüpfte und seinen kalten Tee austrank, um den Schmerz in seinem Hals zu lindern. Sie zog sich ebenfalls an, ihr wundervoller Körper verschwand aus seinem Blickfeld, und er wusste, dass die Chancen, sie noch einmal nackt zu sehen, gegen null tendierten. Frustriert presste er die Lippen aufeinander. *Gewöhn dich schon mal an dieses Gefühl, Kumpel.* Er war auf einer Mission, verdammt noch mal – er hätte eigentlich gar keinen Sex haben sollen. Schon gar nicht brandgefährlichen Sex, der ihn völlig um den Verstand gebracht hatte.

Abgesehen von ihren Stiefeln waren sie beide wieder komplett angezogen. Ihre Augen spiegelten seine Traurigkeit wider. Verdammt. Er hatte nicht vorgehabt, sie traurig zu machen. Er schmiegte sich an sie und zog die Decke über sie, wobei er eine Selbstsicherheit vortäuschte, die er keineswegs empfand. „Kann ich jetzt schlafen gehen?"

Sie stieß ihn mit dem Ellbogen in den Bauch, was Antwort genug war.

Provinz Nuristan, afghanisch-pakistanische Grenze, Oktober 1980

Ein Auto näherte sich dem kargen, staubigen Außenposten. Das erste in zwei Tagen. Der Winter rückte schnell näher, und Dmitri wickelte seinen Mantel enger um den Körper. Am Himmel waren zornige weiße Wolken zu sehen, die einen baldigen Schneefall versprachen. Nur jemand, der extrem verzweifelt war, würde versuchen, den Hindukusch im Angesicht eines Schneesturms zu überqueren, aber das hier war Afghanistan, und jeder hier war verzweifelt.

Er richtete sich auf, spannte seine Muskeln an und ging zur Absperrung neben einem Wachhäuschen, das sich am Straßenrand in der Nähe der pakistanischen Grenze in der östlichen Provinz Nuristan befand.

Mitten im Nirgendwo.

Zermürbende Eintönigkeit.

Stummer Hohn.

Das war sein blitzartiger Fall in Ungnade.

Es spielte keine Rolle. Nichts war wichtig, außer gehorsam seine Zeit abzusitzen und zu Magdalena und ihrem kleinen Sohn Sergej zurückzukehren. Er hatte keinen Stolz mehr. Keine Loyalität mehr gegenüber dem Vaterland, das er einst geliebt hatte. Er wollte seine Zeit abwarten, aus der Roten Armee entlassen werden und sich wieder auf dem Hof niederlassen, auf dem seine Eltern vor ihm gearbeitet hatten. Das war alles, was er jetzt wollte.

Er hörte das Geräusch von Gummistiefeln, die über den Boden schlurften. „Man muss es schon sehr eilig haben, dieses Drecksloch zu verlassen, wenn man so spät im Jahr noch eine Überquerung riskiert, nicht wahr, Dmitri?"

„Ya, Serzhánt." Dmitri überprüfte seine Waffe. Eine altersschwache Kalaschnikow, die er zerlegt, gereinigt und repariert hatte, sodass sie einigermaßen zuverlässig war. Dmitris Geschick im Umgang mit Waffen machte die mangelnde Präzision mehr als wett.

Das Auto näherte sich, der Auspuff klapperte wie eine Blechdose. Ein junger Mann, vielleicht siebzehn, saß am Steuer. Dmitri nahm das Fahrzeug genauer in Augenschein. Ein dunkler Kopf wippte auf dem Rücksitz. Er stand mitten auf der staubigen Straße und richtete seine Waffe auf das Auto, als es drei Meter entfernt holprig zum Stehen kam. Die Beifahrerin war ein Mädchen. Dmitri machte einen Schritt nach vorn, doch sein Vorgesetzter hielt ihn zurück, indem er ihm eine Hand auf den Arm legte.

„Ich kümmere mich darum, *Yefréytor.*"

In weniger als zwölf Monaten war er von einem *Kapitán* in Russlands wichtigster Armeedivision zu einem einfachen Soldaten degradiert worden. Die Bitterkeit war verwässert. Der Säuregrad war zurückgegangen. Es machte ihm nichts aus. Nicht mehr. Sie konnten ihm nichts mehr nehmen. Außer seiner Familie. Und er würde sie für nichts auf dieser Welt riskieren.

Dmitri ging weg und lehnte sich an die Hütte, um abzuwarten, ob dieses Arschloch von einem Boss Hilfe beim Tragen des Geldes brauchte, das er diesen armen Unglücklichen abnehmen wollte. Er zündete sich eine Zigarette an und drückte seine Stiefel in die Erde.

„Papiere", schnauzte der Mann. Papier raschelte im Wind, und Dmitri hörte, wie es von einer starken Böe erfasst wurde. Er schritt langsam zur Felswand, gegen die die Dokumente geweht worden waren. Er griff danach und richtete sich auf.

Es gab einen Grund dafür, dass sein Kollege einen fast verlassenen Grenzposten bewachte. Einen Grund, der nichts mit dem verletzten Ego eines russischen Spions zu tun hatte.

„Steig aus dem Wagen", bellte der *Serzhánt* den jungen Mann an.

Dmitri trat neben seinen Chef und reichte ihm die Papiere.

„Nimm ihn mit und durchsuch ihn." Er schnappte sich die Dokumente und warf sie in den Wagen. Seine Augen blitzten hämisch auf. „Durchsuch ihn gründlich."

Ohne sich seine Abneigung anmerken zu lassen, packte Dmitri den Jungen an den Schultern, drückte ihn grob gegen die Seite der Hütte und begann mit einer langsamen und gründlichen Durchsuchung der Kleidung des Mannes und seiner versteckten Ritzen. Es war alles andere als würdevoll, aber Dmitri hatte nicht viel übrig für Würde. Nicht mehr.

Er hörte das Mädchen schreien, als sie aus dem Auto gezerrt wurde, hörte das Schlagen einer Faust auf einen Körper, spürte, wie der junge Mann unter seinen Händen erstarrte. Dmitri drückte ihn fest an die Wand. Um seiner selbst willen.

„Sie ist meine Schwester. Bitte, tun Sie meiner Schwester nichts. Sie ist schwanger", flehte der junge Mann. Dmitri verkrampfte sich, während er den Jugendlichen weiter nach Waffen, Drogen und anderen illegalen Utensilien durchsuchte. „Wir sind auf dem Weg zum Dorf ihres Mannes in Pakistan, damit sie ihr Baby an einem sicheren Ort zur Welt bringen kann."

„Das ist mir egal", zischte er dem jungen Mann ins Ohr. Die Schreie der jungen Frau wurden immer lauter. *Sieh nicht hin, Dmitri. Sieh verdammt nochmal nicht hin.* Ein kurzer Blick verriet ihm, was gleich passieren würde. Das und das Entsetzen in den dunkeln Augen des Mädchens – sie waren genauso schwarz wie die von Magdalena – als sie seinem Blick begegnete, während sie auf der Motorhaube des Wagens lag.

Sein berüchtigter *Serzhánt* schlug dem Mädchen erneut auf den Mund und umklammerte dann ihre Kehle, während er ihr den Rock über den geschwollenen Bauch schob und ihre Schenkel mit seinen Beinen auseinander drückte. Der junge Mann riss sich aus seinem Griff los, aber Dmitri packte ihn, bevor er vier Schritte getan hatte, und rammte ihm den Kolben seines

Gewehrs gerade mit so viel Kraft gegen die Schläfe, dass er nicht sterben würde.

„Gut. Du kannst die kleine Hure als nächstes haben", höhnte der *Serzhánt*. „Wenn sie etwas taugt, werde ich ihren Bruder nicht erschießen."

Ihre Augen blitzten auf und Dmitri sah, wie sie versuchte, ihre Lippen zu einem erschrockenen Lächeln zu verziehen. Denn Frauen, die vergewaltigt werden, sollten ihren Angreifer anlächeln.

„So ist es schon besser, *Devotchka*. Du darfst mich sogar sauber lecken, wenn wir fertig sind." Der *Serzhánt* öffnete seine Hose, sein Penis ragte rot und hässlich in den Wind.

Galle stieg in Dmitris Kehle auf, sauer und ekelerregend. Sein letzter patriotischer Stolz verkümmerte und starb. Er schämte sich zutiefst, Russe zu sein.

Der *Serzhánt* zerriss die Bluse des Mädchens und presste seine Hand auf ihre volle Brust. Sie hatte Schmerzen. Dmitri konnte es spüren. Sein Herz zog sich zusammen, als er sah, wie sein bestialischer Vorgesetzter ihre Beine weiter spreizte und mit seinen dicken Fingern das Fleisch der Frau öffnete – Fleisch, das nur ein Ehemann oder ein Arzt sehen oder berühren sollte. Der *Serzhánt* spuckte auf seine Finger und schob sie in sie hinein, wobei seine Wangen vor Erregung erröteten. „Siehst du? Sie ist schon feucht für mich."

Dmitri drückte den Abzug seines Gewehrs und der Mann fiel tot in den Dreck.

Die Frau starrte ihn mit erschrockenen Augen an und schnappte nach Luft. Er machte einen Schritt auf sie zu und zog ihr den Rock herunter. „Beweg dich. Du musst von hier verschwinden. Sofort. Beeil dich."

Sie rannte zu ihrem Bruder, der bewusstlos war. Dmitri hob ihn wie ein Kind in seine Arme und legte ihn auf den Rücksitz. Dann durchwühlte er die Taschen des *Serzhánt* und nahm alles an Geld, Zigaretten und Munition heraus, was er finden konnte.

„Kannst du fahren?", fragte er das Mädchen.

Sie starrte ihn unverwandt an. „Was wird mit dir passieren?"

„Sie werden mich wahrscheinlich erschießen." Magdalena hätte gewollt, dass er das Mädchen rettete. Das wusste er, auch wenn es bedeutete, dass er sie nie wiedersehen würde.

„Komm mit uns."

„Was?", fragte er.

Sie zögerte, als würde sie abschätzen, ob sie ihm wirklich vertrauen konnte. „Komm mit uns. Mein Bruder und ich sind auf dem Weg zu Verwandten nach Pakistan. Amir wird mit den Mudschaheddin kämpfen. Du wirst bei uns sicher sein."

„Ein Russe sicher in Pakistan? Du bist verrückt." Trotz allem hätte er fast gelacht.

„Bitte. Ich brauche dich. Ich kann nicht fahren und Amir ist bewusstlos." Sie griff mit kleinen, kräftigen Fingern nach seinem Ärmel. „Unsere Familie ist reich. Wir können dich beschützen. Du wirst ein Held in meiner Stadt sein."

Das Wort „Held" traf ihn wie eine Kugel in die Brust. Er hatte einst ein Held sein wollen. Jetzt hatte er alles verloren, und das Wort bedeuteten ihm nichts mehr. Seine Karriere, seine Frau, der Sohn, den er nie kennengelernt hatte, sogar sein kaltes, gefühlloses Heimatland waren ihm genommen worden. Er öffnete die Beifahrertür und half dem Mädchen beim Einsteigen.

Was hatte er schließlich noch zu verlieren?

Axelle schreckte aus dem Schlaf hoch, und ihre Augen weiteten sich, als sie Dmitri Volkov sah, der eine mattschwarze Pistole auf Dempsey gerichtet hatte. Dempsey schlief zum Glück tief und fest. Sie schloss die Augen und öffnete sie wieder, doch es war nicht ihre Einbildung, die ihr einen Streich spielte. Der Mann stand tatsächlich da, müde, grimmig und entschlossen. Sie stieß einen leisen Atemzug aus. Dieser Mistkerl war wirklich gerissen, so viel stand fest. Volkov presste den Finger an die Lippen, dann zeigte er erst auf sie und anschließend mit dem Daumen in Richtung Tür.

Verdammt nochmal.

Nicht nur, dass der Mann noch nicht mit ihr fertig war, die Chancen standen gut, dass er Dempsey erschießen würde, wenn er aufwachte und versuchte, sie aufzuhalten. Das konnte sie nicht zulassen. Sie hatte begonnen, tiefe Gefühle für diesen Mann zu entwickeln, und niemand kannte die Gefahr dieser Gefühle besser als sie. Sie stieg langsam aus dem Bett und entfernte sich vorsichtig von dem Mann, mit dem sie kurz zuvor geschlafen hatte, wobei sie darauf achtete, dass ihr Körper ständig genau zwischen dem Russen und dem Soldaten war. Volkov hielt ihre Stiefel in der Hand und nickte mit dem Kopf zu den Vorhängen vor dem Eingang. Wenn sie eine falsche Bewegung machte, brauchte der Russe nur abzudrücken, und Dempsey wäre tot. Sie nickte, schnappte sich auf dem Weg nach draußen schweigend ihren Pullover und ihr Wams und ging, so schnell sie konnte, nach draußen, um Dmitris Aufmerksamkeit auf sich zu lenken und nicht auf Dempsey.

Zwei Pferde warteten in der Dunkelheit. Dmitri trat hinter sie, als sie ihre Stiefel anzog.

„Warum entführen Sie mich schon wieder?", fragte sie leise. „Meine Familie hat bereits bewiesen, dass sie Ihren Forderungen nicht nachkommen wird." Ihre Kehle wurde trocken, als sie sich an die Sprengstoffweste erinnerte, die er ihr angezogen hatte, und an die furchtbare Steinlawine als Antwort des Westens auf ihre Gefangennahme. Das konnte sie nicht noch einmal ertragen. Verzweifelt blickte sie sich um, aber draußen war niemand zu sehen. Alle schliefen.

Er stopfte ihr einen Lappen in den Mund und band ihr ein stinkendes, öliges Tuch um die untere Gesichtshälfte, um den Knebel zu fixieren. Sie versuchte, nicht zu würgen und bemühte sich, ruhig zu bleiben, während ihr Herz kräftig pochte. Er zog ihre Handgelenke hinter ihren Rücken und fesselte sie so fest, dass ihre Arme vor Protest knackten. Er bestrafte sie für ihre Flucht – obwohl es eigentlich nicht ihre Schuld gewesen war. Sie zwang sich, ruhig durch die Nase zu atmen. Sie würde nicht in Panik geraten. Dieser verrückte alte Mann hatte nicht vor, sie umzubringen. Aber sie wusste, dass jemand erschossen werden könnte, wenn sie sich wehrte, Lärm machte oder um Hilfe rief. Es war besser, mit ihm zu gehen und sich einen anderen Fluchtweg zu überlegen, wenn sie weit weg vom Dorf waren.

Dempsey würde sie finden.

Sie blinzelte die Rührung weg. In den letzten Tagen hatte sie gelernt, dem Soldaten nicht nur zu vertrauen, sondern sich auf ihn zu verlassen. Sie wollte nicht, dass er ihretwegen starb. Sie kam mit so ziemlich allem zurecht – sogar damit, unter der Erde begraben zu werden – solange er in ihrer Nähe war. Doch seinen Tod würde sie nicht verkraften.

Auch wenn er vielleicht nicht bei ihr bleiben würde, wollte sie nicht, dass er starb. Nicht jetzt. Niemals. Andererseits war sie sich jedoch sicher, dass er sie finden könnte und ihr helfen würde.

Axelle straffte die Schultern, als sie losgingen. Dmitri schob sie vorwärts und nahm die Zügel der Pferde in die Hand. Sie richtete ihren Rücken auf und hob ihr Kinn. Als sie leise um ein niedriges Haus herumgingen, flog etwas über ihren Kopf hinweg und schlug wie eine Abrissbirne auf den Russen auf. Die wirbelnde Masse aus Armen und Beinen war nichts weiter als ein Fleck in der Dunkelheit. Eine Sekunde lang stand sie wie erstarrt da, dann rannte sie zurück ins Dorf. Ein Mann erhob sich vor ihr wie ein Phantom aus dem Boden, und sie erstarrte, als er seine Waffe direkt auf ihr Herz richtete. Zwei Schüsse später explodierte sein Kopf. Blut spritzte ihr ins Gesicht, und sie musste sich zusammenreißen, um sich nicht zu übergeben, als er vor ihr zusammenbrach.

Plötzlich ertönten Schüsse aus allen Richtungen, Mündungsfeuer erhellten die Dunkelheit. Sie warf sich auf den harten Boden und rollte auf das nächstgelegene Gebäude zu, während über ihr Kugeln durch die Luft flogen. Schreie der verängstigten Dorfbewohner ertönten, die sich plötzlich inmitten eines tobenden Feuergefechts wiederfanden. So ein Mist. Solange sie gefesselt und geknebelt war, konnte sie niemandem helfen, aber egal wie sehr sie sich bemühte, sie konnte sich nicht befreien. Schließlich hörte die Schießerei auf, und sie sah sich um, ohne zu wissen, was zum Teufel los war. Oder wer den Kampf gewonnen hatte.

Jemand berührte ihre Schulter und sie erschrak. Es war der Soldat, Cullen. „Wo ist Dempsey?", fragte er, nahm ihr den Knebel ab und half ihr auf die Beine.

Sie drehte ihm den Rücken zu, damit er ihre Handgelenke losbinden konnte. „Er hat in der Hütte geschlafen, als ich gegangen bin." Ihr Mund wurde trocken, als sie eine plötzliche Furcht überkam. „Ist er nicht herausgekommen?"

Der Mann, den sie als Taz kannte, humpelte auf sie zu.

„Wo ist Volkov?", fragte Cullen ihn.

„Der Mistkerl ist abgehauen, als das Feuergefecht losging."

„Geht es dir gut?", fragte Cullen mit einem Blick auf sein hinkendes Bein.

Taz nickte. „Ich habe mir den Knöchel verstaucht, als ich ihn zu Fall gebracht habe. Es geht gleich wieder."

Axelle entledigte sich ihrer Fesseln und rannte über den staubigen Boden zur Hütte, die sie sich mit Dempsey geteilt hatte. War er bereits tot gewesen, als Volkov sie entführt hatte? Hatte der alte Mann sie ausgetrickst? Ihr Herz pochte in einem unsteten Rhythmus des Grauens. Sie sprintete durch die Tür, dicht gefolgt von den anderen Soldaten. Sie riss den Vorhang auf und rannte zum Bett, wo sie ihre Hand auf Dempseys Brust legte. Er atmete gleichmäßig und schien tief und fest zu schlafen.

Cullen stupste ihn an, aber er rührte sich immer noch nicht.

Taz beugte sich über ihn und hob seine Augenlider an. „Er wurde betäubt."

Sie schlug sich die Hand vor den Mund, und ihre Gedanken begannen wie wild zu kreisen. „Wir haben nicht gemeinsam gegessen."

„Die Dorfbewohner haben Volkov geholfen. Ich habe gesehen, wie sich einer von ihnen östlich der Stadt mit ihm getroffen hat, und der Kerl hat ihm die Pferde zur Verfügung gestellt", berichtete Cullen.

Baxter steckte seinen Kopf durch den Eingang. „Vier bewaffnete Männer tot. Keine Erkennungszeichen."

Taz überprüfte Dempseys Lebenszeichen, und Axelle versuchte, ihren Atem zu beruhigen, aber die Angst um ihn ließ ihre Hände zittern. Das war verrückt. Sich mit einem Mann einzulassen, der so etwas täglich tat, war emotionaler Selbstmord. Diese Gefühle erinnerten sie daran, wie schmerzhaft es war, wenn alles schief ging.

Um etwas Sinnvolles zu tun, sammelte sie ihre wenigen

verstreuten Habseligkeiten ein und stopfte sie in Dempseys Rucksack.

„Geht es ihm gut?" Ihre Stimme bebte.

Cullen warf ihr einen strengen Blick zu. „Irgendeine Ahnung, wer die Schützen waren?"

Axelle schüttelte den Kopf. Ihr war kalt bis auf die Knochen. „Nein, aber es waren noch mehr von ihnen in den Bergen. Dempsey hat eine Lawine ausgelöst und damit vier weitere Männer getötet." Sie blickte in Cullens blaue Augen. „Wir haben einen Mann aus dem Schnee ausgegraben, aber auch er konnte nicht identifiziert werden. Dempsey hat ein Foto gemacht."

Die Soldaten sahen sich an, während Baxter an der Vordertür Wache hielt.

„Was ist hier los?" Ein Schauer lief ihr über den Rücken, als ihr bewusst wurde, wie kurz sie wieder einmal davor gewesen war, entführt und getötet zu werden. Sie wollte das alles nicht. Sie wollte einfach ihre Ruhe haben und sich um ihre Leoparden kümmern, aber Dempsey lag bewusstlos auf dem Bett.

Taz setzte sich auf das Bett. „Warum hat Volkov es auf Sie abgesehen?"

Sie runzelte die Stirn. „Ich weiß es nicht." Sie kuschelte sich in ihren Pullover und streckte eine Hand aus, um Dempsey zu berühren und sich zu vergewissern, dass er noch lebte. Er fühlte sich fest, warm und unbeweglich an. „Er hat mich gerettet. Ich will nicht, dass ihm etwas zustößt."

„Wir dachten, ihr wärt beide tot." Cullens kontrollierter Tonfall verriet ihn. „Wir haben Josef zurück ins Lager geschickt, während wir weiter nach Leichen gesucht haben. Dann fing Dempseys GPS-Signal wieder an zu piepen, und wir sind Hals über Kopf hergekommen. Wir kamen gerade noch rechtzeitig, um zu sehen, wie Volkov Sie zur Tür hinausgeführt hat."

„Als ich aufgewacht bin, hat er mit einer Waffe auf ihn gezielt. Ich dachte, wenn ich leise mit ihm mitgehen würde, wäre die Gefahr geringer, dass Dempsey verletzt wird."

Cullen grinste. „Ihnen ist schon bewusst, dass er derjenige ist, der Sie beschützen soll, oder? Nicht andersherum."

Sie strich sich die Haare hinters Ohr. „Er hat mir schon öfter das Leben gerettet, als ich zählen kann."

Taz hob Dempseys Arm an und ließ ihn wieder sinken. „Er ist K.O."

Cullen sah seinen Freund stirnrunzelnd an. „Wenigstens hat er ein Lächeln auf dem Gesicht." Er wackelte mit den Augenbrauen und warf Axelle einen vielsagenden Blick zu.

Sie schob sich ungeduldig an ihm vorbei. „Wir müssen mit den Ältesten sprechen."

Cullen fasste sie am Arm. „Und das werden wir, aber Sie bleiben hier."

Sie riss sich aus seinem Griff los. „Warum?"

Sie bemerkte, wie die drei Männer einen Blick austauschten. Sie verschränkte die Arme. „Vertrauen Sie mir etwa nicht?"

„Das ist es nicht, nicht ganz." Cullen zuckte mit den Schultern. „Wir müssen Dempsey und Sie schützen, und das geht am einfachsten, wenn ihr hierbleibt."

Die Augen zu schmalen Schlitzen zusammengekniffen starrte sie ihn an.

„Taz und ich werden mit den Einheimischen sprechen. Baxter wird Wache halten." So wie sein Blick über Dempsey schweifte, wusste sie, dass sie alle auch sie beobachten würden, um sicherzugehen, dass sie Dempsey nicht verletzte. Was keinen Sinn ergab, aber nichts von alledem ergab einen Sinn.

Sie trat vor, bis sie Nase an Nase mit dem hübschen Soldaten stand, und gab ihm einen Schubs. „Der Mann hat mich vor einem sadistischen Bastard gerettet, der mich entführt und in eine Sprengstoffweste gesteckt hatte. Dempsey hat mich durch Tunnel in den Bergen geführt – meine persönliche Version der Hölle – und mich auf der anderen Seite lebendig herausgebracht. Ich würde für diesen Mann *töten*." Sie versetzte ihm einen weiteren Stoß gegen die Brust. „Und wenn Sie glauben, ich würde ihm in irgendeiner Weise schaden wollen" – sie hielt einen Moment lang inne und schluckte ihre Wut hinunter – „dann sind Sie dümmer, als Sie aussehen."

Sein Blick wurde weicher, und er hielt sie sanft an den Oberarmen fest. „Ich habe ihn betäubt im Bett vorgefunden. Ich habe keine Ahnung, wo ihr beide in den letzten vierundzwanzig Stunden gewesen seid. Sie waren mit einem der meistgesuchten Terroristen der Welt unterwegs, als schwer bewaffnete Männer aus dem Nichts auftauchten und versucht haben, euch zu töten. Nicht nur den Terroristen. Auch *Sie*. Ich bin zwar kein Wissenschaftler und mag vielleicht dumm aussehen, aber lassen Sie sich von meinem hübschen Gesicht nicht täuschen." Er ließ sie los. „Irgendetwas ist hier faul, und bis ich es herausgefunden habe, oder bis Dempsey aufwacht und mir sagt, dass Sie die verdammte Mutter Theresa sind, werde ich auf der Hut sein. Verstanden?" Mit einem Nicken überließ er sie Baxters wachsamem Auge. Sie setzte sich neben Dempsey aufs Bett, schloss die Augen und wünschte sie alle zur Hölle.

———

Heilige Mutter Gottes, sein Kopf tat so weh, als hätte er zehn Bier getrunken und die Nacht mit einer Flasche Famous Grouse beendet. Dempsey versuchte, ein Auge zu öffnen, doch es war zu schmerzhaft. Er versuchte es fünfmal, bevor er es schaffte, die Lider zu heben und sich aufzusetzen. Er wartete darauf, dass die Welt zur Ruhe kam und wischte sich mit der Hand über das Gesicht, um wach zu werden, doch er fühlte sich, als hätte er Klebstoff in den Adern, und musste sich zusammenreißen, um sich nicht zu übergeben.

Baxter beobachtete ihn von der Tür aus. Mit einem Grinsen kam der Soldat auf ihn zu und reichte ihm eine Feldflasche mit Wasser. Axelle lag schlafend neben ihm, ihr mahagonifarbenes Haar lag ausgebreitet auf der roten Decke, ihre Lippen waren leicht geöffnet. Er nahm einen Schluck und spülte sich den sauren Geschmack von der Zunge. Seine Erinnerungen waren ein wenig verschwommen, aber er war sich ziemlich sicher, dass Axelle und er … *Himmel.*

Wann genau war Baxter eigentlich angekommen?

Er wischte sich mit dem Handrücken über den Mund und zwang sich, aufzustehen. Das Sonnenlicht fiel durch die winzigen Fenster. Er ging zum Eingang und trat hinaus. Er sah drei einheimische Männer, die Gräber in der harten Erde aushoben.

„Was ist passiert?" Seine Stimme klang wie die eines Kettenrauchers.

„Du hast die Party verschlafen." Wut stieg in ihm auf, aber Dempsey hielt sie zurück, bis Baxter ihn auf den neuesten Stand gebracht hatte.

„Wir waren besorgt, dass Dr. Dehn in irgendeiner Weise daran beteiligt sein könnte."

„Nein. Axelle ist die Unschuldige in dieser Sache." Dempsey schüttelte den Kopf und versuchte, seine Gedanken zu ordnen. „Wir haben getrennt gegessen. Wahrscheinlich haben sie etwas in diesen Tee getan, der nach Pisse geschmeckt hat." Sein Magen drehte sich um. „Habt ihr eine Ahnung, was sie mir gegeben haben?"

Baxter schüttelte den Kopf. „Ich nehme an, Taz und Cullen werden es aus dem Häuptling herausbekommen."

Dempsey nickte. „Volkov versucht, Axelle als Druckmittel für etwas zu benutzen. Ich weiß nur nicht, für was."

Wer waren die anderen Schützen? Schlangenfresser? Warum wollten sie Axelle töten – es sei denn, sie wollten einfach keine Zeugen? Mist. Er wusste es nicht.

„Pass auf sie auf", sagte er, bevor er über den staubigen Platz ging und auf die Unterkunft des Dorfältesten zuschritt. Drinnen angekommen, nickte er Cullen zu, der sich gerade mit dem ledergesichtigen Alten unterhielt.

Cullen grinste.

Die Augen des alten Mannes weiteten sich, als er ihn musterte.

Seine Haltung war steif und vom Alter leicht gebückt. „Ich muss mich entschuldigen. Ich weiß nicht, wie die Drogen in Ihren Körper gelangt sind. Ihr Soldat behauptet, dass es passiert sein muss, während Sie hier in meinem Dorf waren, und ich schäme mich zutiefst dafür."

Dempsey ignorierte den alten Mann. Er hatte einmal beobachtet, wie sein Vater in der Küche des Bauernhauses ein paar Soldaten bei einer freundlichen Unterhaltung Tee und Kekse serviert hatte. Eine halbe Stunde später hatten sie den Armeekontrollpunkt bombardiert, an dem einer der Jungs postiert gewesen war. Er war noch im Teenageralter gewesen und in einer Kiste nach Hause geschickt worden.

Die Frau und die Töchter des Mannes beäugten ihn von einem Bereich aus, bei dem er annahm, dass es sich um die Küche handelte. Sie wendeten ihren Blick ab, allerdings nicht, bevor er die Angst in den Augen der alten Frau sah. Diese Menschen hatten ein Leben lang Krieg und Verrat erlebt. Verdammt, er wollte nicht auch noch dazu beitragen, aber *scheiße* ... Er sah weg.

Auf einem antiken Holzschrank waren alte Fotos an verschiedenen Ehrenplätzen aufgestellt. Er überflog sie und nahm ein körniges Schwarz-Weiß-Bild in die Hand.

„Dieser Mann." Er hielt dem Ältesten das Foto unter die Nase. „Sie waren befreundet?"

Der alte Mann schüttelte den Kopf.

„Sie lügen." Das Foto zeigte einen deutlich jüngeren Dmitri Volkov. „Dieser Mann ist ein bekannter Terrorist, der islamischen Extremisten alles beigebracht hat, was sie wissen mussten, um unschuldige Zivilisten in die Luft jagen zu können."

Der Kiefer des alten Mannes, der dünn und zerbrechlich aussah, straffte sich. „Sie irren sich. Der Mann auf dem Foto hat dieses Dorf vor den Sowjets gerettet, als diese auf alles schossen, was sich bewegte, und alles verbrannten, was man essen konnte." Die trüben Augen schärften sich. „Der Mann auf dem Foto ist schon seit vielen Jahren tot."

Dempsey schwieg und begutachtete die anderen Fotos in der

Sammlung des Mannes. Die meisten waren schwarz-weiß oder sepia. Er hatte keine Ahnung, wonach er suchte, und legte sie schließlich frustriert beiseite. Nichts ergab einen Sinn. Dann sammelte er alle Fotos ein und steckte sie in eine Tasche. Der alte Mann blickte erschrocken drein. „Ich sorge dafür, dass Sie sie zurückbekommen." Er sah Cullen an. „Hast du die Zentrale angefunkt?"

Cullen nickte und sie gingen nach draußen, um zu reden. „In ein paar Stunden werden zwei weitere Vierer-Trupps eintreffen. Bist du sicher, dass Axelle Dehn nicht in die Sache verwickelt ist?"

Dempsey war zwar nach dem Sex mit Axelle bewusstlos geworden, aber er erinnerte sich an alles, was im Vorfeld dieses perfekten, glorreichen Moments geschehen war.

„Ganz sicher. Volkov versucht, sie zu benutzen, aber ihr Vater schluckt den Köder nicht. Ich frage mich, warum die Amerikaner noch nicht aufgetaucht sind."

Sie wechselten einen Blick.

„Du glaubst doch nicht…?" Cullen blickte zu den vier Leichen, die sauber eingewickelt und bereit für die Beisetzung dalagen.

„Das hoffe ich verdammt noch mal nicht, denn auf dem Berg liegen noch vier weitere, die erst im Frühling auftauen werden. Weißt du, in welche Richtung er gegangen ist?", fragte er und meinte damit Volkov.

Cullen deutete nach Süden zum Boroghill-Pass. „Er hat Angst bekommen und ist abgehauen."

Vielleicht.

Sie mussten ihm so schnell wie möglich folgen, aber sie konnten Axelle nicht mitnehmen, und er wollte sie nicht bei diesen Leuten zurücklassen. „Ruf die Zentrale an. Ich will so schnell wie möglich einen Hubschrauber hier haben, der Verstärkung abwirft und Axelle in Sicherheit bringt." Er hatte einen Job zu erledigen. Sein Herz hämmerte gegen seine Rippen, als sie im Eingang ihrer Hütte auftauchte und in seine Richtung blickte. Ihre Augen waren zusammengekniffen, die Lippen zu einer dünnen

Linie zusammengepresst, und doch hatte er noch nie in seinem Leben einen schöneren Anblick gesehen.

Er wollte sie nicht allein lassen, aber er wollte, dass sie in Sicherheit war.

Plötzlich vibrierte die Luft. Die Soldaten zogen die Köpfe ein und hoben ihre Waffen. Die Dorfbewohner rannten zurück in ihre Hütten. Er preschte über den schmutzigen Hof, ergriff Axelles Hand und zog sie zurück in die Hütte. Hubschrauber. Wenn sie freundlich gesinnt waren, wäre das verdammt gut. Wenn es Feinde waren, stand ihnen der Kampf ihres Lebens bevor, es sei denn, einer der Jungs hatte hier irgendwo eine alte Stinger-Rakete gefunden.

Axelle starrte die Soldaten an, die aus dem Hubschrauber sprangen, und spürte, wie sich die vier Männer, die um sie herumstanden, entspannten. Dempsey rannte hinaus, um mit dem Mann im Cockpit des Hubschraubers zu sprechen. Dann lief er zu ihr zurück, und der Ausdruck auf seinem Gesicht brachte die Worte, die sie ihm sagen wollte, zum Verstummen. Er nahm ihren Arm und zog sie ins Schlafzimmer. Das Zimmer, in dem sie sich noch vor wenigen Stunden geliebt hatten. Sie verdrängte die Erinnerungen. Dieser Vorfall gehörte der Vergangenheit an. Es war ein Moment des Glücks in einem Leben voller Einsamkeit gewesen.

„Der Pilot hat sich bereit erklärt, dich zum Basislager zurückzufliegen. Du solltest so schnell wie möglich in die Staaten zurückkehren, bis es sicher ist, wieder herzukommen.“

Sie begann zu zittern. Was auch immer sie erwartet hatte, es war nicht dieser abrupte Abgang gewesen, und sie konnte sich die Gefühle nicht erklären, die sie bei dem Gedanken, ihn zu verlassen, überkamen. Er war ein Soldat auf einer Mission. Keine

Urlaubsromanze. Er musste gehen. Und noch wichtiger war, dass *sie* gehen musste.

„Wirst du Volkov verfolgen?", fragte sie. Ihre Zähne klapperten, aber ihnen beiden war klar, dass dies nichts mit der Kälte zu tun hatte.

Seine strahlend blauen Augen blickten sie eindringlich an. Ein Muskel zuckte in seinem Kiefer. All die Jahre, in denen sie auf sich allein gestellt gewesen war, drückten auf sie herab. Die Erinnerung an all die Menschen, die sie von sich weggestoßen hatte, schwappte in einer unaufhaltsamen Welle über sie hinweg. Sie hob ihre Hand, um ihn aufzuhalten, als er Anstalten machte, etwas zu sagen.

„Gut, denn ich muss zurück und sehen, wie es den Leoparden geht. Das Projekt neu bewerten. Nachsehen, ob es den Jungtieren gut geht." Ihre Stimme stockte. Warum war das so schwer? Sie schlang ihre Arme fest um sich und trat einen Schritt zurück. Ihr war kälter als während des Schneesturms. Kälter als nach einem Sprung in einen zugefrorenen See. Sie wollte nicht, dass Dempsey ging. Sie wollte nicht wieder allein sein. Aber er war Soldat – so war dieser Job.

Und dieser schreckliche, qualvolle Herzschmerz war genau der Grund, warum sie sich nicht auf ihn hatte einlassen wollen.

„Axelle –"

„Bitte ... sag nicht Lebewohl." Ihr Flehen verwandelte sich in ein Schluchzen, als er einen Schritt auf sie zumachte. „Das letzte Mal, als ich mich von einem Soldaten verabschiedet habe, ist er gestorben. Das verkrafte ich nicht noch einmal."

Er sagte nichts, aber seine Augen sprachen Bände. *Dies* war seine Realität. Womöglich würde er nicht mehr nach Hause kommen. Selbst wenn er überlebte, war die Chance, dass sie sich jemals wiedersehen würden, gleich null. Dies war der Abschied.

Sie musste ihm etwas sagen. Etwas Wichtiges. Etwas Bedeutungsvolles. Sie öffnete den Mund, aber es kam nichts heraus. Sie nahm seine Hand. „Ich weiß nicht, wie ich dir für alles danken soll."

Die Erinnerung an die letzte Nacht schoss ihr durch den Kopf, und an seinem Gesichtsausdruck konnte sie sehen, dass es ihm genauso ging. Er kniff die Augen zusammen und hob sein Gesicht zur Decke. Sie sah, wie sein Adamsapfel wippte, während er die Worte herunterschluckte, die er sagen wollte. Es gab keinen Ausweg aus dieser Situation. Dies war das Ende für sie.

Sie stellte sich auf die Zehenspitzen und küsste ihn auf die Wange, doch er bewegte sich nicht und wich ihrem Blick aus. „Vielen Dank für alles, Sergeant."

Seine Finger krallten sich für einen Moment in ihre Arme, dann ließ er sie los.

Sie lief aus der Hütte, zwang sich zu einem Lächeln und winkte Dempseys Männern zu, während sie krampfhaft versuchte, die Tränen wegzublinzeln, die sie in ihrem Elend zu ertränken drohten. Sie hatte sich geschworen, erst dann in einen Heulkrampf auszubrechen, wenn sie den Berg hinter sich gelassen hatte; sie musste sich nur noch ein paar Minuten länger zusammenreißen. Sie schritt hastig über den harten Boden und beugte sich instinktiv vor den bedrohlichen Rotorblättern weg. Eines der Crewmitglieder zog sie an Bord, und schon waren sie in der Luft, und ihr rutschte das Herz in die Hose, als der Boden unter ihnen langsam in die Ferne rückte. Sie beobachtete Dempsey, der auf dem Dorfplatz stand und ihr hinterherstarrte.

Manche Dinge sollten einfach nicht sein.

Vielleicht war sie dazu bestimmt, allein zu sein. Der Gedanke, dass sie ihn nie wiedersehen würde, löste regelrechte körperliche Schmerzen in ihr aus. Ein Unwohlsein, das sich in ihrer Seele festbeißen wollte.

Ein Besatzungsmitglied bot ihr Wasser an und riss sie aus ihrer Melancholie. Sie rang sich dazu durch, ihren Blick von dem Mann dort unten am Boden abzuwenden. Es war an der Zeit, in die Realität zurückzukehren. Ihre Leoparden waren hoffentlich wieder in Sicherheit, und sie musste zum Lager zurückkehren und entscheiden, wie es mit dem Projekt weitergehen sollte. Zum ersten Mal erfreute sie der Gedanke nicht. Sie ließ sich gegen die unnachgiebigen Metallwände des Hubschraubers sinken.

Vielleicht war sie einfach nur müde.

Sie verschloss die Augen vor den majestätischen Bergen und dem Himmel, der sie an die Augen eines Mannes erinnerte. Eines Mannes, den sie vergessen musste. Eines Mannes, von dem sie befürchtete, niemals über ihn hinwegzukommen.

VIERZEHN

Nachdem Dempsey die Männer in Gruppen eingeteilt hatte, sahen sie sich die Karten an – ironischerweise solche aus russischer Produktion und wahrscheinlich von Dmitri Volkov – und überprüften die Ausrüstung und Kommunikationsgeräte. Er versuchte, nicht an Axelles traurigen Gesichtsausdruck oder an den Wirbelsturm von Emotionen in ihren Augen zu denken. Er versuchte, sich nicht darauf zu besinnen, dass er es kaum übers Herz gebracht hatte, sie wegzuschicken. Er machte einfach seinen Job und befolgte Befehle, so wie er es die letzten zwei Jahrzehnte getan hatte. Den Tumult in seinem Inneren versuchte er dabei zu ignorieren.

„Dieselben Trupps wie bisher also?" Captain Robert Prentice war der verantwortliche Offizier in diesem Einsatz. Das Team hatte gemeinsam einen neuen Plan ausgearbeitet, der auf ihren Kenntnissen der Situation basierte. Sie würden Augen im Himmel und Stiefel auf dem Boden haben, und dabei berücksichtigen, dass noch jemand anderes nach Dmitri Volkov suchte.

Dempsey nickte. „Ein Team verfolgt ihn direkt, der Rest umkreist und flankiert ihn. Ich bin mir ziemlich sicher, dass er seine gesamte Kommunikationsausrüstung verloren hat, also sollten wir in der Lage sein, über die PRR und den sicheren Funk in Kontakt zu bleiben."

„Wir haben herausgefunden, dass sein Enkel krank ist und eine Lebertransplantation braucht", sagte Captain Prentice.

Dempsey holte tief Luft. Das war also der Grund, warum er nach einem Jahrzehnt wieder aufgetaucht war. „Er hat versucht, Dr. Dehn als Druckmittel zu benutzen, um seinem Enkel eine Behandlung im Krankenhaus zu ermöglichen?" Er konnte nicht umhin, sich einzugestehen, dass dies seine Sichtweise ein wenig veränderte. Niemand wusste besser als er, dass auch Bombenleger und Terroristen Menschen aus Fleisch und Blut waren, mit Familien, Lebensgeschichten und Hoffnungen. Und jeder Menge Reue.

„Scheint so. Die Russen haben seit Jahren strenge Beschränkungen über die Ausreise der Familie verhängt." Der Captain lachte. „Der Letzte von ihnen, der das Land verließ, war ironischerweise Dmitris Sohn, Sergej. Er gehörte im September 2001 einer Handelsdelegation nach New York an."

Dempsey richtete sich auf „Er kam beim Anschlag vom 11. September ums Leben?"

Der Captain nickte.

„Das ist keine Ironie, das ist eine verdammte Tragödie." Dempsey biss die Zähne zusammen.

„Die Ironie ist, dass Volkov diesen Mistkerlen überhaupt erst geholfen hat. Jetzt suchen alle nach dem sterbenden Enkel des Mannes, in der Hoffnung, den alten Bastard dadurch in die Finger zu bekommen und herauszufinden, was er weiß."

„Ich mag es nicht, wenn Kinder als Spielfiguren benutzt werden." Dempsey stellte seinen Stiefel auf einen Felsen.

„Der Junge ist der Enkel eines der schlimmsten Terroristen der Welt. Pech gehabt." Der Offizier versuchte, auf Dempsey hinabzublicken, musste jedoch seinen Kopf zu weit nach hinten neigen, um dies zu bewerkstelligen.

„Man kann das Kind nicht für die Verbrechen des Großvaters büßen lassen." Dempsey begegnete dem skeptischen Blick des jungen Offiziers.

Captain Prentice runzelte die Stirn, unsicher, was passiert war, aber er wusste, dass er den erfahrensten Mann in seinem Team irgendwie verärgert hatte. Es gab ein ungeschriebenes Gesetz beim SAS, sich nicht mit den Unteroffizieren anzulegen, wenn man einen Einsatz lebend überstehen wollte.

Dempseys Dienstakte sprach für sich. Er war länger im Dienst als jeder andere hier, und trotzdem hatte er das Gefühl, sich jeden verdammten Tag beweisen zu müssen, wegen Einstellungen wie der dieses Typen. „Wenigstens hat der arme kleine Kerl wahrscheinlich eine bessere Überlebenschance, wenn wir ihn abholen, als wenn die Russen ihn in die Finger bekommen."

Sie hatten eine Gesichtserkennungssoftware bei den Toten eingesetzt. Spetsnaz. Die Russen wollten Dmitri tot sehen. Kaum überraschend.

Dempsey bewegte seinen Arsch und machte sich bereit, aufzubrechen. „Nehmt euch vor dem Kerl in Acht. Er ist ein Scharfschütze, außerdem kann er Minen und Stolperdrähte legen, und er bewegt sich wie ein verdammter Windhund. Er kennt alle Verstecke, die nicht auf dieser Karte verzeichnet sind. Außerdem hat er Freunde hier im Tal, Leute, die ihm helfen." Er ließ seinen Blick über die Einheimischen schweifen. Die Einheit würde einen Trupp hier zurücklassen und das Dorf als Einsatzzentrale nutzen, um zu sehen, ob sie eine positive Beziehung aufbauen konnten, indem ihre Sanitäter alle gesundheitlichen Probleme im Dorf behandelten.

Herz und Verstand.

Aber irgendwie hatte Dmitri Volkov sie im Rennen um Herz und Verstand bereits geschlagen. Sie waren dabei, ihre Taktik an einem Ort anzuwenden, der nur wenige Menschen interessierte.

Dempsey tippte auf die Fotos in seiner Brusttasche und spürte das dumpfe Pochen seines Herzens. Er blickte in den Himmel und blinzelte heftig. Axelle war weg.

Sie würde ihn vergessen, sobald sie zu ihren Leoparden zurückkehrte.

Die Sonne brannte in seinen Augen, und seine Kehle fühlte

sich an, als hätte sie jemand mit Terpentin eingepinselt. Er umklammerte seinen Karabiner und machte eine ruckartige Bewegung mit dem Kinn. „Zeit, aufzubrechen."

———

Eine Limousine mit Chauffeur fuhr vor Jonathons Haus in Fulham vor, und er schloss die Haustür hinter sich ab. Er hatte dieses Reihenhaus in den späten Fünfzigern gekauft, bevor die Gegend in Mode gekommen war. Nach dem Tod seiner Frau und seiner Tochter hatte er es in drei Wohnungen aufgeteilt und mit den Mieteinnahmen ein Anwesen in Küstennähe sowie eine schicke kleine Yacht gekauft.

Der Chauffeur öffnete ihm die Autotür und Jonathon stieg ein.

„Guten Morgen", begrüßte er den Rear Admiral Walter Jenkins. *Arroganter alter Trottel.* Der Fahrer schloss die Tür und kletterte auf seinen Sitz, um sich in den Berufsverkehr zu stürzen.

„Mal sehen, was diese Leute für so verdammt streng geheim halten, hm?", brummte Walter und nahm sich einen Kaffee.

„Eine James-Bond-Weltraumwaffe, da bin ich mir sicher", erwiderte Jonathon düster und öffnete seine Zeitung. Er gähnte. Es war eine lange Nacht gewesen. Ein operativer Erfolg, ganz zu schweigen vom körperlichen Vergnügen. Wie gut, dass er bis danach gewartet hatte, um Lucinda sein Geheimnis zu verraten. Die arme Frau hatte sich in ein Wrack verwandelt, als er ihr erzählt hatte, dass ihr geliebter Sebastian von einem sowjetischen Verräter in den Rücken geschossen worden war. Er überlegte, wie lange es wohl dauern würde, bis sie es ihrem Sohn sagte, und blickte auf seine Uhr. Ob sie ihn sofort angerufen hatte? Nein, sie würde ein paar Stunden lang darüber grübeln. Sie würde duschen und versuchen, so zu tun, als hätte sie nicht die ganze Nacht mit dem besten Freund ihres Mannes gevögelt, bevor sie David anrief.

Er sah noch einmal auf seine Uhr. Er sollte noch genügend Zeit haben.

„Wahrscheinlich haben sie die Ideen von Ian Fleming." Der Admiral lachte über seinen eigenen Witz.

„Kunst, die das Leben imitiert, das die Kunst imitiert?" Jonathon hob eine Augenbraue und schlug die Beine übereinander. Der Admiral nahm die feminine Geste mit Unbehagen zur Kenntnis und wandte sich seinem Kaffee zu, während der Fahrer sich durch den Pendlerverkehr schlängelte. Jonathon lächelte.

„Wie ich sehe, war Warwick mit fünfundfünfzig raus." Jonathon wusste, dass der andere Mann Yorkshire unterstützte. Der Mann strahlte, und Jonathon erzählte ihm den Rest der Cricket-Ergebnisse. Er war schon immer fasziniert von der Loyalität der Menschen zu ihrem Geburtsort.

Sie hielten an, um das nächste Mitglied des Ausschusses abzuholen. Er verbarg ein Lächeln, aber die Aufregung brachte seine Brust zum Vibrieren. Dmitri Volkov wurde von einigen der tödlichsten Streitkräfte gejagt, die es gab. Er würde auf keinen Fall die Chance bekommen, sein verräterisches Maul aufzureißen, bevor sie ihm hübsche kleine Kugellöcher in die Haut schossen. Und sobald Jonathon den Rest des Volkov-Clans gefunden hatte, freute er sich darauf, auch sie auszulöschen. Eine Ratte nach der anderen.

———

Axelle war fassungslos, als Sir Ian Turner, OBE, Vorsitzender des Conservation Trust, die Klappe ihres Zeltes zurückschlug und heraustrat. Sie bedankte sich bei der Hubschrauberbesatzung für den Flug. Sie hatten Axelle eigentlich zu einem Militärstützpunkt bringen wollen, sich aber nicht allzu sehr gesträubt, als sie erklärt hatte, dass sie ihre Ausrüstung zusammenpacken musste und den nächsten Flug nehmen würde. *Ja, klar.*

Als sie auf den Boden sprang, rannten Josef und Anji auf sie zu, und Josef schloss sie in eine kräftige Umarmung.

„Ich dachte, du wärst tot", rief er über den Lärm des abfliegenden Hubschraubers hinweg. Die Emotionen des großen Mannes schienen überhandzunehmen, und er umarmte sie erneut. „Oh mein Gott. Ich dachte, ich würde dich nie wiedersehen."

Anji hüpfte hinter ihm her. „Es geht dir gut. Du biste in Sicherheit."

Axelle umarmte Josef kurz und lächelte Anji an. Sie winkte dem abfliegenden Hubschrauber zu und sah ihm nach, bis er hinter dem nächsten Gipfel verschwand, während sie darüber nachdachte, warum der Big Boss wohl hier war.

„Ich war in einem Berg gefangen." Sie erschauderte und versuchte diesmal nicht, es zu verbergen. Dempsey hatte ihr beigebracht, dass es in Ordnung war, Schwäche zu zeigen. Es bedeutete nicht, dass man deswegen wirklich schwach war.

„Geht es dir gut? Was ist mit dem Soldaten? Hat er dich gefunden? Ist er am Leben?" Die Angst stand Josef deutlich ins Gesicht geschrieben.

Eine Woge des Schmerzes rollte über sie hinweg. Frisch. Verheerend. Er war nicht tot. Er war einfach nur weg. „Er hat mir das Leben gerettet, aber sie haben den Wilderer noch nicht gefasst. Der Mann ist immer noch auf der Flucht, aber die Soldaten sind ihm auf der Spur." Sie hielt den Blick ihres Vorgesetzten fest. „Was machen Sie hier, Ian?"

Er sah einen Moment lang unsicher aus. „Wir sollten drinnen reden."

„Nein. Sie können vor Josef und Anji frei sprechen. Sie haben ein Recht darauf, zu erfahren, was los ist." Sie verschränkte die Arme vor der Brust und unterstrich damit ihren Standpunkt. Sie hatte das Gefühl, dass die anderen ohnehin bald erfahren würden, was er zu sagen hatte.

Er stapfte mit den Füßen auf und holte tief Luft. „Ich fürchte, ich muss Sie von Ihrem Posten als Projektleiterin freistellen."

„Wovon reden Sie?" Ihre Stimme wurde leiser, aber der Mann erkannte die Gefahr nicht.

Er zog die Augenbrauen hoch und wirkte unterwürfig und abweisend zugleich. „Sie haben vorsätzlich die Anordnungen des Trusts missachtet und sind für den Tod mehrerer Leoparden sowie das Entfernen von drei Funkhalsbändern entgegen eindeutigen Anweisungen verantwortlich. Wir haben mindestens die Hälfte unserer Studienobjekte verloren –"

„Ich habe so viele Leoparden wie möglich vor einem skrupellosen Wilderer gerettet."

„Soweit ich weiß, war er gar nicht hinter den Leoparden her." Er schlug nach einer Fliege. „Sondern hinter Ihnen, weswegen Sie für diesen Posten ungeeignet sind."

Axelle ballte die Hände zu Fäusten und blickte auf den Boden. Egal, was sie sagen wollte, dies war die Realität dessen, was passiert war. „Wer wird das Kommando übernehmen?" Ihre Knochen fühlten sich an, als ob sie zerbröckeln würden. Die Leoparden waren tot, und es war ihre Schuld.

Er presste die Lippen aufeinander, sichtlich überrascht über ihren mangelnden Widerstand. Josef sah aus, als hätte man ihn mit einer Stangenaxt geschlagen.

„Fürs Erste ich." Er war ein mieser Vorgesetzter, aber er war einmal ein guter Wildtierbiologe gewesen. „Bis wir jemand anderen für längere Zeit hierherholen können."

Für eine so aufregende und prestigeträchtige Position würde es genug Freiwillige geben.

„Was ist mit Josef?"

Turner blickte unbehaglich drein. „Er wird einen neuen Vorgesetzten bekommen, wenn er weitermachen will –"

Josefs massige Gestalt rührte sich. „Dr. Dehn ist die Beste der Welt, und Sie wollen mich zwingen, mit jemand anderem zu arbeiten?"

„Ich zwinge Sie zu gar nichts", schnauzte Turner. „Sie können jederzeit kündigen, wenn Sie möchten. Dr. Dehn hat dieses Projekt um Jahrzehnte zurückgeworfen. Wissen Sie, wie sehr schlechte Publicity einer Organisation wie der unseren schadet?"

„Schreien Sie Josef nicht an. Er hat nichts falsch gemacht." Gott, sie war müde. Sie konnte kaum noch stehen, geschweige denn diskutieren. Dennoch ging sie auf Turner zu. „Finden Sie für Josef einen anständigen Vorgesetzten, oder ich werde sowohl Sie als auch den Trust wegen ungerechtfertigter Entlassung verklagen. Ich wurde entführt und wäre bei der Rettung fast gestorben, und das Erste, was Sie tun, ist mich zu *feuern*? Oh, ja, das wird der Presse sicherlich gefallen. Und in Anbetracht der Tatsache, wer mein Vater ist, werden sie definitiv darüber berichten." Sie drängte sich an dem Mann vorbei und ging in die Hauptjurte, wo sie ihren Laptop hochfuhr.

Anji kam zu ihr und stellte sich neben sie. „Es tut mir leid, Dr. Dehn." Er spielte nervös mit seinen Fingern.

Axelle zwang sich, tief Luft zu holen und schenkte ihm ein Lächeln. „Du bist hier der Wichtigste." Er würde mehr Ranger ausbilden. Mehr Leoparden beschützen, als sie sich je erhofft hatte. „Ich verlasse mich auf dich, Anji. Enttäusche mich nicht."

Sie fühlte sich wie betäubt. Innerlich tot. Es war ein Gefühl, das sie zwar kannte, aber mit dem sie sich nicht mehr wohlfühlte. Ihre Abenteuer mit Tyrone Dempsey hatten ihr Leben verändert; es war an der Zeit, eine neue Normalität zu finden.

Turner kam herein, aber sie ignorierte ihn, weil sie damit beschäftigt war, ihre E-Mails zu checken und ihre Sachen wegzupacken. „Wo sind die Leopardenbabys?", fragte sie Anji.

„Ich habe sie nach Kabul geschickt", antwortete Turner stattdessen. „Sie werden dort im Zoo aufgezogen. Ein Symbol der Hoffnung für die Zukunft Afghanistans."

Sie erstarrte. Heiße Wut durchströmte ihren Körper. „Ein Symbol der Hoffnung? Ich hatte Sie gebeten, jemanden hierher zu schicken, der versucht, die Tiere auszuwildern. *Das* wäre ein Symbol der Hoffnung gewesen, kein gottverdammter Käfig."

„Es war nicht machbar –"

„Sie haben es nicht einmal versucht!", schrie sie. „Sie hätten etwas Revolutionäres, etwas Außergewöhnliches tun können, aber Sie haben es nicht einmal in Erwägung gezogen." Wut durchströmte sie und brachte ihre Müdigkeit und ihr Elend zum Schmelzen. Sie wäre fast gestorben, und dieser aufgeblasene Trottel hatte sich nicht einmal die Mühe gemacht, die Leoparden vor einem verdammten Beton-Zoo zu retten. Sogar der Direktor des Kabuler Zoos hatte zugegeben, dass gefährdete Arten in seinem Zoo nichts zu suchen hätten. Er war zu unbeständig. Angriffen gegenüber zu anfällig.

„Sie haben genug gesagt, Dr. Dehn. Packen Sie Ihre Sachen. Heute Nachmittag gibt es einen Flug, den Sie nehmen können."

Sie riss die Kabel ihres Laptops heraus.

„Was glauben Sie, was Sie da tun?" Turner trat einen Schritt vor und legte seine Hände auf ihren Ellbogen.

Sie drehte sich zu ihm um und vergewisserte sich, dass er genau wusste, was passieren würde, wenn er sie noch einmal anfasste. „Das ist *meine* Ausrüstung, und da ich hier nicht mehr erwünscht bin, nehme ich an, dass Sie daran gedacht haben, Ihre eigene mitzubringen?" Es war kindisch. Aber es fühlte sich großartig an. „Der Van gehört auch mir. Josef und Anji können ihn benutzen, aber *Sie nicht*." Sorgfältig legte sie die einzelnen Ausrüstungsgegenstände in ihre Kisten und stellte sich dieses Ekel auf dem Geländemotorrad oder einem der Pferde vor, die dem Trust gehörten.

„Das können Sie nicht tun. Es wird mindestens zehn Tage dauern, das alles zu ersetzen." Er legte seine Hand auf ihren Arm, und sie dachte kurz daran, ihm die Finger zu brechen. „Denken Sie doch an die Tiere –"

Sie stieß ihn weg. „Ich denke immer an die Tiere, Sie Idiot. Sie können Kot- und Haarproben sammeln, bis die neue Ausrüstung da ist. Und jetzt gehen Sie mir aus dem Weg."

Sie ging zu ihrer Jurte und sah, dass Turner es sich dort bereits gemütlich gemacht hatte. Die Trauerzeit war nur kurz gewesen. Sie räumte alles aus dem Raum, was ihr gehörte, einschließlich der Laken und des Kissens auf der harten Pritsche.

„Ich kann mit dir kommen", sagte Josef leise von der Tür aus.

„Bleib hier. Hilf Anji." Ihre Knie drohten, vor Erregung zu schlottern, aber diese Schwäche konnte sie sich nicht leisten. „Es sollte wenigstens Einer hier sein, der weiß, was er tut."

Er ergriff ihre Hand und hielt ihren Blick fest. In seinen Augen las sie Gefühle, die nichts mit den Schneeleoparden zu tun hatten. Wie hatte sie all diese Signale übersehen können?

Weil sie innerlich tot gewesen war. Bis sie Dempsey begegnet war, war sie ein emotionales schwarzes Loch gewesen, was alles außer ihren Tieren betraf. Sie berührte sein Gesicht. „Ich kann nichts anderes als deine Freundin und Mentorin sein, Josef. Selbst wenn ich nicht deine Vorgesetzte wäre ..."

Er atmete tief ein und schloss die Augen. „Ich weiß." Er presste die Lippen aufeinander. „Ich werde vorerst hierbleiben. Sieh zu, was du tun kannst, wenn du wieder in Montana bist. Ich will für dich arbeiten, nicht für dieses Arschloch. Nicht, weil ..." Er räusperte sich, dann fuhr er fort. „Nicht wegen meiner Gefühle, sondern weil du die beste Wildtierbiologin der Welt bist und der Trust dich wie Scheiße behandelt. Und ich habe sie auch noch angerufen."

„Du hattest keine andere Wahl, Josef. Du dachtest, ich sei tot, erinnerst du dich? Gib mir eine Woche Zeit. Ich werde das in Ordnung bringen."

Sie wollte nicht zurück nach Montana. Noch nicht. Sie musste sich mit ihrem Vater treffen, einem Mann, mit dem sie seit Monaten nicht mehr gesprochen hatte. Sie musste wissen, ob er einem Luftangriff zugestimmt hatte, obwohl sie dabei hätte sterben können.

„Kümmere dich gut um unsere Leoparden, Josef." Sie blickte in seine geröteten Augen und versuchte, ihn nicht zu bemitleiden, so wie sie hoffte, dass Dempsey sie nicht bemitleiden würde. An der Tür verlagerte Anji nervös sein Gewicht von einem Fuß auf den anderen. „Wer von euch nimmt mich jetzt mit nach Kurut?"

Sie lächelte, als sie beide in den Wagen stiegen. Im Rückspiegel sah sie Turner, der ziellos im Lager umherlief. Sein Besuch erinnerte sie daran, warum sie Politik hasste und lieber in einem Zelt in der Wildnis lebte, als sich mit Blutsaugern wie ihm abzugeben. Aber das war ihre neue Realität, und sie musste sich damit abfinden, ob es ihr nun gefiel oder nicht.

Dempseys Patrouille war von einem Hubschrauber tief im Hindukusch abgesetzt worden. Der Boden war weich, da der meiste Neuschnee in den letzten vierundzwanzig Stunden geschmolzen war. Sie hatten ihre Zielperson hinter dem nächsten Bergrücken gesichtet und bewegten sich direkt auf ihn zu. Der alte Mann wurde nicht langsamer. Es war, als wäre er besessen. Auf Dempseys Zeichen hin verschwanden Cullen und Baxter nach Osten. Taz und er kauerten sich hinter einen Felsbrocken von der Größe eines Kleinwagens.

Er wollte diesen Bastard in die Finger bekommen. Er wollte ihn so sehr, dass er in dem Wunsch ertrank. Er wartete. Er kontrollierte seine Atmung und spürte, wie Taz neben ihm das Gleiche tat. Sie konnten es sich nicht leisten, sich zu verraten. Der Russe war auf der Flucht vor dem Team, das ihm auf den Fersen war, und Dempsey wollte nicht, dass es zu einem Feuergefecht oder einer Pattsituation kam. Er wollte auch nicht, dass die Spetsnaz auftauchte und den Dritten Weltkrieg auslöste.

Er hatte den Befehl, den Mann zu töten.

Auch wenn seine Vorgesetzten es nicht genau so formuliert hatten, war „die Bedrohung ausschalten" ein ziemlich eindeutiger Befehl. Er dachte an Axelles entsetzten Gesichtsausdruck, als er sie in der Selbstmordweste gefunden hatte. Oh ja, allein dafür könnte er den alten Dreckskerl umbringen.

Da endlich lief der hagere Mann mit gesenktem Kopf auf sie zu. Er hielt sich die Seite und zog den linken Fuß nach. Dennoch bewegte er sich beharrlich und zielstrebig. Dempsey konnte keine

Waffen erkennen, aber der alte Mann könnte eine Handfeuerwaffe in seiner Tasche haben. Oder eine Granate.

Als er noch etwa zehn Meter entfernt war, blieb Dempsey stehen und richtete das Gewehr aus. Der alte Mann rutschte im Schlamm aus und fiel zu Boden.

Dempsey ging auf den Mann zu, der keuchend dalag. „Hände hoch. Zeigen Sie mir, dass Sie unbewaffnet sind, Volkov, sonst wird Ihr Enkel nie die Hilfe bekommen, die er braucht."

Dmitri hob den Kopf und hob langsam die Hände. „Mein Enkel? Sie wissen von meinem Enkel?"

Dempsey machte einen weiteren Schritt auf ihn zu. „Ich weiß, dass er krank ist. Und er sollte nicht für Ihre Verbrechen bestraft werden. Genauso wie Sie keine unschuldige Frau hätten verletzen dürfen, um Ihre Forderungen durchzusetzen."

„Ich habe ihr nichts getan. Ich hätte euch alle tausendmal in die Luft jagen können, aber ich habe es nicht getan." Dmitri kämpfte sich auf die Knie, die Hände immer noch erhoben. Dempsey traute dem gerissenen alten Bastard nicht, doch er hatte nicht ganz Unrecht. Er hatte keine Sprengfallen gelegt und den Jungtieren das Leben gerettet.

Dies waren nicht die Taten eines durch und durch bösartigen Mannes.

„Ich habe getan, was ich tun musste, um meinen Enkel aus Russland herauszuholen. Was nun?" Die Augen des alten Mannes verengten sich, und er lächelte. „Ich wette, sie haben Ihnen gesagt, Sie sollen mich töten?" Er lachte. „Einen englischen Soldaten dazu zu bringen, mich hier in diesem Tal zu erschießen, scheint die perfekte Ironie zu sein."

Die Befehle hatten sich tatsächlich geändert. Aber warum? Es gab viele Fragen darüber, was hier vor sich ging, die nur dieser Mann beantworten konnte. Wer wollte seinen Tod? Und noch wichtiger, warum?

Taz hob fragend eine Augenbraue. Sie waren Soldaten. Sie waren keine kaltblütigen Killer. Auch wenn das für manche Leute keinen Unterschied machte, gab es Regeln für jeden Einsatz. Aber es gab auch direkte Befehle.

Dempsey hatte noch nie bei einer Mission versagt und immer seine Befehle befolgt ... außer als er Axelle aus dieser Höhle gerettet hatte.

Er wurde nicht dafür bezahlt, wichtige Entscheidungen zu treffen. Er war ein Soldat. Er war ein verdammt guter Sergeant, und er war stolz darauf, dass er dem besten Regiment der Welt angehörte. Er machte einen weiteren Schritt und beobachtete, wie der Blick des alten Mannes von trotzig zu flehend wechselte. Volkov hob sein Kinn. „Mein Leben ist mir egal, aber bitte helfen Sie meinem Enkel."

Dempsey nickte. „Sie haben mein Wort." Dann drückte er den Abzug.

———

Es hatte eine Verzögerung gegeben. Die Demonstration, die die Wissenschaftler organisiert hatten, hatte nicht stattgefunden. Sie hatten die Einrichtung besichtigt – nichts Neues oder Aufregendes. Und jetzt hatte man sie in das nächstgelegene Hotel gebracht und über Nacht dort untergebracht, damit sie Däumchen drehen konnten. Immerhin war er so nicht dabei, falls Lucinda ihrem überfürsorglichen Sohn verraten sollte, wie sie an die Informationen über Sebastians Tod gekommen war.

Er wollte nicht, dass man ihm das Licht ausknipste.

Jonathon nippte an einem feinen Bordeaux. Vielleicht sollte er Lucinda auf einer öffentlicheren Ebene den Hof machen ... Er dachte über diese Idee nach. Sie hatte etwas für sich. Ein Geheimtipp an den Premierminister. Prestige. Regelmäßiger Sex. Es war ein interessanter Gedanke. Er schürzte die Lippen, während er das Für und Wider abwog. Das Problem war, dass Jonathon verhaftet und wegen Hochverrats angeklagt werden könnte, wenn Dmitris kleine Überraschung tatsächlich über die Bühne gehen sollte. Er hatte nicht vor, die letzten Jahre seines Lebens in einer kleinen Zelle zu verbringen, wenn er in Moskau wie ein Held empfangen werden konnte. Nein. Sobald er herausgefunden hatte, welche Geheimnisse Aldermaston verbarg, wollte er nach Hause zurückkehren. Endlich.

In der Zwischenzeit konnte er sich genauso gut auf Kosten der britischen Steuerzahler amüsieren und sein Roastbeef zum Abendessen genießen.

Schließlich konnte er das am besten.

———

„Sind Sie sicher, dass er tot ist?", fragte Captain Prentice zum fünften Mal.

„Sie können ihn ausgraben, wenn Sie wollen", erwiderte Dempsey an den jüngeren Mann gewandt.

Baxter warf den Spaten weg, um klarzustellen, dass er nicht wieder ausgraben würde, was er gerade unter die Erde gebracht hatte. Es war heiß. Zu verdammt heiß, um in diesem dünnen, flachen Boden Gräber zu schaufeln.

Dempsey reichte dem Beamten ein blutiges Hemd und ein Foto des toten Dmitri Volkov. „Das sollte mit der DNA übereinstimmen, die wir in den Akten haben, und wenn nicht, dann ist das, was wir in den Akten haben, Blödsinn." Er sah dem Mann in die Augen. „Er ist tot."

Dempsey wollte keine Fehler machen. Er hatte seine Chefs noch nie im Stich gelassen. Mit seinem Werdegang konnte er sich das auch nicht leisten.

Der Hubschrauber schwebte über dem Hügel und der Captain entfernte sich hastig. Auftrag erfüllt.

Gott sei Dank. Dempsey blieb noch zehn Minuten sitzen und wartete auf den nächsten Vogel. Sie mussten so schnell wie möglich zurück nach Hereford. Sie mussten innerhalb der RAF Credenhill eine Einsatzbesprechung abhalten. Ein Druck lastete auf seiner Brust, weil er auch mit Axelle sprechen wollte. Er wollte ihr verzweifelt all die Dinge sagen, die ihm vorhin im Hals stecken geblieben waren, weil er keine Ahnung hatte, wie er mit all dem umgehen sollte, was er fühlte und wollte – und ja, er wollte.

Sie arbeitete nicht gerade in seiner Nähe, selbst wenn er in Großbritannien stationiert war. Obwohl die Entfernung das geringste Hindernis für ihre Beziehung zu sein schien.

So ein Mist.

Verdammt.

Beziehung?

Er verdrehte die Augen zum Himmel. Sie war nicht an einer Beziehung interessiert. Aber da war etwas in ihrem Blick gewesen, als sie sich verabschiedet hatten … etwas, das sie auf einer tiefen Ebene verband. Diese Art von Verbindung hatte er noch nie gespürt, und er wollte sie erkunden. Er wollte herausfinden, ob es tatsächlich etwas bedeuten konnte. Er war bereit für ein neues Wagnis, das ausnahmsweise mal nichts mit dem Militär zu tun hatte.

Er würde ihr eine E-Mail schreiben, obwohl er keine Ahnung hatte, was er schreiben sollte. Eine E-Mail würde ihn nicht so ansehen, wie sie es tat. Eine E-Mail würde ihn nicht mit ihrer weichen Haut berühren oder mit dem Duft ihres Haars betören. *Verdammt.* Jetzt war nicht der richtige Zeitpunkt, um einer Frau nachzutrauern.

Als er hörte, dass die Rotoren lauter wurden, nickte er Taz zu, der aufstand und eine schmutzige Wüstenplane wegzog, unter der ein hagerer, blutüberströmter alter Mann zum Vorschein kam, der sich nun steif und wankend aufrichtete. Zeit zu gehen. Sie zogen dem Russen einen Tarnkittel über den Kopf und gaben ihm einen Hut. Sie mussten den Mann in den Hangar bringen, wo sie ihn zusammen mit der Ausrüstung unterbringen konnten. Es würde keine bequeme Fahrt zurück nach Blighty werden, aber es war besser als eine 9-Milimeter-Kugel in die Schläfe.

Es war an der Zeit herauszufinden, was zum Teufel vor sich ging, und zu hoffen, dass er seine Karriere nicht wegen einer unwillkommenen Offenbarung in den Sand gesetzt hatte. Er war Soldat, kein Mörder. Allerdings hatte er sich nicht auf die Genfer Konvention besonnen, als er Volkov nicht kaltblütig ermordet hatte – diese Entscheidung war einzig und allein seiner Menschlichkeit geschuldet.

KAPITEL
FÜNFZEHN

Auf dem Flug nach Heathrow ignorierte Axelle den Mann neben ihr, der abwechselnd versuchte, sie anzubaggern und ihr in den Ausschnitt zu starren.

Der Flughafen von Kabul glich eher einem Kriegsgebiet als einem zivilen Verkehrsflughafen. Sie verkrampfte ihre Finger. Irgendwo in dieser Stadt voller Ruinen und Verzweiflung waren zwei kleine Schneeleopardenjungen in einem schmutzigen, heruntergekommenen Käfig eingesperrt und mussten sich anstupsen und anstarren lassen wie eine Zirkusnummer.

Ihr wurde schlecht bei dem Gedanken, dass die Organisation, die eigentlich Himmel und Hölle in Bewegung setzen sollte, um sie in ihrem natürlichen Lebensraum zu versorgen, unter dem Druck von reißerischen Schlagzeilen und politischen Machenschaften eingeknickt war.

Jetzt saß sie in einem Flieger aus Pakistan, und während der stundenlangen mühsamen Reise hatte sie genügend Zeit, darüber nachzudenken, was der Trust getan hatte. Ihre Wut wurde immer größer. Sie war in einer verdammten Höhle gefangen gewesen. Sie mussten angenommen haben, dass sie tot war. Doch anstatt ihr Überleben zu feiern, waren sie sauer, weil sie getan hatte, was sie tun musste, um die Leoparden zu retten.

Sie drehte ihren Kopf, und der Mann neben ihr blickte von ihren kaum vorhandenen Brüsten auf. Er hatte sandfarbenes Haar, ein markantes Gesicht und trug eine dunkelgrüne Anzugjacke und eine braune Cordhose. Seine Halbschuhe sahen aus, als wären sie mindestens ein Jahrzehnt alt. Axelle legte keinen Wert auf Äußerlichkeiten, doch als er sie in dem überfüllten Flugzeug anzumachen versuchte, konnte sie an nichts anderes denken als daran, dass er nicht Tyrone Dempsey war.

„Waren Sie im Urlaub?", fragte er. Den Falten in seinem Gesicht nach zu urteilen war er über vierzig, vielleicht über fünfzig. Er hatte eines dieser unscheinbaren Gesichter, die man sofort wieder vergaß.

„Sehe ich aus, als wäre ich im Urlaub gewesen?" Ihre Kleidung war staubig und mit verschiedenen unbekannten Substanzen befleckt. Außerdem hatte sie seit Tagen nicht geduscht, was den Kerl jedoch nicht zu interessieren schien. Wahrscheinlich stand er auf Dreck.

Sein Blick glitt über ihr Gesicht, und er schenkte ihr ein halbwegs hoffnungsvolles Lächeln. Mein Gott, der Mann musste schlicht verzweifelt sein. Sie warf ihm einen Blick zu, unter dem sich selbst Steine gewunden hätte. Nichts funktionierte.

„Sie sehen aus, als hätten Sie eine Rucksacktour gemacht."

Sie stieß ein entnervtes Lachen aus. Das war eine maßlose Untertreibung. Sie dachte daran, was sie alles durchgemacht hatte und wandte sich ab, um aus dem Fenster zu starren. Ihre Hände waren in ihrem Schoß gefaltet. Jedes Mal, wenn sie die Augen schloss, sah sie Dempseys Lächeln und spürte seine Lippen auf ihren. Sie hatten nicht geredet. Nicht richtig. Er hatte sie gedrängt, in einen Hubschrauber zu steigen, und sie hatte es getan, weil sie zu benommen und zu stolz gewesen war, etwas anderes zu tun.

Ihr Sitznachbar schaltete endlich einen Film ein, und sie ignorierte ihn für den Rest des Fluges; sie war nicht in der Stimmung für belanglose Gespräche. Drei ihrer geliebten Raubkatzen waren gestorben, und es war ihre Schuld. Volkov hatte behauptet, ihre Familie stünde in seiner Schuld. Sie verstand nicht, was er damit gemeint hatte. Ihre Mutter war bei einem terroristischen Bombenanschlag gestorben. Dmitris Bombe? Oder die von jemand anderem? Sie wusste es nicht, doch vielleicht wusste es ihr Vater.

Sie waren fast in Großbritannien angekommen. Der Himmel über London war so sonnig und blau, dass selbst Skeptikern klar sein musste, dass die globale Erwärmung nicht nur ein Mythos war.

„Wo wohnen Sie? In London?", fragte der Mann neben ihr.

Sie drehte den Kopf und starrte ihn an. Doch er wich ihrem Blick nicht aus. Er war verdammt hartnäckig, schien aber trotz seines attraktiven Gesichts und seines moderaten englischen Akzents nicht sonderlich klug zu sein.

Sie knöpfte ihr olivgrünes Hemd über dem Tanktop bis zum Hals zu.

„Kann ich Sie vielleicht mal anrufen?"

„Mein Handy funktioniert im Vereinigten Königreich nicht." Das war eine Lüge. Sie war eigentlich kein grausamer Mensch. Oder vielleicht war sie es doch. Verdammt, sie wusste es nicht einmal mehr. Jedenfalls war sie nicht an ihm interessiert.

Das Flugzeug landete mit einem leichten Holpern. Sie holte ihren Laptop und ihre Tasche aus dem Gepäckfach und machte sich auf den Weg zum Ausgang. Sekunden später schritt sie die endlosen Gänge entlang, wobei ihre Beine schneller waren als die der meisten Menschen, die mit Müdigkeit und Übergepäck zu kämpfen hatten.

Aufregung stieg in ihr auf. Sie hatte ihrem Vater nicht gesagt, dass sie kommen würde. Sie wollte ihn überraschen, doch ein kleiner Teil von ihr musste sich eingestehen, dass sie ein wenig Angst davor hatte, unangemeldet zu erscheinen. Er war ein vielbeschäftigter Mann. Streng und mächtig, und seine Loyalität galt immer zuerst seinem Land und erst an zweiter Stelle seiner Familie.

Sie wollte ihn eigentlich überrumpeln. Sie wollte sehen, wie er reagierte, wenn er sie sah und sie ihm erzählte, dass sie wieder einmal lebendig begraben worden war. Außerdem wollte sie herausfinden, ob er etwas damit zu tun hatte.

Der Drang, Dempsey aufzuspüren, war groß, aber wahrscheinlich war er immer noch im Wakhan-Korridor und jagte diesen verrückten alten Russen. Wenn sie versuchen würde, ihn zu finden, könnte sie womöglich sogar verhaftet werden. Sie biss sich auf die Lippe, um nicht an ihn zu denken. Sie konnte es sich nicht leisten, in Tagträumen von einem Mann zu schwelgen, den sie nicht haben konnte. Warum fühlte sie sich überhaupt zu einem Soldaten hingezogen, der jeden Tag sterben könnte? Einem Mann, der mit Kugeln ebenso vertraut war wie sie mit akademischen Stundenplänen und GPS-Koordinaten?

Es war Wahnsinn. Nachdem sie Gideon im Krieg verloren hatte, wäre sie vollkommen verrückt, wenn sie diesen Weg noch einmal einschlagen würde. Sie sollte es besser wissen. Sich emotional zu öffnen bedeutete, verletzlich zu werden. Und das führte wiederum zu Schmerz. Es war besser, allein zu bleiben, dann würde sie nicht enttäuscht werden.

Nur, dass sie sich jetzt allein verdammt einsam fühlte.

Sie ging zur Passkontrolle und stellte sich in die Schlange. Sie war ein wenig verwirrt, als sie feststellte, dass der Mann, der im Flugzeug neben ihr gesessen hatte, in der Schlange vor ihr stand. Er sah gar nicht so aus, als könnte er sich so schnell bewegen. Sie machte einen Schritt vorwärts. Direkt vor ihr war eine Mutter mit ihrem Kleinkind im Kinderwagen. Das kleine Mädchen hatte zusammengebundene Haare und so viele Essensreste auf der Kleidung, dass es im Notfall tagelang überleben würde. Axelle lächelte und das Kind begann zu weinen.

Sie verdrehte die Augen. Das war wieder einmal typisch.

Sie trat zum Grenzpolizisten und händigte ihm ihren Reisepass aus.

„Der Grund Ihres Besuchs?"

„Ich besuche meinen Vater."

„Haben Sie eine Adresse, wo Sie sich aufhalten werden?"

Axelle schüttelte den Kopf. „Ich werde mir ein Hotelzimmer in der Stadt besorgen. Mein Vater ist der Botschafter der Vereinigten Staaten."

Der Mann schaute völlig unbeeindruckt drein. „Warten Sie hier." Er verschwand und Axelle ließ sich gegen den Tresen sinken. Normalerweise versuchte sie nicht, sich mit Hilfe ihrer Beziehungen Zutritt zu einem Land zu verschaffen, aber sie war müde und wollte einfach nur endlich ankommen. Sie wischte sich mit der Hand übers Gesicht und versuchte, wach zu werden. Sie hätte wissen müssen, dass der Schuss nach hinten losgehen würde.

„Kommen Sie mit." Der Wachmann war wieder da und führte sie über den dünnen grauen Teppich zu einer Seitentür. In dem riesigen Raum waren überall bewaffnete Männer positioniert. Trotz ihrer Müdigkeit und Erschöpfung kribbelten ihre Nerven. Sie folgte dem Mann und betrat eine weitere Reihe von Gängen. Schließlich fand sie sich in einem kleinen Verhörraum wieder. Am Tisch saß der Mann, den sie in den letzten acht Stunden ignoriert hatte.

„Wer sind Sie?", fragte sie.

Seine sanften Augen und die unscheinbaren Züge wurden schärfer und verhärteten sich zu etwas überraschend Unbarmherzigem. Ihr Herz, das plötzlich zu rasen begann, bestätigte ihren Irrtum. Sie war reingelegt worden.

„Ich stelle hier die Fragen, Dr. Dehn. Sie können damit anfangen, mir zu erzählen, warum Sie sich in Nordafghanistan mit einem bekannten Terroristen eingelassen haben."

Eingelassen? „Ich wurde entführt."

„Die britische und die amerikanische Botschaft wurden nie über eine Entführung informiert."

Sie machte einen Schritt auf ihn zu und schwankte dazwischen, umzukippen oder ihm eine Ohrfeige zu verpassen. „Ich hatte keine Zeit, die Behörden zu informieren. Außerdem war *ich* dazu auch nicht wirklich in der Lage, während ich an Händen und Füßen gefesselt war!"

„Setzen Sie sich, Dr. Dehn."

Sie schnaubte. „Damit Sie mir wieder in den Ausschnitt glotzen können?"

Sein Lächeln ließ sie erstarren. „Nicht, dass ich die Vorzüge meines Jobs nicht zu schätzen wüsste, aber nein. Ich will wissen, was zwischen Ihnen und Dmitri Volkov passiert ist. Alles, was er getan hat. Alles, was er gesagt hat. Setzen Sie sich. Sofort."

Sie zögerte, doch die Botschaft in den Augen des Mannes war klar. Sie würde nirgendwo hingehen, bis sie dieses Gespräch geführt hatten, und vielleicht nicht einmal dann.

———

Dempsey schloss die Augen und lehnte seinen Kopf an die Flugzeugwand. Zwei Dutzend schmuddelige Männer, die genauso gekleidet waren wie er, lagen ausgestreckt da und schliefen oder saßen in Gruppen zusammen und spielten Karten. Sein Mund fühlte sich trocken an. Er hatte das Gefühl, dass er sich gerade zum Narren machte. Taz warf ihm einen Blick zu. Wahrscheinlich machte er sie alle zum Narren. Er blickte auf die großen Transportkoffer und hoffte, dass der alte Knacker noch lebte. Sonst würden sie um Mitternacht eine Leiche in den walisischen Hügeln vergraben.

Und Gnade ihnen Gott, wenn ihn jemals jemand ausgraben sollte.

Als das Flugzeug in Brize Norton landete, wartete er darauf, dass die meisten Männer in den wartenden Kleinbussen zur Basis zurückkehrten, bevor er seinem Captain zu verstehen gab, dass er mit ihm sprechen müsse.

„Was gibt's, Dempsey?" Die Schultern des Mannes sackten erschöpft nach unten.

Er war kein schlechter Offizier. Nur unerfahren.

„Ich muss Ihnen ein kleines Geständnis machen, Captain." Dempsey richtete sich auf. „Und Sie müssen wissen, dass es allein meine Entscheidung war und meine Truppe in keiner Weise dafür verantwortlich gemacht werden –"

„Wir haben den Russen nicht getötet", unterbrach ihn Cullen.

Taz schüttelte den Kopf. „Aber wir haben auf ihn geschossen, damit er blutet –"

„Auf das Hemd, das Sie in der Plastiktüte haben, Boss", fügte Baxter hinzu.

Der markante Kiefer des Captains klappte herunter, und die Farbe wich aus seinem Gesicht. „Sie haben *was* getan?"

„Wir haben ihn nicht umgebracht."

„Sie wollen mich wohl verarschen."

„Nein, Sir!", riefen seine drei Helfershelfer.

Seine Gefährten. Seine Familie.

Dempsey schüttelte den Kopf und seufzte innerlich. Er tippte mit dem Zeh auf eine Kiste. „Wir haben ihn mitgebracht."

Die Kiste begann zu sprechen. „Hol mich aus dieser Kiste raus, du blöder *Mudak*. Das ist Folter!"

Der Captain starrte die sprechende Kiste fassungslos an. Seine Hände begannen zu zittern. „Sie haben meine Befehle missachtet –"

„Ich habe die Einsatzregeln befolgt –"

„Das soll wohl ein Scherz sein." Der Captain wich einen Schritt zurück.

Dempsey packte ihn am Arm und starrte ihm direkt in die Augen. „Irgendetwas geht hier vor. Etwas, das keinen Sinn ergibt. Ich wurde fast erschossen. Die Tochter des amerikanischen Botschafters wurde beinahe in die Luft gesprengt. Die russischen Spetsnaz-Truppen brechen wegen dieses Kerls beinahe einen Krieg vom Zaun. Er ist seit Jahren inaktiv, und trotzdem sollen wir ihn töten, anstatt ihn zu verhaften? Warum eigentlich? Ich meine, er ist nicht Bin Laden. Niemand wird sich seinem Kriegsruf anschließen. Kaum jemand weiß überhaupt, dass es ihn gibt." Dempsey konnte sehen, wie sich die Rädchen im Kopf des Offiziers zu drehen begannen. Dann fügte er leise und eindringlich hinzu: „Er weiß Dinge, die im Krieg gegen den Terror helfen könnten. Dinge, die Leben retten könnten."

„Ich sage euch gar nichts, bis ihr dafür sorgt, dass mein Enkel eine Lebertransplantation bekommt", brüllte Volkov aus der Kiste. „Und jetzt holt mich hier raus."

Der Captain sah sich um, um zu sehen, was die anderen dachten. Erst spät bemerkte er, dass nur sie fünf und der gefangene Russe noch anwesend waren.

„Da ist etwas im Busch." Taz stellte sich an seine Seite.

„Zivile Schlangen", bemerkte Cullen.

Dempsey baute sich vor dem ranghöheren Offizier zu seiner vollen, nicht unbeträchtlichen Körpergröße auf. „Ich habe es bisher nicht erwähnt, weil ich nicht in ein Geheimgefängnis umgeleitet oder auf dem Heimweg abgeschossen werden wollte." Die Augen des Captains blitzten auf. „Denn das, wovor alle Angst haben, ist mehr wert als ein Flugzeug voller Soldaten."

„Sie glauben wirklich, dass die Russen wegen dieses Mannes einen Krieg beginnen würden? Warum?"

„Genau das gilt es herauszufinden." Um ehrlich zu sein, hatte er nicht gesagt, dass die Russen sie abschießen würden. „Haben Sie Ihren Jeep hiergelassen?"

Der Captain nickte. Dempsey wandte sich an Taz, Cullen und Baxter. „Nehmt das Gepäck, Jungs." Als er dem Captain einen Seesack zuwarf, taumelte dieser unter dem Gewicht. „Den Rest nehmen wir."

———

„Was zum Teufel haben Sie sich dabei gedacht, Sergeant? Sie haben das ganze Regiment in eine unhaltbare Lage gebracht."

„Ich wurde in eine unhaltbare Lage gebracht, als ich den Befehl bekam, einen unbewaffneten Mann zu erschießen, Sir."

Dempsey entspannte sich, blieb aber weiterhin wachsam. „Die Genfer Konvention –"

„Ich bin mir der verdammten Genfer Konvention sehr wohl bewusst, Sergeant." Der Regimentschef starrte ihn mit funkelnden Augen an.

„Sir." Dempsey senkte seine Stimme. „Sie wissen, dass hier etwas Seltsames vor sich geht. Das GCHQ bombardiert den Dreckskerl. Die Russen schicken Spezialeinheiten hinter ihm her."

„Er hat Fahnenflucht begangen; sie haben ein Recht auf ihn. Mehr als wir."

„Das war vor über dreißig Jahren, aber sie wollen ihn trotzdem tot sehen. Genauso wie die Amis."

„Er ist ein Terrorist! Alle wollen ihn tot sehen. Der Befehl, ihn zu töten anstatt ihn gefangen zu nehmen kam direkt vom Premierminister, und Sie haben ihn nicht befolgt." Das war ein Vergehen, das ihn vors Kriegsgericht bringen würde. Der Kommandant kaute auf seiner Unterlippe und dachte nach. Es war kein Geheimnis, dass er ein überzeugter Tory war, aber kein Soldat mochte es, wenn sich Politiker in seine Armee einmischten. Die jüngsten Kürzungen und schlechten militärischen Entscheidungen hatten die ohnehin wachsende Kluft noch vertieft.

„Warum ist dieser alte Soldat so wichtig?"

Der Kommandant schwieg einen Moment, dann fügte er hinzu: „Mir ist zu Ohren gekommen, dass es der Familie Volkov gelungen ist, unbemerkt aus Russland zu verschwinden und in der amerikanischen Botschaft in Paris Asyl zu beantragen. Gerüchten zufolge hat der Aga Khan dabei geholfen, sie vor den Augen der russischen Behörden aus dem Land zu schmuggeln. Sie haben einen Jungen bei sich, der dringend ärztliche Hilfe benötigt."

Das bestätigte Volkovs Geschichte. „Können sie sich um ihn kümmern?"

„Die Amerikaner können ihn wahrscheinlich lange genug am Leben erhalten, um ihn zu operieren, sofern jemand bereit ist, den Preis dafür zu bezahlen."

„Was ist der Preis?"

„Volkov." Dem Gesichtsausdruck des Kommandanten nach zu urteilen, waren das keine guten Nachrichten.

„Wissen sie, dass er noch lebt?"

„Sie vermuten es. Jemand hat sich die Satellitenübertragung *sehr* genau angesehen." Das hatte Dempsey befürchtet. Immerhin hatten sie genug Zeit gewonnen, um nach Hause zu kommen. Das war immerhin etwas.

„Gibt es einen Grund, warum wir ihn nicht an die Yankees ausliefern können?"

Der Kommandant lachte schnaubend. „Ja. Unser geschätzter neuer Premierminister wird das nicht zulassen. Anscheinend hegt er einen persönlichen Groll gegen Volkov, für den er sogar die guten alten ‚besonderen Beziehungen' aufs Spiel setzen würde."

Dempsey brach der Schweiß auf der Stirn aus. Er hatte dem alten Mann versprochen, dass er dafür sorgen würde, dass der Junge die nötige Behandlung bekam. Er hatte keine Lust, in die amerikanische Botschaft in Paris einzubrechen, um sein Wort zu halten. Außerdem hatte er das dringende Bedürfnis, mit Axelle zu sprechen und sich zu vergewissern, dass es ihr in ihrer malerischen kleinen Jurte gut ging. Sein Bauchgefühl sagte ihm, dass sie in ein Wespennest gestochen hatten, und dass sie diejenige war, die am meisten Gefahr lief, gestochen zu werden. Sie war ihm wichtig geworden. Sehr wichtig.

„Ich habe das Regiment in eine schwierige Lage gebracht, Sir. Das tut mir leid. Es war nicht meine Absicht. Ich war in Sorge, dass wir von Spionen und Gott weiß wem hereingelegt werden." Er widerstand dem Drang, herumzufuchteln. Er wusste immer noch nicht, ob er es vermasselt hatte oder nicht, aber wenigstens hatte er keinen unbewaffneten alten Mann erschossen. Damit konnte er leben. Nach zweiundzwanzig Jahren in der Armee hatte er endlich Frieden mit seiner Vergangenheit geschlossen. Er hatte sich endlich verziehen und konnte mit seinen Entscheidungen leben, auch wenn er aus dem Regiment geworfen wurde. Und das lag nicht zuletzt an Axelle.

„Sie sind ein guter Soldat, Dempsey. Soweit es Sie betrifft, haben Sie *meine* persönlichen Befehle befolgt, verstanden?"

Dempsey blinzelte überrascht. Der Mann rettete seinen Arsch, möglicherweise auf seine eigenen Kosten. „Warum? Warum sollten Sie sich für einen Mann wie mich einsetzen, Sir?"

„Einen Mann wie Sie?" Scharfe graue Augen musterten ihn. „Erinnern Sie sich noch, als Sie sich beworben haben?"

Dempsey nickte.

„Ich war dabei, mein Sohn. Niemand wollte, dass Sie ins Regiment kommen."

Seine Augen weiteten sich.

„Das Problem war, dass Sie nie aufgegeben haben, egal, womit wir Sie beauftragt haben. Sie haben nie aufgehört zu kämpfen. Sie haben nie klein beigegeben. Die DSs sahen sich an und zuckten mit den Schultern, als wollten sie sagen: ‚Ich werde den besten Mann hier nicht feuern.' Es war pure Heuchelei. Wir haben darauf gewartet, dass Sie versagen. Dass Sie es nicht schaffen, aber Sie kamen immer wieder." Der Mann lächelte, und Dempsey spürte, wie die Gefühle in seiner Brust so stark anschwollen, dass er nicht mehr sprechen konnte. „Dann berief der damalige Regimentskommandeur eine Sitzung ein und sagte etwas, das mir seither im Gedächtnis geblieben ist. Dass Sie wahrscheinlich einer der wenigen Soldaten sind, die wirklich verstanden haben, wofür wir in Nordirland gekämpft haben. Da Sie Ihre Schwester durch die Bombe Ihres Vaters verloren haben, verstehen *Sie* besser als jeder andere von uns, was auf dem Spiel steht. Also wurden Sie aufgenommen und sind seither eine große Bereicherung für das Regiment."

Dempseys Mund fühlte sich so trocken an wie die Wüste Gobi.

„Ich muss ein paar Anrufe tätigen. Sorgen Sie dafür, dass Volkov in Sicherheit ist, bevor die verschiedenen Fraktionen zusammenkommen und sich um ihn prügeln."

„Und der Enkelsohn?" Dempsey räusperte sich.

„Das fällt nicht in meinen Aufgabenbereich, Sergeant. Und in Ihren auch nicht."

Nein, aber das Leben eines Kindes zum Spielball zu machen, gefiel ihm nicht. Ganz und gar nicht.

———

„Streiten Sie ab, einen Tag in Dmitri Volkovs Gesellschaft verbracht zu haben?"

Axelle machte sich nicht die Mühe, ihre Fassungslosigkeit zu verbergen. Sie lehnte sich über den kleinen quadratischen Tisch und sagte sich, dass sie den Mistkerl nicht schlagen sollte. Sie hatten das schon zehnmal besprochen. Er versuchte, sie aus der Reserve zu locken. „Er hat mich entführt, zweimal, auf mich geschossen und mich in eine Sprengstoffweste gesteckt. Das war wohl kaum ein verdammtes Date."

„Das sagen Sie."

Wow, die Augen des Kerls waren ungefähr so mitfühlend wie eine Kugel, aber eine Kugel war wärmer.

Sie tippte mit dem Fuß. „Ich verstehe nicht, warum Sie mich überhaupt befragen."

„Weil Sie Zeit mit –"

„Das verstehe ich." Sie erhob ihre Stimme. „Aber es ergibt keinen Sinn."

Eine Furche bildete sich zwischen seinen Augenbrauen.

„Ich wurde entführt und Sie haben ein verdammtes Flugzeug voller Bomben geschickt, um uns in die Luft zu jagen. Der einzige Grund, warum ich noch lebe, ist, dass ein Soldat mir den Hintern gerettet hat."

Seine Miene blieb teilnahmslos. „Worüber haben Sie mit dem Russen gesprochen? Hat er Ihnen gesagt, was er will?"

Sie fühlte sich gefangen und wollte wie ein eingesperrtes Tier auf und ab laufen. Sie fuhr sich mit den Fingern durchs Haar, während sie versuchte, sich an alles zu erinnern, damit man sie gehen ließ. Sie hatte nichts zu verbergen. „Er sagte mir, meine

Familie schulde ihm etwas. Dass es eine Blutschuld sei und es egal wäre, wenn ich sterben würde, weil meine Familie es verdiene. So etwas in der Art."

Der Mann mit der grünen Jacke schrieb alles auf. „Was hat er noch gesagt?"

„Nichts."

„Was ist mit dem Soldaten? Sergeant Dempsey? Worüber haben Sie mit ihm gesprochen?"

Axelle erstarrte. „Was meinen Sie?"

„Was haben Sie dem Soldaten gesagt? Worüber haben Sie mit Sergeant Dempsey gesprochen, als Sie aus dem Berg geflohen sind?"

Sie konnte ihr Blut in ihren Ohren rauschen hören. Sie wollte nicht, dass Dempsey in Schwierigkeiten geriet. Sie wollte nicht, dass ihre Zeit mit ihm analysiert wurde. „Wir waren zu sehr damit beschäftigt, zu überleben, um viel zu reden. Wir hatten nicht gerade viele Gemeinsamkeiten." Sie stand auf, ging zu dem Einwegspiegel und klopfte an das Glas. „Ich bin hier fertig. Wenn Sie nicht vorhaben, Frischhaltefolie und Wassereimer hervorzuholen, schlage ich vor, dass Sie meinen Vater anrufen."

Ihr Vernehmungsbeamter zuckte mit einer Schulter, als wollte er sagen: „Ich mache nur meine Arbeit."

Doch sie wusste es besser. Sie sah ihn mit zusammengekniffenen Augen an. „Für wen arbeiten Sie?"

Sein Lächeln verblasste. „Sie können gehen. Es muss schön sein, Kontakte in hohen Positionen zu haben."

Sie nahm an, dass sie, wenn ihre Familie ihren Lebensunterhalt mit dem Braten von Burgern verdienen würde, kaum hier sitzen würde. Axelle schnappte sich ihre Taschen – die gründlich durchsucht worden waren – und ging. Bevor er seine Meinung änderte.

———

Dempsey ließ Dmitri Volkov nicht aus den Augen. Er duschte sogar mit dem Mann, während Taz und Baxter die Tür bewachten. Nicht sein bester Moment, doch sollte der alte Mann in diesem Land entkommen und jemanden töten, würde er sich das nie verzeihen. Jetzt lag Volkov auf einer unbequemen Couch in einem kleinen Aufenthaltsraum in einem Gebäude, das sie für Vorträge und Besprechungen nutzten. Im Fernsehen liefen die Zehn-Uhr-Nachrichten. Taz stand an der Tür, Baxter und Cullen schliefen in einem Nebenraum. Außerdem waren ein paar Wachen postiert. Auf der Basis in Credenhill waren sie sicher. Wer immer den SAS auf ihrem Heimatgelände angriff, würde nicht überleben, um es zu bereuen.

Aber Dempsey war unruhig. Nervös. Er hatte seinen Laptop aufgeklappt und versuchte, Axelle aufzuspüren.

Vergeblich.

Sie hatten eine Nacht miteinander verbracht, das war alles. Danach hatten sich ihre Wege getrennt. Warum also konnte er nicht aufhören, an sie zu denken?

Weil er sich Sorgen machte. Weil er das schreckliche Gefühl hatte, etwas Dummes getan und sich in sie verliebt zu haben. All die Jahre hatte er versucht, sich bei der Armee zu beweisen, und plötzlich konnte er nicht aufhören, an eine Frau zu denken.

Er hatte eine E-Mail an die Adresse auf ihrer MSU-Website geschickt und keine Antwort erhalten. Dennoch kam er nicht zur Ruhe. Er hatte ihre Handynummer ermittelt und ihr eine weitere Nachricht hinterlassen. Er kam sich dumm vor. Außerdem hatte er schon wieder das Gefühl, dass ihm etwas entgangen war.

„Warum hast du Axelle entführt, Dmitri?" *Halte dich an die Sache mit dem Herzen und dem Verstand und schlag den alten Knacker nicht zu Brei.*

Volkov drehte seinen Kopf. Sie hatten ihm eine alte Jeans, olivgrüne Socken und ein West-Ham-United-T-Shirt zum Anziehen gegeben, und er war mit Handschellen am Fußende der Couch gefesselt. Mit seinem strähnigen Haar und dem langen Bart sah er aus wie viele ehemalige Soldaten – nämlich wie ein Penner.

Dempsey sah dem Mann nur ungern in die Augen, denn immer, wenn er das tat, wurden ihm die Ähnlichkeiten zwischen ihnen bewusst. Sie hatten beide ihre Wurzeln für eine scheinbar bessere Sache verraten, die sich nicht so entwickelt hatte, wie sie es erwartet hatten. Obwohl er sein Leben der Rettung Unschuldiger gewidmet hatte, waren Menschen gestorben. Menschen starben immer, und es waren nicht immer die Bösen.

So etwas passierte nun mal.

Der Russe zuckte mit den Schultern. „Ich wollte die Aufmerksamkeit von jemandem erregen."

„Nun, es hat funktioniert." Dempsey kniff die Augen zusammen. Vielleicht waren sie sich doch nicht so ähnlich. Das hätte er einer unschuldigen Frau nie angetan.

„Wer ist denn *das*?" Der Russe zeigte auf ein Bild des neuen Premierministers im Fernsehen.

„David Allworth, der neue britische Premierminister. Warum?" Dempsey setzte sich aufrechter hin. Volkov war blasser geworden als eine Juni-Braut. „Was?"

„Er sieht aus wie ein Mann, den ich vor vielen Jahren im Wakhan-Korridor gefangen genommen habe."

„Gefangen genommen?"

Dmitri schwieg, aber Dempsey konnte sehen, wie er angestrengt nachdachte. Also suchte er im Internet nach Informationen über die Familie Allworth. Dann drehte er den Computerbildschirm in die Richtung des Mannes, der sich nun mit hellwachen Augen vorbeugte.

„Hier steht, dass Allworths Vater 1979 bei einem Flugzeugabsturz in Kaschmir ums Leben kam." Er zeigte ihm ein Bild von Sebastian Allworth.

Dmitri nickte. „Er starb '79, allerdings nicht bei einem Flugzeugabsturz." Ein hinterhältiges Grinsen breitete sich auf seinem Gesicht aus, aber seine Augen waren zu Stein erstarrt. „Besorgen Sie meinem Enkel eine neue Leber, und ich werde dem Premierminister genau sagen, wie sein Vater gestorben ist."

„Die Amerikaner haben Ihren Enkel und werden ihn nur behandeln, wenn wir Sie ausliefern."

„Dann liefern Sie mich aus", erwiderte der Mann herrisch. Er zog an seinen Fesseln. „Worauf warten Sie?"

„Sie warten auf mich." David Allworth, der britische Premierminister, betrat den Raum, flankiert vom Kommandanten des Regiments und seinen persönlichen Leibwächtern. Dempsey erkannte sie, da er sie ausgebildet hatte. Er erhob sich.

„Sergeant Tyrone Dempsey." Allworth musterte ihn und streckte ihm die Hand hin. Dempsey war sich seines miserablen Stammbaums deutlich bewusst, als er dem Anführer seines Landes die Hand schüttelte. „Ich habe schon viel von Ihnen gehört."

„Sir." Er nickte dem Premierminister zu, ohne jedoch seine Verteidigungshaltung vor Volkov abzulegen. Der Russe hatte eine Frau verletzt, in die sich zu verlieben er auf dem besten Weg war. Nein, in die er verliebt war. Der Alte hatte im Laufe der Jahre Extremisten geholfen, Tausende von unschuldigen Menschen zu ermorden. Warum zum Teufel kümmerte es ihn dann, was mit Volkov geschah?

Der Premierminister bebte vor Spannung, als er Volkov ansah. „*Sie* haben meinen Vater ermordet."

Volkovs Lächeln war weder bitter noch überrascht. Er schien sich mit allem, was auch immer auf ihn zukommen würde, abgefunden zu haben. „Ich werde erst mit Ihnen sprechen, wenn mein Enkel operiert wird und die neue Leber bekommt, die er braucht. Dann werde ich Ihnen alles erzählen."

„Sie haben meinem Vater in den Rücken geschossen." Eine Ader pulsierte an Allworths Schläfe.

„Falls ich das getan habe, dann nur, weil das in unseren beiden Ländern so üblich war." Dmitris Augen funkelten vor Bitterkeit. „Er war ein Spion, der antisowjetische Propaganda verbreitete." Er musterte die bewaffneten Männer im Raum. Keiner sagte ein Wort, doch sie alle wussten, dass seine Worte wahr waren.

„Warum sollte ich lügen? Welchen Unterschied würde ein weiteres Verbrechen für einen Mann wie mich machen?"

Allworth trat vor und hob die Hand, als wollte er zuschlagen. „Mein Vater war kein Spion."

„Sir." Dempsey machte einen halben Schritt vorwärts, woraufhin die Wachen des Premierministers die Lücke zwischen sich schlossen. Dempsey wich nicht zurück. „Sie müssen ihn anhören", bat er leise. „Danach können Sie entscheiden, was Sie mit ihm anstellen wollen. Aber wenn wir ihn zum Reden bringen und dabei helfen können, das Leben eines Kindes zu retten, auch wenn es sein Enkel ist" – braune Augen begegneten seinem Blick – „meinen Sie nicht, dass Ihr Vater stolz darauf gewesen wäre?"

Allworths Kiefer verkrampfte sich, als er versuchte, seine Wut zu zügeln. „Mein Vater arbeitete als Dolmetscher für das Außenministerium. Sein bester Freund hat meiner Mutter genau erzählt, was passiert ist. Er hat mir gesagt, dass diese Bestie meinen Vater gefoltert und ihm dann in den Rücken geschossen hat."

„Das stimmt *nicht*." Ein gequältes Lächeln umspielte Volkovs Lippen. „Wenn Sie mich den Amerikanern übergeben, werde ich Ihnen den Namen des Mannes geben, der Ihren Vater erschossen hat."

Allworth ballte und löste seine Fäuste. „Sagen Sie mir den Namen, oder ich schicke Sie dorthin, wo niemand Sie je finden wird."

„Ich habe nichts mehr zu verlieren außer meinem Enkel." Seine Augen waren uralt und so gefühllos wie Stein. „Wenn Sie wissen wollen, wer Ihren Vater getötet hat, liefern Sie mich an die Amerikaner aus. Mehr werde ich Ihnen nicht sagen." Der Russe drehte sich um und sah Dempsey direkt in die Augen. Die Haare in Dempseys Nacken richteten sich auf. „Wenn man jemanden wirklich liebt, muss man ihn beschützen."

———

Auf dem Rückweg nach London unterdrückte Jonathon auf dem Rücksitz der Limousine ein vorgetäuschtes Gähnen hinter seinem halbfertigen Kreuzworträtsel in der *Times*. Sein Herz hatte in den letzten acht Stunden ununterbrochen gehämmert.

„Verdammt spannende Sache. Ich hatte angenommen, dass es sich um denselben übertechnisierten, überteuerten Müll handeln würde, den wir schon seit Jahren haben, aber diesmal scheinen sie tatsächlich etwas Besonderes zu planen."

Das taten sie. Moskau würde sowohl entsetzt als auch begeistert sein.

„Wir dürfen außerhalb der Basis nicht darüber sprechen", ermahnte Jonathon den Marineoffizier, der angesichts dieser Maßregelung ein wenig erschrocken aussah. Jonathon verdrehte die Augen. Ernsthaft, wie die Briten jemals einen Krieg gewinnen konnten, wenn sie von solchen Schwachköpfen angeführt wurden, war ihm ein Rätsel. „Streng geheim. Augen und Ohren und so weiter." Er tippte sich an die Nase.

„Natürlich, natürlich." Der Admiral verschränkte die Arme.

Keine Waffe *im eigentlichen Sinne*. Aber dennoch etwas, das den Briten eine neue Machtstellung verschaffen würde. Er musste diese Informationen nach Moskau bringen und so schnell wie möglich abreisen, um endlich einen Heldenempfang zu erleben, der der Brillanz seiner langen und glanzvollen Karriere gerecht wurde. Der perfekte Spion. Der erfolgreichste Agent aller Zeiten. Es würden Bücher über ihn geschrieben werden – vielleicht sogar seine Memoiren. Er gab sich Mühe, nicht wie ein Idiot zu grinsen.

Vor seinem Haus in Fulham kam der Wagen zum Stehen.

„Gute Nacht." Er stieg aus, ohne dass der Fahrer ihm die Tür aufhalten musste. Dann schlenderte er zur großen Eingangstür und ging langsam in das Haus, in dem er seit fast fünfzig Jahren lebte. Volkovs Ausgeburt war in der amerikanischen Botschaft aufgetaucht – das hatte Jonathon in der Limousine in den Nachrichten gesehen. Obwohl seine Quellen ihm versichert hatten, dass der Mann tot war, konnte er nicht riskieren, dass er Beweise hinterließ, die im Falle seines Todes an die Medien übermittelt werden würden. Verdammt, die Volkovs könnten ihn gerade jetzt verraten, während er seine knarrende Treppe hinaufstieg. Aber er durfte die Sache nicht überstürzen. Er musste so tun, als wäre dies ein ganz normaler Tag, besonders nach dem, was er vorhin gesehen hatte. Er musste diese Informationen unbedingt nach Moskau bringen.

In der heutigen Zeit war Satellitenkommunikation das A und O.

Die Briten hatten ein Gerät in den Weltraum geschickt, mit dem sie jeden Satelliten ihrer Wahl kontrollieren und deaktivieren konnten. Es war eine neuartige Möglichkeit, den Gegner zu blenden und zu betäuben. Einfach, aber genial. Moskau musste einen Weg finden, diese Bedrohung zu neutralisieren, wenn Russland im Spiel bleiben wollte.

Seine Füße hielten auf der Treppe inne. Die Watte, die er an seinem Türknauf gelassen hatte, war verschwunden. Natürlich war das ein primitives und mangelhaftes Frühwarnsystem. Deswegen hatte er noch weitere Überwachungssysteme in seiner Wohnung sowie modernste Schlösser und elektronische Schutzvorrichtungen an seinen Fenstern, obwohl er im obersten Stockwerk lebte. Keiner der Alarme war ausgelöst worden.

Er trat einen Schritt zurück, als er eine Stimme aus seiner Wohnung hörte, und sein Herz schlug schneller. *Nein...*

Die Tür wurde aufgerissen und seine Enkelin stand da und telefonierte. Die einzige Person auf der Welt, die den Code für seine Alarmanlage hatte. „Oh, da bist du ja. Ich habe dir gerade eine Nachricht auf deinem Handy hinterlassen."

Erschrocken griff er in seine Tasche. Er hatte geglaubt, sie wäre tot. Er hatte ihren Verlust als notwendiges Opfer zutiefst betrauert. Seine Stimme war rau. „Ich musste mein Handy im Auto lassen, weil ich eine Sitzung hatte. Danach habe ich vergessen, es wieder einzuschalten."

Er breitete die Arme aus. War seine Tarnung aufgeflogen? „Ich werde nicht fragen, was du hier tust. Ich werde mich einfach an meinem geliebten Mädchen erfreuen und Gott danken, dass du mich endlich besuchen kommst. Es ist schon viel zu lange her."

———

Axelle lehnte sich auf der Couch zurück, während ihr Großvater in der Küche herumhantierte. Nachdem sie den Zoll in Heathrow passiert hatte, hatte sie lange überlegt, ob sie überhaupt zu ihrem Vater gehen sollte. Angesichts seiner Position konnte sie sich nicht vorstellen, dass alles, was ihr im Laufe der Jahre widerfahren war, Zufälle gewesen waren. Je mehr sie darüber nachdachte, desto mehr fragte sie sich, ob ihr Vater nicht sogar hinter dem Bombenanschlag in Rabat stecken könnte, weil er seine Frau und sein Kind hatte loswerden wollen.

Das wäre doch zu verrückt, oder?

Ob verrückt oder nicht, sie hatte beschlossen, die Auseinandersetzung mit ihrem Vater hinauszuzögern und stattdessen ihren Großvater zu besuchen. Sie musste sie sowieso beide sehen.

„Ich dachte, du wärst im Ruhestand?" Sie hatte immer noch den Schlüssel, den ihr Großvater ihr vor Jahren gegeben hatte. Als sie bei ihrer Ankunft festgestellt hatte, dass niemand zu Hause war, hatte sie geduscht und eine Stunde auf der Couch geschlafen.

„Ich wollte gerade meinen Job an den Nagel hängen, als der neue Premierminister beschloss, dass ich der Richtige sei, um ihm einen Gefallen zu tun." Die Augen ihres Großvaters funkelten, als er mit einem Tablett mit Nudeln und einem Glas Weißwein ins Wohnzimmer kam. „Bitte entschuldige den Mangel an Sitzgelegenheiten. Normalerweise esse ich auswärts oder vor dem Fernseher." Er reichte ihr das Tablett.

„Nach der Woche, die ich hinter mir habe, ist das hier der reinste Luxus", versicherte sie ihm.

Er holte sein eigenes Tablett.

„Was treibst du so, und warum bist du nicht bei deinem

Vater?" Er schürzte die Lippen. Franklin Dehn und Jonathon Boyle hatten nichts füreinander übrig. Das Einzige, was sie je miteinander verbunden hatte, war ihre Mutter gewesen, und jetzt sie.

Sie wedelte mit der Gabel. „Oh, das hätte ich fast vergessen. Eine Dame namens Lucinda hat vorhin eine Nachricht hinterlassen. Ich dachte, du würdest mich zurückrufen, also habe ich abgenommen. Tut mir leid."

Ihr Großvater bemühte sich um eine unschuldige Miene, doch sie ließ sich nicht täuschen.

„Sie sagte, sie müsse mit dir über letzte Nacht sprechen." Axelle verzog keine Miene.

„Richtig." Ihr Großvater schnitt eine Grimasse und grinste. „Nun, ich bin alt, Schätzchen, nicht tot."

„Offensichtlich." Sie prostete ihm zu, und er schüttelte den Kopf und schenkte ihr ein Lächeln.

„Wenn du es unbedingt wissen willst, sie ist eine gute Freundin, die ich seit vielen Jahren kenne. Außerdem geht dich das nichts an, Madame. Also, ich frage dich, warum bist du nicht bei deinem Vater? Habt ihr euch wieder gestritten?"

Axelle schob sich eine weitere Gabel köstlicher Pasta in den Mund und schüttelte den Kopf. „Ist es ein Verbrechen, meinen Opa zu besuchen? Ich habe dich schon ewig nicht mehr gesehen."

„Nein." Er aß genüsslich seine Nudeln und tupfte sich zwischen den Bissen die Lippen mit der Serviette ab. „Aber ich bin mir ziemlich sicher, dass dein Vater dir Vorhaltungen machen würde, weil du hier bist und nicht bei ihm …"

„Vorausgesetzt er wüsste es."

Er hob eine silberne Augenbraue. „Er weiß nicht, dass du im Land bist?"

Axelle nahm einen Schluck Wein, in der Hoffnung, eine Reihe von schlechten Erinnerungen und eine wirklich gute zu ertränken. „Ich habe es ihm nicht gesagt." Möglicherweise ließ er sie überwachen, und genau davor hatte sie Angst. Sie war am Ende, ihr Körper war von der Entführung, dem Jetlag und dem Trauma so erschöpft, dass sie beschlossen hatte, sich noch einen Tag Ruhe zu gönnen, bevor sie dem Mann gegenübertrat. Ihre Beziehung war ohnehin angespannt. Sie wollte nicht alle Brücken hinter sich verbrennen, indem sie ihn beschuldigte, sie in die Luft jagen zu wollen, und sie dann verhören zu lassen. Jedenfalls nicht, ohne sich alles genau zu überlegen.

Sie aßen den Rest ihrer Mahlzeit, während sie ihm von ihren jüngsten Abenteuern mit ihren Schneeleoparden und dem Wilderer erzählte.

„Und diese Mistkerle vom Trust haben dich wirklich entlassen? Eine Frechheit, nach allem, was du für sie getan hast."

Axelle nickte. Sie hoffte, dass sie den Vorstand umstimmen konnte, wenn sich die Lage beruhigt hatte. „Ich weiß. Ich sollte sie verklagen." Sie lächelte, weil sie wusste, was er dazu sagen würde.

Er verdrehte die Augen. „Verdammte prozesssüchtige Gesellschaft, in der ihr Amerikaner lebt. Man kann nicht einmal niesen, ohne dass man von jemandem auf Schadenersatz verklagt wird."

„Wir sind eben nicht so steif und hochmütig wie du, Opa. Wir schlagen gerne dort zurück, wo es weh tut – in der Brieftasche."

Lächelnd schüttelte er den Kopf. „Ich nehme an, du willst heute hier übernachten?"

„Ich kann auf der Couch schlafen, vorausgesetzt, ich störe dich und deine Lucinda nicht."

„Es gibt ein Gästezimmer. Dort kannst du dich ausschlafen. Wir reden morgen früh weiter."

Sie wollte gerade widersprechen, als ein gewaltiges Gähnen ihr fast den Kiefer auskugelte. Sie nickte und hielt sich eine Hand vor den Mund. „Tut mir leid." Sie beugte sich hinunter und küsste seine Stirn. „Vergiss nicht, Lucinda anzurufen."

Er tätschelte ihre Hand. „Du bist ein gutes Mädchen, Axelle. Genau wie deine Mutter."

Ein paar Stunden später saß Axelle aufrecht im Bett und prüfte ihre E-Mails. Ein plötzliches Kribbeln durchfuhr ihre Nerven, als sie eine Nachricht von Dempsey in ihrem Posteingang entdeckte. Eine ungewohnte Aufregung machte sich in ihr breit; sie vermisste ihn so sehr, dass es weh tat. Sie konnte sich nicht daran erinnern, dass sie so etwas schon einmal erlebt hatte – nicht einmal mit Gideon.

Normalerweise hielt sie Menschen auf Distanz.

Aber nicht Gideon.

Und Dempsey auch nicht.

Wie es schien, hatten manche Menschen eine besondere Art, sich ins Leben zu drängen. *Und dich in Stücke zu reißen, wenn sie wieder gehen,* erinnerte sie sich, als sie begann, zurückzuschreiben, ihr E-Mail-Konto dann jedoch schloss, ohne eine Antwort zu schicken.

Draußen auf dem Flur war ein Geräusch zu hören – wahrscheinlich ihr Großvater. Er war deutlich gealtert, seit sie ihn das letzte Mal besucht hatte. Falten säumten seine Augen, und sein Haar war mittlerweile fast komplett weiß. Dennoch war er immer noch charmant und gutaussehend. Kein Wunder, dass die Damen ihn immer noch attraktiv fanden.

Sie gähnte, konnte aber nicht schlafen. Ihre innere Uhr war aus dem normalen Rhythmus geraten, und seit ihrem „Verhör" in Heathrow war sie nervös. Sie wurde den Gedanken nicht los, dass sie sich in etwas Kompliziertes und Chaotisches verstrickt hatte. Dabei hatte sie doch nur in aller Ruhe den Wildkatzen helfen wollen. Sie stand auf und ging zur Tür. Als sie sie öffnete, sah sie jemanden zur Vordertür hinausgehen. War es ihr Großvater?

Obwohl es sie nichts anging, wohin er ging, zog sie Jeans und T-Shirt an und schlüpfte mit nackten Füßen in ihre Turnschuhe. Sie war schon im Flur, als die Tür wieder aufging.

„Oh, ausgezeichnet, du bist wach. Ich habe gerade meinen Koffer ins Auto geladen. Ich habe morgen früh eine Besprechung mit den Bauarbeitern im Cottage. Da darf ich auf keinen Fall zu spät kommen, sonst stürzt das Dach ein, bevor sie mit der Arbeit beginnen. Ich bin morgen Abend zurück? Gehen wir dann Abendessen?"

Sie hielt inne.

„Oder … komm mit. Im Dorf ist ein Bahnhof, falls du zurückfahren und dich deinem Vater stellen willst." Er lächelte, denn er wusste, dass die Beziehung zu ihrem Vater einer ihrer wunden Punkte war.

Trotzdem zögerte sie. Sie wollte mit Dempsey sprechen, doch sie war seit ihrer Jugend nicht mehr im Haus ihres Großvaters gewesen, und sie sehnte sich danach, es wiederzusehen und sich ein paar Kinderfotos von ihrer Mutter anzuschauen. Normalerweise versuchte sie, nicht an ihre Mutter zu denken, weil es zu sehr schmerzte, aber jetzt … Jetzt wollte sie ihr Andenken ehren.

„Du kannst auf der Fahrt dorthin im Auto schlafen."

„Okay."

Er grinste. „Hol deine Sachen. Wir treffen uns in fünf Minuten unten."

———

Wakhan-Korridor, Afghanistan, Juli 1979

Mit schwerfälligen Schritten ging Dmitri zu den Männern zurück, die blutend auf dem Boden lagen. „Schneidet seine Fesseln durch."

Die Lippen des blonden Engels kräuselten sich blutrünstig und herablassend. Dmitri wusste, dass er sich einen gefährlichen Feind gemacht hatte.

„Was ist los, Jonathon?", fragte der braunhaarige Mann. Er drehte sich auf die Seite und sah Dmitri in die Augen. „Du hast gemerkt, dass du einen Fehler gemacht hast, nicht wahr? Du hast unsere Genehmigungen überprüft?" Seine braunen Augen waren ernst. Dmitri entschied sich für die einfache Erklärung.

„Ja, Genosse. Ich muss mich für meinen Angriff auf eure Karawane entschuldigen. Mein Land hat mich für den Tod eures Führers gemaßregelt, und seine Familie wird entschädigt werden."

„Außerdem werde ich persönlich dafür sorgen, dass du dafür bezahlst." Der blonde Mann fuhr mit knappen, scharfen Bewegungen, die seine Wut verrieten, über seine Kleidung. Er bückte sich, um seine Habseligkeiten aufzuheben.

Auch wenn Dmitri nachvollziehen konnte, dass Spione notwendig waren, hatte er keinen Respekt vor ihnen. Diese Leute verrichteten ihre Arbeit mit Lügen, Verrat, Doppelspiel und Täuschung. Sie lebten ein zwielichtiges, hinterhältiges Leben ohne wirkliche Ehre.

Der *Starshiná* zerrte den größeren Mann auf die Beine und löste die Seile, mit denen seine Hand- und Fußgelenke gefesselt waren.

„Nun denn." Der große Mann, Sebastian, sah sich nervös um. „Gehen wir einfach den Weg zurück, den wir gekommen sind?"

Seine Naivität erregte in Dmitri fast Mitleid. „Fünf Meilen östlich befindet sich ein Dorf. Oder ihr könnt versuchen, eure

Führer an der pakistanischen Grenze zu finden." Dmitri deutete nach Süden.

Sebastian machte zwei Schritte in diese Richtung. „Also gut. Kommst du, Jonathon?"

„Ja. Natürlich." Eisblaue Augen verengten sich, als der dunkelhaarige Mann erleichtert nickte und sich auf den Weg machte. Dmitri zuckte zusammen, obwohl er den Schuss erwartet hatte.

Der blonde Spion drehte sich zu ihm um, und Dmitri las die Drohung in seinem bösartigen Blick. Wenn der Engländer damit hätte durchkommen können, hätte er ebenfalls eine Kugel im Rücken.

„*Do Svidaniya*, Genosse", sagte Dmitri grimmig.

Obwohl sie beide Mütterchen Russland dienten, hatte er eher das Gefühl, dass dieser Mann sein Feind war. Der Spion tippte sich mit dem Revolver an die Stirn und marschierte davon, ohne auch nur einen Blick auf die Leiche seines toten Freundes zu werfen. „Bis zum nächsten Mal, Genosse."

———

Was sollte das bedeuten?

Dempsey wiederholte die Worte immer wieder in seinem Kopf. Volkov schien sie direkt an ihn gerichtet zu haben. *Wenn man jemanden wirklich liebt, muss man ihn beschützen.*

Was zum Teufel wollte er damit sagen?

Er drehte sich um und blickte in das müde, faltige Gesicht des meistgesuchten Mannes der Welt. Sie saßen in einem Land Rover, der in Richtung Brize Norton rumpelte, und das Aufgebot des Premierministers bildete die Art von Autokolonne, die normalerweise „Besuch des Präsidenten in einem feindlichen Land" schrie. Es war früh am Morgen, sodass kaum Verkehr auf den Straßen herrschte. Und er war aufs Höchste angespannt.

„Was haben Sie damit gemeint?" Er hielt den Blick des Mannes fest und sah zum ersten Mal Unsicherheit in seinen Augen aufflackern. „Wenn Sie etwas über Axelle zu sagen haben, sollten Sie es lieber ausspucken, bevor die Amis Sie nach Guantanamo verfrachten."

Dmitris Blick huschte zu Seite und er leckte sich über die Lippen. „Ich habe Dr. Dehn deswegen ausgewählt, weil…"

„Weil ihr Vater der amerikanische Botschafter Großbritanniens ist."

„Aber wer war ihre Mutter?" Uralte Augen durchbohrten ihn.

Oh Gott. „Wenn ihr etwas zustößt, werde ich …" Dempsey wählte Cullens Nummer, der nach ihren jüngsten Abenteuern in Afghanistan mit dem Sortieren der Ausrüstung beauftragt worden war. „Geh ins Internet."

Er sagte ihm, wonach er suchen sollte, wen er suchen sollte. Gleich würden sie die Tore des Stützpunkts passieren. Dreißig Sekunden später sagte Cullen: „Iris Boyle. Tochter von Jonathon Boyle, einem Veteranen des Außenministeriums. Er hat eine sehr hohe Sicherheitsfreigabe. Da ist auch ein Foto. Ich schicke es dir auf dein Handy."

Er sah Dmitri in die Augen und sagte: „Jonathon Boyle." Die Augen des Mannes weiteten sich.

Cullen sprach weiter in sein Ohr. „Iris starb bei dem Bombenanschlag auf die britische Botschaft in Rabat."

„Sie sind dafür verantwortlich, dass Axelles Mutter gestorben und ein kleines Mädchen unter den Trümmern begraben wurde – weil Sie hinter diesem Kerl, Boyle, her waren?"

Dmitri schüttelte den Kopf. „Nein. Nein. Ich habe die Bombe nicht gelegt. Natürlich wurde ich beschuldigt. Ich werde immer beschuldigt, aber ich war es nicht." Dmitri schluckte, und zum ersten Mal sah Dempsey echte Emotionen in den Zügen des Mannes. „Ich habe versucht, Boyle im Jemen in die Luft zu jagen, aber der Sprengsatz hat versagt."

„Das Problem mit Bomben ist, dass es ihnen egal ist, wer in die

Luft gejagt wird." Entsetzen kratzte an Dempseys Nerven. „Warum waren Sie hinter ihm her?"

„Ich möchte, dass mein Enkel die Chance bekommt, sein Leben zu leben. Ist das zu viel verlangt?" Tränen sammelten sich in den Augen des Mannes.

„Was ist mit all den Kindern, für deren Tod Sie im Laufe der Jahre verantwortlich waren?" Dempsey schnaubte. „Haben Sie sich einen Dreck um sie geschert?"

Dmitris Haut wurde weißer als Knochen.

Dempseys Handy piepte und er öffnete das Bild. Der Typ, dieser Jonathon Boyle, kam ihm vage bekannt vor, doch er hatte keine Ahnung, warum. Er blinzelte, dann zog er die Fotos, die er aus der Hütte des Ältesten im Wakhan-Korridor mitgenommen hatte, aus seiner Hosentasche, und Bingo. Da war ihr Mann. Er stand strahlend und fröhlich neben einem Mann, von dem er jetzt wusste, dass er Sebastian Allworth war. „Jonathon Boyle hat den Vater des Premierministers erschossen", stellte er plötzlich fest. Es war das Einzige, was einen Sinn ergab und alle Teile des Puzzles zusammenfügte.

„Ich sage nichts." Dmitri wandte sich von ihm ab. „Aber ..." Er zögerte. „*Falls* das wahr wäre, würde der GRU Axelle Dehn nicht am Leben lassen. Wenn die Chance besteht, dass ich ihr den Namen des geliebten Spions Russlands verraten habe, werden sie kein Risiko eingehen wollen."

Eisige Kälte erfasste Dempsey. Er packte den Mann an der Kehle und drückte zu. „Willst du mir damit sagen, dass Axelles Großvater ein russischer Spion ist?"

Dmitri lief unter seinen Händen blau an. Der Wagen hatte angehalten. Jemand zerrte ihn heraus und versuchte, ihn zu zwingen, den Bastard loszulassen, aber er ließ nicht los. „Sag mir, warum sie in Gefahr ist."

„Ja! Ja. Er ist ein Spion. Jonathon Boyle ist der Mann, der Sebastian Allworth in den Rücken geschossen und mein Leben ruiniert hat." Die Augen des Mannes füllten sich mit Tränen, als Dempsey sich endlich von ihm losreißen ließ. „Sie werden sie nicht am Leben lassen. Es ist zu spät." Der Russe lag auf dem Asphalt und schnappte nach Luft.

Der britische Premierminister stand direkt neben ihm. Seine Hände zitterten, als wollte er zu Ende bringen, was Dempsey begonnen hatte.

„Das kann doch alles nicht wahr sein." Allworths Blicke prallten an all den Menschen ab, die dort standen. „Er lügt, ich kenne Jonathon Boyle schon mein ganzes Leben. Ich habe ihn gerade in einen Ausschuss zur Überwachung der Waffenentwicklung für die britischen Streitkräfte berufen." Plötzlich herrschte atemlose Stille. Er zückte sein Handy. Zweifellos, um die britische Königsfamilie anzurufen. Schadensbegrenzung.

Dempsey verdrehte die Augen. Er hatte beinahe Mitleid mit dem Kerl – außer, dass dieser Idiot dazu beigetragen haben könnte, die britischen Streitkräfte über Generationen hinweg zu schwächen, was bedeutete, dass weitere Männer und Frauen wie er sterben könnten. Das Old Boy Network hätte schon vor Jahren abgeschafft werden sollen.

Dempsey zog sein eigenes Handy hervor. „Cullen, lass Axelle Dehns Handy orten, und zwar sofort. Ich muss genau wissen, wo sie ist, damit wir sie in Schutzhaft nehmen können."

Dmitri Volkov lag da und hatte sein Gesicht in den Händen vergraben. Ein gebrochener alter Mann, der mehr Tod und Zerstörung verursacht hatte als das gesamte Regiment. Dempsey sah auf, als ein Jeep voller Soldaten in amerikanischen BDUs auf sie zugerast kam.

Zwei große Männer in dunklen Anzügen tauchten aus dem Gewirr von Tarnanzügen und schweren Waffen auf. Dem einen stand CIA ins Gesicht geschrieben, der andere hatte eine verblüffende Ähnlichkeit mit einer Frau, in die er sich verliebt hatte. Dempsey machte einen Schritt nach vorne, nur um festzustellen, dass er für diesen Kerl ein Nichts war. Ein Niemand. Nicht der Liebhaber seiner Tochter. Nicht sein zukünftiger Schwiegersohn.

Er fing den Botschafter ab, während der Spion zu Dmitri hinüberging.

„Wissen Sie, wo Ihre Tochter ist, Herr Botschafter?"

„Wer sind Sie?" Eiskalte Augen blickten ihn fragend an.

Dempsey blinzelte nicht. „Ein Freund." Mehr als ein Freund. „Ich habe sie vor ein paar Tagen in Afghanistan kennengelernt." Vor einem ganzen Leben.

„Sie ist in Afghanistan?"

„Das wussten Sie nicht?"

„Als ich das letzte Mal mit ihr gesprochen habe, meinte sie, sie würde erst im Sommer dorthin zurückkehren." Der Mann schüttelte den Kopf und presste angespannt die Lippen zusammen. „Geht es ihr gut?"

Dempsey beobachtete ihn aufmerksam. Er wollte wissen, ob dieser Mann seine eigene Tochter für eine geheime politische Agenda opfern würde. „Hat Sie niemand über ihre Entführung informiert, Sir?"

„Entführung?" Der Botschafter starrte Dempsey an, als ob er ihn zum ersten Mal sehen würde. Seine Stimme war angespannt. „*Volkov* hat sie entführt?"

„Ja, aber es ging ihr den Umständen entsprechend gut, als wir den Wakhan-Korridor verließen."

Der Botschafter schien sich zu sammeln, als er den auf der Rollbahn liegenden Russen betrachtete. „Ich hätte erwartet, dass einer der berüchtigtsten Männer des Planeten etwas bedrohlicher und weniger erbärmlich aussehen würde."

Der Kerl hörte ihn nicht, und *erbärmlich* war auch nicht gerade das Wort, mit dem Dempsey die Person beschrieben hätte, die er durch den Hindukusch gejagt hatte.

„Ich habe ihr gesagt, dass es nicht sicher ist, aber sie hört nie auf mich." Die Miene des Amerikaners verhärtete sich.

Dempsey stemmte die Füße in den Boden, obwohl er verstehen konnte, dass einige Amis ihn am liebsten gewaltsam aus dem Weg geräumt hätten. Von ihm aus konnten sie das ruhig versuchen. „Bei allem Respekt, aber es geht nicht um Sie, Sir. Es geht um Ihre Tochter und darum, dass sie das Leben lebt, für das sie bestimmt ist. Sie hat mehr Verstand und Mut als jeder andere auf diesem Stützpunkt, aber ich glaube, sie könnte trotzdem in Gefahr sein, Sir."

Der Botschafter wollte sich an ihm vorbeidrängen, woraufhin er sich dem Mann in den Weg stellte. „Ich spreche von Ihrer *Tochter*, Sir, Ihrem eigenen Fleisch und Blut. Sie könnte in großer Gefahr sein. Dmitri Volkov hat Jonathon Boyle als russischen Spion bezeichnet."

„Das kann doch nicht Ihr Ernst sein." Die amerikanischen Soldaten traten vor, aber Dehn winkte sie ab. Zorn verdunkelte seinen Blick und sein Kiefer verkrampfte sich. Er schien zu erkennen, dass es Dempsey todernst war, und ein rätselhafter Schimmer trat in seine Augen. „Ich verstehe, allerdings bezweifle ich, dass Axelle in Gefahr ist, wenn sie noch in Afghanistan ist. Ich habe Jonathon vor ein paar Tagen in London gesehen. Der Mann ist zu" – seine Lippen verzogen sich angewidert – „zimperlich, um sich die Hände schmutzig zu machen. Außerdem hat er einen Narren an Axelle gefressen. Aber ich werde dafür sorgen, dass sie so schnell wie möglich einen Sicherheitsbeamten zugewiesen bekommt." Der Botschafter nickte nachdenklich, als würde er die Informationsflut filtern, und blickte dann dem britischen Premierminister hinterher, der ihn ignorierte, als er wieder in seine Limousine stieg, um weitere Telefonate zu führen.

Der CIA-Spion winkte zwei amerikanische Soldaten herbei, die Dmitri auf die Beine zogen.

Der Russe wich Dempseys Blicken aus, als er abgeführt wurde.

„Ich konnte Iris' Vater nie leiden." Der Botschafter nickte Dempsey noch einmal zu und wandte sich dann zum Gehen.

Das war's? Gott, wie er Politiker hasste. „Botschafter Dehn", rief Dempsey ungehalten. Der Mann wirbelte herum. Offensichtlich war er es nicht gewohnt, angeschrien zu werden. „Sie *werden* doch den Enkel des Mannes retten, oder?"

Dmitri hob den Kopf und warf ihm einen überraschten Blick zu.

Nach einem Moment nickte der Botschafter entschlossen. „Wir werden ihm eine neue Leber besorgen, doch ich kann nicht versprechen, ob er so lange überleben wird. Ich bin kein Arzt. Und auch nicht Gott."

„Danke." Dmitri Volkov sprach über die Köpfe seiner Wachen hinweg, eine gebrochene, gekrümmte Gestalt.

Dempsey wusste nicht, ob er mit ihm oder dem Diplomaten sprach, aber er sah dem Mann fest in die Augen, als er weggebracht wurde.

Nur mit Gottes Gnade …

Dempsey atmete tief durch, als die Sicherheitsleute des Premierministers und die Mini-Armee des US-Botschafters in entgegengesetzte Richtungen wegfuhren und ihn und seine Gefährten wie einen Haufen Kleinkrimineller auf der Rollbahn zurückließen. Sie tauschten verunsicherte Blicke aus.

Das Telefon klingelte. Es war Cullen. „Ich habe eine Spur, Ire, doch sie wird dir nicht gefallen. Halt dich fest." Das ungute Gefühl in seinem Magen verstärkte sich. „Sie ist weder im Wakhan-Korridor noch in den Staaten. Ihr Telefon ist auf der M20 in Kent unterwegs."

Was zum …?

Dempsey stieg wieder in den Wagen. „Taz, gib Vollgas. Baxter, ruf den Einsatzleiter an und sag ihm, was los ist. Ich bin nicht hier." Er nahm seine Uhr mit dem GPS-Sender ab, und legte sie auf den Sitz. „Ihr dürft mich nicht kontaktieren, verstanden?" Sie nickten.

Falls die Sache schiefging, wollte Dempsey nicht, dass andere für das, was er vielleicht tun musste, den Kopf hinhalten mussten, denn plötzlich hatte Axelles Sicherheit Vorrang vor seiner Karriere und seiner Loyalität gegenüber der Krone. Er würde keine Befehle befolgen, wenn das bedeutete, ihr Leben aufs Spiel zu setzen. Diesmal nicht. Allein der Gedanke daran war ein Grund für einen RTU-Befehl und eine unehrenhafte Entlassung.

———

„Wir sind fast da", sagte Jonathon, als er bemerkte, wie seine Enkelin die Augen öffnete und in den rosafarbenen Himmel blickte. Das Schicksal war eine bemerkenswerte Sache. Er hatte gedacht, er müsste diese schöne, brillante junge Frau opfern und würde sie nie wieder sehen. Doch die Vorsehung hatte ihn belohnt, und er hatte beschlossen, Axelle mitzunehmen.

Warum sollten sie beide allein sein?

Sie war sprachbegabt. Es würde nicht lange dauern, bis sie dort eine Arbeit finden würde, und sie würden sich gegenseitig Gesellschaft leisten können. Mit ihrem Vater hatte sie sich sowieso nie verstanden, und seit sie den jungen Mann verloren hatte, den sie geheiratet hatte, war sie unglücklich.

Es war perfekt. Er grinste sie an.

„Während du geschlafen hast, bekam ich einen Anruf vom Jachthafen, in dem meine Jacht liegt. Ich soll sie an einen anderen Ort an der Küste segeln, weil sie heute den Hafen ausbaggern." Er sah auf seine Uhr. „Wir können das erledigen, bevor ich mich um zehn mit den Bauarbeitern treffen muss."

„Okay." Sie gähnte und streckte sich. „Entschuldigung, ich bin so erschöpft."

„Du hast eine Menge durchgemacht. Du musst dich mal richtig ausschlafen."

Er hatte alle Informationen über die neuen Verteidigungssysteme in seinem Kopf. Er freute sich darauf, nach Hause zurückzukehren und darauf, wie ein Held in dem Land empfangen zu werden, in dem er seit seiner frühen Jugend nicht mehr gelebt hatte. Ein Land, das er vermisst hatte. Sein Herz klopfte leicht gegen seine Rippen, und er fasste sich an die Brust. Sein Instinkt sagte ihm, dass es Zeit war, zu fliehen, und der hatte sich jahrelang als zuverlässiges Warnsystem erwiesen.

Nach einer weiteren Viertelstunde parkten sie im gesicherten Jachthafen und fuhren zu seiner acht Meter langen Jacht mit dem Namen *Iris*. Benannt nach seiner Tochter, Axelles Mutter.

Ihre Lippen verzogen sich zu einem breiten Lächeln, als sie

das schnittige Boot bewunderte. „Ich hatte vergessen, wie schön sie ist."

Jonathon verspürte einen Anflug von Stolz. Das Boot war seine einzige wahre Freude. „Alle einsteigen." Er winkte mit der Hand, und Axelle hüpfte über den Steg. *Iris* war immer startklar. Er bezahlte einen Mann dafür, das Boot täglich zu warten, nur für den Fall.

„Setz Wasser auf, wir trinken eine Tasse Tee, während wir um die Bucht herumschippern."

Sie beugte sich vor und küsste ihn auf die Wange. „Danke, Opa. Das ist genau das, was ich gebraucht habe." Sie ging die Treppe hinunter, während er ihre Abfahrt vorbereitete und den Motor startete.

Dann legte er ab. Fast hätte er sich von der vertrauten Küste verabschiedet, an der er so viele Jahre verbracht hatte, dass sie ihm wie ein Zuhause vorkam, aber er tat es nicht. Er hatte nicht so lange überlebt, weil er Risiken eingegangen war.

———

Axelle fand den Wasserkocher und eine große, ungeöffnete Flasche mit Wasser. Vorsichtig füllte sie den Kessel und stellte ihn auf den Herd. Am Meer war es kühl, und sie rieb sich über die Arme, als sich plötzlich eine Gänsehaut auf ihrem ganzen Körper ausbreitete. Der Motor dröhnte, und sie spürte, wie das Boot sich mit gleichmäßigem Tuckern durch das Wasser bewegte. Sie war seit Jahren nicht mehr segeln gewesen. Vielleicht brauchte sie eine Pause, obwohl sie sich vor Ende des Monats an der MSU blicken lassen sollte, um den Semesterkurs zu unterrichten, sonst lief sie Gefahr, auch *diesen* Job zu verlieren. Außerdem musste sie sich um Josefs Doktorarbeit und ihr eigenes zukünftiges Forschungsprogramm kümmern und herausfinden, ob es eine Möglichkeit gab, ihre Arbeit mit den Schneeleoparden mit anderweitigen

Mitteln fortzusetzen. Aber sie brauchte diese Auszeit nach ihrer Tortur. Und sie musste noch mit ihrem Vater sprechen.

Als das Wasser kochte, füllte sie es in eine Teekanne und gab zwei Teebeutel hinein.

Sie schaute sich in der gemütlichen Kabine um. Sie war nicht besonders schick, aber sie war penibel sauber und ordentlich. An einer Wand in der Kombüse hing ein Haufen Fotos. Sie beugte sich vor, nahm ein Foto von ihrer Mutter als Teenager in die Hand und stieß dabei versehentlich zwei weitere hinunter. Sie ließ sich auf alle viere nieder, um die Bilder einzusammeln, und zögerte. Eins war ein altes Foto, überbelichtet und verblasst, aber es sah der Landschaft, die sie gerade hinter sich gelassen hatte, verblüffend ähnlich. Ihr Großvater als junger Mann stand neben einem Kamel. Auf der anderen Seite stand ein anderer, deutlich größerer Mann und grinste in die Kamera. Er kam ihr vage bekannt vor.

Schritte erklangen auf der Treppe, als Dmitris Worte in ihren Ohren widerhallten. *Dein Blut schuldet mir was.*

„Wo wurde dieses Foto aufgenommen, Opa?"

Ihr Großvater sah sie stirnrunzelnd an. „Marokko oder Jemen vielleicht? Ich weiß es nicht mehr."

„Es sieht aus wie der Wakhan-Korridor." Sie hob alle Fotos auf und ordnete sie an der Tafel neu an. „Wer ist der Mann, der da neben dir steht?"

Ihr Großvater zuckte mit den Schultern und Unbehagen stieg in ihr auf. „Ich weiß es nicht mehr. Irgendein Tourist."

Ihr Großvater hatte ein fotografisches Gedächtnis für Namen und Gesichter. Tatsächlich glaubte sie nicht, dass er jemals jemanden vergessen hatte. Warum log er? Oder wurde er mit dem Alter tatsächlich vergesslich?

Sie schenkte den Tee ein und nahm zwei Tassen mit an Deck. Sie reichte ihm eine, während er das Boot steuerte, und setzte sich neben ihn auf die Bank.

Die salzige Brise streifte ihre Wangen, und ihr loses Haar peitschte um ihr Gesicht und verdeckte ihr die Sicht. Nicht weit entfernt von ihnen liefen die riesigen Fähren im Hafen ein und aus. Im Hintergrund schimmerten die weißen Klippen von Dover wie ein zahniges Grinsen. Der Himmel war hellblau, das Meer dunkel und unruhig. Sie fröstelte und zog den Reißverschluss ihrer Windjacke zu.

„Hast du Lust auf einen kleinen Ausflug, bevor wir zurückfahren?" Seine Augen leuchteten eifrig. Sie nickte, und er setzte die Segel, die sich in der Brise entfalteten, sodass das Boot vorwärtstrieb. Sie war keine große Seglerin, aber er war völlig in seinem Element, und wahrscheinlich würde sie ihn erst in ein paar Jahren wiedersehen. Es konnte nicht schaden, eine Stunde auf See zu verbringen.

Sie war keine gute Enkelin gewesen. Sie war auch keine gute Tochter gewesen, wenn sie es sich recht überlegte. Seit Gideons Tod hatte sie sich allen gegenüber verschlossen und sich ausschließlich auf ihre Leoparden konzentriert. Es war an der Zeit, sich mehr um sie zu bemühen.

Sie nippte an ihrem Tee. Als sie sich an die verchromte Reling lehnte, stellte sie fest, dass der Wellengang ziemlich stark war, und soweit sie sich erinnerte, befanden sie sich in einer der meistbefahrenen Schifffahrtsstraßen der Welt. Nach einer Viertelstunde sah sie auf die Uhr. „Hey, Opa, wir sollten zurückfahren, sonst kommst du noch zu spät zu deinem Treffen mit den Bauarbeitern."

Er wandte seinen Blick vom Horizont ab. „Wir fahren nicht zurück, Axelle."

„Was? Wie meinst du das?"

Ein Feuer schien in seinen Augen zu lodern. Offenbar war er nicht ganz bei Sinnen. „Ich fahre nach Hause, nach Russland."

„Russland?" Ein eisiger Schauer ließ ihre Nervenenden kribbeln. Er hatte definitiv den Verstand verloren, was ein ziemlicher Schlag war, da sie nicht segeln konnte und das Boot mit einer beängstigenden Geschwindigkeit auf Dänemark zuraste. Verdammt.

„Ich wurde in einer kleinen Stadt außerhalb Leningrads geboren."

„Nein, Opa, du wurdest in Croydon geboren.“

Er lächelte, und im Gegensatz zum Rest seines Gesichts waren seine Wangen glatt und faltenlos. „Das ist meine Tarngeschichte. Du hast ein ganzes Erbe, von dem du nichts weißt, und jetzt werde ich die Gelegenheit haben, es dir zu offenbaren.“

Dmitri Volkovs Worte hallten erneut in ihrem Kopf nach. *Blutschuld.* „Ich will nicht nach Russland. Ich lebe in Montana. Ich habe einen Job in Montana, den ich zufällig liebe.“

„Weil du noch nie in Russland warst und nicht weißt, wie wunderschön das Land, die Architektur und die Menschen dort sind …“

Er meinte das tatsächlich ernst.

Ein Gefühl des Grauens stieg in ihr auf. „Opa, hast du jemals von einem Mann namens Dmitri Volkov gehört?“

Ein schmales Lächeln wanderte über seine Züge. „Wir sind uns sogar schon begegnet.“

„Was meinst du damit, du kannst es nicht isolieren?" Sie steckte in Schwierigkeiten. Das wusste er. Genauso wie er gewusst hatte, dass sie in Lebensgefahr schwebte, bevor er in diese verdammte Höhle in Afghanistan gerannt war.

Sie sterben zu lassen, kam nicht in Frage.

„Hast du ihren Großvater gefunden, diesen Boyle?"

Da Dmitri wahrscheinlich auf Nimmerwiedersehen in irgendeinem Geheimgefängnis verschwunden war, musste sich Dempsey auf seinen Instinkt, seine Kollegen und seine über zwanzigjährige Erfahrung im Kampf gegen böse Jungs verlassen. Er wusste nicht, ob das ausreichen würde. Sie hatten keine Ahnung, wo Jonathon Boyle war, ob er ein Spion war oder ob Volkov sie angelogen hatte. Man hatte ihm das Foto eines gutaussehenden weißhaarigen Mannes in einem dreiteiligen Anzug geschickt. Die Metropolitan Police hatte zwei Wohnungen des Mannes durchsucht und eine Fahndung nach seinem Auto herausgegeben. Bislang ohne Ergebnis.

Von allen möglichen Szenarien gefiel ihm dieses am wenigsten. Jonathon Boyle auf der Flucht – dank dem Premierminister offenbar mit vertraulichen Informationen aus dem Verteidigungsministerium – und er war nicht in der Lage, Axelle ausfindig zu machen.

Vielleicht ist sie ja gar nicht bei ihrem Großvater.

Es bestand auch die entfernte Möglichkeit, dass Axelle und Jonathon Boyle unter einer Decke steckten und gegen die Interessen Großbritanniens und der USA handelten. Mein Gott, er wollte es nicht glauben, denn der Gedanke, dass sie ihn an der Nase herumgeführt haben könnte, schmerzte zu sehr. Auch wenn sie sich nichts versprochen hatten, war das ein Verrat, den er nicht einmal in Betracht ziehen wollte.

Wieder wählte er ihre Nummer, doch auch diesmal ging der Anruf direkt zur Mailbox. „Hi, Axelle. Ich bin in Großbritannien." Er hielt inne, da er keine Nachricht hinterlassen wollte, die sie verriet. Außerdem wollte er sie nicht verärgern oder sie mit Erklärungen von unsterblicher Liebe oder unendlicher Anbetung verschrecken. „Ich würde dich gerne wiedersehen. Melde dich so schnell wie möglich. Bitte?"

Taz schnaubte.

Er legte auf. „Halt die Klappe."

„Sie versuchen, ihr Handy zu orten, haben aber Schwierigkeiten, es zu lokalisieren." Taz hob seine Hand, während er angestrengt versuchte, sein Handy über den zunehmenden Morgenverkehr hinweg zu hören. „Warten Sie. Sind Sie sicher? Nimm die nächste Ausfahrt von der M25", wies Taz Baxter an, nachdem er aufgelegt hatte. „Jemand bei den Signalen hat ihr Handy in der Mitte des Ärmelkanals geortet. Die Polizei sucht in den örtlichen Häfen nach Jonathon Boyles Auto, denn wie sich herausgestellt hat, besitzt er auch ein Boot."

Das wird ja immer schlimmer.

„Die Küstenwache ist alarmiert. Wenn Boyle ein russischer Spion mit wichtigen Militärgeheimnissen ist, werden sie ihn nicht entkommen lassen."

Ihm drehte sich der Magen um. „Wir werden Ausrüstung und einen Hubschrauber brauchen."

„Sie schicken alles aus London her."

Es würde nicht schnell genug gehen. Das wusste er. Er sah aus dem Fenster und entdeckte einen kleinen Flugplatz mit Schildern, auf denen für Fallschirmspringerkurse geworben wurde.

„Die nächste rechts, Baxter", bellte er. Er begegnete dem Blick des Mannes im Rückspiegel und bemerkte das amüsierte Glitzern in seinen Augen, als er sich auf seinen Plan einließ.

———

„Volkov war der Mann, der mich vor ein paar Tagen entführt hat, aber das wusstest du schon, stimmt's? Er hat *dich* angerufen." Axelle starrte ihn an, als wäre ihm plötzlich ein zweiter Kopf gewachsen.

„Ich konnte nicht riskieren, dass er mich nach all den Jahren enttarnt." Er sackte nach vorne und gab seine starre Haltung auf, um zerknirscht zu wirken. Es war keine leichte Entscheidung gewesen, um Himmels willen, er hatte sie nicht leichtfertig getroffen. „Er sagte, er brauchte Hilfe für seine Familie, aber warum *jetzt*? Ich konnte nicht zulassen, dass er dem größeren Wohl in die Quere kommt."

„Wessen größerem Wohl? Dem Wohl Russlands? Das ist doch verrückt. Es ergibt keinen Sinn." Sie wich von ihm zurück. „Hast *du* den Bombenangriff veranlasst?"

„Nein. Nein. Aber ..." Er warf ihr einen Blick zu. „Es ist kompliziert." Wie sollte er das erklären? „Bevor Dmitri Volkov übergelaufen ist, um mit den Mudschaheddin zu kämpfen, war er Mitglied der Vympel – weißt du, was es damit auf sich hat?" Er blickte in ihre braunen Augen, die ihn nun mit wachsendem Entsetzen musterten.

„Das ist eine russische Eliteeinheit für Sabotage und Attentate, vergleichbar mit dem SAS und dem SBS." Die Morgensonne ließ die weißen Segel und den glänzenden Rumpf in ihrem Licht erstrahlen. „1979 nahm Hauptmann Dmitri Volkov von der Roten

Armee mich und einen Mann namens Sebastian Allworth am Hindukusch gefangen. Er ist der Mann auf dem Foto, nach dem du mich gefragt hast. Weißt du, wer Allworth ist?"

Sie schüttelte den Kopf. Die Haut um ihren Mund war weiß. Irgendwann würde der Schock nachlassen, und dann würde sie ihn für die Dinge, die er getan hatte, bewundern. Seinen Einfallsreichtum schätzen. Seine Gerissenheit.

„Sein Sohn ist gerade britischer Premierminister geworden." Er strich sich mit einem manikürten Finger das Haar zurück. „Die britische Regierung hatte Leute in Afghanistan, die die antikommunistische Stimmung schürten –"

„Ich dachte, die afghanische Regierung hätte um sowjetische Unterstützung gebeten?"

„Die Regierung schon, ja. Aber das Volk nicht." Er verbarg seine Verärgerung. Er hatte Moskau gewarnt, sich aus Afghanistan herauszuhalten. Er hatte versucht, die Bemühungen der Amerikaner zu sabotieren, doch sie hatten genug Unruhe gestiftet, um die Sowjets in einen Konflikt hineinzuziehen, der schließlich die UdSSR zu Fall gebracht hatte. Welch süße Ironie, dass die Amerikaner jetzt in denselben Gebieten kämpften. Die Lektionen standen in den Geschichtsbüchern, aber die Menschen weigerten sich, daraus zu lernen.

„Es war der Höhepunkt des Kalten Krieges. Die Spannungen zwischen Ost und West waren so groß, dass der kleinste Zwischenfall einen Atomkrieg hätte auslösen können, der für Millionen von Menschen katastrophale Folgen gehabt hätte." Er sah sich mehr als Friedenswächter denn als Spion. Schade, dass die Justiz das nicht genauso gesehen hätte, wenn sie ihn denn erwischt hätte. Eine Schweißperle bildete sich auf seiner Oberlippe, und er leckte den salzigen Tropfen weg. Es war nicht mehr weit. Er hatte das Signal aktiviert, um zu veranlassen, dass er sofort abgeholt wurde.

„Volkov hat mich im Wakhan-Korridor erwischt." Seine altersfleckigen Hände umklammerten das Steuer. Axelle sah ihn an, als würde sie ihn nicht wiedererkennen. Als ob sie auf ihn losgehen oder ihn über Bord werfen wollte. Aber sie hatte ein weiches Herz, genau wie ihre Mutter. Er war ihr Großvater. Sie würde ihm genauso wenig wehtun, wie er die Seiten wechseln würde.

„Volkov wollte mich hinrichten. Ich musste ihm sagen, für wen ich wirklich arbeitete." Selbst nach all diesen Jahren kochte bei der Erinnerung noch immer Wut in ihm hoch. „Das war das einzige Mal, dass ich jemals aufgeflogen bin."

„Was ist mit Sebastian Allworth passiert?"

„Volkov hat ihn erschossen." Jonathon zuckte mit den Schultern und wandte den Blick ab.

Sie lachte, als würde sie ihn für verrückt halten. „Also… was willst du damit sagen? Bist du etwa ein russischer Spion?"

„Die Tatsache, dass ich meine eigene Enkelin getäuscht habe, lässt darauf schließen, dass ich sogar ein ziemlich guter russischer Spion bin, meinst du nicht?" Er hob eine hochmütige Braue. „Ich fand es schon immer bedauerlich, der größte Spion der Geschichte zu sein und nicht damit prahlen zu können."

„Mein Vater hätte gewusst –"

„Warum glaubst du hat deine Mutter überhaupt einen kalten Fisch wie Franklin Dehn geheiratet?" Seine Schultern waren angespannt, um dem kräftigen Wind zu trotzen.

„Willst du damit sagen, dass Mama auch eine Spionin war?"

„Nein, nein. Aber ich habe die beiden oft genug zusammengebracht und dafür gesorgt, dass sie Zugang zu Alkohol und Abgeschiedenheit hatten, und", er musterte sie von oben bis unten, „das Ergebnis war wie erwartet."

Sie.

Als sie begriff, wich ihr das Blut aus dem Gesicht.

Franklin Dehn war damals eine vielversprechende Größe in diplomatischen Kreisen gewesen. In Anbetracht der Position, in die er aufgestiegen war, war er eine ausgezeichnete Wahl gewesen. Aber Iris war gestorben, und die Antipathie, die ihr Vater und ihr Großvater füreinander empfunden hatten, war zu einer offenen Feindseligkeit ausgewachsen.

„Die Bombe, die sie getötet hat …"

Er zuckte mit den Schultern. „Ich weiß nicht, wer das getan hat. Vielleicht Volkov, vielleicht irgendein anderer Verrückter. Sie haben meine Identität nicht preisgegeben, also bin ich als Held davongekommen, vor allem als …" Kummer schnürte ihm die Kehle zu. Er versuchte, nicht an den Tod seiner Tochter zu denken. Sie war seine Prinzessin gewesen, obwohl sie willensstark und trotzig gewesen war. Er hatte ihr nie die Wahrheit darüber gesagt, wer er wirklich war, und das hatte eine Kluft zwischen ihnen geschaffen. Diese Kluft würde es zwischen ihm und Axelle nicht geben. Nicht mehr. Sobald sie sich an den Gedanken gewöhnt hatte, würden sie sich näher sein als je zuvor. Sie könnte seine Biografie schreiben und mit dem Erlös reich werden.

„Ich habe deine Mutter geliebt. Ihr beide habt mir alles bedeutet." Er streckte die Hand aus und tätschelte die ihre. Er konnte ihr ansehen, dass sie nicht wusste, was sie glauben sollte.

„Opa, ich werde noch etwas Kaffee kochen – ich brauche erst einmal eine Koffeinspritze nach allem, was du mir erzählt hast." Am fernen Horizont war jetzt Land zu sehen, und riesige Schiffe zogen unaufhaltsam vorbei, zu weit entfernt, um eine wirkliche Gefahr für seine Pläne darzustellen.

Er zog eine Pistole unter dem Kissen an seiner Seite hervor. Das metallische Klicken ließ ihr Kinn in die Höhe schnellen.

„Ich fürchte, ich vertraue dir nicht ganz, Axelle. Noch nicht. Wenn wir in Russland sind, vielleicht, aber bis dahin darfst du meinen Staatsstreich nicht ruinieren. Es steht zu viel auf dem Spiel." Ehre und Ruhm. Anerkennung nach einem Leben im Verborgenen. Er nickte in Richtung der Treppe.

„Du würdest mich nicht erschießen." Es klang eher wie eine Frage als wie eine Feststellung. Er lächelte traurig. Zitternd und fast wie in Trance ging sie zur Kabine hinunter. Erst als er Klebeband aus einer Schublade holte, machte sie Anstalten, davonzulaufen, doch er packte sie an den Haaren und hielt sie fest.

Sie schubste ihn, doch er hielt ihr die Pistole unters Kinn. „Ich werde dich umbringen, wenn es sein muss, Mädchen."

Furcht glänzte in ihren Augen.

„Streck deine Hände aus", befahl er.

Als sie sich weigerte, seufzte er.

„Zwing mich nicht, dir wehzutun. Ich liebe dich, aber ich habe keine Zeit für Spielchen."

In diesem Moment schien sie zu begreifen, dass er es todernst meinte. Mit aller Kraft versetzte sie ihm einen Stoß, und er stürzte, wobei er sich die Hüfte prellte. Wütend griff er nach ihrem Knöchel, und sie fiel hart zu Boden, wobei ihr Kinn auf das Parkett knallte. Als sie benommen dalag, zog er ihre Hände vor ihren Körper und umwickelte ihre Handgelenke mit Klebeband, bevor er das Gleiche mit ihren Knöcheln machte. Nachdem er sich davon überzeugt hatte, dass sie nicht fliehen konnte, strich er ihr die Haare aus dem Gesicht und klebte ihr einen weiteren Streifen über den Mund.

„Du warst schon immer ein temperamentvolles Kind." Er küsste sie auf die Stirn und ging wieder die Treppe hinauf, Ruhm und Ehre entgegen.

Sie waren alle einsatzbereit. Als sein Handy klingelte, warf er einen Blick auf das Display und hoffte, dass es Axelle war, aber es war die Zentrale. Er ignorierte es.

Kurz darauf klingelte Taz' Telefon.

„Ich habe ihn nicht gesehen, Sir. Ja, Sir", sagte Taz und klappte es zu. „Wir sind offiziell zur Basis zurückbeordert worden."

Die Dinge liefen aus dem Ruder. Er wollte die Karrieren seiner Freunde nicht aufs Spiel setzen. Um zum SAS zu kommen, bedurfte es größter Anstrengung und Entschlossenheit. Diese Aktion war seinen Kollegen gegenüber nicht fair. „Ihr zwei setzt mich ab und fahrt zurück nach Hereford."

Taz und Baxter sahen sich an.

„Ich bin nicht einmal im Dienst", sagte Baxter und schaute auf seine Uhr.

„Und ich muss sowieso ein paar Sprünge machen." Taz nickte in Richtung der Fallschirmschule. „Also warum nicht jetzt damit anfangen?"

„Du könntest es mit der RTU zu tun bekommen, wenn uns die Sache um die Ohren fliegt. Dieses Opfer bin ich nicht wert." Aber Axelle war es. Zumindest für ihn. Dempsey hatte einen Kloß im Hals.

Taz musterte ihn gelassen. „Du unterschätzt dich, Sergeant."

Baxter kam vor einem spartanisch aussehenden Hangar zum Stehen. „Auf geht's, Ladies."

Dempsey rannte ihnen hinterher. Diese Jungs waren seine Familie. Nicht der verkorkste Haufen, den er in Ulster zurückgelassen hatte. Nach zwei Minuten schnellen Redens konnte er den Leiter der Fallschirmschule davon überzeugen, ihren Wünschen nachzukommen – und dann kam Bewegung in die Sache. Er hatte bereits einen startbereiten Flieger. Sie packten die Fallschirme zusammen, sprangen ins Flugzeug und während des Starts rief Dempsey Cullen an, um ihn auf den neuesten Stand zu bringen.

„Wir haben Jonathon Boyle endlich im Visier", teilte Cullen ihm mit. „Er hat eine nette kleine Jacht, die mit einer Geschwindigkeit von etwa zwanzig Knoten Richtung Osten fährt. Heute herrscht reger Verkehr auf dem Kanal, Leute."

Dempsey markierte es auf der Karte, die sie sich von ihrem Piloten und neuen Sprungleiter geliehen hatten.

„Irgendein Zeichen von Axelle?" Er hielt den Atem an. Es war möglich, dass Jonathon Boyle Axelle ihr Handy abgenommen hatte. Womöglich sogar aus Versehen. Vielleicht hatte Axelle es ihm als Peilsender untergeschoben – aber wo zum Teufel war sie?

„Nein, aber die Wärmebilder deuten darauf hin, dass sich noch eine weitere Person unter Deck befindet."

Vielleicht wusste Boyle nicht, dass seine Tarnung aufgeflogen war, und er machte nur eine kleine Rundfahrt. Doch ihm musste zu Ohren gekommen sein, dass Volkovs Familie in Paris um politisches Asyl gebeten hatte. Dempsey ging davon aus, dass der Kerl versuchen würde, mit den neuen Informationen über die britischen Verteidigungssysteme in seinem Kopf das Weite zu suchen, aber er und sein Team würden das nicht zulassen. Vor allem, wenn Axelle in Gefahr war.

„Wir sind in Position, um sie abzufangen. Wo sind die anderen Teams?", fragte Dempsey Cullen.

Er hörte, wie er im Hintergrund mit jemandem sprach. „Noch unterwegs. Ein netter Flieger, Sergeant."

Dempsey lächelte grimmig. Er hätte wissen müssen, dass sie ihn finden würden. Verdammt, natürlich hatte er es gewusst – sie hatten immer noch ihre Handys. „Werden wir auf eine andere Operation stoßen, wenn wir versuchen, uns Zugang zum Boot der Zielperson zu verschaffen?"

„Negativ. Sie sind etwa dreißig Minuten hinter euch. Alle Funk- und Satellitensignale in diesem Gebiet wurden blockiert, was einen verdammten Albtraum für die Schifffahrtswege bedeutet. Das heißt, dass ich euch in den nächsten fünf Minuten verlieren werde. Ihr werdet auf euch allein gestellt sein. Sie haben Jets von der RAF Marham losgeschickt und sind bereit, ihn eher aus dem Wasser zu pusten als zuzulassen, dass er mit einem anderen Schiff in Kontakt kommt. Wenn es sein muss, werden sie sogar eine eindeutige Kriegshandlung begehen, um ihn aufzuhalten."

Sein Herz setzte für einen Moment aus. Tornado-Kampfflugzeuge waren mit Storm Shadow-Marschflugkörpern ausgestattet. „Axelle …"

„Deine Mission – solltest du sie annehmen – besteht darin, die Zielperson festzunehmen, bevor sie in internationale Gewässer gelangt. Die Tornados sind in Bereitschaft und werden nur wenige Minuten hinter euch sein. Vermassle es nicht."

Verdammt.

Wieder wurde Axelles Leben als akzeptabler Kollateralschaden betrachtet, so wie das der unschuldigen Marktbesucher, als seine Brüder die letzte Bombe gelegt hatten. Er biss die Zähne zusammen. Womöglich hatte er eine Gruppe skrupelloser Killer gegen eine andere ausgetauscht. Doch er würde auf keinen Fall zulassen, dass Axelle ins Kreuzfeuer geriet.

Er überprüfte seine Waffe und sein Gurtzeug. Jonathon Boyle könnte einen Krieg zwischen Großbritannien und Russland auslösen, und die Amis würden auf keinen Fall tatenlos zusehen. Dempsey hatte keine Lust, für den Dritten Weltkrieg verantwortlich zu sein.

Sie näherten sich der Abwurfzone, allerdings würde dieser Plan nicht funktionieren. Wenn Boyle eine Waffe hatte, und davon musste er ausgehen, wären sie leichte Beute.

Dempsey blickte nach unten. Boyles Boot war ein Fleck in der Ferne. Etwa eine halbe Meile entfernt befand sich ein großer Kreuzer. Er klopfte Taz auf die Schulter. „Planänderung." Er deutete auf den Kreuzer, der leistungsstark genug war, um die kleine Jacht einzuholen – vorausgesetzt, der Besitzer hatte nichts dagegen, gekapert zu werden. Aber die nationale Sicherheit hatte Vorrang vor allem anderen, und was noch wichtiger war: Axelles Leben war in Gefahr. Er ging zum Piloten. „Wir werden hier abspringen. Hängen Sie ein Banner aus und drehen Sie ein paar Kreise, bevor sie zurückfliegen." Der Pilot nickte. „Ich komme vorbei und bezahle Ihnen den Flug, sobald ich Gelegenheit dazu habe."

Sie standen an der Tür, und dieses unmittelbare und instinktive Gefühl von „Oh Scheiße" durchströmte ihn, als er aus dem Flugzeug sprang. Der Wind schlug ihm entgegen, während er nach unten fiel, bis er den heftigen Ruck am Gurtzeug spürte, als sich der Hauptschirm entfaltete. Er steuerte auf das Deck des Kreuzers zu, der rasch näherkam. Der Kapitän verrenkte sich den Hals und beobachtete ihn zunächst amüsiert. Dann schlug sein Gesichtsausdruck in Entsetzen um, als Dempsey mit einem sanften Aufprall auf dem Deck landete. Er befreite sich rasch aus dem Fallschirm, damit Taz und Baxter landen konnten.

Er schritt auf den blassen, schmächtigen Kapitän zu, der mit offenem Mund dastand. „Woher kommen Sie?"

„P-P-P-Plymouth.“

„Sergeant Dempsey, britische Armee.“ Er schüttelte ihm die Hand. „Ich muss mir Ihr Boot ausleihen.“

Es gab einen Aufprall, gefolgt vom Rascheln von Stoff. Dann einen weiteren Aufprall und einen Fluch, als Baxter sich an der Reling festhielt, um nicht wieder vom Wind erfasst und in die Luft gehoben zu werden. Taz packte ihn und löste den Fallschirm.

Der Kapitän sah unschlüssig aus, ob er um Hilfe schreien oder vor Aufregung auf und ab springen sollte. Dempsey ging ans Ruder. Der Kapitän trat neben ihn. „Seid ihr Piraten? Wurde ich geentert?“

Dempsey grinste. „Nein, Kumpel. Ich bin vom SAS. Wenn wir Erfolg haben, werden Sie zum Ritter geschlagen. Wir sind hinter einem russischen Spion her.“ Wahrscheinlich sollte er gar nichts sagen, aber zur Hölle damit.

Der Mann sank in seinen Ledersessel. „James Bond.“ Dempsey hob eine Augenbraue. „Ich bin mitten in einer Bootsverfolgungsjagd gelandet, wie in einem Bond-Film.“

Dempsey nickte. „Das einzige Problem ist, dass diese Kugeln echt sind. Ich hoffe, Sie haben eine Versicherung?“

Der Mann machte große Augen. „Ja, aber ich weiß nicht, ob die sowas abdeckt.“

„Sie müssen mit uns kommen“, wies Taz den Kapitän an. Sie konnten es sich nicht leisten, dass ein Unbekannter ihren Einsatz behinderte. Hoffentlich versenkten sie nicht das Boot und ertränkten den armen Bastard, während er gefesselt in der Kabine lag.

„Besorg mir etwas zum Anziehen, das nicht so laut *Armee* schreit, Taz“, rief Dempsey.

Zwei Minuten später kam Taz in einem gelben, geblümten Hemd zurück, das ihn aussehen ließ, als sollte er im Mittelmeer am Strand liegen.

Er reichte Dempsey ein weißes Hemd mit roten Mohnblumen darauf. „Mein Gott, darin werde ich aussehen, als hätte man mich schon erschossen.“ Er schlüpfte in das Hemd, das er kaum über die Schultern bekam. Baxter trug ein hautenges hellblaues T-Shirt. Dempsey schnappte sich die Mütze von der Konsole. Eine schwarze Matrosenmütze. Er setzte seine Sonnenbrille auf und dachte sich, dass sie bei Glee vorsprechen könnten, falls ihre Soldatenkarriere in die Brüche gehen sollte.

Sie überprüften ihre Ausrüstung. Sie hatten Karabiner und Handfeuerwaffen, aber nur begrenzte Munition, was ärgerlich war. Sie hatten Volkov während der Übergabe bewacht und waren nicht auf einen derartigen Einsatz vorbereitet.

Mühelos überholten sie die Jacht, obwohl sie alle Segel gesetzt hatte. Dempsey hob seine Hand zu einem lässigen Gruß, als Boyle ihn wegen des Kielwassers, das sie erzeugten, wütend anfunkelte. Er bemerkte, dass der Mann eine Hand unter das Kissen zu seiner Rechten schob, bevor Dempsey das Gaspedal durchdrückte und an der Jacht vorbeizog. Keine Spur von Axelle. „Übernimm du, Baxter.“

Dempsey schlüpfte aus dem Hemd und ging auf der Steuerbordseite des Bootes in Position. Baxter steuerte den Kreuzer vor die Jacht, und Dempsey ließ sich über die Bordwand ins Wasser gleiten und verschwand aus dem Blickfeld.

———

Axelle lag mit gefesselten Händen und Knöcheln in der beengenden Koje. Schon wieder. Auf dem Weg nach Russland wie ein gottverdammter Sack Getreide. Sie war es leid, wie Handelsware behandelt zu werden.

Ihr Großvater war vollkommen durchgedreht, und jetzt lag sie hier wie ein zappelnder Wurm, der versuchte, vom Haken zu kommen. Unfähig sich zu bewegen, unfähig zu sprechen, unfähig, eigene Entscheidungen zu treffen. Und ein Mann, der behauptete, sie zu lieben, hatte ihr das angetan.

Das war keine Liebe.

Nur weil sie blutsverwandt waren, hatte er nicht das Recht, ihr zu sagen, was sie tun sollte.

Sie wurde von einer plötzlichen, blendenden Einsicht getroffen. Liebe gab einem nicht das Recht, einem anderen vorzuschreiben, was er mit seinem Leben anfangen sollte. Gideon hatte jedes Recht gehabt, zur Armee zu gehen und für sein Land zu kämpfen. Sie schluckte die Emotionen herunter, die in ihr aufstiegen, weil ihr bewusst wurde, dass sie versucht hatte, ihm dieses Recht zu nehmen. Am Ende waren sie wütend aufeinander gewesen und hatten sich gegenseitig die Schuld für ihre Entscheidungen gegeben. Er war mit diesen düsteren Gefühlen, die zwischen ihnen schwelten, gestorben. Kein Wunder, dass sie sich das nicht verzeihen konnte. Sie hatte unrecht gehabt.

Aber was war mit Dempsey?

Sie lag still da, als ihr Herz einen Sprung machte. Sie hatte sich schnell von ihm zurückgezogen, als er ihr gesagt hatte, sie solle in den Hubschrauber steigen, obwohl sie sich eigentlich nur in seine Arme hatte werfen und mit ihm ins Ungewisse hatte stürzen wollen. Warum hatte sie das getan? Warum war sie vor dieser wundersamen Möglichkeit davongelaufen?

Weil sie Angst hatte.

Angst, sich auf jemanden einzulassen.

Angst, wieder verletzt zu werden.

Sie war ein Feigling.

Ein Bild von Ty Dempseys Lächeln blitzte in ihrem Kopf auf. Obwohl eine Beziehung mit ihm eigentlich völlig undenkbar war, erinnerte sie sich daran, wie sie ihm durch diesen Berg gefolgt war. Es war, als ob der schiere Schrecken dieser Erfahrung ihre Sinne bereinigt, ihre Gefühle neu belebt und ihr die Chance auf einen Neuanfang verschafft hatte. Der Gedanke, mit jemandem eine Beziehung einzugehen, erschreckte sie; der Gedanke, einen Soldaten zu lieben, lähmte sie fast. Aber sie wollte wenigstens herausfinden, wohin es führte. Das Leben war zu kurz, um ihrem Herzen nicht zu folgen.

Sie hatte immer gedacht, sie wäre furchtlos, doch da hatte sie sich etwas vorgemacht. Vielleicht war Dempsey ja nicht einmal im Entferntesten interessiert. Bei dem Gedanken wurde ihr Mund trocken. Sie war keine gute Wahl. Sie musste an ihren Kommunikationsfähigkeiten arbeiten und lernen, offen über ihre Gefühle zu sprechen. Bei dem Gedanken wurde ihr übel. Dann erinnerte sie sich daran, dass Dempsey ein Mann war, und sie musste schmunzeln. Er hatte es nicht so mit leerem Geschwätz. Vielleicht konnten sie erforschen, was zwischen ihnen war, ohne alle unnötigen Details preisgeben zu müssen. Sie könnten sich stattdessen einfach gegenseitig die Kleider vom Leib reißen.

Sie presste ihre Zunge gegen das Klebeband auf ihren Lippen. Doch egal, wie sehr sie auch versuchte, es loszuwerden, es zerrte nur an der empfindlichen Gesichtshaut. *Verdammt nochmal*. Sie würde hier nicht gefesselt wie ein Spanferkel herumliegen und sich von ihrem wahnsinnigen Großvater vorschreiben lassen, wie sie ihr Leben zu führen hatte. Sie rieb ihr Gesicht an dem rauen Teppich. Als das glatte Klebeband über das faserige Material glitt, drückte sie mit der Zunge gegen ihre Wange und versuchte, eine Ecke zu lösen. Nach einigen Versuchen begann sich die erste Kante zu lösen und kurz darauf schälte sich der Klebestreifen von ihrem Kinn, und sie bewegte ihren Kiefer so lange, bis das Klebeband von einer Seite ihres Gesichts baumelte.

Also gut. Das erste Hindernis war beseitigt.

Als Nächstes bearbeitete sie das Klebeband an ihren Handgelenken mit ihren Zähnen. Es war schwierig, aber der Schlüssel bei Klebeband war, es in die richtige Richtung zu reißen. Es dauerte nicht lange. Danach waren ihre Knöchel ein Kinderspiel, auch wenn sie darauf achtete, möglichst keinen Lärm zu machen. Anschließend überlegte sie, wie es weitergehen sollte. Die Bullaugen ließen sich zwar öffnen, aber da sie die Pubertät bereits hinter sich hatte, würden ihre Hüften auf keinen Fall durch den Spalt passen. Sie warf einen Blick auf die Treppe. Es gab nur einen Weg hier raus. Sie atmete tief ein und drückte die Luft gegen die Seiten ihrer Lunge. Dazu musste sie an dem Mann vorbeigehen, der sie und alle anderen sein ganzes Leben lang belogen hatte.

Verdammt, sie hatte jeden Tag mit Raubtieren zu tun – sie sollte keine Angst haben, aber das hier war etwas anderes. Sie hatte den Mann geliebt. Als sie ihre Tasche entdeckte, zog sie ihr Handy heraus. Sie schaltete es ein, konnte aber weder ihre Nachrichten abrufen noch ein Signal empfangen. Sie schaute sich im Zimmer um, öffnete vorsichtig den Schrank unter der Spüle und fand etwas Küchenreiniger. Nicht tödlich, aber ein Tropfen ins Auge könnte ihn zumindest kurzzeitig außer Gefecht setzen. Sie schluckte den Knoten in ihrem Hals hinunter. Er hatte eine Pistole und war verzweifelt genug, sie zu benutzen.

Dann entdeckte sie eine Leuchtpistole an der Wand und schnappte sie sich. Das Boot änderte plötzlich die Richtung, und sie prallte hart gegen die Wand. Verdammt.

Sie rappelte sich hoch, trotz der Schwerkraft, die sie nach unten ziehen und dort festhalten wollte. Der Anleitung nach schien es sich um ein einfaches Gerät zu handeln. Sie brauchte ein Ablenkungsmanöver. Vom Fuß der Treppe aus zielte sie auf das Hauptsegel und schoss. Der Feuerwerkskörper prallte gegen das Segel, das in Flammen aufging, während sie bereits die Treppe hinaufrannte. Als sie zur Seite des Bootes rennen wollte, verfing sich ihr Fuß in einem Seil und sie stürzte Kopf voran auf das Deck. Ihr Großvater packte sie am Knöchel.

„Du dummes Mädchen. Was hast du getan?"

Axelle sah auf. Das Feuer war fast sofort erloschen, doch das Segel hing in Streifen und würde sie nirgendwo mehr hinbringen. Allerdings hatte das Boot einen Motor, sodass sie seine Flucht nicht ganz vereitelt hatte. Sie blickte in Richtung Festland und schluckte. Es war noch relativ weit entfernt. Frankreich war näher. Sie spannte sich an.

Seine Finger gruben sich schmerzhaft in ihre Haut. „Ich werde dir alles geben, was du dir nur wünschen kannst – verstehst du das nicht?"

„Ich habe schon alles, was ich will, Opa. Außer meiner Freiheit."

Er ließ sie los und sah unsicher aus. „Ich dachte, du würdest das wollen …"

„Nein, das dachtest du nicht." Sie rollte sich auf den Rücken und sah den alten Mann an, Mitgefühl durchströmte sie. „Du wolltest jemanden, der dir Gesellschaft leistet und deine Brillanz bewundert." Sie klatschte in die Hände. „Du hast zweifellos alle zum Narren gehalten."

Seine Augen blitzten auf, und er griff nach seiner Waffe. „Du bist dabei, einen großen Fehler zu begehen."

„Nein. Sie sind dabei, einen zu machen."

Die Stimme kam aus dem Nichts, und plötzlich stand Tyrone Dempsey vor ihnen, klatschnass und angriffslustig. Sein Blick war eiskalt und hart, aber sie wusste, dass er sein Leben für sie riskiert hatte – schon wieder.

Sie liebte diesen Mann.

„Treten Sie von Axelle weg und nehmen Sie die Hände hoch."

Als Jonathon Anstalten machte, den Befehl zu befolgen, erregte ein tosendes Rauschen von Wasser ihre Aufmerksamkeit. Ein U-Boot tauchte in der Nähe auf, und ein Mann ragte mit einer großen Waffe in der Hand aus dem Geschützturm. Axelle wandte ihren Blick Dempsey zu und formte mit den Lippen die stumme Frage: „Ist das einer von deinen Leuten?" Doch Dempsey stürzte bereits über das Deck, schloss sie in seine Arme und sprang mit ihr durch die Luft, was Antwort genug war. Schüsse peitschten über ihre Köpfe hinweg, als sie mit voller Wucht auf der Meeresoberfläche aufschlugen. Eiskaltes Wasser sprengte Milliarden von Neuronen, als sie untertauchten. Vor Schreck schluckte sie Wasser, als eine riesige Welle gegen sie prallte, seine Finger von ihren Armen riss und sie voneinander trennte. Ihre nasse Kleidung klebte an ihrer Haut und zog sie nach unten. Ihre Bewegungen waren unbeholfen und langsam. Ihre Lunge schmerzte, verzweifelt nach Sauerstoff ringend. Orientierungslos drehte sie sich im Kreis. Das nun schon bald vertraute Gefühl von Panik machte sich in ihrem Körper breit und strapazierte ihre Nerven bis zum Zerreißen.

Dempsey ergriff ihr Handgelenk; sein Gesichtsausdruck zeigte kühle Kompetenz selbst in dieser extremen Situation, in der es um Leben und Tod ging. Erleichterung durchströmte sie, als sie gemeinsam die Oberfläche durchbrachen.

Der erste tiefe Atemzug war himmlisch. Ihre Kehle war rau vom Salzwasser, und sie hustete und würgte, als eine weitere Welle über ihrem Kopf brach.

Dempsey hielt sie fest, als ob er sie nie wieder loslassen würde. Doch die Erleichterung war nur von kurzer Dauer, denn die Kugeln schlugen so dicht neben ihnen ein, dass Wasser in Axelles Gesicht spritzte. Ihr Magen verkrampfte sich, als eine weitere Welle sie weiter von der tödlichen Salve wegtrieb.

„Schwimm!", rief Dempsey eindringlich.

Ihr Großvater rief. „Genosse, ich habe Informationen."

„Er versucht, nach Russland zu fliehen. Wir dürfen ihn nicht entkommen lassen." Axelle versuchte, mit ihren tauben Gliedern zu strampeln.

„Das ist ein russisches U-Boot mit Soldaten, die scharfe Munition abfeuern." Dempseys Hände umklammerten ihre Schultern noch fester, sein Blick war grimmig. „Wir müssen weiterschwimmen."

Hinter ihnen wirbelten weitere Kugeln das Wasser auf. „Aber er darf nicht entkommen –"

„Mach dir keine Sorgen. Schwimm einfach!"

Axelles Arme schmerzten vor Anstrengung. Schauer durchzuckten ihren Körper. Gegen die starke Strömung ankämpfend, schwammen sie weiter. Bei jedem Schuss zuckte sie zusammen, rechnete mit Schmerzen und sorgte sich um Dempsey, der versuchte, sie mit seinem Körper abzuschirmen. Wenn ihm etwas zustieße, würde sie sich das niemals verzeihen. Sie kratzte ihren gesamten Mut und ihre Energie zusammen, während sie sich durchs Wasser kämpfte.

Ein riesiger Kreuzer steuerte langsam auf sie zu. Sie erkannte Taz und Baxter, die auf das U-Boot schossen und das Feuer auf sich zogen. Ihr Großvater begann, die Leiter des riesigen grauen

U-Boots zu erklimmen. Keiner schoss mehr auf sie. Sie schienen außer Reichweite zu sein, dennoch hörten sie nicht auf zu schwimmen.

„Geht's dir gut?", drang Dempseys dumpfe Stimme an ihr Ohr.

Ihre Zähne klapperten. „Jetzt schon. Wie hast du mich gefunden?"

Emotionen schimmerten in seinen Augen. „Wir haben dein Handy geortet." Sein Blick war ernst, als sie in die kristallklaren blauen Augen des Mannes blickte, den sie liebte. Ein Lächeln umspielte seine Lippen. „Tut mir leid, dass ich dich weggeschickt habe."

„Du hattest keine Wahl." Sie spuckte etwas Salzwasser aus, was wohl kaum romantisch, aber auf jeden Fall unverfälscht war. So war sie nun einmal. Keine zarte Blume.

Die Wellen schaukelten sie auf und ab, als das Feuergefecht abrupt endete und die Luke des U-Boots mit einem metallischen Klappern zuschlug. Der Kreuzer raste auf sie zu, und Taz bückte sich und zog sie aus dem Wasser. In der kalten Luft stand sie zitternd an Deck und beobachtete das vorbeirauschende Wasser, als das russische U-Boot schnell in den Wellen versank.

„Mein Großvater darf nicht entkommen –"

Kräftige Hände drückten sie in einen weichen Ledersitz, als Baxter den Gashebel drückte und das Boot begann, sich von der Jacht zu entfernen. Dann zerriss das Dröhnen von Flugzeugen die Luft. Erst ein Jet und dann ein weiterer warfen Raketen in Richtung der Stelle, wo das U-Boot untergetaucht war. Entsetzen durchfuhr sie, und sie schlug sich eine Hand vor den Mund. Dann wurden sie von der Hitze und der Wucht einer gewaltigen Explosion getroffen. Rauchschwaden stiegen vom Metallwrack auf. Einzelne brennende Teile der Jacht trieben auf der Wasseroberfläche.

Die Jets drehten schwungvoll ab. Ihre Augen füllten sich mit Tränen.

Ihr Großvater war wahrscheinlich gerade gestorben. Trauer

wallte in ihr auf. Ungeachtet seines Verrats war er immer gut zu ihr gewesen. Er hatte ihr das Schachspielen beigebracht und sich Zeit für sie genommen, wenn ihr Vater zu beschäftigt gewesen war. Vielleicht war das alles nur gespielt gewesen, aber es hatte sich echt angefühlt. Sie hatte ihn geliebt.

Ein großes graues Kriegsschiff dampfte unaufhaltsam auf sie zu. Baxter schüttelte den Kopf. „Das wird die Navy sein. Besser spät als nie, was?"

Sie blickte in Dempseys Gesicht, der tropfend neben ihr stand und seine Hand auf ihre Schulter gelegt hatte. Taz und Baxter waren damit beschäftigt, aufzuräumen. Sie stand auf und legte eine Handfläche an Dempseys Wange, und er zog sie an sich. Ihr war eiskalt, doch sobald sein Körper den ihren berührte, breitete sich eine wohlige Wärme in ihr aus, und sie wollte nicht, dass dieses Gefühl jemals aufhörte.

Eine Welle von Empfindungen überkam sie. Zu viele, um sie zu benennen. Die Nervosität verdrängte schnell die Hoffnung. „Ich weiß nicht, wie das zwischen uns funktionieren soll", platzte sie heraus. Wer sagte denn, dass er überhaupt etwas anderes wollte, als ihr Leben zu retten?

Er legte seine Stirn an ihre. „Wir werden einen Weg finden, *Muirnín*. Solange wir daran glauben, dass wir zueinanderfinden können, wird es uns auch gelingen."

Ihr fiel eine riesige Last von den Schultern. Endlich hatte sie den Mut, etwas zu wagen, und sie wollte schreien und den Moment feiern. Stattdessen küsste er sie, wobei sich sein Geschmack mit dem des Meeres vermischte.

Er schnappte nach Luft. „Gott, ich liebe dich. Ich hätte nie gedacht, dass ich diese Worte jemals zu jemandem sagen würde. Ich hätte nie gedacht, dass ich mir etwas wünschen würde, das nichts mit der Armee zu tun hat, aber –"

Sie legte ihre Finger an seine Lippen. „Du musst die Armee meinetwegen nicht aufgeben."

„Ich weiß." Sein Adamsapfel wippte. „Aber eines Tages werde ich das müssen –"

„Keine überstürzten Entscheidungen, okay?"

„Okay." Er sah sie eindringlich an. „Aber das fühlt sich nicht wie eine überstürzte Entscheidung an. Es fühlt sich an, als ob ich mein ganzes Leben auf dich gewartet hätte. Ich habe das Gefühl, als würde ich endlich etwas richtig machen. Als ob wir beide endlich etwas richtig machen würden."

Sie nickte und wischte sich die Freudentränen weg. Ihr ging es genauso.

Er lehnte seinen Kopf an ihren. „Es wird eine Weile dauern, dieses Chaos zu beseitigen."

Sie schenkte ihm ein freudloses Lächeln. „Und ich muss mit meinem Vater sprechen."

„Geh nirgendwo hin, ohne es mir zu sagen, okay?" Er strich sich das Wasser aus dem Haar, die Tropfen glitzerten auf seiner Haut. Mit seinem kühnen Blick und den eisigen Gesichtszügen sah er furchterregend aus, und doch wusste sie, dass er sein Leben und seine Karriere für sie riskiert hatte.

Wie könnte sie einen Mann wie ihn nicht lieben?

Sie drückte seine Hand. „Das könnte schwierig werden, denn mir ist gerade klar geworden, dass ich noch etwas in Afghanistan erledigen muss."

„Ich komme mit." Seine Finger schlossen sich um ihre Arme.

Sie grinste. „Wie?" Dann fiel ihre Aufmerksamkeit auf einen Mann an Deck der Fregatte. Es war derselbe Mann, der auf dem Flug nach Heathrow neben ihr gesessen hatte. „Wer ist das?"

„Heilige Scheiße, das ist der Generaldirektor von MI6. Christopher Gleeson."

Axelle verschränkte die Arme und nickte. „Ach ja? Ich frage mich, ob er meinen Vater kennt, denn ich habe das Gefühl, dass sie sich bald kennenlernen werden."

Der Mann grüßte sie mit einem schiefen, jedoch anerkennenden Lächeln. Wenn er lächelte, sah er tatsächlich gut aus und überhaupt nicht schleimig.

„Der Kerl ist gruselig", meinte sie.

„Soll ich ihn für dich erschießen?" Dempsey legte seinen Arm schützend um ihre Schultern.

Sie lachte. „Nein, aber …" Sie stieß einen Atemzug aus, als ihr auf einmal ein Gedanke kam. „Du wirst für all das hier ernsthafte Schwierigkeiten bekommen, oder?"

Er grinste. „Dafür, dass ich geholfen habe, einen mutmaßlichen russischen Spion zu fassen und gleichzeitig die Tochter des amerikanischen Botschafters zu retten?"

Sie wackelte mit den Augenbrauen. „Wenn du es so ausdrückst, hast du verdammt gute Arbeit geleistet, Sergeant."

Baxter tauchte hinter ihnen auf, gefolgt von Taz. „Allerdings, das hat er."

EPILOG

Dempsey hörte das Klicken in seinem Funkgerät, das ihm mitteilte, dass die Operation genehmigt war, und eilte an den rudimentären Sicherheitsvorkehrungen aus Betonbunkern und Maschendrahtzäunen vorbei. Eine Wache. Keine Kameras. Kein Alarmsystem. Kaum nennenswerte Absperrungen. Taz war für die Überwachung zuständig, Baxter war in Position, falls etwas schiefgehen sollte. Cullen fuhr den Fluchtwagen.

Die Dunkelheit wurde durch die NVGs grün gefärbt, und Laute von wilden Tieren mischten sich mit den fernen Geräuschen des Verkehrs.

„Hier entlang."

Eine schwarze Silhouette bewegte sich durch die Nacht und wusste genau, wohin sie gehen musste, weil sie den Ort zuvor ausgekundschaftet hatte, um herauszufinden, wie man dort am besten hingelangte. Das einzig Gute an einer Burka war, dass ihr Hintern darin nicht fett aussah.

Sie bewegten sich zügig durch die verfallenen, oft leeren Gehege in Richtung des Gebäudes, in dem heimlich zwei Schneeleopardenjunge gehalten wurden. Sie mussten die Jungtiere unbedingt aus diesem Zoo herausholen, bevor sie entdeckt wurden.

Der Zoo stand am Rande des Ruins. Die Verwalter versuchten, das Beste aus ihren begrenzten Mitteln zu machen, aber der Ort war nur noch ein Schatten seiner selbst. Sie konnten den Leoparden nicht die Betreuung bieten, die die Kleinen brauchten. Sie konnten sie kaum füttern.

„Bist du sicher, dass der Kerl vertrauenswürdig ist?", fragte er.

„Er hat nicht direkt gesagt: ‚Geht ruhig rein und stehlt die Jungtiere'. Aber er hat gesagt, dass er sich Sorgen um ihre Sicherheit macht, wenn sie hierbleiben. Entspann dich."

Entspannen?

An der Tür angekommen, zückte er den Bolzenschneider und zögerte den Bruchteil einer Sekunde lang. „Du bist sicher, dass die Löwen hier nicht frei herumlaufen, oder?"

„Ich bin mir sicher. Aber wenn ich eine Idee hätte, wie ich sie aus diesem Höllenloch herausholen könnte, würde ich es tun."

Er wollte auf keinen Fall erwachsene Löwen entführen, aber er hatte keine Lust, jetzt zu diskutieren. Er durchtrennte die Kette, und Axelle schlüpfte hinein. Dempsey folgte ihr, die Hand am Kolben seiner Pistole, obwohl er annahm, dass Axelle lieber ein Bein verlieren würde, als ihm zu erlauben auf etwas Katzenartiges zu schießen.

Sein Leben würde nicht langweilig werden, so viel war verdammt sicher.

Das Zentrum des Gebäudes war leer. Er sah, dass die Löwen sie hinter einer Glaswand beobachteten und ging hastig zu einer Tür gegenüber. Schnell schloss er sie auf, und Axelle eilte hinein, schnappte sich die beiden Jungtiere und steckte sie jeweils in einen separaten Sack. Sie reichte ihm eines und behielt das andere. „Gehen wir."

Sie verließen die Anlage auf demselben Weg, auf dem sie sie betreten hatten, und gingen dann in Richtung Norden zu einer kleinen Mauer, wo sie einen Treffpunkt vereinbart hatten. Er ließ beide Säcke über die Mauer baumeln und Baxter nahm sie ihm auf der anderen Seite ab. Axelle begann zu klettern, und er legte beide Hände auf ihren Po und gab ihr einen Schubs. Ein gigantisches Gebrüll ließ ihn innehalten, und seine Nackenhaare stellten sich instinktiv bei diesem urzeitlichen Anzeichen von Gefahr auf. Die Löwen.

Tut mir leid, Jungs.

Er kletterte über die Mauer und sprang in den Wagen, der am Straßenrand stand. Dann riss er sich die NVGs vom Kopf und warf sie zusammen mit dem Rest der Ausrüstung in den Kofferraum, während Cullen den Wagen startete. Sie fuhren in einen ruhigen Vorort, wo sie die Fahrzeuge wechselten. Baxter hielt ein Jungtier in seiner Armbeuge. Das Leopardenjunge war inzwischen doppelt so groß wie letztes Mal, als Dempsey es gesehen hatte, und winselte vor Hunger. Axelle reichte Baxter eine Flasche, die sie zuvor vorbereitet hatte. Lächelnd fütterte Taz das andere Jungtier.

Dempsey widerstand dem Drang, die Augen zu verdrehen, denn er hielt sich für einen Riesentrottel, was die Frau an seiner Seite betraf. Sie hatte ihre diplomatischen Beziehungen genutzt, um Unterstützung für ihre Arbeit zu erhalten. Es war verdammt unethisch, aber nach allem, was in letzter Zeit passiert war, konnte ihr niemand einen Vorwurf machen.

Sie fuhren zu einer kleinen Landebahn eine Stunde nördlich der Stadt, wo sie die Jungtiere in eine Kiste steckten. Nach einem kurzen Salut in Richtung seiner Truppe stiegen Axelle und er in ein kleines, zweimotoriges Flugzeug, das sofort losrollte und abhob. Die Jungs waren auf dem Weg in unbekannte Gefilde, und er hatte einen Monat Urlaub bekommen, um eine externe Firma in privaten Sicherheitsangelegenheiten zu beraten.

„Dein Vater hat es geschafft." Er ließ sich auf seinen Platz im hinteren Teil des Flugzeugs sinken. Der Pilot schaltete die Lichter aus und nahm Kurs Richtung Norden. Es machte keinen Sinn, für den Feind ein Ziel abzugeben, worauf er schießen konnte.

Axelle war vom Trust wieder eingestellt worden, als der frühere Direktor unerwartet gekündigt hatte.

Lächelnd ließ Axelle sich in seine Arme sinken. „Das hat er. Genauso wie du."

Dempsey deckte sie beide mit einer Decke zu und lehnte sich zurück. Es würde ein langer Flug werden.

Sie kuschelte sich seufzend an seine Schulter und betrachtete bedauernd den Vordersitz. „Schade, dass der Pilot da ist, sonst könnten wir …" Sie flüsterte ihm Dinge ins Ohr, die sein Blut in Wallung brachten.

Er zog sie noch etwas fester an sich. Sie sah aus wie ein Ninja, roch aber nach Lavendel. „Wir haben vier Wochen zusammen."

Vier Wochen, nach denen sich der Aufruhr rund um den russischen Spionageskandal und die Spekulationen darüber, was bei einer RAF-Übung im Ärmelkanal versenkt worden war, beruhigt haben sollten. Er würde Axelle beschützen, falls in der Zwischenzeit etwas Unerwartetes auftauchen sollte. Er küsste sie. „Wir haben genug Zeit, um das später fortzusetzen."

Ihre Lippen verzogen sich zu einem wunderschönen Lächeln. Sie erwiderte den Kuss kurz, bevor sie sich mit einem Funkeln in den Augen von ihm löste. „Kannst du dir vorstellen, was ich mit einer ganzen Truppe von SAS-Soldaten anstellen könnte?"

„Soll das heißen, du denkst an andere Männer, während ich dich küsse?" Er grinste.

„Nur rein beruflich."

„Wie wäre es, wenn du dich darauf konzentrierst, was ein SAS-Soldat mit dir anstellen wird, wenn wir zurück im Camp sind." Er ließ seine Hand unter der Decke über ihre Brüste gleiten, nahm ihr Ohrläppchen zwischen die Zähne und biss sanft hinein. Als sie stöhnte und anfing, sich zu winden, vergaß er den verdammten Piloten fast. Er zog sich jedoch zurück, als ihm ein Gedanke kam. „Josef ist nicht dort, oder?"

Ihre Augen schimmerten in der Dunkelheit. „Aufgrund der vielen Gesetze, die wir gerade gebrochen haben, werden wir beide uns allein darum kümmern, die Jungen mit der Leihmutter zusammenbringen. Josef unterrichtet meinen Kurs." Sie lachte und fuhr mit den Fingern durch sein kurzes Haar. „Es ist eine Win-Win-Situation. Er bekommt Arbeitserfahrung für seinen

Lebenslauf. Und ich habe Zeit, einen Weg zu finden, die Kleinen in ihrem natürlichen Lebensraum aufzuziehen."

Vor ein paar Tagen hatte das andere markierte Weibchen auf tragische Weise ihre Jungen verloren. Anji hatte ihr Fell mitgenommen, in dem sie die Jungen einwickeln und sie dann der Mutter in der Höhle übergeben würde. Es war reine Spekulation, aber wenn die Mutter sie akzeptierte, würde das eine Menge Probleme lösen. Wenn es nicht klappte, war Dempsey sich sicher, dass Axelle sich etwas anderes einfallen lassen würde.

Sie gähnte und legte ihre Handfläche auf sein Herz. Er hörte, wie ihr Atem langsamer und gleichmäßiger wurde, als sie in den Schlaf sank. Es war ein verdammt harter Tag gewesen. Er küsste sie auf den Kopf.

Noch vor kurzem hatte ihn der Gedanke daran, was er nach seinem Ausscheiden aus der Armee tun würde, zu Tode erschreckt. Jetzt wusste er, dass er den Rest seines Lebens mit dieser Frau auf ihrem unerbittlichen Kreuzzug zur Rettung der Tierwelt verbringen würde. Er war jahrelang bereit gewesen, für sein Land zu sterben, aber er hatte nie ernsthaft darüber nachgedacht, wofür er leben wollte. Endlich hatte er es gefunden. Axelle Dehn.

Eine Frau, die alles über ihn wusste und ihn trotzdem liebte.

Er dachte an seine Schwester, die viel zu früh gestorben war. Und an den kleinen Jungen, der vor zwei Tagen in Paris eine lebensrettende Operation erhalten hatte. Das Leben war nicht fair, aber Dempsey hatte sein Bestes getan, um seinen kleinen Beitrag zu leisten. Mit Axelle an seiner Seite würde er es weiter versuchen, weiter gegen die bösen Jungs kämpfen, aber auch lernen, das Leben zu genießen. Er umarmte sie. Das Leben war zu kostbar, um es zu verschwenden.

Meine neueste Geschichte, „*Kalte Stille - Cold Silence*", kann bereits auf Deutsch vorbestellt werden.

KALTE STILLE - COLD SILENCE
(Kalte Gerechtigkeit – Most Wanted, Book #1)

Shane Livingstone, Mitglied des FBI-Geiselrettungsteams, ist frustriert, als eine Verletzung ihn während eines Einsatzes zur Ergreifung eines sadistischen Mörders aus dem Verkehr zieht. Ein Killer, der bösartige Foltermethoden für seine Opfer versteigert und die Ergebnisse gegen Geld im Dark Web anbietet. Als ein Teamkollege während des Einsatzes stirbt, ist Shane am Boden zerstört und schwört, das Monster, das dafür verantwortlich ist, zu finden – doch dafür braucht er Zugang zu speziellen Fähigkeiten, die er selbst nicht hat.

Ein blutiges Katz- und Mausspiel…

Als White-Hat-Hackerin in Alex Parkers Sicherheitsfirma weiß Yael Brooks, wie man Verbrecher in den dunkelsten Winkeln des Cyberspace aufspürt. Sie kann Shanes Bitte nicht ablehnen … obwohl sie befürchtet, dass ihre eigenen Geheimnisse sie in Gefahr bringen könnten.

Mit einem Serienmörder, der es persönlich nimmt…

Shane und Yael müssen als Team zusammenarbeiten, wenn sie eine Chance haben wollen, diesen Psychopathen aufzuhalten. Als die beiden sich näherkommen, fordert Shane Yaels volles Vertrauen ein, doch genau das ist das Einzige, was Yael nicht bereit ist zu geben. Als die Verfolgungsjagd immer intensiver wird und immer mehr Menschen sterben, wird klar, dass der Mörder genau weiß, wer Yael ist, und dass er plant, sowohl von ihr auch von Shane den ultimativen Preis dafür zu verlangen, dass sie ihm in die Quere kommen.

Jetzt bestellen *Kalte Stille - Cold Silence*!

Melde dich für meinen deutschsprachigen Newsletter an und erhalte zwei kostenlose, exklusive „Kalte Gerechtigkeit"-Kurzgeschichten sowie Informationen darüber, wann meine nächste deutsche Übersetzung verfügbar ist.

EIN KALTER DUNKLER ORT.

LIES AUCH TONI ANDERSONS PREISGEKRÖNTEN ROMANTIK-THRILLER.

Lindsey Keeble sang den Song aus dem Radio mit und gab vor, keine Angst vor der Dunkelheit zu haben. Es war ein Uhr nachts und sie hasste diesen einsamen Streckenabschnitt des Highways zwischen Greenville und Boden. Der Regen drouth, in Schnee überzugehen. Die Windböen waren so stark, dass die plötzlichen Bewegungen der großen Bäume neben ihr auf dem Hügelkamm sie nervös in Richtung der mittleren Spur ausweichen ließ. Das Heck ihres Wagens kam leicht ins Schlingern, also verlangsamte sie das Tempo. Keinesfalls wollte sie ihr wertvolles kleines Auto ruinieren.

Sie arbeitete jeden Abend in einer Tankstelle in Boden. Es war ein ruhiger Job, sodass sie sich für gewöhnlich zwischen den Kunden mit ihrem Studium beschäftigen konnte.

An diesem Abend hatten offenbar alle beschlossen, ihre Vorräte aufzustocken, um sich auf einen verfrühten Wintereinbruch vorzubereiten. Man hätte glauben können, dass sie noch nie zuvor Schnee gesehen hätten.

Ihr Herz schlug schneller, als sie rote Lichter in ihrem Rückspiegel aufblitzen sah. Verdammt!

Sie war doch gar nicht zu schnell gefahren – einen Strafzettel konnte sie sich nicht leisten und Alkohol trank sie nicht. Sie blinkte und stoppte den Wagen auf dem Standstreifen. Lindsey lebte verantwortungbewusst, denn sie wollte einmal ein besseres Leben haben als sie es in ihrer ländlichen Heimatstadt hatte. Schließlich war sie keine Hinterwäldlerin. Sie wollte auf Reisen gehen und die Welt entdecken – Paris, Griechenland, vielleicht sogar die Pyramiden. Durch die vom Eisregen bedeckte Rückscheibe beobachtete sie, wie ein schwarzer Geländewagen direkt hinter ihr zum Stehen kam.

Eine große Gestalt kam auf ihren Wagen zu. Eine goldene Polizeimarke wurde gegen das Fenster getippt. Kalte Luft strömte in das Innere ihres Wagens, als sie das Fenster herunterkurbelte und sich ihre Jacke sogleich gegen den eisigen Regen enger um die Schultern zog.

„Führerschein und Fahrzeugschein", knurrte eine tiefe Stimme mit der Autorität, die Cops an sich hatten. Er trug einen dunklen Regenmantel über seiner schwarzen Uniform. Die Pistole an seiner Hüfte glänzte im Scheinwerferlicht seines Wagens. Sein Gesicht kam ihr nicht bekannt vor, allerdings konnte sie ihn kaum erkennen, da ihr der Eisregen in die Augen stach.

„Um was geht es denn?" Ihre Zähne klapperten, als sie die geforderten Dokumente aus dem Handschuhfach und aus ihrem Geldbeutel fischte und ihm reichte. Während sie wartete, legte sie ihre Hände wieder auf das harte Plastik des Lenkrades. „Ich bin nicht zu schnell gefahren."

„Es läuft eine Fahndung nach einem gestohlenen roten Neon, also muss ich Sie überprüfen."

„Aber dies hier ist mein Auto, und ich habe nichts falsch gemacht." Sie kannte ihre Rechte. „Sie haben keine Berechtigung, mich anzuhalten."

„Sie sind in Schlangenlinien gefahren." Die Stimme klang jetzt noch tiefer und irgendwie wütend. Sie zuckte zusammen. *Leg dich nie mit einem Cop an.* „Außerdem haben Sie ein kaputtes Rücklicht. Das ist Grund genug, Sie anzuhalten."

Lindseys Sorgen wurden langsam von ihrem Ärger verdrängt. Sie löste ihren Gurt und zog die Handbremse an. Ein Jahr zuvor war sie betrogen worden, als ein anderer Wagen auf einem Parkplatz mit ihrem zusammenstieß und der Fahrer gegenüber der Versicherung behauptet hatte, sie wäre schuld gewesen. „Als ich heute Nachmittag zur Arbeit gefahren bin, hat es aber noch funktioniert. Und in der Zwischenzeit ist ja nichts passiert." *Verdammte Scheiße.*

„Sehen Sie doch selbst nach." Der Cop trat einen Schritt zurück. Trotz seines harten Mundes und der noch härteren Augen, hatte er ein attraktives Gesicht. Vielleicht sollte sie ein bisschen mit ihm flirten, um sich den Strafzettel zu ersparen. Nicht, dass sie gut in so etwas war. Ihr Vater würde das Rücklicht reparieren, aber um den Strafzettel würde sie wohl nicht herumkommen. Das Geld, das sie heute verdient hatte, war sie also bereits wieder los.

Sie zog sich die Kapuze ihres Regenmantels über den Kopf und stieg aus. Die Scheinwerfer des Polizeiwagens blendeten sie, als sie ein paar Schritte auf ihn zuging. Sie schirmte ihre Augen mit ihrer Hand ab und legte die Stirn in Falten. „Ich sehe nichts, was kaputt…"

Plötzlich durchflutete Hitze ihren Rücken. Explosionsartig trat ein quälender Schmerz ein, der sie von ihren Ohrläppchen bis hinunter zu ihren Zehen erschütterte. Niemals zuvor hatte sie etwas Vergleichbares erlebt. Der heiße Schweiß auf ihrer Haut kämpfe mit dem Eisregen, als sie auf die Straße fiel. Brutale Hände schlangen sich um ihre Hüfte und hoben sie hoch. Sie konnte weder ihre Arme noch ihre Beine kontrollieren. Irgendetwas Unnachgiebiges bohrte sich in ihren Magen. Vollkommen verwirrt kämpfte sie gegen den Drang an, sich übergeben zu müssen.

Es dauerte einen Augenblick, bis sie sich einen Reim auf all das machen konnte.

Dieser Mann war kein Cop.

Die Auswirkungen des Elektroschockers sorgten dafür, dass sie nicht genug Kraft aufbringen konnte, um gezielt nach ihm zu treten. Sie versuchte, seine Knie zu treffen und ihm mit dem Ellenbogen in die Eier zu schlagen. Es half nichts, sie wurde auf die Rückbank des Geländewagens gewuchtet. Dann verpasste er ihr einen weiteren Stromstoß, bis sich ihre Innereien anfühlten als würden sie ihr jeden Moment hochkommen und ihre Blase sich entleerte.

Sie lag auf dem Bauch und die Welt um sie herum drehte sich. Ihr Gesicht wurde auf eine dreckige Gummimatte gedrückt, ihre Hände hinter ihrem Rücken festgehalten. Dann spürte sie Metall an einem Handgelenk und gleich darauf am anderen. Handschellen. *Oh, Gott.* Sie war gefesselt. Ein scharfer Schmerz meldete sich aus ihrer Brust. Wenn sie sich nicht schnell beruhigte, würde sie an einem Herzinfarkt sterben.

In der Dunkelheit wurde etwas abgerissen. Sie spürte, wie sie auf ihren Rücken gedreht wurde. Dann presste er ihr ein starkes Klebeband auf den Mund. Rücksichtslos wurden ein paar Haare mit eingeklebt. Es wieder abzunehmen, würde verdammt wehtun.

Irgendetwas sagte ihr, dass dies ihre geringste Sorge sein sollte.

Es gab keinen Grund für ihn, sie zu entführen, außer dass er ihr etwas antun wollte. Oder sie töten wollte.

Diese Erkenntnis blendete alles andere aus. Jede Bewegung. Jeden panischen Atemzug. Ihr Herz raste und Galle brannte in ihrer Kehle, als sie in diese kalten, mitleidslosen Augen starrte. Mit einem Grunzen schlug er die Wagentür zu und ließ sie in dieser entsetzlichen Dunkelheit zurück. Wie ein unheilvolles Trommeln schlug der Regen gegen die Karossiere des Autos. Sie hatte Angst im Dunkeln. Sie hatte Angst vor Monstern. Dazu kam die kalte Feuchtigkeit zwischen ihren Beinen, durch die sie sich zusätzlich gedemütigt fühlte. Wie hatte dies nur passieren können? In einer Minute war sie auf dem Weg nach Hause gewesen, in der nächsten…

Wo war ihr Handy?

Sie rollte sich auf der Rückbank herum und versuchte, es in ihren Taschen zu spüren. *Scheiße.* Es war immer noch in ihrer

Handtasche auf dem Beifahrersitz ihres Wagens. Plötzlich ertönte ein krachendes Geräusch aus der Richtung der Bäume. Sie schloss die Augen gegen die in ihr aufsteigende Panik. Er hatte sich gerade ihres Autos entledigt. Ein Klumpen von der Größe eines Elefanten in ihrer Kehle drohte sie zu ersticken. Für dieses Auto hatte sie sich den Arsch abgearbeitet, aber all ihr Besitz und andere finanzielle Dinge waren vollkommen bedeutungslos, wenn sie diesen Albtraum nicht irgendwie überlebte. Dieser Mann würde ihr wehtun. Sie positionierte sich so, dass ihre Finger die Türschnalle berührten, aber die Tür öffnete sich nicht. Auch das Fenster zeigte keinerlei Reaktion, als sie mit ihren Füßen dagegentrat. *Wie kann er es nur wagen, mir so etwas anzutun?* Wie konnte er es wagen, sie zu behandeln als sei sie ein Nichts? Wütend wollte sie gegen diese Ungerechtigkeit ankämpfen, aber als der Geländewagen plötzlich losfuhr, war sie vor Angst wie paralysiert. Ihr ganzes Leben lang hatte sie dafür gekämpft, ihre Umstände zu verbessern. Für eine bessere Zukunft hatte sie gekämpft. Und dieser Mann, dieser Bastard, wollte alles zunichtemachen. Das war nicht fair. Es musste einen Ausweg geben. Es musste eine Möglichkeit geben, zu überleben.

Sie wollte nicht sterben. Und ganz sicher wollte sie nicht in der Dunkelheit und von der Hand eines Fremden sterben, dessen Augen kalt wie der Tod waren. Tränen schossen ihr in die Augen. Das war nicht fair. Ganz und gar nicht.

Ein kalter dunkler Ort (Buch #1).

DEUTSCHE BÜCHER VON TONI ANDERSON

Kalte Gerechtigkeit Serie

Ein kalter, dunkler Ort (A Cold Dark Place)

Kalte Jagd (Cold Pursuit)

Kaltes Morgenlicht (Cold Light of Day)

Kalte Angst (Cold Fear)

Kalte Schatten (Cold in the Shadows)

Kaltes Herz (Cold Hearted)

Kalte Geheimnis (Cold Secrets)

Kalte Bosheit (Cold Malice)

Eiskaltes Versprechen (A Cold Dark Promise)

Kaltblütig (Cold Blooded)

Kalte Gerechtigkeit – die Verhandler Serie

Kalt und tödlich (Cold & Deadly)

Kälter als die Sünde (Colder Than Sin)

Kalte böse Lügen (Cold Wicked Lies)

Kalter grausamer Kuss (Cold Cruel Kiss)

Eiskalt (Cold as Ice)

Demnächst Erhältlich …

Kalte Stille (Cold Silence)

Andere deutsche Titel

Im Sog Der Gefahr

Wogen Des Zorns

Auf meiner Website findest du alle deutschen Übersetzungen
meiner Bücher: www.toniandersonauthor.com / german

Melde dich für meinen deutschsprachigen Newsletter an und
erhalte zwei kostenlose, exklusive „Kalte Gerechtigkeit"-
Kurzgeschichten sowie Informationen darüber, wann meine
nächste deutsche Übersetzung verfügbar ist.

DANKSAGUNG

Im Jahr 2010 verbrachten meine Familie und ich drei Monate im Nordwesten Frankreichs. Mein Mann brachte die Kinder jeden Tag mit dem Auto zur Schule, sodass ich ungestört in dem kleinen Cottage arbeiten konnte, das wir gemietet hatten. Eigentlich wollte ich einen Roman in meinem üblichen Stil schreiben, doch diese Geschichte hat mich einfach fasziniert. Als ich schließlich mit meinen Schneeleoparden fertig war, war es zwar keiner meiner üblichen Romantik-Thriller, aber ich fand die Geschichte trotzdem großartig. Danke an meine Familie, dass sie mich auf diesen außergewöhnlichen und wunderbaren Abenteuern begleitet und es erträgt, wenn ich darauf bestehe, dass wir uns die Schneeleoparden-Folge von Planet Erde „nur noch einmal" ansehen.

Als ich noch ein Kind war, hat mein Vater mir Geschichten aus der Zeit erzählt, als er Soldat im Fallschirmjägerregiment war. In vielerlei Hinsicht habe ich meine Bewunderung für den Special Air Service ihm zu verdanken. Es gab keinen Kriegsfilm, den er nicht kritisiert hat, oder einen Teil Militärgeschichte, mit dem er nicht vertraut war. Ich hoffe nur, dass ich keine wichtigen militärischen Details falsch verstanden habe (drückt mir die Daumen). Falls doch, tut es mir leid, Dad!

Ich möchte meinem Bruder und einem Freund aus Kindertagen (KJ) danken, die beide für das Verteidigungsministerium arbeiten – nicht, weil sie mir Informationen gegeben haben, sondern weil sie sich vehement geweigert haben, etwas zu sagen. Das gibt mir Hoffnung für die nationale Sicherheit Großbritanniens.

Außerdem möchte ich meiner Lektorin, Deb Nemeth, für ihre wunderbare Arbeit danken und dafür, dass sie meinen Schreibstil gut genug kennt, um die Geschichte nicht zu verfremden, sondern zu verbessern.

Des Weiteren möchte ich mich bei meinen Beta-Lesern Maureen A. Miller, Laurie Wood, Marie Treanor und Gary Anderson für die Ermutigung und Unterstützung bedanken, ebenso wie bei meiner leidgeprüften Kritikerin Kathy Altman, die mehr Rohentwürfe zu sehen bekommt, als ein Mensch ertragen sollte. Ein weiteres Dankeschön gilt Loreth Anne White, meiner Skype-Freundin, die uns beim Eintauchen in den Ozean des Selfpublishing zur Seite steht. Hoffentlich werden wir nicht von den großen Walen verschluckt! Maureen A. Miller hat mir einige Tricks im Bereich Selfpublishing verraten, wofür ich ihr unendlich dankbar bin. Zudem gilt mein Dank all den anderen unabhängigen Autoren, die ihre Kollegen so tatkräftig unterstützen, insbesondere Marie Force, Norah Wilson und Dale Mayer.

Danke auch an mein Team für deutsche Übersetzungen: Martin Wick, Stef Mills und meine wunderbare Beta-Leserin Antje. Tausend Dank auch an meine Assistentin, Jill Glass für ihre wunderbare Organisation!

ÜBER DEN AUTOR

Toni Anderson schreibt unverblümte, sexy, romantische Thriller und ist eine *New York Times* und *USA Today* Bestsellerautorin. Ihre Bücher wurden mit den Readers' Choice, Aspen Gold, Book Buyers' Best, Golden Quill und National Excellence in Romance Fiction Awards ausgezeichnet. Sie war Finalistin sowohl beim Vivian Contest als auch beim RITA Award der Romance Writers of America, außerdem beim Daphne du Maurier Award of Excellence und der Holt Medallion.

Am bekanntesten für ihre „Cold" Bücher ist es vielleicht nicht überraschend, dass Toni in einem der extremsten Klimazonen der Erde lebt – in Manitoba, Kanada. Als ehemalige Meeresbiologin vermisst Toni immer noch das Meer, hat aber das Glück, zu Forschungszwecken zu reisen (wenn sie nicht gerade eine Pandemie erlebt!). Im Januar 2016 besuchte sie das FBI-Hauptquartier in Washington DC, einschließlich einer Tour durch das Strategic Information and Operations Center (SIOC). Sie hofft innständig, dass sie nicht aufgrund ihrer Google-Suchen verhaftet wird.

Toni liebt es, von Lesern zu hören:
E-Mail: toni@toniandersonauthor.com
Website: www.toniandersonauthor.com/german
Lerne Toni online kennen:

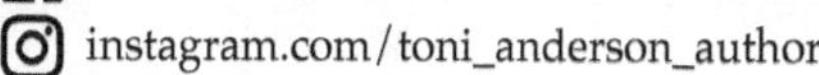

9 781990 721137